Papel certificado por el Forest Stewardship Council®

Primera edición: mayo de 2022

© 2022, Axael Velasquez
© 2022, Penguin Random House Grupo Editorial, S. A. U.
Travessera de Gràcia, 47-49. 08021 Barcelona
© iStockphoto LP, por los recursos gráficos del interior

Printed in Spain – Impreso en España

ISBN: 978-84-19085-79-5
Depósito legal: B-5.248-2022

Compuesto en Compaginem Llibres, S. L.

Impreso en Black Print CPI Ibérica
Sant Andreu de la Barca (Barcelona)

GT 8 5 7 9 5

Axael Velasquez

NERD

Libro 1

wattpad **W**
by Montena

A todas las Sinaí que lean esto: no persigan peones,
sean las reinas de sus tableros

Antes
Tal vez la raíz de todo

Una persona que no se ama a sí misma no está preparada para entregarse a nadie más. ¿Cuánto más caos puede surgir cuando alguien que se odia por completo acaba enamorado?

—Su hija no está bien, señora Ferreira.

Yo apenas tenía doce años. Escuchaba, retenía, pero era incapaz de comprender el trasfondo de las palabras que ambas adultas intercambiaban. Sin embargo, todo lo que oímos de pequeños nos marca, y cuando tuve edad suficiente para traducir la terminología que había empleado la psicóloga para referirse a mí, sentí miedo. Miedo de ser aún menos «normal» de lo que ya me sentía.

—¿Sabe qué le pasa? —preguntó mi madre entonces.

De forma inconsciente se arreglaba el cabello y acomodaba su camisa. Tal vez se sentía intimidada por la pulcritud y elegancia de la profesional al compararla con su jersey de cuello alto y manga larga y su falda hasta los tobillos.

Sentada en aquel sofá, bajo el escrutinio clínico de la doctora Martínez, me sentía tan inquieta que comencé a limpiarme el interior de las uñas, más que nada para tener las manos ocupadas. Llevaba tanto tiempo en ello que pronto dejó de salir sucio. Mis uñas habían ahondado tanto que la piel bajo ellas ya estaba enrojecida. No paré hasta dejar una franja de sangre en cada pieza de mi manicura.

—Sería demasiado precipitado, e incluso poco ético, emitir un diagnóstico —explicó la psicóloga con tono profesional. Parecía una persona distinta de la mujer paternalista que era en privado conmigo—. Me faltan datos, podría equivocarme. Lo entiende, ¿verdad?

—Pero usted debe de... tener alguna idea, ¿no? —A mi madre le temblaban tanto las piernas que incluso noté la vibración del mueble desde donde yo estaba—. No montaré un escándalo ni nada si se equivoca.

—Bien... —La doctora Martínez se enderezó los lentes, tomó aire y soltó con calma y profesionalidad la información que tenía—. Basándome en las conductas que usted me ha descrito y en lo que yo misma he detectado..., evidentemente su hija sufre episodios de severa ansiedad social, aunque todavía no me atrevería a definirlo como algo patológico. En cualquier caso, es algo tratable que mejorará con terapia y el tiempo, aunque no descarto que esos episodios puedan ser un síntoma de algo más. Como le he dicho, no quiero adelantarme, pero en estas sesiones he estado recopilando información y he redactado un historial que... —La doctora suspiró—. Señora Ferreira, es posible que su hija sufra un trastorno límite de la personalidad, o *borderline personality disorder*. Es tratable y, si se detecta y trata a tiempo, las personas con este problema pueden vivir una vida plena y feliz de adultos.

—Pero... ¿en qué la afecta? Por favor, sin... términos «raros». Yo solo soy... Pues yo. No tiene que impresionarme con palabras difíciles, solo hacer que entienda.

La doctora asintió.

—Sus sentimientos... Ella no procesa las emociones como nosotros, las vive con más intensidad. Una decepción puede tumbarla, la soledad la puede asfixiar. Se apega mucho a las cosas, pero eso es un error, ya que una vez las consiga... su estabilidad emocional dependerá totalmente de que ese lazo no se rompa. Es propensa a exagerar..., vamos: todo.

—¿Y cree que tiene eso?

—Lo creo, pero puede que me equivoque. Puede que la niña solo esté pasando por una etapa depresiva, o que sufra algún otro trastorno anímico que...

—Pero no está loca, ¿verdad? —insistió mi madre, con el rostro contraído en anticipación de la respuesta.

—¡¿Qué?! No, señora Ferreira. «Locura» no es una palabra admisible para...

—Lo sé, ya me dijo que no la usaríamos. Perdóneme, se me ha escapado.

—Ya hablaremos con más detalle en otro momento. —La psicóloga le extendió a mi madre una factura para que la examinara mientras ella proseguía—: Tendré que hacerle un seguimiento a su hija, y si considero que necesita medicación, la derivaré a una muy buena amiga que...

—¿Ha subido el precio de las visitas?

—Sí, el dólar ha vuelto a subir y yo me adapto a su cotización. Sé que a usted no le aumentan el sueldo a medida que el dólar sube, pero entienda mi posición: el dólar sube, el bolívar se devalúa, y si mantengo mis precios...

—Tendrá pérdidas. —Mi madre asintió—. Lo entiendo, esta situación la vivimos todos. Es solo que... a este precio ya no podré seguirlo pagando.

Entonces mi madre me observó. Recuerdo haberme sentido muy nerviosa bajo la presión de su mirada, como si me transmitiera, al igual que la piel puede irradiar su temperatura, toda la batalla de sentimientos que la invadían en ese momento. Fue tanto así que, aunque sabía que ella se había dado la vuelta para mirarme, fingí un intenso interés en la pulsera que llevaba puesta y me sobresalté cuando sentí su mano en mi regazo.

—No te preocupes, hija. Hablaremos con tu padre. Yo... estoy segura de que él lo entenderá, ¿sí? No tengas miedo.

Al desviar mis ojos me fijé en que la doctora Martínez, que parecía pensativa con su ceño fruncido y la nariz ligeramente torcida, se removía un poco en su asiento hasta conseguir una posición más erguida. Una vez acomodada, la mujer carraspeó para llamar la atención de mi madre.

—Clariana... —dijo, llamándola por su nombre de pila. Su voz adoptó un tono un poco más cauteloso, a pesar de que el trato era más personal—. ¿Sería mucha molestia si hablamos a solas?

—¿Por qué? ¿Qué pasa? ¿No habíamos terminado por hoy?

Por primera vez la doctora pareció cohibida, como si no tuviera ni idea de cómo abordar el siguiente tema si yo estaba presente. Sin embargo, enseguida pareció reponerse y, con una sonrisa paciente, dijo:

—Es solo que... No he podido evitar notar que... Usted le ha dicho a su hija que no tenga miedo, pero ella ni siquiera parece enterada de la situación. ¿Es posible que sea usted quien tiene miedo de hablar con su marido?

—¡¿Qué?!

En una reacción inmediata y exagerada, mi madre se levantó del sofá que compartíamos. Con el mismo impulso tiró de mí por el suéter que llevaba puesto para que me levantara.

—¡No trate de psicoanalizarme a mí! —ladró mi madre. Había desatado el temperamento que guardaba para mis reprimendas detrás de la puerta, esas que parecían el resultado de una acumulación de muchos silencios que nada tenían que ver conmigo—. Ahora lo entiendo todo, solo quiere que le pague una sesión para mí también...

—¡Yo nunca...!

—¡Me voy de aquí! —Le tiró la factura a la cara—. Nos vamos. Y la próxima vez psicoanalícese el hueco del...

—¡¿La has estado llevando al loquero?!

—No es un loquero, Jon, por favor, escucha...

—¡Basta!

Recuerdo haber oído los gritos desde la sala, sentada con el almuerzo del día anterior recién calentado en el microondas como única compañía, mientras las lágrimas de desconcierto e impotencia se deslizaban por mis mejillas y mojaban la cucharilla vacía.

—¿Cómo te atreviste? —oí que vociferaba mi padre desde su habitación—. ¡Lo sabía! No puedes tener dinero. ¡Me niego a que sigas aceptando dinero de tu madre!

—Tranquilo, Jon... De todas formas no me dará más, dijo que si...

—¿Que si... qué?

Su tono adquirió un tono bajo y una frialdad que me erizaron el vello como puede hacerlo la tensión en una película de suspense. Ya no chillaba. Cuando mi padre gritaba no me preocupaba, porque sabía lo que seguiría: un par de maldiciones y a la cama como castigo. En cambio, cuando bajaba la voz a ese tono helado... había que tener miedo.

—Nada, cariño, nada...

—¿Cómo que nada? —replicó. Oí que avanzaba con pasos lentos pero firmes hacia mi madre, y luego me llegó el impacto de las puertas del armario cuando su cuerpo quedó acorralado contra él—. Creo que tenías algo que decir, ¿verdad? Pues dilo, venga, dilo.

—Mi madre no me seguirá apoyando económicamente si no... si no te dejo.

—¿Y quieres dejarme?

—Nunca.

Ella ni siquiera dudó al decirlo. A mí me habría convencido.

—No, no... Lo veo en tus ojos. Quieres dejarme. Me odias, ¿no?

—¡No te odio, Jon, eso ni lo digas!

—¡¿Entonces por qué mierda llevas a mi hija a un loquero, si sabes que Jehová, Dios de los Ejércitos, es el único psicólogo?!

Oí dos golpes contra las puertas del armario y un grito exaltado de mi madre. Yo había aprendido a interpretar los matices del miedo en su voz y lo que podía significar dependiendo del volumen y la forma en que se le quebraba. Lo que capté fue una reacción a la sorpresa, no al dolor. Él todavía no la había tocado.

—¿Me lo vas a decir o...? —insistió mi padre con una impaciencia que me tenía al borde del asiento. Sentí el corazón golpeando contra mi garganta, los pies desesperados por entrar en movimiento y mi consciencia, la muy desgraciada, en un constante recordatorio de mi cobardía y de que todo lo que siguiera a aquella discusión sería también por mi culpa.

—Es que... —empezó a explicar mi madre—. Ella llora mucho, Jon, se escapa de clase..., se... Ya sabes. Y pensé que tal vez padecía algún trastorno.

—Los trastornos no existen. ¡Son los demonios! ¿Dónde está tu fe, mujer?

—Pero la doctora dijo...

—El único doctor es Dios, como bien sabes. Él, que llevó todos nuestros males en la cruz del calvario.

—Sí, sí —concedió mi madre en tono apaciguador. Estaba aterrada—. Pero Dios también creó la ciencia, tal vez quería que supiéramos...

—¿Me estas contradiciendo? ¿Estás discutiendo conmigo?

—Perdóname, Jo...

Pero el nombre de mi padre se le quedó atascado en la garganta de la misma forma en que la bilis escaló a mi boca en ese instante. Porque la línea acababa de cruzarse.

No tenía que asomarme, solo escuchar el esfuerzo que mi madre hacía por respirar, para que mi imaginación evocara los gruesos dedos de mi padre alrededor de su cuello.

También oí el impacto brusco de su cuerpo contra el suelo, los jadeos desesperados y las súplicas por la misericordia de su esposo.

Más tarde ella me diría que se había caído, que los moratones se los había hecho al resbalar, que mi padre intentaba ayudarla para que se levantara.

Ella no lo abandonó, y tal vez jamás lo habría hecho. Fue mi bocaza la que quebró la cárcel en la que ella padecía apática su síndrome de Estocolmo. Todo acabó cuando, tras contarle a la vecina el infierno que se vivía en el hogar del diácono más respetado de la congregación, la policía acudió a nuestra casa, que encontró vacía. Mi padre había huido alertado por sus hermanos de la iglesia.

Mi madre nunca pudo perdonarme esa traición.

Yo misma no me lo perdonaba.

Todo esto puede parecerles irrelevante si vinieron a leer una historia de romance idílico. Pero bienvenidos a mi vida y al único tipo de amor que he conocido.

1

Vestido rojo, *blazer* azul

—¿Mamá?

La descubrí mientras se aplicaba lápiz labial frente al espejo del baño cuando me disponía a tomar una ducha antes de mi primer día en el nuevo colegio.

Se había cortado el cabello en una media melena y se había teñido de rubio con mechones platino. Un vestido rojo se ajustaba a su figura; no como a las mujeres de las revistas que ella coleccionaba, sino como a una mujer real, casada y luego separada, que había pasado por una cesárea y diecisiete años de depresión. A pesar de la celulitis en los muslos y la sequedad en las pantorrillas, jamás la había visto con un aspecto tan inalcanzable.

No me habría preocupado que se vistiera así para cualquier otra ocasión, pero ¿para el funeral del abuelo?

—¿Humm? —balbuceó ella mientras presionaba los labios para esparcir el carmín del cosmético.

—¿Ya no vas al entierro?

Ante mi pregunta, ella detuvo de inmediato sus movimientos para mirarme, a través del espejo, con un gesto inquisitivo que me hizo sentir como en un examen que claramente iba a suspender.

—¿Y perderme la oportunidad de escupir sobre la tumba de tu abuelo? —bufó, a la vez que la sombra de una sonrisa se bosquejaba en sus labios, y luego continuó con su ritual de maquillaje—. Ni hablar. Voy a ser la primera en llegar a esa ceremonia.

—Pero... hace años que no ves a tu familia ni hablas con ella... ¿No te parece inapropiado vestirte así para el reencuentro?

—Pfff. Esos bastardos quieren verme llegar arrastrándome, harapienta y ojerosa, suplicando el perdón de todos y reconociendo que sin ellos no puedo ni limpiarme el culo.

Para acompañar sus acaloradas declaraciones, mostró al aire su dedo medio con un entusiasmo exagerado.

Todavía se me hacía difícil acostumbrarme a gestos tan vulgares viniendo de la mujer que antes me pegaba en la boca si pronunciaba la palabra «estúpido». Aunque más me impactaba oír cómo expresaba sus pensamientos con tal crudeza y libertad, teniendo en cuenta que era la misma que antaño, en la iglesia, no se atrevía ni a comentar los sermones porque había crecido bajo el precepto de que la mujer debe guardar silencio durante el culto.

—¿Se me nota la faja bajo el vestido? —preguntó, poniéndose de lado para examinar su reflejo desde otro ángulo.

—No se nota —admití sin mucho ánimo, todavía procesando la particularidad de la situación—. En realidad te ves muy bien, pero no creo que tu padre vaya a salir de la tumba para decírtelo. ¿De verdad no quieres ponerte algo más discreto?

—¿Alguna vez te hablé de la clase de padre que era el abuelo?

—Nunca. Ni lo mencionaste.

Me puso una mano sobre el hombro con indulgencia teatral y acompañó el gesto con una expresión acorde antes de añadir:

—Te salvé de una larga lista de pesadillas.

—Descuida, tengo las mías.

Y ahí acabó todo.

Yo tenía una inusual habilidad para cometer cagadas monumentales. Por primera vez en mucho tiempo, mi madre parecía dispuesta a ir más allá de lo superficial conmigo, a abrirse a su manera, y ¿cómo procedí? Haciendo alusión a mi padre.

Ella guardó su maquillaje a toda prisa en el bolso y se marchó con la mandíbula apretada sin siquiera mirarme. Solo antes de cerrar la puerta del baño se detuvo un segundo para decirme:

—Muévete, no quiero que llegues tarde en tu primer día por quinto año consecutivo.

Los nuevos colegios no eran un suceso extraño en mi rutina. Cambiar de escuela para muchos es un trauma; para mí, un alivio. Cada vez que acababa un año escolar era como sentir que se aflojaban los dedos de una mano que me había estado asfixiando durante meses. La llegada de las vacaciones siempre era como arrancarme de una vez la garra que me oprimía el cuello y respirar libremente al fin. Y los primeros días del regreso a clases... Eran como un ataque despiadado contra mi tráquea y una voz repitiéndome: «Esta vez no te librarás. No volverás a probar oxígeno».

Cinco. En cinco escuelas distintas había estado, y de todas hui por el mismo motivo: mis compañeros. Eran los *boggarts* a los que nunca aprendí a lanzar el encantamiento ridickulus.

En las películas tienen un nombre para lo que yo padecí durante años: *bullying*. En Venezuela no es común toparte con el uso de esa palabra. Aquí todo es chalequeo —una manera coloquial de referirse a las bromas y burlas repetidas en exceso, en especial las dirigidas con énfasis hacia una misma persona—, y si lloras al ser chalequeado, eres débil, aguafiestas, estás poco preparado para el «mundo real». El problema es que yo nunca supe cómo no llorar, cómo fingir que no me importaba. Y eso solo les da a los otros más motivos para seguir molestándote.

A pesar de la brecha de rencores y el problema de comunicación que existía con mi madre, debo agradecerle que se mostrara tan abierta a la idea de cambiar de colegio con regularidad, como si no necesitara muchos motivos para ayudarme, como si ella supiera de primera mano lo que es querer escapar y empezar de cero en un lugar donde nadie te conozca. Y, a pesar de su apoyo incondicional en ese tema, siempre sentí que ella consideraba que me estaba consintiendo de mala manera al ser mi escape, y que en el fondo esperaba de mí que pudiera ser mejor que ella, que un día fuese capaz de enfrentarme a lo que me impulsaba a querer huir.

Me tuvo de muy joven, e imagino que nadie le explicó cómo ser lo que de pronto se veía obligada a ser: una madre. O sí, tuvo muchas voces dictándole cómo criarme: suegra, marido, Biblia, pastores, diáconos y otras esposas; imagino lo desorientada que debió de sentirse al quedarse de golpe sin todo eso.

En fin, que a pesar de todo, jamás advertí por su parte más que un deseo inconcreto de que yo pudiera salir del hoyo oscuro en el que ella intentaba sobrevivir. Como esas palabras que todavía me persiguen, las que me decía cada vez que le rogaba llorando que me cambiara a otra escuela de inmediato, cuando le confesaba entre sollozos que no aguantaba más:

«Allí donde vayas, habrá personas que se aprovecharán de tu vulnerabilidad. Puedes cambiar de colegio, de estado, de país y de nombre, pero hasta que no cambies cómo te ves a ti misma, la gente va a seguir destrozándote por dentro hasta que acabes creyendo todo lo que te dicen».

Muy fácil de decir, pero cómo cuesta llevarlo a cabo.

Ese año no solo me cambié de colegio, también nos mudamos. Nos refugiamos en el pueblo más pequeño y alejado que encontramos, persiguiendo la ansiada paz mediante un drástico cambio de ambiente.

Cuando salí de casa, era consciente de que mi cara decía «golpéame». Mi cabello deshidratado, carente de brillo o forma, no tenía personalidad alguna. Intenté peinarlo, pero solo se expandió creando una esponja de apariencia bastante desagradable. Debido a mis pequeños lentes ovalados, todo el mundo asumía que yo debía de ser una cerebrito, como si la miopía —y en mi caso también el astigmatismo— fuera aval de un coeficiente intelectual alto.

Los lentes por sí solos ya garantizaban el caos, pero los bráquets no hacían más que perpetuar mi casi oficial segundo nombre: Nerd.

Nunca fui la más lista de mis compañeros. Sacaba buenas notas porque tenía una memoria de elefante, me ponía a estudiar fuera del aula cinco minutos antes de entrar en clase e ideaba labias trifásicas en los exámenes escritos con solo haber leído el tema una vez. Ah, y también improvisaba en las exposiciones orales hasta casi dormir a mis compañeros y hacer aplaudir a los profesores, aunque sin duda no habían entendido ni la mitad de mi *podcast*. Pues eso, nunca fui la mejor, solo la peor arreglada y la que no tenía vida social, lo que me convertía irremediablemente en una nerd.

El tema de la escasa vida social también influyó en que me interesara en cosas frikis y datos inútiles que me hacían parecer intelectual. Invertía cientos de horas en artículos y vídeos sobre cualquier tema que me llamara la atención, de modo que parecía tener una respuesta para todo. Sin embargo, abarcaba mucho y apretaba poco, no me hacía experta en nada salvo en aquello que de verdad despertara pasión en mí, como el ajedrez, el cual tendrá que contar como mi deporte favorito porque eso de actividades físicas no es lo mío. Así que, en definitiva, yo no era el futuro de ninguna nación. Además, las chicas que sí cumplían con el perfil de sabelotodo sobresaliente eran en general muy pulcras y bonitas.

Al llegar al colegio esperé en el patio a que asignaran las secciones de cada año. El lugar estaba abarrotado de chicos enanos con camisa azul —uniforme de los de primer a tercer año— que correteaban de un lado a otro como hormiguitas revueltas. Los mayores los llamaban «pitufos».

Los de cuarto a quinto año, vestidos con camisas beige, estaban sentados en los pasillos formando grupitos. Algunos hacían fila para comprar el desayuno y otros se agrupaban alrededor de la mata de mangos esperando a estar fuera de la vista de los profesores para empezar el ataque a las inocentes frutas.

Mi irremediable problema, el mismo que me habría hecho insufrible como protagonista de cualquier novela juvenil, es que no me sentía apta para acercarme a ninguno de ellos. Ni a los grupos de gente con bolsos de calaveras y prendedores emos, ni a las chicas despampanantes sentadas con las piernas cruzadas sobre los suéteres de sus crush, ni mucho menos a los chicos que lanzaban piropos a las de primer año y piedras a los más mocosos.

Me aferré más al poste en el que me apoyaba y entrelacé las manos a la espalda. De forma inconsciente me comencé a rascar el interior de las muñecas. Cuanta más gente se arremolinaba a mi alrededor, más apretaba con las uñas. Ya debía de tener la piel muy enrojecida y pronto empezaría a abrirse, pero ese ardor era lo único que me distraía de mis pensamientos.

Demasiada gente. Todos inaccesibles. Y yo, por quinto año consecutivo, no encajaba en ningún sitio.

Entonces, como un sistema evasivo para distraerme del silencio, empecé a rememorar las estadísticas de muerte por aglomeraciones que había estudiado antes.

«16 de enero de 2011. Tres jóvenes murieron asfixiados por una avalancha humana en una discoteca de Budapest (Hungría)».

Me empecé a rascar con más fuerza. Cuanto más lo hacía, más me picaba y más necesitaba seguir haciéndolo.

«1 julio del 2000. Nueve muertos en una estampida humana en el Festival de Rock de Roskilde, Dinamarca».

Y seguí así mientras iba en aumento mi preocupación por que de pronto sonara la campana del colegio y yo quedara al borde de la asfixia debajo de una avalancha de estudiantes.

Preferí cambiar de tema mental. La paranoia no me hacía sentir mejor que la soledad, así que preferí centrarme en cómo iban vestidos los demás.

Aunque el uniforme es muy concreto en cuanto a las camisas azules y beige, existen muchas variables en los complementos. Algunas chicas llevaban falda, pero solo las más delicadas o las que estaban obligadas a ello por cuestiones religiosas. En general todas se inclinaban por los pantalones, que habían hecho arreglar para que les quedaran casi adheridos a las piernas y les resaltaran los glúteos.

Yo era de las pocas que llevaban el pantalón con la hechura original del uniforme. Era como tener una bolsa grande de basura en cada pierna.

Y, mientras pensaba en eso, un par de personas se acercaron a donde yo estaba sin apenas fijarse en mí.

Era un chico con la camisa por fuera, arrugadísima, el cabello oscuro, y el cuello del uniforme sucio y mal acomodado. Nada que ver con mi aspecto, el suyo era un desastre agradable de ver. Incluso podía tomarse como un mensaje: «Así soy yo. Mírame». Noté que tenía los brazos llenos de tatuajes, pero al detenerse a mi lado se empezó a poner un suéter azul marino mientras insultaba a toda la ascendencia de una profesora a la que yo todavía no conocía. Supuse que, ya que no podían quitarle los tatuajes con métodos drásticos, lo obligaban a cubrirlos mientras estuviese en el colegio. Apenas alcancé a distinguir que llevaba en el antebrazo el diseño de un escorpión y en la muñeca un nombre: Sargas.

La chica que lo acompañaba habría recibido el calificativo de «gorda» en cualquier red social, pero en el mundo real —y a sabiendas de cómo es la mujer promedio—, a mí solo me parecía que estaba buenísima. La camisa le apretaba tanto en la zona del pecho que quedaban algunos espacios entre los botones por donde se veía una camiseta blanca. Tenía el cabello largo y ondulado, de ese rubio tan sutil que puede pasar por castaño claro, y unos enormes y cautivadores ojos color miel enmarcados por unas pestañas larguísimas y voluminosas.

Todavía sin reparar en mi existencia, él sacó un cigarrillo de una cajetilla y se lo puso entre los labios mientras ella lo prendía con la llama de su encendedor.

Como acabo de decir, tenían una cajetilla de tabaco, pero compartían el mismo cigarrillo pasándoselo el uno al otro y haciendo toda clase de trucos con el humo a la vez que reían de quién sabe qué.

Me sentí como una invasora estando ahí presente, pero por lo visto no supe decirles a tiempo a mis pies que se movieran a otra parte. Además, no creía que fuera a encontrar otro punto del patio donde no hubiera nadie.

—¿Y esta quién es? —preguntó el chico, interrumpiendo una demostración de aros fluctuantes creados con el humo que exhalaba.

—Ni puta idea —contestó la chica.

—¿No hablas? ¿O eres sorda?

Tardé más tiempo del racional en comprender que se dirigía a mí.

—Sí hablo —contesté a la defensiva.

—Pues estás ahí parada sin decir nada como una enferma mental.

—¿Y qué querías que les dijera? ¿Buen provecho?

La rubia, que tomó mi insolencia como un chiste, rio con tal espontaneidad que tuve que morderme los labios para no sonreír. De haberlo hecho, habrían notado lo mucho que me complacía la aprobación ajena.

—Eres cristiana, ¿verdad?

Solo con esa pregunta confirmé que el chico era demasiado descarado y directo. Me ponía más incómoda de lo usual.

—¿Por qué supones eso? —inquirí.

—Porque tienes el cabello como si te fuesen a pegar si te lo planchas y el pantalón como una falda.

—¿Y eso me hace cristiana? —espeté, decidiendo de inmediato que él me caería mal—. ¿Qué tienes en contra de los que creen en Dios?

—Nada, si hasta yo mismo creo en Él cuando tengo examen. —Soltó una risotada que intentó ahogar tapándose la boca, luego continuó—: Pero estoy en contra de los beatos que, solo por su fe en Dios, se creen con derecho a decidir quién se va a quemar en el infierno. Veo en tus ojos que temes por nuestras almas.

—No temo por sus almas, pero ustedes sí deberían temer por sus pulmones. El tabaco es una de las mayores amenazas a la salud pública en todo el mundo. Ocho millones de personas mueren al año, de las cuales más de siete millones son consumidoras directas y alrededor de uno coma dos millones son fumadoras pasivas.

El chico volvió a abrir la boca, pero su acompañante se la cerró con una mano.

—Déjala en paz. —Lo soltó y prefirió mirarme a mí—. Él es Jesús Soto. Nadie lo llama Jesús, así que...

—Así que podrías habértelo callado —culminó el muchacho, que ahora ya tenía nombre y apellido.

—Ay, no jodas. De todas formas lo habría sabido cuando pasaran lista.

—¿Tú cómo te llamas? —me atreví a preguntarle a la chica.

—María Betania, pero prefiero Tania, porque María es nombre de puta.

—Te queda perfecto, por cierto —añadió su acompañante.

—Y a ti te va a quedar perfecto mi puño en la cara si me vuelves a llamar puta, Soto.

El muchacho adoptó una expresión de escepticismo, escrutando a su amiga con una ceja arqueada.

—Te llamo puta todos los días, no te hagas la ofendida.

María puso los ojos en blanco y soltó un suspiro de resignación.

—¿No vas a dejar que la nueva me conozca primero?

—Adelante —accedió el tal Jesús con un inequívoco tono de burla—. Se dará cuenta cuando te venga a buscar el de la camioneta blanca.

En respuesta a eso, María le dio un golpe con la mano abierta a su amigo.

—Idiota, el de la camioneta es el turco. Ya rompí con él, te lo dije. El que viene ahora es el del Bentley.

—¿Acabas de salir de una ruptura? —pregunté sin saber cómo reaccionar al respecto—. Lo siento.

El chico apellidado Soto rio con soltura ante mi inocencia.

—No hay nada qué lamentar, a María no le duele nada. Más me dolió a mí; el turco era dueño de una pizzería y el almuerzo siempre nos salía gratis.

—Siempre no, no exageres. —María levantó los ojos al cielo y de nuevo se dirigió a mí—. ¿Tú cómo te llamas?

—Aaah... —Era la primera vez en mi vida académica que daba mi nombre antes que la profesora pasara lista—. Sinaí.

—Nombre bíblico —señaló Soto—. Lo sabía. Es cristiana.

—María y Jesús también son nombres bíblicos —objeté con una ceja tan enarcada que fruncía todo mi ceño.

—Sí, pero están tan puteados que todos los Jesús son Jesús porque sus padres y abuelos eran Jesús, y las Marías son Marías porque están destinadas a la pute...

—Te voy a arrancar los ojos, Soto.

El susodicho alzó las manos en señal de paz antes de proseguir.

—Me refiero a que es más probable que cualquier persona se llame María a que le pongan el nombre del monte Sinaí.

—Déjala en paz, Soto —intervino María en mi defensa—. Además, no todos los cristianos tienen prejuicios. A mí me encanta cuando mi abuela reza en voz alta. Recuerdo que cuando robaron a la prostituta de mi calle, mi abuela decía en mitad de la sala: «Dios, haz justicia, mira que todo lo que ella tenía se lo ganó con sudor. El sudor de su vagina, sí, pero sudor al fin y al cabo». Me reí todo el día cada vez que me acordaba de e...

María se interrumpió de súbito. Su semblante palideció como si toda su sangre se hubiera ido de vacaciones y, casi de manera inconsciente, comenzó a peinarse con los dedos mientras sus labios exclamaron mecánicamente:

—Mierda, al final sí lo matricularon aquí.

Me volví de inmediato para ver a qué se refería.

Al seguir la trayectoria de su mirada descubrí a un chico que atravesaba el patio escolar como si tuviera todo un equipo cinematográfico grabando en cámara lenta su entrada. No establecía contacto visual con nadie, sino que miraba al frente sin fijarse en nada mientras caminaba pausadamente muy erguido, con los ojos entornados y un gran aplomo.

—¿Quién es? —pregunté con timidez—. Parece de esos actores de más de veinte años que ponen a interpretar a adolescentes en las series.

—Claro, imagino que en Rusia los gimnasios son mejores que aquí.

—María, déjate de estupideces —intervino Soto—, si cuando vivía en Rusia era un mocoso que no sabía ni limpiarse el culo solo, ¿cómo iba a ir a un gimnasio?

—Bueno, rectifico: los gimnasios de Canadá deben de ser celestiales.

El chico recién llegado se recostó en la estatua central del patio revisando su teléfono. Por un momento levantó la vista y pasó la mano en la que llevaba un reloj platinado por sus largos mechones de cabello, echándolos hacia atrás mientras el sol le arrancaba destellos de un dorado tan leve que casi parecía traslúcido. Era el único en todo el colegio que llevaba un *blazer* azul sobre la camisa beige del uniforme, y sus hombros bien formados se marcaban bajo la tela sin parecer grotesco. Incluso con el pantalón reglamentario resultaba sofisticado.

Aunque desde la distancia no alcanzaba a detallar sus facciones, se distinguía a la legua ese mentón de aspecto místico que da la impresión de haber sido perfilado a mano, igual que los modelos de las *fanfics* que leía en Wattbook.

—¿Es ruso? —pregunté sin dejar de mirarlo.

—Nació en Rusia, pero su familia se mudó a Canadá cuando era niño —contestó María.

—¿Qué coño hace en el país?

—¿No lo sabes?

El tono de María me sacudió como si me estuviera perdiendo una obviedad universal.

—No, ¿quién es?

—Uno de los Frey. Se mudaron aquí cuando hicieron el cambio de dirección de la hidroeléctrica del país. Su padre es el nuevo ministro de esa empresa, además de dirigir la de los Frey, claro. Ese que ves ahí es tal vez el adolescente más importante del país. Y está aquí. En nuestra cochina escuela.

—¿Su padre es el ministro de Corpoelec?

Tragué saliva.

No era extraño que en el pueblo viviera el ministro de la empresa más importante a nivel nacional, ya que en ese lugar está la represa y la planta de generación hidroeléctrica. Lo extraño es que un hombre tan importante no pagara una residencia en la ciudad para sus hijos con el fin de que estuvieran más cerca de una escuela privada con mejor sistema educativo.

Pero no iba a ser yo quien se quejara de aquella benevolencia del destino, no cuando así era posible que aquel ruso y yo respiráramos un oxígeno tan cercano.

—¿Có-cómo se llama? —pregunté, intentando no demostrar demasiado interés en la respuesta. No quería que ellos tuvieran la impresión de que yo esperaba ser siquiera visible para «él».

No necesitaba que otro grupo de estudiantes mordaces me recordaran mi lugar social, mi mente ya era lo suficientemente enfática al respecto.

Era de esperar que al escuchar por primera vez el nombre del nuevo algo reaccionaría en mí, algo capaz de desencadenar todo lo que vino después. Pero no fue así, no de inmediato. Esa primera vez solo lo descarté, segura de que no iba a necesitarlo y consciente de que era demasiada ambición por mi parte pensarlo siquiera.

Ojalá alguien me hubiese advertido ese día, el día que conocí a Axer Frey, que el juego no estaba a punto de empezar: ya había empezado.

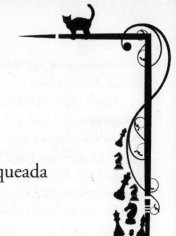

2

Nueva necesidad desbloqueada

A lo largo de mi vida me he preguntado muchas veces si no padecería un trastorno bipolar; sin embargo, después de leer mucho sobre el tema y descubrir que, en ese caso, sería incapaz de descubrirlo por mi cuenta, concluí que la bipolar no era yo, sino mi suerte.

Por cada cosa que me pasaba que podía tomarse como una razón para sonreír, venían diez puñetazos que me dejaban chillando de rodillas.

—Malditas brujas —exclamó María, la rubia a la que acababa de conocer, al examinar la hoja con el horario de clases que tenía entre sus manos—. Nos han vuelto a separar.

—Dímelo a mí —secundó Soto—, me ha tocado con puros muñequitos.

Cuando se publicaron las asignaciones de las secciones de quinto año, me sentí más perdida que nunca. El chico nuevo, Axer, estaba en la A, por supuesto, donde asignaban a los alumnos con mejores notas, conducta intachable y padres destacables. El resto de las secciones sí podía decirse que se formaban siguiendo un orden aleatorio, se decidían sobre todo para mantener separados a los grupos más problemáticos. Por eso a Soto le correspondió la F y a María la B.

«F de Soto».

Cuando dijeron mi nombre entre los de 5.º C, lo que me dejaba lejos de estar con las únicas dos personas a las que les había hablado en el colegio, experimenté una sensación ya recurrente para mí, como si me arrojaran encadenada a un tanque de agua helada. La presión en mi pecho crecía al tiempo que comenzaba a hacerme falta el oxígeno, una sensación cada vez más difícil de ignorar mientras subía las escaleras al segundo piso donde estaría mi aula.

No me quedaba otra opción que enfrentarme a ese constante obstáculo social de ser la nueva.

En mis ansias por acabar de una vez con la parte difícil, avancé rápidamente hacia la clase, como quien se arranca una costra de un solo tirón, y crucé la puerta casi sin ver nada con la intención de ir a sentarme lo más apartada posible y pasar desapercibida para sobrevivir.

El problema fue que al detenerme quedé expuesta en medio de la pizarra frente a todas las miradas rapaces de mis compañeros.

De haber localizado un sitio vacío al fondo o a la mitad del aula, habría corrido directo hacia allá para refugiarme bajo la capucha de mi suéter, pero todo lo que alcancé a ver fueron algunos asientos vacíos junto a personas que parecían demasiado hermosas, arregladas y seguras para poder coexistir conmigo.

Me imaginé desnuda ante los ojos de todos y fui más consciente que nunca de lo fea que era. Cierto, nadie abrió la boca para insultarme en voz alta, pero la chica morena de la primera fila se inclinó hacia el asiento de su amiga y le susurró al oído algo que hizo a esta morderse los labios para no reír.

Un chico en una esquina me miraba fijamente con el ceño fruncido, como si quisiera transmitirme lo obvio. No me cabía la menor duda de lo que estaba pensando: «¿Estás enferma o solo eres estúpida? ¿Qué haces ahí parada?».

Una de las chicas junto a un pupitre vacío disimuló un poco hasta dejar caer casi con inocencia su bolso para ocupar el lugar contiguo.

Era tan frágil, tan patética, que ya me ardían los ojos; noté en la cara un calor extremo que se extendió hasta mis orejas en una sensación de mareo sofocante.

«¡Mierda, no!».

Me mordí el interior de las mejillas con tal fuerza que obligué a mi cerebro a prestar atención al dolor y no a mis inseguridades, no a la opresión en mi pecho o a lo mucho que me escocían los lagrimales.

No podía llorar de nuevo, no en ese colegio.

Era mi última oportunidad.

Porque yo lo sabía, sabía que no había ninguna buena razón para llorar, que era absurdo. Pero no podía evitarlo, no sabía cómo, aunque hubiese debido. Si sucumbía al llanto me pondrían un blanco en la frente. Jamás me libraría de esa marca ni de los planes de mis compañeros para aprovecharse de ella.

Busqué con desespero otro sitio libre y descubrí uno, al lado de una gordita de cabello rizado que me miraba. De acuerdo, tal vez yo no tenía la capacidad de descifrar a las personas a través de su mirada, pero solo por el hecho de que estuviera viéndome y no distraída en otro asunto, ya contribuía al ataque de mi respiración, al calor en mis ojos y la inestabilidad de mis piernas.

Recordé los años anteriores y las burlas más frecuentes.

«Esqueleto», solían decirme.

Aunque variaba. Dependía de la escuela y de la creatividad de los alumnos.

Algunos me decían «desnutrida» o que no tenía «carne ni para una empanada». Lo más frecuente era que me gritaran a mitad de una caminata: «Cuidado, que pasa el viento y te lleva volando».

Cientos de voces de niños y adolescentes se mezclaban en mi cabeza, transformando la imagen de mí misma en un esqueleto con un barnizado de piel encima.

En el nuevo instituto ninguno me dijo nada, pero mi cabeza sí tenía bastante qué decir.

«No encajas aquí».

«No te quieren aquí».

«Ellas son demasiado guapas; ellos, inalcanzables; tú no eres nada».

Al notar que la primera lágrima me bajaba por la mejilla, lo supe. Perdí otra batalla por no saber que podía enfrentarme a ella.

Escapé de la legión de miradas que me perseguían como demonios y lanzaban proyectiles a mi cabeza, cerré la puerta del aula de un portazo y avancé por los pasillos deprisa sin ver nada por encima de mis pies.

Las lágrimas me cegaban, los mocos me corrían por la barbilla, y las dos secreciones parecían no tener fin sin importar cuánto pasara la manga de mi suéter para secarlas.

Al no fijarme en mi camino, choqué con alguien. El problema no fue con quién me topé, sino que a raíz de eso tropecé y caí sobre tres chicas de tercero que, sentadas contra la pared, escribían en sus cuadernos lo que supuse eran sus horarios de clases.

Una nube de Paris Hilton me hizo estornudarle en la cara a la más pequeña del grupo. Me caí de culo sobre la falda de una chica de cabello negro brillante y liso, la misma que me empujó con sus manos de uñas postizas llenas de pedrería. Mientras rodaba lejos de ella al tiempo que me debatía por levantarme, volqué el zumo de su desayuno sobre un cuaderno abierto.

Alcé la mirada con horror a tiempo de ver cómo se levantaba hecha una furia.

—¡Maldita Pelo de Escoba, me has estropeado la libreta!

Abrí la boca. Al principio pensé que sería para pedir perdón, pero lo que mis labios articularon estaba lejos de ser una disculpa.

—¿Cómo me has llamado?

—Oh, tengo mejores nombres para ti, créeme. Te haría pagar la libreta, pero basta con verte para saber que no tienes ni para comprarte un buen jabón.

Algo debía de andar muy mal en mí para que me pusiera a llorar por semejante ridiculez, pero así sucedieron las cosas. Aún no había terminado de deshacer el nudo que me atenazaba la garganta tras la humillación en clase, y esas últimas palabras no hicieron más que escarbar en una herida abierta. Mi llanto no tardó en regresar para afianzar mi patética imagen.

—Hey.

Todas nos volvimos a la vez, yo sin apenas levantar el rostro, solo moviendo los ojos. Mi llanto se cortó en seco al descubrir de dónde provenía la voz.

Era él, recostado en la otra pared del pasillo. «Él».

Nos miraba con la cabeza bien erguida y una ceja arqueada en un ángulo inquisitivo que confería cierta superioridad a su gesto. Sus labios se mantenían presionados en una línea casi recta y en sus ojos tan atrayentes reconocí la naturaleza de un depredador; iluminados por el sol adquirían un tono entre el amarillo y el verde. Si algo aprendí al estudiar la teoría del color fue que el verde es un color que se asocia con la toxicidad y el veneno —ya que en la antigüedad la sustancia que se empleaba para conseguir esa tonalidad en pinturas podía ser letal— y el amarillo es el color universal para indicar precaución, para gritar peligro, como en las franjas de las escenas de crímenes.

Y sus ojos, que eran una mezcla de ambos colores, me transmitían eso: peligro. Veneno. Lo malo era la poderosa atracción que ejercían sobre mí y que no me dejaba apartar la vista.

Y ahí estaba él, con una mirada que no llegaba a ser despectiva, pero casi. Como si le diéramos igual, pero no pudiera pasar por alto lo que presenciaba.

Mientras todas lo observábamos esperando su reacción, pronunció una frase en inglés que más o menos entendí como «¿Cómo se dice esto en español?», con un dedo en la sien y otro en el entrecejo, como si tratara de hallar las palabras correctas. Hasta que pareció resignarse.

Se agachó ante nosotras sin permitir que su pantalón tocase el suelo, arrancó una hoja de una de las libretas, tomó un lápiz y plasmó sus pensamientos en el papel hasta pegárselo en el pecho a la chica que me acababa de insultar.

Luego se levantó, me señaló con un dedo autoritario y, hablando en un español con marcado acento ruso, me dijo:

—Tú, ve a clases.

Y se marchó mientras se acomodaba las solapas del *blazer*, como si con solo agacharse se le hubiesen descuadrado.

—¡Maldito imbécil! —chilló la chica que me había hecho llorar.

Una de sus amigas trató de calmarla mientras la otra recogía las cosas de las tres antes de marcharse. Tras ellas dejaron en el suelo una bola de papel arrugada con la huella de sus zapatos en ella: los restos de la nota que había escrito el ruso.

Pensé en marcharme, hacer caso a lo que él me había sugerido, pero sentí curiosidad por saber qué pudo haberle escrito Axer a la estúpida de la libreta nueva para molestarla tanto.

Al desplegar el papel tuve que cubrirme la boca para no carcajearme en pleno pasillo. En mitad de la hoja, en un garabato rápido y descuidado nacido de la tinta de un bolígrafo azul, había un dibujo que debía de significar lo mismo en todas las lenguas y naciones. Una especie de cilindro de punta ovalada con dos bolas perpendiculares a ambos lados, en la base.

Un pene.

Un pene con una carita feliz en medio. Un pene que sacaba la lengua.

No me imaginaba a Jane Austen escribiendo una novela cuyo romance partiera de aquel derroche artístico. Vamos, que ni a Stephen King lo podía visualizar cayendo en una vulgaridad como esa. Era más del estilo de los guionistas de *Sex education,* pero eso no cuenta como precedente, quiero limitarme a obras literarias. Es decir: que no podía hacerme muchas ilusiones con Axer solo porque me hubiese defendido con un miembro erecto en una hoja de papel. Sin embargo, si J. K. Rowling escribiera novelas más adultas, seguramente habría utilizado aquel suceso como el comienzo de una amistad eterna y envidiable.

Así que a eso podía aspirar, ¿no?

Porque él me había defendido. A mí, frente a tres chicas mucho más agradables a la vista. Ningún chico había hecho algo similar antes, no por mí.

Tal vez Axer era diferente.

Tal vez yo era diferente para él.

Fuese como fuese, tenía que conocerlo.

Tenía que acercarme.

3

A través de su ventana

Desde la ventana de su aula Axer parecía incluso más irresistible.

Estudiándolo de perfil no pude evitar pensar que las líneas que conformaban los rasgos de su rostro podrían haber sido trazos del pincel de los más prodigiosos artistas. Incluso cuando miraba la pizarra se le notaba una expresión de profundidad, como si atravesara las enseñanzas del profesor y viera más allá de ellas.

Con ese gesto, su cabello recién despeinado y la barbilla apoyada en la mano con el reloj en ella y un anillo que no logré detallar desde la distancia, casi parecía posar para una de esas sesiones en las que se supone que debe parecer que te han pillado desprevenido.

Desentonaba y destacaba en el aula a partes iguales. Mientras todos intercambiaban chismes, tomaban apuntes, se pasaban notas de papel o se tiraban del cabello entre ellos, Axer estaba ahí sin estar: con su *blazer* azul sobre el uniforme, ajeno a su entorno sin parecer incómodo en el.

No lo espiaba. Solo necesitaba matar una curiosidad. Para ello debía acercarme, y hablarle cara a cara habría sido raro. Sé que pocos entenderían ese razonamiento.

No podía estar como si nada con la nariz pegada a la ventana de un aula que no me correspondía, así que opté por quedarme con el teléfono pegado a la oreja mientras movía los labios para que pareciera que me había detenido allí por casualidad para atender una llamada.

Sabía que si alguien se acercaba sería raro que mis labios se movieran sin emitir sonido alguno, así que me puse a recitar los diálogos de la primera película de *Harry Potter*, reprimiendo el impulso de imitar las voces de los personajes. Era un plan infalible, nadie iba a detenerse lo suficiente a escuchar lo que decía como para deducir mi truco.

Me asombro de lo lista que puedo llegar a ser cuando me lo propongo.

Estuve así un rato, asegurándome de hacer algunos gestos acalorados de discusión y posteriormente risas para representar mejor mi supuesta llamada telefónica, hasta que detecté movimiento dentro del aula. Y sí, provenía del único espécimen en ella que me importaba.

Axer Frey introdujo con lentitud una mano dentro del bolsillo y, con igual parsimonia, sacó un teléfono con la pantalla apagada.

Me concentré al máximo en cada uno de sus movimientos, conteniendo el aliento para que mi sentido de la audición quedara en pausa y ayudara a potenciar mi vista enfocada con dificultad, cuidando de no parpadear para no perderme ni un solo detalle del patrón que dibujó en su pantalla.

Una equis empezando por la esquina inferior izquierda, pasando por los tres puntos de arriba que no se podían esquivar.

Debía memorizar eso.

Solo por si acaso.

A pesar de sentir alivio al haber captado el patrón, una creciente sensación desagradable empezó a adueñarse de mis extremidades, una mezcla de impaciencia, estrés y ansias incontrolables. Todo porque la pantalla de su móvil seguía navegando por otros sitios que no alcanzaba a distinguir desde mi posición. Me daban ganas de atravesar la ventana y mirar por encima de su hombro.

«¿Y si finjo que soy una estudiante que recolecta firmas para tener una oportunidad de asomarme a la pantalla de su teléfono más de cerca?».

Era una idea absurda y extrema que descarté de inmediato, pero otra más sensata la sustituyó al momento.

Cambié mi teléfono de oreja para que quedara con la cámara hacia la ventana. Como pude, entré en la cámara y subí el *zoom* al máximo intentando colocarme de forma que lo grabara a él.

Me quedé así un rato hasta que mi miedo a ser descubierta y juzgada antes de tiempo fue mayor que mi curiosidad y me marché con lo que llevaba de video.

Lo revisaría al llegar a la casa. Esperaba haber captado algo interesante, como mínimo sus redes sociales.

Me mataría si al final resultaba que solo estuve grabando mi oreja.

Después del incidente ocurrido a primera hora, no fui a ninguna de las clases señaladas en mi horario.

Preferí escapar a la perspectiva de volver a ahogarme en sombras y voces dentro de mi cabeza. Quería respirar. Necesitaba con toda la fuerza de mi ser estar lejos de sus miradas. Porque sabía lo que veían sus ojos: a mí. Y sentirlos me hacía más consciente de quién era, de mi aspecto, de que no había ningún motivo por el cual alguien pudiera fijarse en mí y decir «quiero ser como ella» o «la quiero de amiga».

Excepto él.

Tal vez me estaba adelantando, a saber por qué me había defendido de aquellas chicas. Tal vez fue por lástima. Sí, tuvo que ser por lástima. Pero lo único que importaba era que el chico más hermoso de al menos dos continentes no se había burlado de mí, sino que me había defendido de quienes sí lo hacían.

No me sacaba ese pensamiento de la cabeza mientras caminaba a casa.

Me alegré de que no estuviera cerca, sino a unos reflexivos veinte minutos a pie que me hacían mucha falta.

Tenía que tomar una decisión con respecto al colegio. No podía ni considerar pedirle a mi madre que me cambiara de centro, dado que era el primer día, el último año, y la única escuela pública en todo el pueblo. Mis opciones eran afrontarlo y sobrevivir, o huir mientras se me ocurría una mejor idea.

Me incliné por la segunda opción.

Caminaba por unas calles más allá del colegio cuando me fijé en una camioneta blanca que avanzaba muy despacio junto a la acera de enfrente. Tenía los vidrios bajados y vi que seguía a una estudiante rubia que se alejaba a paso apresurado.

Recordé que María mencionó que acababa de cortar con un turco que conducía una camioneta blanca y, dado que el cabello de la chica a la que perseguía el vehículo era del mismo castaño tan claro, supuse que se trataba de ella.

No tardé en confirmarlo cuando oí lo que el conductor le gritaba:

—¡María, súbete ya!

—¡Mámate un huevo, maldito degenerado, no me voy a subir a tu puta camioneta!

María casi le restregó el dedo medio en la cara, atravesando la ventanilla con la mano, para luego volver a apretar el paso lejos de él.

Me cambié de acera después de confirmar que nadie iba a atropellarme y me subí la capucha del suéter para no ser tan fácil de reconocer. Seguí a María por si hacía falta, pero mantuve una distancia prudencial siempre detrás de la camioneta para no alterarla.

—María, sube a la mierda esta... María... ¡María, coño! —El hombre le daba golpes al volante mientras gritaba cada vez más acalorado—. María, por el amor de Dios, vamos a hablar.

—¡Claro, ahora quieres hablar! Púdrete. Habla con la otra.

—Pero es que no me dejaste explicarme...

—¡¿Cómo mierda explicas las fotos desnuda de una carajita en tu teléfono?! —exclamó María, histérica, sin molestarse en detenerse o voltear hacia el hombre que la perseguía.

—María, sube. Hablemos en la pizzería.

—Ah, ¿donde estuviste con la carajita esa?

—¡No lo entiendes! Fue un desliz. Caí bajo, lo sé, pero es que tú estabas tan intensa con los celos y tu desconfianza que... Además, no la llames carajita, ella es muy madura para su edad.

María le propinó tal patada a la camioneta que casi oí que la carrocería maldecía a toda la familia de la rubia.

—¡Esa misma mierda me dijiste a mí!

—Ya te has pasado de la raya, puta.

El tipo salió del vehículo y cerró de un portazo. Cuando se acercó a María y lo vi, me pareció tan inmenso, tan iracundo, tan desmedido en comparación con el cuerpo de ella que, aunque voluminoso, seguía siendo juvenil, que temí presenciar lo que seguía. Tal vez porque tenía demasiada experiencia en identificar patrones que tarde o temprano se convertían en un preámbulo de las peores escenas posibles entre parejas.

Así que improvisé.

Corrí hacia María gritando entusiasmada, como si recién la reconociera, y me quité la capucha para que ella también me identificara.

Lo primero que vi en sus ojos fue terror, o algo similar, ya que iba mezclado con un matiz de vergüenza. Mas, cuando se giró y vio que el hombre volvía a su auto como si nada, detecté algo nuevo en su rostro: alivio.

La camioneta se alejó en un ruidoso derrape, dejándonos a María y a mí en un incómodo silencio.

Ella sabía que yo había escuchado más de lo que aparentaba, lo supe por la manera en que esquivaba mis ojos y por el enrojecimiento acalorado de su rostro. Debía de sentirse muy humillada, lo que nunca fue mi intención.

—Si quieres... —empecé a decir con intención de proponerle caminar juntas, pero en ese momento pasaba un taxi cerca y ella le sacó la mano para detenerlo.

El auto paró frente a nosotras y, sin más, María abrió la puerta y se metió en él.

—Nos vemos en clase —dijo antes de que la puerta se interpusiera entre nosotras y el taxi siguiera su camino.

No sé cuánto tiempo estuve parada en el mismo sitio asimilando lo que acababa de pasar, sintiéndome como una intrusa invasora y atacada por el pensamiento de que María ya nunca volvería a hablarme después de esa escena.

Lo cierto es que cuando reaccioné, escuché pasos y risas de personas que se aproximaban desde atrás. Al voltear para ver de quiénes se trataba, se me secó la boca al reconocer a una de las personas del grupo. Me asaltó una especie de deseo de ser tragada por la tierra.

Vergüenza fue lo que me invadió.

Ojalá alguien me hubiese advertido que lo que debía sentir era miedo.

4

Libre de pecado

SOTO

«Quien esté libre de pecado que tire la primera piedra».

Esta era la única frase de la Biblia que Soto atesoraba, solo porque le daba una excusa para las decisiones que había tomado en su vida, para las acciones más desesperadas a las que había tenido que recurrir. Era como un susurro que le reconfortaba asegurando que quienes lo juzgaban sin duda cometían actos peores.

Al contrario de lo que podrían intuir sus compañeros por sus comentarios fuera de clase, Soto no era ateo. No odiaba a Dios ni a ningún creyente. En realidad, Soto era bastante devoto de su fe, solo que era una fe muy personal.

Después de las clases el transporte lo dejó en la parada de su barrio, y allí decidió cortar camino hacia su calle tomando un atajo entre dos casas, donde los bajos de su pantalón se ensuciaron con la tierra que levantaban los entusiastas jugadores de canicas. Llegó al cobijo de su hogar y consiguió acceder al meter la mano por la ventana y alcanzar la cerradura a la que no habían pasado llave. Su madre lo esperaba con la comida servida, pues sabía que su hijo siempre regresaba de clase muerto de hambre.

Un beso en la mejilla, una bendición y encomendó su hijo a Dios mientras este se quitaba la chaqueta del colegio, dejaba la mochila en el suelo y se sentaba a comer.

—Recemos antes de comer —indicó la madre de Soto, Mary, mientras le acariciaba el cabello alborotado que él siempre se negaba a peinar.

—Sabes que no voy a hacerlo.

—Debes dar gracias a Dios por la comida sobre tu mesa, sabes lo que me cuesta conseguirla.

El padrastro de Soto trabajaba. No solo eso, sino que sus jornadas eran a veces de más de quince horas diarias; pero ganando un sueldo mínimo venezolano —equivalente a un dólar o dos por quincena— con apenas algunas retribuciones por horas extras, no podía mantener a su pareja, y mucho menos a una con un bebé en camino y un hijo adolescente de apetito infinito. Por esa razón la mayor fuente de ingresos eran los pasteles, panquesitos y galletas que hacía la señora Mary y que salía a diario a repartir por su vecindario, al tiempo que los promocionaba en grupos de WhatsApp con insistencia.

—No creo que Dios necesite que le dé las gracias delante de ti, ¿o sí? —bromeó el muchacho con su irónico tono habitual que a muchos se les hacía tan pesado.

—Te conozco, Jesús Alejandro, si no le das las gracias aquí y en voz alta, no se las darás nunca.

—Olvídalo. —Se levantó—. Se me quitó el hambre. Dale gracias a Dios por eso si quieres.

No lo dijo de malas maneras, sino con su habitual tono bromista. Sin embargo, su madre había aprendido a identificar los matices, sus inflexiones, la calidad e intensidad de sus comentarios.

Soto se fue a su cuarto dejando su plato a medio comer en la mesa. Se recostó en la cabecera de su cama con las manos entrelazadas tras la cabeza, la vista en el cielo y sus pensamientos oscilando lejos.

Soto no era ateo. No podía serlo. Su creencia en un ser todopoderoso que lo tenía todo bajo control, que lo escuchaba a pesar de su inmundicia e insignificancia, que lo sostenía a pesar de sus errores, que lo amaba cuando nadie más parecía hacerlo... Era su único motivo para seguir con vida. Si Dios no existiera, significaría que estaba perdido. Solo. A la intemperie. Siendo una minúscula partícula de vida que el mundo no tardaría en pisar. Soto necesitaba creer en Dios tanto como sus venas necesitaban sangre.

Pero aborrecía la Biblia. El Dios de esos pasajes no era amor, era un ser ególatra apasionado por el castigo, que no daba margen a la humanidad para que fuera humana. El Dios de la Biblia era un tirano. O me amas, o te quemas. O crees en mí, o los gusanos se comerán tu alma. O me eres fiel, o con pestes, plagas y fuego maldeciré tu tierra.

Aborrecía tanto la Biblia, que todas las que su madre le había regalado a lo largo de su vida permanecían bajo su cama, y en sus páginas, cada versículo que le había parecido misógino, cruel, contradictorio o un mensaje de odio vendido como amor aparecía tachado con rotulador.

Casi no había páginas intactas.

Sí, había leído el libro entero. Varias veces, en ediciones y traducciones distintas. Tenía motivos para odiarlo.

Y a pesar de ello, disfrutaba de las historias del rey David, Moisés, José el rey de Egipto, el profeta Samuel y muchas otras. Pero las leía como lo que eran: ficción.

A algunos les gustaba la mitología griega; Soto era adicto a las historias de la Biblia, a pesar de sus eternas contradicciones.

Pero su odio tenía un objetivo mayor, uno al que no le veía ni la más mínima salvedad: la Iglesia.

Diezmos que eran un robo; curas que se mantenían gracias a las ofrendas de su congregación, que fingían una santidad divina de la que la mayoría carecía; diáconos que fornicaban antes de recibir a sus hermanos con la mano y la bendición de Dios; predicadores que no vivían según sus propios mensajes; mujeres siendo fieles partícipes de un sistema en donde eran sometidas y abiertamente llamadas «cuello» y no cabeza; músicos homosexuales que condenaban sus propios sentimientos, mintiendo en un altar sagrado; niñas que perdían la esperanza, la inocencia y la vida a manos de otros supuestos siervos de Jehová.*

Soto definitivamente odiaba la Iglesia, cualquier Iglesia, y el motivo más profundo para ello quedaría entre él y su Dios. El mismo al que le habló esa tarde: una deidad sin Biblia, sin Iglesia, sin infierno. Un Dios de cuya existencia no tenía que convencer a nadie porque era muy personal.

Un amigo.

—Hola —le habló al techo, apenado, y sonrió con timidez—. Sé que debes de estar decepcionado por cómo traté a mi madre. Debí haber fingido que oraba y luego venir aquí y contarte lo que de verdad te quiero

---

* Efesios 5:22-24 dice: «Las casadas estén sujetas a sus maridos como al Señor, porque el marido es cabeza de la mujer, así como Cristo es cabeza de la Iglesia, la cual es su cuerpo y el Salvador. Así que, como la Iglesia está sujeta a Cristo, así también las casadas lo estén a sus maridos en todo». Basado en ese versículo de la Biblia, la Iglesia cristiana se refiere al hombre como la cabeza del hogar y a la mujer como el «cuello».

decir. —Suspiró—. Necesito un abrazo, ¿sabes? Pero no quiero que sea ella quien me lo dé. No porque no la ame, sino porque la amo muchísimo. Si me abraza, voy a llorar, y si lloro, ella se va a romper. Quiero que me vea fuerte, como tú me has ayudado a ser...

Soto se acarició los brazos para combatir el frío de su soledad. Le habría gustado que su amigo no solo escuchara, pero por el momento eso tendría que bastarle, porque nadie más en el mundo parecía querer oír.

—Voy a seguir con eso que sé que no te agrada. Está mal, lo sé. Y te agradezco por no juzgarme, por estar aquí para oírme siempre que vuelvo, venga de donde venga. Pero tengo que seguir. Lo haré hasta que sienta paz. Así que... Cuida a mi madre mientras no estoy. Y sí, sí, te prometo que comeré antes de irme.

»Nos vemos, Dios. Por favor, no me juzgues.

5

De rodillas

SINAÍ

Era la chica de tercero a la que le derramé el zumo en su libreta nueva. Iba de la mano con un estudiante que como mínimo debía de estar en cuarto —por su camisa beige— y con otro chico que le rodeaba los hombros con el brazo en un gesto protector. También estaban sus amigas de camisa azul, las que presenciaron el incidente, y un tercer muchacho, demasiado concentrado en su bolsa de Doritos como para fijarse por dónde caminaba.

La guapita a la que Axer le regaló el dibujo del miembro sonriente dio signos de reconocerme y al instante se detuvo en seco.

Quise dar la vuelta, fingir que me había vuelto loca y seguir mi camino, pero estaba demasiado ocupada lamentándome por mi desgraciada suerte.

En ese lapso, ella frenó al chico que antes la rodeaba con el brazo. Él era alto, y tan delgado que aún lo parecía más; ambos compartían el mismo tono castaño de pelo, un perfil similar y el color café de sus ojos, solo que los de él estaban subrayados por unas ojeras que parecían parte de la identidad de su rostro. Sin embargo, tenían el mismo atractivo, solo que el de él no dependía del maquillaje. Tal vez fueron sus gestos, o esa aberrante seguridad que derrochaba, lo que me convenció de que era alguien por quien las chicas se pelearían.

Debían de ser parientes, y estaba dispuesta a apostar a que eran hermanos.

—Mira —le dijo la chica del incidente a su acompañante, señalándome—. Es ella.

—¿Quién? —Su hermano, porque estaba segura de que debía de serlo, alzó las cejas a la vez que me dirigía una mirada curiosa, como si buscara reconocerme de algún lado—. No sé de qué hablas. No la conozco.

—Yo...

Si abrí la boca fue porque estaba segura de que era momento de disculparme, pero la pequeña conflictiva no quiso dejarme hablar.

—Coño, Julio, es la tipa mayor de la que te hablé: la que me estuvo molestando y me jodió la libreta.

Hasta el muchacho que iba distraído con los Doritos dejó lo que hacía para no perderse ningún detalle. Las pupilas del presunto hermano se dilataron cuando comprendió la situación y sus ojos se ensancharon hasta casi duplicar su tamaño. Sin duda ya empezaba a recordar lo que fuera que le hubiera contado su hermana. Y no debía de ser agradable, pues su rostro se ensombreció a medida que parecía atar cabos.

Pasó un instante así, nublado en esa nueva oscuridad, hasta que una sonrisa inquietante asomó a sus labios para instalarse un largo rato en ellos.

—Rebeca —le dijo el tal Julio a la otra chica de camisa azul—, asegúrate de que mi hermana se vaya directo a casa. No se desvíen porque me voy a enterar. Muchachos...

Los otros dos hombres en el grupo, el que iba de la mano de la hermana de Julio y el de los Doritos, se acercaron a ella de inmediato. Julio dio unos pasos hacia mí hasta tomarme del brazo.

—¿Nos acompañas? —preguntó con un tono de falsa amabilidad que no era otra cosa que burla contenida. Lo había vivido antes, era lo típico en uno de esos chistes privados donde no entiendes nada, pero sabes que el resto se está riendo de ti y no contigo.

—Julio, déjala, no es para tanto —abogó su hermana con una expresión extraña, como si de pronto se arrepintiera de haberlo contado.

Por el temblor repentino y desesperado en sus pupilas, casi me pareció que tenía miedo. Pero no podía tratarse de eso. Era su hermano, ¿no? Y ella lo había provocado.

—Tú cállate, Dani, y vete a la casa. Rebeca, te dije que te la lleves.

—Sí, sí, ya voy.

La chica llamada Rebeca tomó a Dani y tiró de ella sin llegar a ser brusca, casi como si quisiera convencerla de avanzar por su propia voluntad. A paso lento, ambas empezaron a alejarse, aunque la que lo había ocasionado todo dio una última mirada atrás apelando a la empatía de su hermano. Al ver que él ni siquiera la miraba, imploró:

—En serio, Julio. Déjalo así.

—¿No te dije que te fueras?

Y esa última pregunta, entonada a modo de advertencia, fue cuanto hizo falta para convencer a Dani.

Ambas chicas siguieron su camino sin voltear de nuevo, y yo quedé sola y desorientada. A pesar de mis constantes desgracias era propensa a esperar lo «menos peor» de los seres humanos, porque creía más en la empatía que en mí misma.

—Tú vienes con nosotros —aseguró Julio mientras me tiraba del brazo para que me moviera.

—Chicos, de verdad perdonen el malentendido —comencé a decir, entendiendo que nada bueno podría salir de ese enfrentamiento—. Me disculparé con tu hermana. Fue un accidente. Pero... voy tarde a casa.

Me giré con intención de alejarme de ellos lo más rápido posible —todavía con la mano de Julio alrededor de mi brazo—, pero mi retirada se vio interrumpida cuando uno de los otros se interpuso en mi camino. Era el que iba de la mano de Dani. Era el más musculoso, aunque nada impresionante. Los que sí destacaban eran sus intensos ojos azules y su sonrisa reluciente.

—¿Adónde vas?

La bravuconería de ese grupito ya podía olerse en sus risas nauseabundas, en aquellos codazos de aprobación y en el brillo hambriento de sus miradas. Eso, y aquel irónico deseo de encajar, aunque fuese en un círculo tan lamentable, lleva a cualquiera a cometer actos desmedidos, y cierra la boca a cualquier razonamiento empático por evitar quedar como el aguafiestas del grupo. Así que me encontré incapaz de tragar, porque empezaba a asustarme. Mucho.

Respiré profundo para no tartamudear al hablar. Si me mostraba como una presa fácil, si caía en sus provocaciones, me comerían viva. Pero hay una gran brecha entre saber lo que debes hacer y poder hacerlo.

Sin embargo, lo intenté. Puse mi mejor aproximación de un gesto de determinación antes de decidirme a contestar.

—Dije que me voy a mi casa —repliqué con severidad—. Adiós.

Me zafé de Julio, empujé al segundo tipo y di varios pasos firmes hacia delante antes de que una mano me aferrara con maldad por el pelo, de modo que la cabeza se me torció hacia atrás y el cuello se me dobló dolorosamente.

Solté un chillido por encima de sus risas, pero las manos condimentadas de Míster Doritos se cerraron sobre mi boca y nariz con tal fuerza que me impedía respirar.

Me retorcí, y entonces el de ojos azules me levantó del suelo y, seguido por el resto, me llevó a una calle trasversal que se desviaba de mi camino.

—¡Suéltame, suéltame!

—Como ordenes, corazón.

Para mi sorpresa el tipo hizo lo que le pedí, pero a su manera. Me soltó con tal despreocupación que caí al suelo de costado y me lastimé un hombro. Gruñí y una maldición escapó de mis labios mientras rodaba para quedar sobre mi espalda y tratar de recuperar el aire que me abandonó con el impacto.

Si bien la caída había sido dolorosa al punto en el que sentí que me crujía todo con solo respirar, las cosas empeoraron cuando los finos zapatos de Julio se clavaron en mis costillas.

—No hay que llegar al extremo de pegarle —abogó Míster Doritos y, pese a que sus palabras parecían una defensa, su voz estaba en sintonía con el disfrute de los demás—. Haz lo mismo que hizo ella con tu hermana: humíllala.

La sonrisa que se plantó en el rostro de Julio era todavía más perturbadora que las anteriores. La idea de su amigo no solo le gustó, sino que lo excitó, se notaban sus ansias por llevarla a cabo.

—Ponla de rodillas.

—¡¿Qué?! —chillé estupefacta—. ¿Están locos?

Pero a los tres les traía sin cuidado mi veredicto sobre su salud mental. El de ojos azules tiró de mí hasta que quedé de pie ante él, solo para que pudiera pegarme en la parte de atrás de las rodillas hasta dejarme postrada ante Julio. Míster Doritos se unió a la fiesta y me tiró del pelo hacia atrás hasta que me vi obligada a establecer contacto visual con su líder.

—La niña con la que te metiste —empezó Julio, mirándome desde arriba mientras sus amigos me inmovilizaban— tiene novio, amigos, familia. Gente que la ama, la cuida y defiende. ¿Y tú? ¿Quién está contigo? No eres más que una bravucona que se aprovecha de los débiles. A ver cómo te defiendes con uno más grande que tú.

—¡¿Qué?! Solo me caí sobre el zumo de tu hermana, nada más. No le hice nada. Nada. ¡Lo juro!

Me dolían las costillas y tosía con cada bocanada de aire que recuperaba. Estaba a merced de tres depredadores. Sola. Indefensa. Las ganas de llorar estaban ahí, pero no me quedaban lágrimas. Era como si el miedo las incinerara reclamando todo el espacio de mis ojos para él. Porque sí, estaba aterrada. Tal era mi estado de horror y desespero que me sentí tentada a ofrecerme a acostarme con los tres para que no me hicieran daño.

—¿Estás llamando mentirosa a mi hermana?

—¡No, no!

Mierda.

Estaba en medio de un acertijo trampa en el que cada posible solución implicaba un problema mucho peor.

—Entonces sabes que te mereces esto, ¿verdad? —insistió Julio con una sonrisa mucho más radiante, como si tener justificación lo redimiera—. Jonás.

El de ojos azules reaccionó al instante.

—¿Sí?

—¿Qué fue lo que dijo Dani que le dibujó esta piojosa?

—Una verga llena de leche que sacaba la lengua.

—Mal, mal. Muy inapropiado para una jovencita —exhortó Julio, negando con la cabeza—. Ni siquiera lo dibujaste bien. ¿Acaso has visto un pene en tu vida? Apuesto a que no. Quién querría mostrarte su verga si das vergüenza ajena.

—Yo no estaría tan seguro —añadió el tal Jonás—. Por lo perturbada que está seguro ha visto el de su padre o el de algún primo que la violaba.

—¡Basta, cochinos! —grité sintiendo la bilis subir por mi garganta—. Son unas malas personas. ¡Horribles personas! Me dan asco, cerdos. Me dan pena. Hacen daño y disfrutan de hacerlo sabiendo que... que me podría suicidar o algo peor. ¡No les importa nadie! ¡No tienen corazón! Malditos.

Detrás de aquellas palabras vino el llanto. Siempre había evitado las groserías, en especial las maldiciones; me limitaba a pensarlas y solo en situaciones muy específicas en las que mi cerebro las reproducía casi sin mi permiso. Era como un efecto secundario de haber pasado mi infancia metida en una iglesia. En realidad me parecía que podía decepcionar a Dios o que le daba más motivos para enviarme al infierno, pero en ese momento me importó entre nada y una puta mierda adónde me enviaran. No podía ser peor que estar vivo.

—Malditos —repetí sollozando.

Hubo un instante de silencio en el que creí que los había hecho reaccionar. Incluso me pareció que Míster Doritos aflojaba su presa en mi cabello. Los imaginé avergonzados, reflexionando, a punto de retroceder. Hasta que Julio volvió a hablar.

—Que le enseñe mi verga, dice.

Los otros dos rieron a carcajadas y se prepararon para el espectáculo.

Julio empezó a quitarse el cinturón con una risita que me perseguiría siempre. Mientras se desabrochaba el botón, sus manos casi temblaban anticipando la diversión que seguiría y, para cuando empezó a bajarse la cremallera, yo ya estaba al borde del desmayo.

No daba crédito a lo que pasaba. Nadie podía ser tan perverso, tan insensible a la carga de dolor que emitía mi llanto, a mi voz quebrada, a la agonía de mis súplicas. Hecha un mar de lágrimas, dije «Por favor, por favor, no» al menos diez veces mientras sus amigos me sujetaban la cara para inmovilizarla a pesar de la humedad de mis mejillas.

Al final no importó cuánto rogué, tuve que ver ese pene flácido a pocos centímetros de mi cara y soportar su olor agrio sin que las arcadas me vencieran.

—¡¿Qué hacen?! —chillé. Si no fuese porque los amigos de Julio me tenían bien sujeta, habría caído de bruces, víctima del mareo que me invadió—. Ya, paren. Por favor. Esto es malo... Esto está mal. Está muy mal.

—Haz que te lo chupe —propuso Míster Doritos carcajeándose.

En cuanto lo dijo, una oleada de vómito acudió a mi boca. Imaginé todas las atrocidades que podrían hacerme con la excusa de que los había vomitado a propósito, así que me obligué a tragar todo de vuelta.

—Asco, imbécil —dijo Julio—. ¿No ves lo fea que es? No se lo para ni a un camionero.

Todos se carcajearon a costa de ese chiste.

—¡Basta, por favor! —insistí a la desesperada, por si todavía quedaba algo de humanidad en ellos a la que apelar—. Lo que hacen es ilegal, es un crimen. El exhibicionismo es penado...

—Maldita sabelotodo —bufó la mente maestra de aquella maldad—. ¿Quién se está exhibiendo? Orinar es legal en todos lados.

—No te atreve...

Pero sí se atrevió.

Chorros calientes se estrellaron contra mi rostro para luego dirigirse a mi cabello y empaparlo. La orina me recorrió el cuello y alcanzó mi espalda atravesando el uniforme. Gran parte llenó también mi sostén. Tuve que apretar los labios con fuerza para no tragar nada y que todo corriera de mi barbilla para abajo, pero al final el olor rancio me provocó tal arcada que ya no pude contenerme y acabé vomitando sobre los zapatos de Julio.

Solo así se apartó, ofendido.

Por suerte no hicieron nada más y escaparon como los tres cobardes que eran, conscientes de que se habían pasado de la raya. Me dejaron ahí, sola en una calle desconocida, bañada en vómito y en la orina de un maldito degenerado que me había humillado y golpeado con el único fin de entretenerse a mi costa.

6

Gorda

MARÍA

María Betania odiaba el uniforme del colegio casi tanto como aborrecía su cuerpo. Su ritual al llegar a casa empezaba siempre deshaciéndose de todas las prendas que conformaban el conjunto reglamentario.

Usaba una red de baño para no mojarse el cabello y dejaba que la ducha le lavara el sudor producto de estudiar hasta las dos de la tarde y de los recesos en un patio sin techo ni ninguna otra protección del abrasador sol del mediodía. Cerraba los ojos. Lo hacía incluso antes de enjabonarse la cara, para evitar mirarse.

Salía de la ducha y se miraba en el espejo alto del lavamanos, porque en ese se veía perfecta.

El cabello recogido en una coleta despreocupada, algunos mechones sueltos que enmarcaran sus deslumbrantes ojos, varios gestos distintos con sus labios carnosos y expresivos, y eso era todo. Perfección. Pestañas oscuras y voluminosas, pechos impresionantes que no necesitaban sujetador, reflejos dorados en la melena, pómulos prominentes y un mentón en punta que le daba un acabado apoteósico a su rostro.

María era perfecta en ese espejo, siempre que no tuviera que ver lo que ocultaba bajo la toalla.

Salió del baño y se dirigió al armario. La camisa que escogiera daba igual, todas le quedaban bien excepto las que le había regalado su abuela a lo largo de los cumpleaños y Navidades, pero que de todas formas conservaba porque amaba a su abuela más de lo que le desagradaban sus obsequios.

Con respecto a los pantalones era mucho más estricta. Siempre ajustados y de cintura alta, era la única manera de mantener su barriga bajo control, de esculpir su figura, de parecer de caderas anchas y no «gorda».

Por eso odiaba su uniforme. Camisas de botones con pantalón de corte bajo. Agradecía no tener espejos de cuerpo entero que le mostraran lo que asomaba en la parte baja de su camisa.

Aunque no lo necesitaba y solo saldría a conversar con su familia, se puso algo de colorete en las mejillas y la punta de la nariz, y rímel en las pestañas. No podía permitirse salir desarreglada. No podía ser, ante nadie, menos que perfecta. No podía darle a nadie el poder de llamarla fea. Porque ya era gorda. No podía ser también fea.

Se contempló una última vez en el espejo y sonrió. No tuvo que fingirlo, de verdad le gustaba la imagen que la miraba directo a los ojos. Ella se gustaba. Muchísimo. Al menos vestida. Vestida así. Sin importar su gastritis y lo insoportable que eran a veces las cinturas de esos pantalones cuando los cólicos la atacaban, sin importar las noches que pasaba retorciéndose del dolor después de soltar esos botones. Valía la pena porque era hermosa.

María pensaba que Dios se había equivocado con su cuerpo, y se dijo a sí misma que ella era la encargada de terminar su obra.

Salió a la sala, donde su hermana chateaba con los pies encima del sofá, y se sentó junto a ella solo porque a su lado era todavía más perfecta. Génesis era ordinaria. Delgada, pero ordinaria. Tal vez por eso María sentía que su hermana la envidiaba tanto.

—Hoy vino el turco —comentó Génesis sin apartar la vista de la pantalla ni los dedos del teclado.

—Que se joda —escupió María, abrazándose a uno de los cojines del sofá.

—Te tardaste mucho en mandarlo a comer mierda —señaló su hermana como si nada, aunque el puñal estaba ahí, evidente pero disimulado.

—¿Y a ti qué te importa?

—Nada, a mí nada. —Génesis se encogió de hombros—. Pero si nuestros padres se enteraran...

—¡No te atrevas a...!

—¡Es un puto depravado! —Génesis golpeó su celular contra el cojín a su lado y se volvió para mirar a la cara a su hermana—. Tiene esposa y una hija de tu edad...

—¡Es divorciado! Y la niña tiene trece, no mi edad.

—¡Sigues siendo menor de edad!

—¡Hasta diciembre! ¡Y ya se acabó! Deja de meter el dedo en la herida, lo único que quieres es que se encienda esta mierda. Quieres verlos regañarme. Quieres verme mal.

María y su hermana iniciaron un duelo de miradas envenenadas. Querían hacerse daño la una a la otra. Bajo todo ello, subyacían los celos, los secretos que guardaban como armas, las palabras que sabían exactamente cuándo utilizar para que su efecto fuese más doloroso.

Génesis fue la primera en hablar.

—Al contrario, maldita estúpida. Quiero verte bien. Lo que él hizo es denunciable.

—¡Te dije que nunca nos acostamos!

—Claro, y el teléfono te lo regaló por tu carita bonita.

Aunque las especulaciones de Génesis sobre la actividad sexual de María eran ciertas, fallaba en su otra deducción. El teléfono no se lo había regalado el turco, sino el del Bentley.

—Estás celosa porque tu marido no puede comprarte ni una bolsa de frutas. O peor, no quiere comprarte ni una bolsa de frutas.

—Basta. —Génesis se levantó—. Hablaré con mis padres.

—Adelante. —María la imitó—. Yo también tengo cosas qué hablar con ellos.

—Perra.

—Mataniños.

Dicho esto último, María abandonó la sala con aire triunfal y empujó con fuerza la puerta de su cuarto.

No le gustaba estar sola, le incomodaba la ropa, lo que le daba ganas de desvestirse, y odiaba estar desnuda. Ni siquiera se ponía faldas, podrían notarse las infinitas cicatrices de sus muslos y pantorrillas.

La realidad es que María no sabía qué hacer sola. Tenía una colección de consoladores, pero odiaba usarlos. Solo los tenía porque eran obsequios que solía pedir en sus relaciones para sentirse mayor, madura. Pero cuando estaba sola, era muy niña. Tan niña que odiaba mirar aquellos juguetes. Tan niña que lloraba si los usaba. Tan niña que vomitaba al pensar en sexo. Por eso no podía estar sola. Ni ella, ni sus pensamientos.

Así que escribió al turco, ya que con el del Bentley todo iba demasiado despacio. No quería parecer desesperada, y menos en el primer día de clases.

María:
Está bien, hablemos.

Y envió el mensaje.

7

Dos partes de una misma yo

SINAÍ

Como todo venezolano, yo odiaba los huecos en el asfalto de las calles, esos que se llenan de agua de lluvia que queda empozada hasta que los rayos del sol la consumen, y no fue hasta que tuve que meter la cabeza en uno de esos charcos para lavarme la orina cuando empecé a tolerarlos e incluso agradecerlos.

Las personas son malas por naturaleza, pero siempre había querido creer que existe algo dentro de cada uno de nosotros que se quiebra cuando otra persona llora o demuestra sufrimiento. Vaya manera en la que me tocó descubrir que, a algunos seres humanos, esas mismas muestras de dolor y vulnerabilidad son los motivos por los que se sienten alentados a hacer daño.

No iba a volver a mi casa en el estado que me encontraba, con tierra en el cuero cabelludo y el contenido de la vejiga de Julio impregnando mi ropa y mi cabello. Preferí acercarme a una de las casas de esa calle desconocida para mí.

Era una horrible jugada de la suerte que nadie se hubiera asomado a su ventana, o salido a la calle en el momento justo en que me torturaban.

Concluí que la vida quería que yo atravesara por esas cosas para hacerme fuerte. Pero si era así, estaba apretando de más. Me estaba rompiendo.

Esos chicos habían llegado a un límite que no creí que ningún adolescente racional cruzaría, menos alguien a quien ves en la escuela, en tu vecindario, en el supermercado. Yo podría haber sido Dani, con una amiga, un hermano y un novio, y aquellos chicos me habrían parecido buenos. Pero era yo, Sinaí, un adefesio horrible de mirar e incapaz de defenderse. Aquellos hombres no me habrían hecho nada de eso si me hubiesen querido besar, al menos uno de ellos habría parado a los otros. Pero la realidad era muy distinta, y en un mundo como el mío las personas no sentían remordimiento de patear un animal sarnoso.

Frente a la casa a la que me había acercado, me arranqué los lentes de la cara y los tiré al suelo. Con mi zapato quebré el cristal y lo restregué contra el cemento sólido de la acera. Era el primer paso para dejar de ser el blanco de todas las burlas: obligar a mi madre a comprarme lentes decentes.

Llamé a la puerta, mojada y destrozada como me encontraba, sabiendo que tendría el rostro hinchado y la nariz roja.

Abrió un hombre alto con una complexión que podía suponer un peligro para mí. Su bóxer sobresalía de su short, no llevaba camisa y una carretera de vello largo y rizado le tapizaba la barriga desde abajo hasta perderse en su pecho alfombrado por más pelo. Me miró con el ceño fruncido, como si yo fuera uno de esos niños molestos que tocan la puerta para fastidiar y lo hubiese despertado de su siesta en el sofá.

Traté de sonar lo más madura posible y de que mi voz no se quebrara al hablar.

—¿Po...? —Carraspeé—. ¿Podría usar su baño?

—¿Para qué? —cortó con brusquedad. Su ceño se frunció mucho más con aquellas palabras creando tres profundos surcos que atravesaban su frente.

Mi alma estaba herida, pero mi mente estaba iracunda. Mientras que la primera lo captaba todo con dramático sentimentalismo invocando al llanto como su único amigo, aquella otra parte de mí se debatía entre impulsos más primitivos.

Quise empujar al señor y usar su baño de todas formas, quise contestar a su pregunta de «¿Para qué?» con un «Voy a cagar, ¿también quiere que le traiga una muestra de la mierda?». Pero aquellos impulsos que apenas asomaban seguían siendo tan débiles como un bebé que no puede caminar por su cuenta.

Estaban ahí, pero podían desecharse.

Y eso hice.

Miré al señor con mi mejor cara de perrito abandonado, para lo que casi no tuve que fingir, y rogué por que existiera en él ese instinto de ayudar a los desamparados.

—Me urge, señor. Por favor. Solo será un momento.

Lo vi rascarse las bolas por encima del short mientras pensaba. Siempre he odiado que los hombres se sientan tan libres de manipular sus miembros en público. Es desagradable, y lo peor es que nos toca fingir que no nos damos cuenta cuando es demasiado evidente y descarado.

No sé quién fue el genio que decidió normalizar esta bestialidad.

El tipo debía tener entre 29 y 35 años, no lo veía muy viejo. Me observó de arriba abajo como si estuviera considerando la decisión más significativa de su existencia, pero al final se hizo a un lado y me dejó pasar.

—Usa el baño del cuarto del fondo, la puerta está abierta. No vayas al del pasillo porque no tiene agua.

—Sí, sí, muchísimas gracias. No tardaré.

Seguí sus instrucciones al pie de la letra y me introduje en la única habitación con la puerta abierta. No me detuve a mirar mucho para no ser maleducada, pero por un rápido vistazo a la alcoba descubrí que aquel hombre no podía vivir solo. Había demasiadas cosas de mujer, y no me refiero a fotografías de ambos juntos en las paredes y mesita de noche —de esas no había ni una—, sino a perfumes, maquillaje y otros cosméticos en el aparador; ropa interior desperdigada en el suelo, blusas femeninas amontonadas sobre una silla y botas de tacón tiradas detrás de la puerta.

Entré al baño y me di cuenta de que la cerradura no servía, la manilla estaba intacta pero no había rastros del pestillo, así que la puerta no cerraba. Teniendo en mente que el tipo no me descubriría, tomé una de las pantaletas tiradas en el suelo para trabar la puerta, así no se abriría mientras estuviera ahí.

Puse el suéter bajo la ducha. El agua que salía de él era una especie de líquido marrón amarillento con una pesada fetidez rancia.

Lo dejé ahí un momento mientras corría al lavamanos.

Cuando abrí la llave, di gracias a Jesús, María, José y los siete enanitos porque funcionaba y salía suficiente agua.

Tomé una botella de H&S y la exprimí sobre mi cabello. No era champú puro, estaba mezclado con agua, pero con que hiciera espuma me bastaba.

Me restregué el cuero cabelludo con la uñas y metí la cabeza bajo el chorro frío del lavamanos. Me quedé ahí tanto como creí prudente. Ni siquiera me molesté en quitarme los restos de espuma de las orejas, eran mejor que los restos de Julio.

No me sequé el cabello, dejé que se escurriera solo, y exprimí al máximo el suéter para volver a ponérmelo húmedo. De nuevo, era mejor que su estado anterior.

Me pareció que la puerta se abría y me volví para enfrentarme a mi desorbitada imaginación. Sin embargo, aquella impresión no era un producto de mi mente. No solo se había abierto la puerta, sino que se volvió a cerrar. Con el dueño de la casa dentro del baño: conmigo.

—Eeh... Señor, disculpe, no he terminado.

—Dijiste que sería solo un momento.

Una corriente de aire frío me acarició la piel, erizándola, y me obligó a recurrir a toda mi fuerza de voluntad para no estremecerme. Aquella sensación no venía del aire en el cuarto de baño, sino del matiz que adquirió la voz del desconocido y del hielo que se advertía en sus ojos. En apariencia era el mismo que me había dejado entrar, pero su presencia se sentía mucho más vil.

Y ese no era el único cambio, ahora existía una nueva protuberancia en su short.

Deseé estar dándole una interpretación errónea a la situación, y con ese pensamiento en mente me obligué a sonreír y dije:

—Tiene razón, señor. Me tardé demasiado, ya debo irme.

Di un paso hacia delante pero él me bloqueó la salida.

—¿Te vas así? Estás toda mojada. ¿Por qué no te duchas de una vez? Tengo ropa seca.

Me estaba cansando de que la gente me jodiera tanto la vida. Siempre aborrecí esas voces, los tonos de burla o condescendencia, las miradas inquisitivas, asqueadas o compasivas; su aspecto mucho mejor que el mío, sus palabras —todas y cada una de ellas—: todo. Pero, en especial, y luego de lo que me acababa de ocurrir a manos de tres miserables desalmados con cara de adolescente, me irritaba tener a ese señor delante de mí creyéndose con derecho a decidir lo que yo debía hacer.

Así que apreté los puños y, con toda la firmeza que le quedaba a mi destruida alma, me impuse a pesar de su corpulencia, avanzando con determinación hacia la puerta.

—No —dije mientras avanzaba—. No me voy a quedar a nada, le dije que tengo que irme y eso es justo lo que voy a hacer.

Por desgracia, sentirse harto de ciertas cosas no basta para que estas desaparezcan. A él le valió tres hectáreas de verga que yo al fin hubiera aprendido a decir que no, lo único que le importó fue aquel punto donde se había acumulado toda la sangre de su cuerpo.

Su mano se cerró sobre mi hombro y me empujó de vuelta al baño. Quedé sentada en el retrete con él frente a mí, con las piernas abiertas a ambos lados de mi cuerpo. No estaba sentado, sus pies tocaban el piso y no a mí, pero su cuerpo estaba inclinado de modo que su rostro quedaba a mi altura.

—Solo quiero que te...

Quité la tapa del tanque del retrete y se la estampé en la cara al degenerado con la fuerza del miedo que se comía mis entrañas. En mi mente el golpe lo noqueaba y yo conseguía mi oportunidad de escapar, pero las cosas fueron más allá.

La tapa le dio en el lado de la cabeza. La cerámica se rompió y, del mismo impulso, los fragmentos le hirieron la mejilla, la frente y la sien, creando hilos de sangre que serpentearon hasta gotear continuamente en el suelo.

Aunque no lo dejé inconsciente, al menos logré que se apartara de mí, gruñendo de dolor y buscando con qué cubrir su herida.

Aproveché el momento para escapar y cerré la puerta del cuarto al salir para obstaculizar un poco el camino del tipo ensangrentado.

Corrí por el pasillo hacia la sala y sentí un alivio infernal al ver la puerta de salida.

Alivio efímero, por supuesto.

Aquella sensación gratificante murió nada más nacer, en cuanto intenté abrir la puerta y descubrí que estaba cerrada con llave.

Sin temor a equivocarme, ya podía concluir que Jesucristo me odiaba.

El hombre reapareció detrás de mí, con una toalla pegada al lado izquierdo de su rostro, sonrosada ya por la sangre y el agua que absorbía.

Dos lágrimas corrieron por mi rostro y sorbí por la nariz.

Yo debía de ser la protagonista más llorona en la historia de las protagonistas. Y de una historia de terror.

No podía seguir así.

No quería seguir así.

—¿Por qué cerró la puerta? —pregunté con la voz temblorosa.

—Niña, solo trato de ayudarte.

—Retener a alguien en contra de su voluntad es secuestro, no ayuda. No me está ayudando, y no porque no necesite ayuda, sino porque no la quiero de usted.

—A veces hay que ayudar a las personas a que se den cuenta de que necesitan ayuda —repuso el hombre metiendo las manos en los bolsillos—. Tú necesitas ayuda. Olías a orina cuando entraste y ahora estás toda mojada. No dejaré que te vayas así. Solo haz lo que te digo y te dejaré ir.

—Por favor. —Mi voz volvió a quebrarse—. Ya me han hecho demasiado daño hoy, solo déjeme irme.

—Cuando te hayas quitado esa ropa mojada. Vamos, comienza por ese suéter.

Con lentitud, casi como si esperara que el tipo cambiara de idea mientras me desprendía de la prenda, comencé a quitarme el suéter. Él extendió la mano y se lo entregué.

Se me quedó mirando un momento, estudiándome. Su rostro era imposible de descifrar, como si llevara una máscara de acero.

«¿Qué coño piensas, degenerado?».

—Ahora esa sucia camisa del colegio —añadió, llevándose una mano a los labios.

—Pero no quiero.

—Cuanto más rápido lo hagas, más rápido te dejaré ir.

Hice justo lo que me pidió, sintiendo rodar sobre mis mejillas un par de lágrimas calientes, gruesas, dolorosas como el mal trago que estaba pasando.

Le entregué la camisa beige quedándome solo con la camiseta blanca de tirantes de debajo. Odiaba estar así ante él.

Mis senos eran una de las pocas partes de mí misma que me parecían bien. Pequeños, pero redondos y firmes. Me gustaban, aunque los escondía. Y ahí estaban, resaltados por el sostén, asomándose por el escote de la camiseta, a la vista del depredador que acechaba frente a mí.

«Solo piensa que te estás entregando».

«Piénsalo así y te dolerá menos».

—Ahora quítate...

Una llave sonó a mis espaldas. Me giré sorprendida y escuché el pestillo girar en retroceso una, dos y tres veces.

Alguien estaba abriendo la puerta.

El tipo me agarró del brazo.

—Escóndete —susurró con urgencia en mi oído.

—Jódase.

Me solté como pude y me interpuse en el camino de la puerta para que quien estuviera entrando me viera.

La mujer recién llegada me miró de arriba abajo con el ceño fruncido, luego mi ropa en manos de su marido, y sus pupilas se dilataron con sorpresa.

«Al fin alguien va a ayudarme».

Pero la mujer llegó a otras conclusiones. Su mano se estrelló contra mi rostro y el sonido rebotó en mi cabeza por largo rato.

—Puta —espetó antes de empujarme a la calle y cerrarme la puerta en la cara.

8

Absolutamente todo bajo control

AXER FREY

Muchos jóvenes practican deportes, pero no Axer Frey. Él era adicto a revivir personas.

Era un genio. Su mente era codiciada por neurólogos y psiquiatras por igual. Su capacidad analítica y de concentración, su memoria y sentido del orden, su compromiso obsesivo con los proyectos y su alto IQ: todo se mezclaba para convertirlo en uno de los jóvenes prodigios de su generación a nivel mundial.

Lo que veían en el colegio al que asistía por motivos alejados de lo académico no era ni el reflejo de quien era —y quien podía ser— en realidad. El Axer público era una máscara y el rostro que ocultaba poseía muchos matices. Un puzle de sombras.

Al llegar del colegio, se desvistió, dobló la ropa y la tiró a la basura, sabiendo que en su armario encontraría los próximos cuatro conjuntos limpios y perfumados del uniforme para el resto de la semana.

El nuevo apartamento no era el mejor de todos en los que había vivido, pero le gustaba bastante después de las remodelaciones del equipo de arquitectura y diseño de interiores.

Frío, silencio y pulcritud era todo lo que necesitaba para estar cómodo.

Y si algo les sobraba a los Frey era buen gusto en la decoración.

En el lugar imperaba un estilo minimalista: muebles blancos, adornos negros; cerámica, porcelana, líneas rectas; comedor de piedra negra brillante, lámparas de techo distribuidas con método y todas apagadas para dar protagonismo a la luz natural que se colaba por los grandes ventanales que daban al balcón.

Entró en su habitación, su templo. Mantenía el mismo concepto de decoración que la sala, pero combinaba algunos tonos pálidos como el crema o el celeste desteñido, y tenía cuadros de las ciudades que había visitado colgados en una pared.

Se encaminó al baño de su cuarto con paso sereno, como el de un depredador metódico que siempre —siempre— tiene un plan. Era lo que hacía para ignorar la ansiedad que le palpitaba en las venas. Se veía a sí mismo como un ser frío propenso a razonar y no como una persona pasional que saldría corriendo y perdería el control para sumirse en deseos desesperados.

Al llegar al lavamanos se enjabonó hasta los codos y sintió que su pecho se relajaba.

«Uno», inhaló.

«Dos», exhaló.

Y así acompasó su respiración. Estabilizó su ritmo cardíaco.

Todo ocurría en su mente, no llevaba a cabo sus rituales en voz alta. Se trataba de una batalla suya y de su cabeza que no era de la incumbencia de su familia.

Cuando el agua se llevó la espuma de sus brazos por el desagüe del lavamanos, Axer se relajó de verdad. Una sensación de alivio que no conseguía emular con sus respiraciones por más que lo intentara año tras año.

Después de ducharse se dirigió a su armario, donde predominaban las camisas blancas. No le gustaba repetir la ropa blanca. El blanco era pureza, una prenda sin mancilla, símbolo de virginidad. Ponerse una prenda de ese color sagrado que ya hubiese tocado antes su cuerpo le parecía una injuria.

Frente al espejo de cuerpo completo, abrochó uno por uno los botones de su camisa, de abajo hasta el cuello y luego los de las mangas. Su cabello húmedo se quedaría así, le gustaba el aspecto natural de sus mechones casi platino cuando se secaba sin peinarse. Pantalón, calcetines, calzado y luego al mueble de cajones donde guardaba lejía, alcohol, desinfectante y otros productos químicos similares.

Tomó un paño de microfibra, lo empapó de alcohol, y limpió la superficie de su escritorio. Tomó un nuevo paño, abrió la pantalla de su portátil y esterilizó las teclas una por una en movimientos circulares. Hasta que se sintió satisfecho.

Lo siguiente fue abrir el cajón de siempre y buscar el recipiente donde guardaba sus lápices. Los colocó uno a uno sobre la madera blanca y los organizó en fila, con la punta hacia arriba, ordenados por color y tamaño.

Viéndolos así, dejó que el aire de sus pulmones lo abandonara en una apasionada exhalación.

El orden y el control le proporcionaban un placer seguro y puro.

Le molestaba que ese día no pudiera ir al laboratorio, ardía en deseos de implicarse en alguna emergencia o avanzar en su proyecto. Pero por una vez le haría caso a su padre. Sería un adolescente normal que se quedaba en casa después del colegio.

Por una vez.

Descolgó los auriculares de la pared y se los puso con una ligera presión. Dejó que la música clásica se insertara en su sistema nervioso, cada nota representada a octavas distintas que hacían que cientos de partículas de dopamina barrieran todo rastro de cortisol en su sangre, esa fastidiosa hormona que su cuerpo generaba a grandes cantidades en situaciones de estrés.

Cuando estuvo seguro de que si se levantara sería capaz de flotar, su cuerpo comenzó a desencadenar sensaciones guardadas en su memoria como orgasmos mentales.

No dejó de sonreír en todos los largos minutos que duró la sonata, y cuando casi no pudo controlar el temblor de sus manos causado por el frenético deseo de plasmar las vivencias atrapadas en sus recuerdos, encendió el portátil, abrió un archivo de Word y empezó a escribir como en trance el último capítulo de su novela.

9

Tienes que cambiar

SINAÍ

Jamás había sentido tanto alivio al llegar a mi casa.

Pasé tanto rato bañándome que perdí la noción del tiempo. Me senté debajo de la ducha para que el chorro de agua me cayera directo en la cabeza, introduciéndose en mi cabello como dedos helados que bajaban por mi espalda hasta el coxis, creando un charco debajo de mí.

Abrazada a mis piernas, recordé todo lo ocurrido durante el día. Al cabo de un momento ya no podía distinguir si el ácido que corría por mi rostro hasta mis rodillas era el agua del baño o el dolor de mi alma derramado por mis ojos.

—¡Sina! ¡Sinaí!

Sentí los brazos que me sacudían, el agua que ondeaba y salpicaba a mi alrededor, y aunque sabía que trataban de llamarme, la pesadez en mí no me dejó regresar del manto de ensoñación que había cruzado.

—¡Hija, levántate! —A mi pesar, fui abriendo los ojos con lentitud a la vez que gruñía—. ¿Te quedaste dormida?

—Eeh... Eso parece. ¿Qué hora es?

—Sinaí, me asustaste. Pudiste haberte ahogado. Creí que...

—Estoy bien, solo...

—Estás helada. Y no paras de temblar. —Mi madre corrió a descolgar la toalla y regresó para envolverme con ella—. Te puedes morir de hipotermia o una vaina parecida. Como mínimo te dará gripe. ¿Cómo carajos hiciste para quedarte ahí dormida, con el agua cayéndote encima?

—Bueno, la última vez que lo comprobé el proceso consistía en cerrar los ojos y dejar que el sueño hiciera el resto.

Mi madre me propinó un golpe en el brazo debido a mi chiste. No lo habría admitido en voz alta, pero me gustaba verla preocupada por mí.

—Sal de aquí y ve a ponerte ropa seca. Te voy a hacer una sopa caliente.

Mi madre no solía cocinar para mí. Algo muy turbio e inquietante debió de cruzar por su cabeza al verme tirada en el baño y luego reaccionar tan dócil y servicial.

—Eeh, ¿qué tal el funeral? —pregunté mientras salíamos del baño, más que nada para tener algún tema de conversación.

Mi mamá sonrió como una colegiala enamorada, incluso sus mejillas se encendieron.

—Hermoso. Tus tíos se partieron la cara a golpes. Tus tías se metieron a separarlos y Katherine le terminó partiendo la manicura a Elizabeth con los dientes. Sabía que tenía que haber llevado cotufas para la función. —Mi madre se carcajeó sola—. Y al final, mamá estaba tan furiosa conmigo que me agarró por los pocos pelos que me quedan en la cabeza y me obligó a subir a un taxi que me llevara a donde fuera, siempre que estuviera lejos de ella.

—Todo un éxito.

—Sin duda.

Reprimí el impulso de poner los ojos en blanco.

A veces mamá me preocupaba.

—Para empezar, ¿qué hora es? —pregunté.

—Las doce.

—¿De la noche?

—¿Te estás drogando, Sina? —Me sujetó el rostro y me levantó los párpados para revisarme las pupilas—. ¿Qué otras doce podrían ser?

—No me estoy drogando. —Me aparté de ella—. ¿Cómo llegas tan tarde, si la abuela te echó del funeral?

—Bueno, es porque luego tuve una cita.

—¿Quién coño tiene una cita después de un funeral? —Fue tan espontáneo mi comentario que no tuve oportunidad de censurar la mala palabra, pero a mi mamá no pareció importarle, no a esas alturas de la vida—. ¿Y con quién estás saliendo? No sabía nada de eso.

—Ah, perdón, se me olvidaba pedir tu bendición, mamá. Ve a cambiarte, Sinaí. Hablamos después de que comas y estés seca.

—Pero...

—No te lo voy a repetir, la próxima hablará mi tacón por mí.

A veces decía aquellas cosas en broma, otras hablaba muy en serio. Lo mejor era no averiguar en qué situación estábamos.

En mi cuarto me esperaba un tablero de ajedrez con las piezas organizadas a mitad de una partida. Había estado recreando las más célebres jugadas de Bobby Fischer para estudiarlas. Era mi definición de tiempo libre bien invertido, pero ese día preferí que mejor lo dejaba para otro momento.

Decidí ponerme manos a la obra con el vídeo que había tomado de la pantalla de Axer Frey.

Durante el tiempo que estuve grabando en secreto a través de la ventana, no capté ningún mensaje ni red social. En cambio, la grabación me daba un vistazo a un perfil en Wattbook. Su perfil en Wattbook.

Copié el nombre de usuario que aparecía en la pantalla y fui a mi propio perfil para *stalkearlo*.

«@RedDragon».

Más adelante, luego de examinar su perfil y entender un poco sus influencias literarias, abandoné la primera impresión que me había dado su nombre de usuario. Comprobé que no se trataba de un *nick* en algún videojuego medieval, sino que era una referencia a la novela *Red Dragon* de Thomas Harris, donde Hannibal Lecter hace su primera aparición.

En el perfil de Wattbook de Axer, lo primero que me apareció fue su única novela, aunque la tenía publicada en varios idiomas. En español llevaba como título *A sangre fría*.

La ilustración era una especie de manipulación gráfica que combinaba cuatro imágenes *aesthetic*, una foto de nudillos ensangrentados, un vistazo a una cabellera cobriza con el enfoque de una clavícula, y un rostro en el que no se distinguía entre lo que eran pecas y salpicaduras de sangre.

A pesar de que sentí un impulso de idiotez incontenible de husmear en las versiones de la novela en inglés y en ruso, en un arranque de sensatez decidí concentrarme en la que estaba en español.

La portada tenía un fondo simple de un marrón oscuro, con las letras en cursiva un poco encima de la imagen en primer plano de un chico sexy de labios heridos y mirada de depredador. El nombre del autor estaba debajo, solo el usuario, escrito en mayúsculas con una tonalidad rojiza opaca pero que destacaba.

Medio millón de lecturas y casi cien mil votos.

¿Por qué demonios el algoritmo de Wattbook me sugería *fanfics* de cantantes coreanos, pero esa novela nunca me había aparecido en recomendaciones?

Indignada todavía por eso, me decidí a leer la sinopsis.

Índigo sueña con sangre.
Se siente perseguida.
Pero ni sus peores pesadillas la podrán preparar para el hombre que
aterroriza su ciudad y que irremediablemente la desea.

Porque, desde luego, no es una sinopsis de Wattbook si no tiene al menos un adverbio terminado en «mente».

No obstante, sonaba como algo que debía leer de inmediato, así que lo agregué en mi biblioteca para después.

En mi lista de prioridades había otra urgencia.

Entré en el perfil del escritor.

Su biografía estaba vacía excepto por un *link* a su cuenta de Instagram.

Su usuario era el mismo que en Wattbook, por lo que supuse que era su perfil de escritor. Lo confirmé al comprobar que todas las fotos que compartía iban acompañadas de una cita en inglés o en ruso de *A sangre fría*. Vi un montón de interacciones y seguidores, pero eso carecía de importancia comparado con la naturaleza de los comentarios que recibía: lo alababan como a un ser omnipotente dentro del mundo literario.

Y cómo no hacerlo si, en mi opinión, su majestuosidad iba más allá de lo que fuera que ocultara su prosa.

Las fotos que subía eran tomas de su espalda mientras él, distraído, observaba el panorama desde un inmenso ventanal, u otras de él en diferentes poses en una cama enorme. En algunas salía comiendo, lo que me llevó a buscar una libreta y anotar lo que veía en sus desayunos: sándwich, jugos naturales, hamburguesas con papas, panquecas con frutas, pizza, etc.

Había otras fotos en las que salía acostado escribiendo en su *laptop*, fingiendo dormir con la sábana acomodada de forma que se viera parte de su ropa interior de marca y su espalda esculpida de gimnasio. En otras salía leyendo a escritores como King, Agatha Christie, Poe y Mary Shelley.

Los anoté todos, me daría un buen tema de conversación si surgía la oportunidad.

Subía fotos de sus brazos sosteniendo alguna bebida, donde se apreciara su anillo de plata ornamentada con una gema esmeralda, o acariciando a algún cachorro, gato o conejo en tiendas de mascotas; alguna sesión en donde se le viera con la camisa un poco movida y la corbata suelta, o la captura de sus ojos hipnóticos a través del cristal de un espejo.

Una gran variedad donde escoger.

Hubo tantas fotos que me dejaron babeando que al final no me resistí y capturé cada una de ellas, hasta que fueron tantas que descarté alguna y agrupé el resto en mi galería dentro de una carpeta que llamé Red Dragon.

Perdí la noción del tiempo que pasé admirando sus fotos sin dejar si quiera un *like* para no parecer acosadora.

¿Quién podría culparme?

Su espalda era cautivante; su sonrisa, de revista; sus ojos, los de un demonio cazador de almas; sus dientes tan impecables como su ortografía.

Detallé los cuadros que aparecían en una fotografía de su habitación para asegurarme de conocer a los mismos artistas que él, pero no saqué nada en claro. Parecían fotografías de lugares, tal vez sitios que había visitado. De ser así, tenía que descubrir adónde pertenecía cada una para trazar un mapa con sus movimientos en el globo terráqueo.

Admiré las tomas de su guardarropa, lo inmaculado de su colección de camisas blancas, el brillo de su calzado, la elegancia de sus relojes, la variedad y sensualidad de sus *blazers*, trajes y corbatas.

Anoté el patrón de colores que más usaba, tanto en la ropa como en su habitación. Azul intenso, blanco, vino, crema, beige y esmeralda. Debía asegurarme de tenerlo en cuenta a la hora de combinarme, tal vez así tuviera una oportunidad de que se fijara en mí.

¿Sería posible?

Axer Frey, escritor con medio millón de lecturas, nueve mil seguidores en Instagram, rostro de modelo, complexión física de un boxeador; popular —aunque poco sociable e inaccesible—, de padres ricos, tal vez el adolescente más importante del país, ¿podría fijarse en una chica como yo?

Solo había una manera de averiguarlo.

Revisé las cuentas que seguía. La mayoría eran de otros escritores de Wattbook, ilustradores, diseñadores y editoriales; sin embargo, y gracias a mi búsqueda minuciosa y mi determinación de revisar una por una todas las cuentas, encontré algunos perfiles de chicas «normales». Podrían ser sus lectoras, o antiguas compañeras de otras escuelas, pero a mí solo me importaba una cosa.

Revisé todas las fotos de todos los perfiles de chicas que seguía Axer para comprobar a cuáles había dado *like* y establecer un promedio de sus gustos.

La autoestima me cayó al suelo al ver lo perfectas que eran todas las escasas chicas a las que el ruso les dedicaba un *like*.

No tenía un tipo entre rubia y morena, pero sí era bastante selectivo. Uñas arregladas, dentadura intachable; cabello limpio, con vida y personalidad. Miradas que atrapaban, ya fuera por el color de los ojos o por estar tan bien maquillados como para crear una intensidad hipnótica. Ropa impecable y elegante; nada de chicas mostrando el culo, nada de pantalones rasgados, camisas de cuadros, franelas holgadas, suéteres o combinaciones de barrio.

Le gustaba la pulcritud, sin duda, puesto que todas las fotos a las que había dado *like* mostraban a la chica de turno impecablemente arreglada, con la ropa sin arrugas y con la incorporación de un fondo o elemento físico que contribuyera a la fotografía. Podían ser sensuales, pero dentro de la elegancia que admiraría un artista. Rostros reales capturados por una buena cámara, pieles cuidadas, sonrisas y poses de modelos sin ser demasiado artificial.

No había una sola foto *amateur* que al él le gustara. Todas tenían armonía, un encuadre perfecto, paleta de colores acorde, buena iluminación, contraste perfecto, alta definición, desenfoques bien hechos, conceptos claros: la huella de un artista expresada en un post.

Yo era un reverendo desastre al lado de todo lo que merecía un *like* suyo.

—Basta, Sinaí —me dije, arrojando el teléfono lejos en la cama—. Tú puedes atrapar a ese hombre. Tú puedes porque tienes algo que las otras chicas no tienen: cerebro. Solo te falta determinación. Axer Frey es solo una ecuación matemática. Ya has descubierto los valores que corresponden a cada incógnita, ahora desarrolla la fórmula y a sustituir valores, ¿de acuerdo? Tienes que conseguir que lo que esté restando en ti, se desplace al otro lado de la igualdad, ahora sumando. Y lo que está dividiendo, pase a multiplicar. Cambia, Sina. Hazlo por esos malditos que te humillaron, porque tú lo sabes, sabes que nadie le haría algo así a una chica perfecta. Cambia, y el mundo será tuyo.

Dejando aparte el comentario misógino sobre ser la única chica con cerebro en el mundo, considero que el razonamiento de ese día no estuvo mal. Fue lo que me impulsó.

Esperaba hacerlo tal como lo había pensado. Pero tenía que comenzar por conseguir una manera de verme más a menudo con Axer y tener una excusa para hablar con él, para demostrarle lo mucho que podíamos tener en común.

Así que me puse manos a la obra y revisé de nuevo sus fotos desde la primera que subió al llegar a Venezuela. Busqué en todas las que aparecía en un puesto de bebida o comida, y anoté los lugares que más frecuentaba. Mandaría currículum a todos.

Un plan infalible para encontrarnos de forma casual.

—¡Sinaí Nazareth! —Mi madre encendió la luz de mi habitación—. Van a ser las siete y tú ni siquiera te has hecho el desayuno. ¡Vas a llegar tarde a la escuela!

Mierda.

Puede que al final me excediera un poco en la búsqueda.

10

Lobo con piel de cordero

SOTO

Martes por la tarde

Soto odiaba tener que esperar fuera de la iglesia, pero la idea de entrar le resultaba todavía más repulsiva.

Los martes por la tarde siempre programaban alguna evangelización juvenil, lo que significaba que mandaban a un grupo de muchachos a tocar la puerta de desconocidos, ofrecer trípticos evangélicos que nadie leía y dar una charla invasiva sobre por qué el desconocido de turno debía aceptar al Señor en su vida si no quería ir al infierno y, de paso, condenar a toda su familia.

Soto había oído rumores. Su madre dejó caer que la menor de los Arroyo sería incluida en el grupo juvenil ese día, y así fue. La mandaron a evangelizar de puerta en puerta con otros tres chicos. Uno de ellos era Alessandro, el hijo del pastor de la congregación.

Soto se cubrió con la capucha y los vio ir de una calle a otra mientras él permanecía sentado en un banco de la plaza, lo que le parecía una distancia prudencial.

Esperó y esperó, rogando que no se saltaran la calle crucial en su plan, hasta que al fin vio que se adentraban en ella.

Se levantó, encendió un cigarrillo para calmar el hambre y los nervios, y se encomendó a su Dios antes de pasar a la acción.

Había elegido esa calle porque conocía a los vecinos. A esa hora todos trabajaban y no era un lugar concurrido. Así que los cuatro evangelizadores no recibirían respuesta aunque llamaran a todas las puertas, y cuando

Soto se pusiera manos a la obra, ni una sola alma recorrería la calle para interrumpirlo.

Con sigilo, se acercó al grupo. De una súbita calada consumió todo el cigarrillo, dejando apenas un rastro de cenizas encendidas que se dobló y cayó sobre el asfalto.

Esos días se sentía incapaz de avanzar hasta terminar sus cigarrillos. Arrojó la colilla y la pisó; solo entonces sintió la fuerza necesaria para sacar la mano del bolsillo de su suéter, levantarla y apuntar al mayor de los cuatro que estaban de espaldas a él, justo en la nuca, con su pistola.

Notó que se ponía tenso, sus hombros se elevaron un poco al contener la respiración y los toques en la puerta cesaron. Los otros tres se volvieron con lentitud a mirar al desconocido armado que los amenazaba. La chica, que apenas tenía doce años recién cumplidos, contuvo el aliento y sus ojos temblaron de pavor. Pero no gritó, ni chilló, ni corrió.

Soto no tenía que ser adivino para saber que los labios de ella se movían porque le estaba rezando a su Dios. Él lo sabía porque lo había vivido. Tantos instantes de parálisis, de terror, y Dios siempre había estado ahí, al alcance de una oración.

Cerró los ojos sabiendo que ellos no distinguirían sus facciones gracias a la capucha que lo cubría, y rogó a su Dios que le diera fuerzas a la niña para superar esa escena.

—Los cuatro —dijo, impostando la voz.

Señaló con la mano libre el espacio entre dos casas que creaba una especie de callejón perfecto para la ocasión.

Todos obedecieron sin decir ni una palabra. Soto admiró la especial obediencia del que estaba siendo amenazado directamente con el arma.

La pistola no estaba cargada, por supuesto, ni siquiera sabía dónde ocultaba las balas su padrastro. De hecho, tampoco sabía disparar, pero sí se le daba bien fingir que era un experto tirador. Además, le gustaba el estilo que le confería tener el brazo extendido con aquella belleza negra de película entre las manos, poseer el control de cada detalle de los siguientes segundos, aunque solo fuese por obra del efecto placebo.

En su mente, disparaba. Y no solo una, sino muchas veces. En su mente mataba, revivía a la persona, y la volvía a matar. Era la única fantasía que lo mantenía a flote, ya que no podía vengarse de quien realmente debía.

—Péguense a la pared, las manos arriba —ordenó, y los cuatro obedecieron—. Vacíen sus bolsillos, denme todo lo que tengan.

Los otros chicos comenzaron a obedecer, pero no Alessandro. Indiferente por primera vez a la pistola que se apoyaba en su nuca, mintió.

—No tenemos nada, somos cristianos que salimos a evangelizar. Nuestros líderes nos deben de estar buscando, si se va rápido no diremos...

El atacante metió la mano en los bolsillos de Alessandro y, mientras lo hacía, presionó con más fuerza la pistola hasta que el rostro del chico quedó pegado a la pared. Soto vio que apretaba los ojos, su respiración se tornaba irregular y cómo le temblaban los labios.

Resultó que «nada» era el último modelo de teléfono y, en su muñeca, un reloj de marca cuyo valor era desorbitado en relación con su funcionalidad. En el cuello llevaba una cadena de plata de la que pendía un colgante con forma de pez, con la palabra «Jesús» inscrita en una cara y un versículo bíblico en la otra. Eso sin mencionar sus zapatos, que podía vender para dar de comer a su familia durante un mes.

—Cristianos evangelizando, ¿eh? ¿Qué es lo que predicas, niño, si lo que vives son mentiras?

—To-todos los seres humanos mienten —tartamudeó Alessandro con la punta de la pistola acariciando su mejilla—. Dios nos perdona a todos, incluso te puede perdonar a ti si te arrepientes y nos dejas ir.

Soto sonrió.

—No me interesa el perdón de tu Dios, pero si quieres puedo dejarlos ir sin quitarles nada.

—¿De... verdad?

Los otros dos chicos levantaron la mirada por primera vez y se observaron entre ellos. La pequeña seguía pegada a la pared, temblando y sin abrir los ojos.

—Palabra de ladrón —juró Soto con una sonrisa cínica en los labios—. Los dejaré ir sin quitarles ni un cabello, si me dejan a la niña.

—¡¿Qué?!

Esto lo dijo uno de los otros chicos, pero al ver que Soto lo miraba, se volvió de nuevo hacia la pared.

—Se lo prometo. Los dejo ir a todos sin hacerles nada, si me dejan a la niña.

—¿Y qué harás con ella? —cuestionó Alessandro.

—No me digas que lo estás considerando —soltó el chico que tenía justo a la izquierda.

—¿No lo oíste? Tenemos una oportunidad. Si no, quién sabe qué nos hará a todos, a ella incluida.

El tercer chico, que no había abierto la boca hasta entonces, comentó con voz gélida:

—¿Dirás eso en tu testimonio del domingo, Xandro?

—¡O somos todos o es ella nada más! ¡Está muy fácil!

La niña comenzó a llorar y el chico a su lado se atrevió a moverse para abrazarla. Soto, en un acto reflejo, lo apuntó con la pistola, a lo que él levantó las manos y volvió a su posición.

—Solo dale tus cosas y nos vamos, es todo —dijo el de la izquierda.

—¡¿No ven que podemos irnos sin entregarle nada?!

Soto ya se había cansado de tanta estupidez. Le pegó con la culata de la pistola en la cabeza, lo giró para que quedara de frente a él, y sacó una navaja de su bolsillo.

—Santo en la iglesia, demonio en las calles.

—Solo Dios me puede juzgar —contestó Alessandro, mirándolo con aire desafiante.

—Niña —dijo Soto. Ella ni siquiera se movió. Seguía llorando pegada a la pared, aterrada de mover un dedo siquiera—. Tú. —Soto señaló al que antes la había abrazado—. Dale esto y tranquilízala. No le voy a hacer nada.

Soto sacó cinco dólares de su bolsillo y se los entregó al muchacho. En Venezuela el bolívar estaba tan devaluado que tendría que haberle ofrecido un saco lleno de billetes para sumar la cantidad que le estaba obsequiando. Su madre lo mataría si se enteraba que tenía ese dinero encima y que lo acababa de regalar en vez de dárselo a ella para comprar comida.

Volvió a Alessandro, el ejemplar hijo de pastores, y le dijo:

—Tal vez solo tu Dios pueda juzgarte, pero yo no necesito hacerlo, yo directamente te voy a condenar.

Abrió la navaja que tenía en la mano libre.

—Jesús se sacrificó por todos los pecadores del mundo, y tú antepones un bonito reloj a la vida de una niña inocente. Eres ejemplar, hecho a imagen y semejanza de tu Dios.

—Si no me vas a robar, ¿qué es lo que quieres de mí?

—Demostrar qué eres.

Y dicho eso, Soto empezó a grabarle una bonita cruz en la frente. Algunos trazos le quedaron desiguales porque el modelo se movía mucho, por no mencionar que sus ensordecedores aullidos lo desconcentraban.

Cuando terminó, los dejó ir a todos, pero uno de los cuatro se quedó atrás.

—¿Qué? —inquirió Soto, golpeando la pistola contra su muslo. No estaba cargada, pero resultaba útil para marcar límites.

—Así que eres tú.

—¿Quién?

Soto se aterró ante la perspectiva de que lo hubiese reconocido. No iba a la iglesia con su madre desde los diez años y vivían bastante alejados de la congregación como para que los miembros lo hubieran visto crecer, pero hasta los planes mejor estructurados tenían cabos sueltos. ¿Cómo procedería si de verdad lo había reconocido?

—Tú. Eres el que ha estado marcando a los lobos disfrazados de ovejas.

Soto no quería sonreír, pero lo hizo. Se sintió reconocido, como si a Jack el Destripador lo hubiesen parado en un supermercado para pedirle un autógrafo.

—Eso parece —fue todo lo que contestó y volvió a guardar sus manos en el interior de su suéter.

—En fin... Buen trabajo.

11

La Nerd sin lentes

SINAÍ

Martes por la mañana

Sentada en el patio del liceo debajo de una mata de mangos para protegerme de la ira del sol de las nueve de la mañana, pasé el susto más hijo de puta de mi vida cuando María Betania me saltó encima desde atrás antes de sentarse a mi lado a comer su desayuno.

—Mujer, quita esa cara, parece que hayas visto un fantasma —dijo ella de forma apenas inteligible entre su risa.

—¡Me asustaste!

—Coño, ¿tan fea soy?

«No, es simplemente que ayer pasé un momento que no desearía tener que vivir de nuevo. Quisiera decir que no es así, pero la paranoia me consume al punto que una maldita rana me dejó casi llorando del pánico al saltarme de la nada mientras caminaba al colegio».

—Sí, seguro fue tu cara —mentí.

—Ja, ja —ironizó ella, entornando sus enormes ojos ambarinos.

La vi darle un mordisco a su arepa del desayuno como si devorara una hamburguesa triple. La mantequilla chorreó por la comisura de sus labios y el queso derretido se extendió casi medio metro desde estos a la arepa como si de una pizza se tratara. Imaginé que disfrutaba su festín, sin embargo, por miedo a dejar morir la conversación, improvisé una pregunta.

—¿Está buena?

María, con las mejillas aún llenas del último mordisco, alzó los ojos sin despegar la boca de su comida.

—¿Quieres?

—No, gracias. Ya comí.

—Menos mal, porque no quería compartirla. Por cierto —añadió María con cierto desinterés, el cual deduje que era fingido—. ¿Quieres ir a almorzar a mi casa?

Lo que ansiaba era poder dormir. La noche que había pasado en vela, recolectando datos de posible utilidad sobre mi nuevo crush, empezaba a pasarme factura. No obstante, la respuesta que quería darle a María realmente no era un no, sobre todo después de nuestro último encuentro, pero mi boca se abrió sola.

—No, gracias —dije simplemente.

—Ah, bueno... —Trató de disimular su incomodidad—. ¿Te gustaría ir a una fiesta conmigo?

—¿Dónde hay fiesta?

—Me refiero a próximamente. Anota mi número, escríbeme y te aviso cuando surja algo.

—Eeh... Supongo.

—Coño, me lo pones difícil, ¿sabes? —Dejó su arepa con un gesto de frustración y comenzó a guardarla en su lonchera—. Solo buscaba un modo no incómodo de... dejar atrás lo de ayer.

—Ah, eso. —Suspiré. Esperaba que no hubiese necesidad de tocar ese tema—. Disculpa por haberme entrometido.

—Soy yo quien debe disculparse, me porté horrible contigo. Es que no estaba en mi mejor momento, ¿entiendes?

—Desde luego —asentí con una sonrisa incómoda, aunque honesta—. Descuida, está olvidado. Y, suponiendo que yo haya dicho un sí camuflado en vez de un no a tu pregunta de si quiero almorzar en tu casa..., ¿la oferta seguiría en pie?

—Por supuesto.

Me arrancó el celular de las manos, anotó su contacto como «Tania<3» y se envió a sí misma un mensaje. Al parecer, Soto no era el único confianzudo.

—¿A qué hora sales de clase hoy?

¿Cómo le explicaba que no había entrado en el colegio y que no pensaba entrar el resto del año?

—Hoy no tengo más clases.

—¿Ah, no? Estás en la sección C, ¿verdad? Creo que vi a Gilary y Agatha entrando en...

—Sí, es que están en recuperativos. Yo no tengo que ir.

—¿Recuperativos el segundo día de clases?

Me entraron ganas de gritarle: «Cierra la boca, Enola Holmes».

—Recuperativos de los que se perdieron las clases de ayer. Ya yo tengo los apuntes.

—Ah. Comprendo. Entonces esperamos a que Soto llegue y nos vamos los tres. Hoy yo tenía solo Matemáticas, pero a mi profesora le dio por quedar preñada y aún están buscando suplente.

—Suertuda —comenté riendo, hasta que un pequeño dato de sus palabras hizo clic en mi mente y todo rastro de una sonrisa se borró de mí—. Espera... ¿Soto? No, no... Él no, por favor.

—Oye, ¿qué? —María soltó una carcajada que transformó sus grandes ojos en pequeñas rendijas de enormes pestañas—. ¿Te intimida?

Asentí por toda respuesta, no tenía caso negarlo.

—Soto puede parecer un desgraciado, imprudente, pesado, maleducado, grosero... Pero en el fondo... —Ella movió la cabeza de forma dubitativa—. Es exactamente todo eso. Pero llega a agradarte, eh. Y luego le tomas cariño.

—No lo sé, me da miedo...

—Ay, solo...

Hablando del rey de Roma —o en su caso el rey de Israel—, Jesús Soto llegaba al colegio en ese preciso instante.

—Un cigarrillo —le exigió a María apenas llegó a nuestra altura. Se le veía sudado y de mal humor.

—Primero que nada buenos días, eh —saludó ella en respuesta.

—Sí, sí, sí, a la chingada. ¿Me lo vas a dar o te lo pido de rodillas?

María entornó sus ojos sin perder la sonrisa cínica de sus labios.

¿Cómo podía soportar así el humor de su amigo? ¿Y por qué eran amigos en primer lugar? Sí él era un desastre andante y ella una belleza.

—Te lo doy si saludas primero.

Ante aquel chantaje Soto dio la primera muestra de estar consciente de mi presencia, alzando las comisuras de sus labios en una sonrisa odiosa de boca cerrada.

—Hola, Monte. Espera... —Frunció el ceño de una manera tan exagerada que parecía una caricatura—. ¿Qué le pasó a tus lentes?

—Su nombre es Sinaí, perro.

—Perro es un apellido que crea controversia, pero quiénes somos para

72

juzgar. —Soto alzó las manos y se encogió de hombros—. Y lo de «Monte» no fue de mala manera, simplemente no recordaba su nombre, solo que era el de un monte bíblico.

—Mis lentes se perdieron —interrumpí.

Esperaba así romper el hielo con él para agradarle a María.

—Lástima que en la vida real no baste con quitarle los lentes a la Nerd, ¿no? —preguntó, espero que en broma.

—Espera... —Casi corrí entusiasmada en su dirección. Tenía la sonrisa más radiante del día—. ¿Lees en Wattbook?

—¿Y quién no? ¿Leíste *La Nerd es una prostituta*?

—Creo que el título decía *stripper*, no prostituta —objeté con una ceja levantada.

—Es lo mismo.

—¡Paren de hablar de vainas que no entiendo! —interrumpió María justo en el momento en que pasaba cerca de nosotros una docente de enorme trasero. La mujer saludó y siguió su camino.

—Ahí tienen la razón de mi molestia matutina —señaló Soto.

—¿Qué te hizo la profesora? —inquirió María.

—¿A mí? Nada. Pregúntale qué le hizo al pobre asiento del autobús.

—¡Soto, no seas mierda!

—¡Tuve que venirme de pie! —exclamó, histérico.

—¿Y eso por qué? —me atreví a preguntar.

—¿Cómo que por qué? ¿No ves que cada nalga suya ocupa un asiento? ¡No le dejó espacio a mis huesos!

Muy a mi pesar, tuve que morderme los labios para que mi sonrisa no fuera tan evidente. Aunque él se volvió hacia María en ese momento, pude notar que su rostro se encendía con un ánimo renovado al notar en mi reacción una aprobación a su chiste.

—¿Y el cigarrillo? —repitió Soto de mejor humor.

—¿No vas a desayunar primero? —preguntó María.

—Depende de qué me trajeras... No, no. —Negó repetidas veces con la cabeza de manera que su cabello, tan negro, seco y alborotado como las alas de un cuervo, se empezó a mover en dirección opuesta—. Olvídalo. No tengo hambre, dame el cigarrillo y ya está.

—Soto, cómprate tú tu mierda de una vez por todas.

—María, deja de pedirme condones prestados que nunca me vas a devolver.

—Si quieres que te los devuelva, voy a cada hotel y habitación que haya pisado, los busco, y te los entrego en una caja de regalo.

El dedo medio de María quedó casi a la altura de la nariz de Soto, a pesar de que ella estaba sentada y él de pie enfrente.

Al final la rubia, pese a su hostilidad, cedió a la presión de su amigo. Sacó un cigarrillo de su bolso, lo encendió y se lo entregó, no sin antes concederse la primera calada.

—Con el dinero que ganas me sorprende que no vengas forrado en cigarros a la escuela —comentó ella mientras escupía el humo.

Yo escuchaba con atención tratando de pasar desapercibida para no perderme los detalles de lo que hablaban ni que sintieran que estaba sobrando.

—Bueno, hay que mantener las apariencias —argumentó el muchacho, quien, por cómo se había relajado luego de la primera bocanada de humo, parecía que lo acababan de conectar a una bombona de oxígeno—. Si deambulara por la vida forrado en cajetillas de tabaco, trajera el teléfono al liceo y llevara relojes costosos, me robarían de esquina en esquina camino a mi casa.

María se rio a su pesar. Incluso yo sonreí, porque era consciente de que él tenía toda la razón.

—¿Es eso, Soto? ¿O es que el negocio de las fotos está yendo mal? —interrogó la rubia, quien movió sus cejas de arriba abajo para acompañar su maléfica pregunta.

—¿Fotos? —No pude evitar inmiscuirme a pesar de que nadie me había invitado a comentar—. ¿Eres fotógrafo?

La rubia casi se atragantó con un mordisco de su arepa por la risa que le provocó mi comentario.

—No, mami. —Le hizo señas a su amigo para que le pasara el cigarro—. Él no toma las fotos, solo las vende.

—María, ya.

—¡¿Qué?! Te estoy haciendo publicidad gratis, desagradecido.

—No me sirve tu publicidad porque no trabajo con menores.

—¿Ah, no? —pregunté. Cada vez estaba más interesada en el negocio del chico que estaba frente a mí—. ¿Es legal lo que haces?

—Depende de a quién le preguntes y con quién hables.

—Vaya, y lo dices tan tranquilo —repliqué con un suspiro.

—Tú lo preguntaste con tranquilidad, ¿por qué yo tendría que responder con miedo?

—Miedo no, solo... precaución.

—Lamento decepcionarte, Monte, pero no me considero un muchacho precavido.

Me incliné hacia adelante en el banco con los codos apoyados en las rodillas, la barbilla sobre las manos entrelazadas y mis ojos, apenas capaces de enfocar con esfuerzo, fijos en el desastroso prototipo de chimenea ambulante que tenía delante.

—¿Y quién eres entonces, Soto? ¿Qué hay detrás de esos tatuajes, esos pulmones manchados de nicotina y ese ceño que se frunce con cada calada que le das al cigarro?

—Hambre —contestó, sin más. Y luego de guiñarme uno de sus ojos cargados de oscuridad, se volvió hacia su amiga—. ¿Cuántas clases te quedan? Hoy quiero tomarme el día libre, me lo merezco después de lo ocurrido con *Miss Culo*.

—Ya no tengo más clases, justo Sina y yo acabamos de decidir que almorzaremos en mi casa. Te esperábamos. ¿Nos vamos ya?

—Eso es tan obvio que no pienso decir «obvio».

12

¿Por qué no gritó?

SINAÍ

Martes al mediodía

La casa de María Betania tenía dos veces el tamaño de la mía, lo que no significa que fuese mejor. El garaje tenía el techo de zinc y suelo de tierra, y era la entrada principal, ya que la otra la habían clausurado al construir una bodega donde el padre se dedicaba a vender toda clase de chucherías, productos de limpieza, comida y algunos útiles escolares. La sala ya era otra cosa, amplia, con suelo de cerámica, un comedor adjunto del tamaño de mi habitación y un pasillo con cuatro puertas de madera que debían de dar a las habitaciones.

Luego de que los tres comiéramos un arroz chino que había preparado la mamá de María, ella y yo entramos directamente a su habitación.

—Soto —le gritó desde la puerta entreabierta—, entra en el cuarto de mi abuela y busca en el armario de mi abuelo lo que te vas a poner.

—¿Qué estás tramando, María? —pregunté al verla tan traviesa y sonriente.

Antes de que ella pudiera contestar, alguien más entró en su cuarto. Era una chica morena, sin duda mayor que nosotras, pero no aparentaba más de veinticinco. Llevaba el cabello castaño recogido en una coleta apretada que me daba dolor de cabeza con solo mirarla, y sus ojos café me miraban de arriba abajo con desdén. Sin miedo a parecer maleducada, se dirigió a María sin modificar su cara de asco reprimido.

—¿Y esta? No me digas que tienes una amiga nueva.

—¿Algún problema?

—No tienes amigas desde primer grado. —Se encogió de hombros—. Me sorprende, es todo.

—He tenido muchísimas amigas.

—Admiradoras y amigas no es lo mismo, estúpida —explicó la recién llegada en tono de broma. Terminó de entrar a la habitación y cerró la puerta tras de ella. Se acercó a mí y me sonrió—. Un placer, soy Génesis, la hermana responsable de María.

—Soy Sinaí, compañera de clases de María. Me gusta tu camisa, por cierto —añadí de inmediato al no saber qué más decir. Ni siquiera me había fijado en lo que llevaba: un simple camisón gris y desgastado por el uso.

Como era de esperar, ella lo tomó como una burla más que como un cumplido, así que cruzó los brazos con expresión digna y desinteresada.

—¿A qué van a jugar? —le preguntó a su hermana.

María sacó un libro de una pequeña estantería incorporada al tocador, donde guardaba algunos libros populares de fantasía juvenil y romance paranormal. Reconocí títulos como *El príncipe cruel*, *Trono de cristal* y *La selección*. Agradecí en mi fuero interno no ver el lomo de *Cincuenta sombras de Grey*.

En la portada del libro que María tomó predominaban los tonos dorados en contraste con algunos sombreados en marrón. Mostraba un primer plano de una chica de largo cabello negro, un elegante vestido rojo con constelaciones brillando en su amplia falda y una espada corta metida a su cinturón. La modelo estaba de pie delante de un símbolo de alas doradas muy brillantes.

Nunca había visto el título, pero por el sello WB turquesa supe que era uno de los libros salidos de la plataforma Wattbook y publicados en papel.

—Soto se estará arreglando con un esmoquin del abuelo, y nosotras también tendremos que ponernos algo especial si queremos estar preparadas para el baile.

—¿Baile? —pregunté sin comprender nada.

—Jugaremos a *Vendida* —explicó Génesis—. Nos gustaba hacerlo de pequeñas. Jugábamos a *Orgullo y prejuicio*. Pero llegó Soto, luego María se obsesionó con *Vendida* y toda la saga Sinergia, y ahora nos disfrazaremos como ellas.

—Sina, tú serás Aquía, la asesina de Áragog —dijo María—. Génesis será Shaula, la princesa escorpión. Y yo seré lady Lyra Cygnus, la princesa cisne, por supuesto.

—Hey, hey —se quejó la hermana—. Si yo soy Shaula, y tú Lyra... ¿tendremos que bailar juntas?

—Asco. Tienes razón. —María acompañó sus palabras con una expresión de náuseas—. Mejor sé Andrómeda.

—No me jodas, María, ¿por qué no puedo yo ser Lyra y tú Andrómeda?

María se llevó los dedos al entrecejo en señal de estrés.

—Lyra es rubia —argumentó—, ¿ves a otra rubia aquí?

—Yo no quiero ser Andrómeda.

—¡Pero si Andrómeda es un personaje poderosísimo en la historia! A pesar de no ser una guerrera, lucha contra el sistema a su manera. Su revolución es la lectura. ¿No leíste *Vencida*?

—Bla, bla, bla. Si es tan poderosísima te la puedes meter por el... —Génesis junto los dedos índice y pulgar formando un círculo—. Yo no jugaré esta vez. Chao.

—Nadie te va a echar de menos, de todas formas.

Cuando Génesis salió del cuarto, María procedió a sacar de su armario un vestido púrpura satinado con una falda casi del tamaño de la habitación.

—¿Y eso? —pregunté horrorizada.

—Es el vestido de mis quince años. Es el único que tengo y que pueda servir. ¿Quieres ponértelo tú?

—¿Tú qué llevarás?

—Improvisaré.

—Entonces mejor improvisa conmigo y ponte tú tu vestido.

María procedió a sujetar una sábana en mi cintura de forma que pareciera la falda de un traje de dama victoriana. Usó un top para simular la parte superior de un vestido con un escote corazón, y un cinturón ajustado para mantener ambas partes unidas. Luego me hizo un moño ostentoso y me maquilló con sutileza para que pareciera una dama de la época de *Mujercitas*. Repitió el proceso consigo misma, se puso su vestido púrpura, y salimos.

En la sala, Génesis nos recibió con una ceja arqueada, la nariz fruncida y las manos en su teléfono.

—¿Y Soto? —preguntó María de mala gana. No hacía falta ser agente del FBI para darse cuenta de que la relación entre las hermanas era como mínimo tensa y, para ser honesta, parecía delicada y explosiva.

—En el garaje, fumando.

María y yo nos dirigimos hacia allí. Ella rezumaba rabia mientras decía que si Soto no se había cambiado lo colgaría de las bolas en el arbolito de Navidad que todavía no habían quitado de su sala.

Pero la cosa es que Soto sí se había cambiado. Pantalón marrón, una camisa blanca un poco amarillenta por el tiempo que llevaba guardada —cuyas mangas largas y holgadas cubrían gran parte de sus tatuajes—, tirantes que nacían de la cintura del pantalón y un chaleco negro abierto para terminar el conjunto. Despeinado, recostado en la pared con el cigarro en la mano consumiéndose con alevosía..., casi daban ganas de hacerle una sesión de fotos y usarlas como póster para una película.

—¡¿Qué coño estás haciendo?! —María se acercó hacia él y le arrancó el cigarrillo de las manos—. En *Vendida* ni Orión ni Ares fuman.

—Tal vez, pero el príncipe Sargas seguro que sí. Lo imagino con una gran pipa, y a falta de una tuve que improvisar.

—No jodas. ¿Y de qué te has vestido? Sargas podrá ser bastardo, pero es el heredero. No viste así. Tenías que ponerte las chaquetas de mi abuelo, no... eso.

—Bueno, juguemos a *Mujercitas*, y yo soy Laurie.

—Qué más quisieras tú que ser Laurie, estúpido. No me insultes a Timothée Chalamet. Aff. —María hizo un gesto de obstinación dramático—. Ya no quiero jugar un coño.

Me quedé mirando el rostro de Soto, cómo contenía una sonrisa de satisfacción al joderle la paciencia a su amiga, cómo sus manos temblaban nerviosas por la falta del cigarrillo. Al descubrirme mirándolo, me guiñó un ojo de manera tan fugaz que consideré la posibilidad de haberlo imaginado.

Se despegó de la pared, recuperó su cigarro de las manos de su amiga y se despidió con una reverencia exagerada.

—Miladies, princesas, asesinas o lo que sean... Me voy por donde vine.

—Soto, nooo. —María tiró de su camisa y le puso cara de perrito arrepentido—. Quédate, *porfiiis*.

—Esta tarde tengo cosas que hacer, y ya voy con retraso.

—¿Tus negocios turbios no pueden esperar?

—Si pudieran esperar, esperarían. Pero no se puede. Chao, te amo.

Se acercó a su amiga, le dio un beso en la frente y llevó el cigarro a sus labios antes de dirigirse a la calle. De mí apenas se despidió con un saludo de la mano.

María le dijo que se fuera, que no le importaba. Lo vio marchar con los brazos cruzados como si esperara que se arrepintiera, o que a mitad de camino regresara confesando que su intención no era otra que la de joderle la paciencia. Pero él no volvió atrás, y su única pausa en el camino fue para tirar la colilla del cigarro y aplastarla con su bota.

¿Cómo lo veía la gente que no conocía el contexto de la situación? Con su vestimenta antigua, inusual, tan distinta de las modas imperantes. Sin embargo, él no parecía preocuparse por lo que pensaran los demás, o lo que pudieran o no comentar de su aspecto. ¿Habría algo, además de humo y nicotina, en la mente de Jesús Soto?

María, todavía de brazos cruzados, me dio la espalda y se encaminó a su cuarto diciéndome que se iba a cambiar. No obstante, yo vi algo más aparte de aquel gesto enojado y desdeñoso. Tal vez fueron imaginaciones mías, por supuesto, pero me pareció advertir el brillo de las lágrimas a punto de desbordarse de sus ojos antes de que se diera la vuelta.

En cuanto se alejó, me recosté en el sofá a esperarla. Por desgracia, creo que el sueño llegó antes que ella.

Aparecí en la sala de un tribunal en medio del pasillo entre la audiencia, camino al estrado.

Los asientos de madera no estaban ocupados por seres humanos, sino por figuras hechas de un humo espeso y oscuro como la cloaca del alma de algunas personas. Todas esas criaturas carecían de ojos, mas poseían agujeros iluminados por una perversa fluorescencia verdosa que se intensificaba cuando se encontraba con mis ojos. Verde. Veneno. Aquella sustancia parecía meterse en mis venas en cuanto ellos me enfocaban. ¿No podían dejar de mirarme?

«¿Por qué me miran?», me pregunté, y el eco de aquellas palabras se repitió dentro de mi cabeza una y otra vez.

—Porque tú eres el espectáculo de esta función —explicó un hombre vestido de traje, cuya presencia no había advertido antes—. ¿Estás segura de que quieres hacerlo? —preguntó, y quien respondió no fue la voz de mi cabeza, la que yo dominaba, sino la versión de mí que estaba ahí, independiente de mis pensamientos y de mi voluntad.

—Claro que sí, merecen pagar por lo que hicieron.

—Sí, pero es posible que de igual forma no paguen nada. Esto puede ser peor que dejarlo todo como está.

—No, la gente necesita saber la verdad.

—La gente escuchará tu versión, pero también oirá la de ellos. El jurado decidirá qué es verdad y qué no lo es, eso no dependerá de tu criterio.

La versión de mí que estaba sentada junto al hombre de traje se rio sin ganas, con una confianza y determinación desbordantes. No tenía dudas de lo que estaba haciendo, mucho menos tendría piedad.

—No se atreverán a mentirme a la cara delante de toda esta gente. ¡Yo estuve ahí! Sé lo que hicieron.

—¿Que no se atreverán? —inquirió el hombre en un tono más elevado, como si quisiera hacer reaccionar a la versión de mí que permanecía junto a él—. Después de lo que me contaste..., si todo eso es cierto, tú mejor que nadie debes saber que son capaces de mucho más que mentir.

—«¿Si todo es cierto?» —La Sinaí del sueño se volvió con indignación hacia su interlocutor—. ¿Es en serio? ¿Cómo es posible que mi propio abogado ponga en duda mis palabras?

—Solo con eso deberías hacerte una idea de lo despiadado de este juego. Créeme, no quieres hacerlo. Si pierdes, dejarás de ser la víctima para convertirte en una mentirosa. Si pierdes, no podrás volver a la escuela sin que te señalen. Las redes sociales te destruirán hasta que quieras desaparecer. Si pierdes... y ellos ganan... te habrán agredido dos veces. No te lo recomiendo en absoluto.

—Lo voy a hacer.

—Qué más da, a fin de cuentas yo cobraré de todas formas.

El lugar en el que me hallaba quedó envuelto en una bruma espesa que me hizo toser mientras todo se desvanecía y empezaba a dibujarse un escenario diferente.

Aparecí en una silla en medio del estrado. Julio, Míster Doritos y Jonás estaban sentados juntos con sus mejores trajes de niños buenos, como si fueran personas cabales, un ejemplo para la comunidad, seres que jamás habrían hecho daño ni a una mosca. Los típicos mimados de buena familia, con trajes caros y peinados impecables. Frente a mí estaba el abogado defensor, y a mi lado el juez con los brazos cruzados sobre el atril, mirándonos con suma atención.

Supongo que acababan de escuchar mi declaración, porque el abogado de la defensa avanzaba hacia mí.

Arregló su traje a mitad de camino e hizo una seña al juez como si esperara su autorización para interrogarme.

—Prosiga, abogado —concedió el juez.

—Señorita Ferreira, ¿cómo se siente?

—Sin duda cansada. Yo no debería estar aquí reviviendo los horribles sucesos de esa noche.

—Creí que había declarado que la agresión fue durante el día, ¿no?

—Ajá.

«¿A qué carajo viene eso?», pensé durante el sueño.

—Pero acaba de decir «esa noche». ¿Es posible que estuviera abusando de sustancias que confundieran...?

—Absolutamente no. No tomo alcohol. No fumo. No me inyecto nada.

—Claro. —El abogado asintió, aunque su sonrisita expresaba que no creía ni una sola palabra—. De todas formas, mi pregunta es otra. Señorita Ferreira, usted dice que mis clientes la apartaron de la calle camino a su casa. ¿No hay autobuses que hagan ese recorrido?

—Por supuesto que los hay, pero a mí me apetecía caminar ese día.

—Justo el día que mis clientes deben irse a pie para llegar al entrenamiento de futbol. ¿Estaba usted enterada de este hecho?

—En absoluto. Encontrarme con ellos ese día fue pura casualidad.

—Y usted alega que, debido a esa casualidad, y yendo ellos en compañía de sus hermanas, de repente les dio por agredirla a usted, entre todas las mujeres que hay en el mundo. Le recuerdo que son jóvenes ejemplares que jamás han cometido ninguna infracción o imprudencia.

—No entiendo por dónde va...

—¿No es más sensato creer, tal vez..., que usted los estaba siguiendo?

—¡Yo no los seguía!

—¿Conocía a sus atacantes, señorita Ferreira?

—No, yo...

—Usted asegura que ellos la alejaron de la calle principal y la llevaron a un rincón desierto y apartado. Me tomé la molestia de hacer ese recorrido, señorita. No existe tal «lugar desierto» cerca del punto donde usted afirma que fue atacada. Solo hay dos calles trasversales, y en ambas hay casas totalmente habitadas.

—¡No había nadie fuera! ¡Estaban desiertas!

—Otra casualidad, ¿no?

—Eso no...

—No había nadie fuera, eso dice usted. Pero sí notó que estaba rodeada de casas, ¿no?

—No entiendo a qué viene...

—Responda la pregunta.

Vi que la versión de mí en el sueño apretaba con fuerza los labios. Yo misma —o tal vez mi conciencia dentro de aquella proyección— sentí una impotencia que me impulsó a lanzarme sobre aquel halcón disfrazado de abogado, pero no sucedió nada. El sueño siguió su curso.

—¿Se dio cuenta de que estaba rodeada de casas, sí o no? —insistió el abogado de la defensa.

—Sí, obvio.

—¿Y por qué no gritó?

—¡¿Qué?!

Tanto la Sinaí espectadora como la que se encontraba sentada en el estrado gritaron al unísono.

No podía creer lo que me estaba preguntando. Con solo salir de su boca, las palabras fueron como veneno que secaron mi alma y marchitaron mi piel.

—¿Por qué no gritó? ¿Por qué no pidió ayuda? ¿No será que disfrutaba de lo que estaba ocurriendo?

—¿Cómo mierda...?

—Responda la pregunta.

—¡No!

—¿No quiere responder o no estaba disfrutando?

—Yo... no... no entiendo qué... ¿Puede repetir la pregunta?

—¿Se considera usted atractiva, señorita Ferreira?

—Protesto. La cuestión carece de relevancia para el caso —exclamó mi abogado, hablando por primera vez.

—La tendrá, señoría. Solo déjeme proseguir —pidió el abogado defensor mirando al juez.

—Lo permitiré, abogado, pero tenga cuidado —sentenció el juez.

—Muchas gracias. —Se volvió para mirarme—. ¿Se considera atractiva?

—Yo... No sé.

—Responda —presionó.

—¡No, no, maldita sea! ¡No!

—Y mis clientes..., ¿le parecen atractivos?

—¡Jódase!

—Señorita, si no se comporta tendré que acusarla de desacato —advirtió el juez dirigiéndose a mí—. Prosiga, letrado.

El abogado asintió y retomó su interrogatorio.

—¿Mis clientes le parecen atractivos?

De pronto me había fusionado con la Sinaí del estrado.

A pesar de que mi rostro trataba de no reaccionar, de mantenerse inmóvil, de congelar los músculos, mis lagrimales estaban fuera de mi control y derramaban mis sentimientos, el producto de la más desgarradora de las humillaciones públicas que había vivido, en forma de líquido por mis mejillas. Aquel hombre tomó todo lo que me hacía humana y lo dejó reducido a pedazos, usó mis sensibilidades y emociones más íntimas como peones en su tablero para hacerme pasar de victima a... ¿qué? ¿Una zorra? ¿Una mentirosa?

Sabiendo que insistiría en que contestara la pregunta, me limité a asentir. Sabía que mi voz me traicionaría si me atrevía a usarla.

—Necesito una respuesta verbal. ¿Le parecen atractivos mis clientes?

—Sí, así es.

Me sorprendió lo mucho que podían estrangular tres simples palabras.

—Y usted se siente fea.

—Yo jamás...

—¿No existe la posibilidad de que usted deseara lo que le pasó? Tres jóvenes atractivos, decentes y populares al fin se fijan en usted. Usted se acerca a ellos, hablan, tontean un rato. Le parece increíble que le presten atención... —Mientras él hablaba yo solo negaba con la cabeza una y otra vez, mientras las lágrimas se hacían cada vez más gruesas, más constantes, más dolorosas—. La invitan a apartarse un poco de la calle, ven que en la trasversal no hay nadie y usted los acompaña. Se besan, se toquetean. Usted no grita ni hace nada porque lo desea. Pero, tal vez... usted intentó llegar a más con uno de ellos. Él se detuvo, los demás pararon también. Nadie quiso quitarse el pantalón por usted. Qué rabia, ¿no? Otro rechazo más para su lista. Pero ellos lo pagarían, y muy caro. Entonces... los denunció, sabiendo que eso destruiría su reputación, su vida y la de sus familiares. ¿No es así? —me interrogó. Me quedé callada, aunque mis sollozos me parecieron suficiente respuesta—. Usted es una vergüenza para las víctimas reales. Qué pena me da.

Al echar un último vistazo a su rostro descubrí su cara de repulsión absoluta a lo que yo presuntamente representaba.

—No hay más preguntas, señoría.

13

Adicto al control de la muerte

AXER FREY

Miércoles por la mañana

El laboratorio era su lugar favorito.

En ese momento se estaba lavando las manos hasta los codos con una sonrisa de anticipación. ¿Qué tendrían para él ese día?

La bata le cubría la camisa blanca y gran parte del pantalón beige con cinturón de cuero lustrado. Llevaba calcetines negros tibios y zapatos del mismo color. La corbata quedaba a la vista, una pieza de colección verde esmeralda, como la piedra de su anillo, con franjas plateadas y un pequeño broche con la *F* ornamentada que representaba tanto el apellido de su familia como la empresa que les pertenecía: Frey's Empire.

Se vio en el espejo que cubría toda la pared de su área en el laboratorio. El mentón anguloso, las facciones definidas como trazos de un grueso pincel y perfiladas como por el cincel de un escultor, el cabello secado al natural con reflejos platino y los ojos verdes rayados como los de un felino. Siempre se había considerado atractivo, pero debía admitir que los lentes de montura cuadrada que usaba para leer y trabajar le conferían un aire todavía más interesante e irresistible.

De todos sus atributos, su aspecto físico era tal vez el que menos le interesaba, pero entendía que era un punto a su favor para conseguir sus objetivos.

De momento no había novedades en el laboratorio, de modo que se acercó a la cabina de bioseguridad, donde un equipo de técnicos trabajaba con entrega.

Observó los microscopios alineados en cada mesa, las centrifugadoras de un blanco perla brillante, los tubos de ensayo organizados, las muestras en las rejillas y perfectamente etiquetadas. Y el blanco; puro y limpio blanco. Aquel era su lugar feliz, su cielo después de ese infierno al que algunos llamaban centro de educación secundaria.

—¿Algo interesante que desees compartir conmigo hoy, Anne? —preguntó en inglés a una de las mujeres del equipo de bioanálisis. La técnica pertenecía al equipo de Canadá y todavía no había aprendido español.

El inglés de Anne era mucho más fluido y americano, el típico que se habla en una comedia romántica. Axer no había perdido la rudeza de su lengua natal, pero procuraba aprovechar esa circunstancia para convertirla en un punto a su favor. Y funcionaba, porque cuando la gente lo oía hablar una vez, siempre quería seguir escuchándolo.

La mujer alzó la cabeza, se quitó los lentes con la manos enguantadas y sonrió a Axer Frey, su ídolo.

—Los valores del nuevo espécimen son esperanzadores. De momento no creo que haya complicaciones. De todas formas, déjame probar su reacción a otros medicamentos para estar segura.

—Sé que nunca das un dictamen erróneo.

Axer adornó su cumplido con su mejor sonrisa de joven prodigio. Él era consciente del poder de sus labios, del efecto que tenían en otras personas dependiendo de cómo los manipulara, al igual que sus ojos y las distintas miradas que era capaz de proyectar con ellos. Sin embargo, Anne era demasiado profesional, como máximo las sonrisas de Axer servían para alentarla.

—De verdad creo que este nuevo blanco sería interesante y accesible —prosiguió Axer—, espero que su sangre no nos arruine el juego.

—¿Desde cuándo llamas juego a nuestros experimentos, Axer?

—Tal vez me he excedido, tienes razón. Es que a veces me cuesta creer que el trabajo sea tan...

—¿Divertido?

«Excitante».

—Sí, esa era la palabra que buscaba. Vaya, Anne. Me lees la mente. —Le guiñó un ojo—. Bien, te dejo para que termines.

—¿Nos vemos pronto?

—Por supuesto.

Axer salió del área de bioanálisis y cruzó hasta los casilleros del personal para buscar su cuaderno de estudios y sentarse a corregir apuntes y agregar nuevas observaciones basadas en sus recientes descubrimientos del sistema nervioso gracias al ensayo de uno de los genios rusos que le tocó analizar durante sus clases *online*.

Sin embargo, no había terminado de introducir la llave en la cerradura cuando oyó la sirena de la ambulancia.

«¡Sí!».

Sonrió extasiado y corrió tras el antibacterial antes de ponerse unos guantes esterilizados.

—¿Quién lo indujo? —fue lo primero que preguntó cuando el equipo entró con la camilla de emergencia donde transportaban al paciente pálido e inerte.

Entre todo el personal, Ráknov Vólcov lo miró con veneno impregnado en sus iris negros. Era de la primera brigada del equipo, la originaria de Rusia, y en esa sucursal de Venezuela era miembro de la dirección y jefe de Axer. Aunque el señor Frey era el jefe de Ráknov, lo cual le daba a Axer una preciosa inmunidad de la que disfrutaba sin disimulo.

Al joven Frey siempre le hervía la sangre por que Ráknov llevara bata, guantes y mascarilla negros. Si estuviera en sus manos, Axer ya lo hubiese despedido solo por ese detalle.

—Nadie, imbécil. —Ráknov nunca había dado muestras de conocer el nombre del joven Frey, y en cambio lo apodaba como se le ocurriera al momento. Lo detestaba abiertamente porque, en su opinión, el puesto del muchacho era un capricho adquirido por nepotismo, no por mérito propio ni tras haber demostrado conocimiento alguno—. Fue una llamada de emergencia por ahogamiento a la línea del señor Frey.

—Es posible que esté sufriendo un grado de hipotermia severo —añadió uno de los nuevos con premura mientras los demás trasladaban el cuerpo a la camilla del laboratorio—. Se desmayó en una piscina con el agua helada. Tardaron unos minutos en sacarla.

—¿Pero...?

Ráknov adivinó la pregunta que iba a hacer Axer antes de que saliera de sus labios, por lo que se apresuró a añadir con una sonrisa de cínica satisfacción en el rostro:

—Tenía pulso cuando la auxiliaron, lo perdió en la ambulancia. Lleva alrededor de dos minutos muerta. Toda tuya, genio.

Era todo un maldito reto cuando el paciente llevaba tanto rato muerto, y Ráknov lo sabía.

Por suerte, Axer Frey amaba los retos más que a sí mismo.

—Compresas calientes en muñecas, pecho, cuello y muslos para combatir la hipotermia —ordenó Axer como había ensayado y repetido tantas veces con su equipo.

Los auxiliares corrieron a cumplir las órdenes del joven Frey con la rapidez y eficacia que demandaba su voz.

Axer movió el cuello, dejó que crujieran los huesos y se deleitó con la relajación que este gesto le proporcionaba.

Esperó un poco. Precipitarse podía ser tan catastrófico como actuar demasiado tarde. Necesitaba que el calor regresara a las venas de la paciente, que su corazón tuviera una verdadera oportunidad.

—Bien. —Se acomodó el cuello de la camisa blanca antes de aproximarse al cuerpo—. Manos a la obra.

Puso la mano enguantada sobre la frente de la chica. Notaba la gelidez de su piel incluso a través del látex, pero su intención no era comprobar su temperatura. Mantuvo la mano ahí para que la cabeza permaneciera echada hacia atrás, luego levantó el mentón de la chica y con los dedos le abrió la boca para despejar las vías respiratorias.

—Jeringa de epinefrina —pidió. No necesitaba comenzar las compresiones para saber que aquel cuerpo necesitaría adrenalina inyectada para reanimarse.

En muchos centros médicos evitaban recurrir a la epinefrina debido a su elevado coste, pero no así en ese laboratorio, con los donantes que tenían y con el abuelo Frey como principal inversor.

Inyectó la adrenalina en el muslo de la joven y prosiguió a colocar la base de sus manos juntas en el centro del pecho, en la mitad inferior del esternón. Hizo la primera compresión apoyando todo el peso de su cuerpo.

Permitió que el pecho volviera a subir nuevamente para que el corazón se descomprimiera y volviera a llenarse de sangre, luego repitió la maniobra.

Repitió la operación varias veces sintiendo la descarga de su propia adrenalina. Las endorfinas recorrían sus venas con cada movimiento, con cada intento de entrega absoluta, con su esfuerzo frío, calculado, pero pasional y desmedido a la vez. Era mejor que cualquier actividad sexual que hubiera tenido en su vida. Porque en sus manos tenía un bloque de hielo, un muñeco, pero él tenía el poder de un dios, la potestad de arrancarla de los brazos de la muerte, la habilidad de traerla de vuelta, la dicha de entregar una segunda oportunidad.

Al llegar a las treinta compresiones, Axer procedió a las ventilaciones. Rodeó la boca de la paciente con sus labios, le tapó las fosas nasales apretándole la nariz con dos dedos, y exhaló su aliento.

«Vamos...».

Volvió a las compresiones. Treinta de estas y luego de vuelta a la maniobra boca a boca.

—Epinefrina —pidió de nuevo y no aguardó ni un segundo para inyectar la segunda dosis directo al corazón.

Luego repitió las compresiones.

Uno, dos.

«Vuelve, por favor».

Uno, dos.

«Sé que puedes, no te quedes ahí. Siente el calor, regresa. Vuelve a latir».

Uno, dos.

«¡Vamos, funciona!».

Pasadas las treinta compresiones, Axer se lanzó de nuevo a la RCP. Derramó su oxígeno a través de los labios helados de la mujer sin vida, esperando que llenara sus pulmones y reanudara su proceso respiratorio.

Lo primero que sintió fue el agua mojándole los labios, luego un leve movimiento.

Entonces se apartó y observó a la mujer mientras esta se arqueaba para escupir el agua de los pulmones y respiraba por primera vez en su regreso a la vida.

Axer se pegó a la pared con una mano en su pecho para contener el frenesí de su corazón desbocado. Y jadeó, como si hubiese sido él quien hubiera estado en el cuerpo de la paciente y acabara de regresar.

Todo su equipo, a excepción de los que auxiliaban a la mujer después de su milagrosa recuperación, lo felicitó con una ovación y gritos de júbilo. Y Axer sonrió, todavía sin recuperar el ritmo en su respiración, sin que las piernas dejaran de temblarle, sin que sus sentidos, sus nervios y su piel se apaciguaran tras el placer que experimentaba. Porque acababa de recrear el orgasmo más glorioso que había conocido la primera vez que logró burlar a la muerte y jugar con la vida.

14

Pequeñas mentiras

SINAÍ

Miércoles por la mañana

Aunque decidí faltar al colegio, salí de mi casa de todos modos para no levantar sospechas al respecto. Mi madre podía parecer muy desinteresada, pero también podía llegar a ser muy persuasiva.

En lugar de tomar el autobús que me dirigiría a la escuela, me subí a uno que me llevó en la dirección contraria. El problema era que salir en horario de clases implicaba montarte en transportes llenos a rebosar de gente con olor a culo que salía a trabajar o a estudiar.

No encontré un asiento, ni siquiera espacio libre en el pasillo, quedé atrapada entre dos personas sujetas al pasamanos, uno de ellos un hombre de mediana edad, y fui con su axila pegada a mi cara todo el camino. No sé cómo se las arreglaba esa gente para tener violín a las seis de la mañana, pero lo conseguían.

Unas cuadras antes de la papelería a donde me dirigía, le grité al chófer:

—¡Parada!

No me escuchó, no sabría decir si por el escándalo de tanta gente hablando a la vez en el autobús o por el vallenato que tenía puesto a todo volumen en su equipo de sonido.

—¡Parada! —insistí más fuerte.

No solo seguía sin oírme, sino que encima pasamos de largo por la papelería.

—¡PARADA!

—¡SI QUIERES LLÉVALA PARA TU CASA, COÑÍSIMO DE TU MADRE! —gritó uno de los pasajeros en mi ayuda.

Solo entonces el chófer se detuvo.

Bajé y caminé de regreso a la papelería que habíamos pasado. Pero antes de entrar mi mente comenzó a hacerme un millón de preguntas en bucle que me paralizaron al llenarme de una helada inseguridad.

«¿Y si hay mucha gente? ¿Cómo haré para que la persona que esté atendiendo me preste atención?

»¿Y si le grito y no me oye, y luego todos se ríen de mí y me quedo parada como una estúpida pasando vergüenza?

»¿Y si voy a hablar y tartamudeo?

»¿Y si, por los nervios, le digo buenas tardes en lugar de buenos días?

¿Y si me sucede como en el colegio, cuando le pedí la bendición a una profesora? ¿O como aquella vez que le dije "papá" al director?».

Por suerte, al entrar a la tienda la encontré casi desierta. Dos lindas muchachas atendían y solo había un viejito haciendo una consulta absurda.

Entonces, mis preocupaciones cambiaron. Me concentré en las chicas.

Una de ellas tenía el cabello lacio recogido en una cola de caballo y lentes cuadrados que le daban una apariencia intelectual, pero a la vez muy sexy. La otra llevaba el cabello castaño suelto con sus ondas al natural; el *eyeliner* que se había puesto y lo rizadas y oscuras que eran sus pestañas la hacían imposible de no mirar.

Ambas llevaban de uniforme una franela roja que resaltaba el volumen de sus pechos a pesar de estar cubiertos. Se veían muy pulcras y con las uñas arregladas.

Y yo: un desastre.

El cabello sin brillo, color ni forma; las uñas desastrosas ocultas dentro de los bolsillos de un suéter desteñido más grande que yo, las cejas como unos arbustos y las orejas sin accesorios. Incluso preferí ponerme la capucha para que no se fijaran tanto en mi aspecto lamentable.

Cuando me acerqué a la chica que estaba libre, me aseguré de repetir varias veces en mi cabeza: «Es "buenos días", es "buenos días", es "buenos días"...».

—¡Buenos días! —saludé, tal vez con demasiado entusiasmo.

—Buenos días. ¿En qué la puedo ayudar?

—Vengo a imprimir unas imágenes.

—¿Papel de foto?

—Realmente no. Son muchas, así que las imprimiré en cartulina para que salgan más económicas. Y... —Saqué de mi bolso roto un montón de pedazos de cartulina, todos cortados del mismo tamaño en forma de cuadrado—. Traje mis propias cartulinas para ahorrarme el costo de estas.

—De acuerdo. ¿Cuántas imágenes son?

—La verdad es que no tengo idea. —Le pasé mi teléfono y mi cable USB—. Son todas las que están en la carpeta Red Dragon.

—Perfecto.

La chica me dio la espalda un minuto mientras conectaba mi teléfono al USB y este al puerto de la computadora. Luego se dispuso a buscar entre los archivos del equipo las imágenes que debía imprimir.

—Vaya. Son muchas. —Me sonrió—. ¿Quién es este papucho? ¿Es tu cantante favorito o algo así?

—Eeh... no exactamente. Es mi novio. Es que cumplirá años en estos días y quiero hacerle un mural de regalo.

—Qué lindo gesto. Aunque... ¿no sería más romántico si le hicieras el mural con fotos de ustedes dos...?

Me mordí la lengua y me volví a otro lado. El silencio que se había creado y mi negativa al contacto visual conjugaron un momento incómodo de manual, ante el cual la trabajadora reaccionó fingiendo que no se había dado cuenta de nada.

Ella acabó de sacar las impresiones y me entregó mi montón de fotografías en cartulina, más un papel con el número de cuenta para que realizara la transferencia bancaria con el monto establecido.

Todas las fotografías eran de Axer, por supuesto.

Ese hombre era extraordinario, místico, insuperable. Era una variable en un problema matemático. Una incógnita que me invitaba a jugar, a descifrarlo, a utilizar todas las fórmulas que tuviese a la mano.

Siempre había vivido una vida de constantes, entre las que se incluían el *bullying*, las lágrimas y los hoyos negros. A pesar de eso, yo me sentía cómoda con todo ello. Sabía qué esperar.

Como dijo Einstein una vez: «Locura es hacer lo mismo una y otra vez esperando obtener resultados diferentes». Así que yo no esperaba nada nuevo, aunque el hecho de no actuar procurando un cambio perpetuara los constantes abusos que sufría.

Y luego apareció él.

La variable que llegó a cambiar mis sumas y restas de primer grado. La aceleración aplicada a mi movimiento rectilíneo uniforme. La acción de la que Newton hablaba cuando determinó su tercera ley.

Puede que lo estuviese idealizando.

Por supuesto que antes hubo personas que me defendieron, algunas por lástima, otras por empatía. Pero ninguna era como él. Ninguna había sido tan importante como el hijo del ministro de la central hidroeléctrica más grande de Latinoamérica.

Axer, sí. Y me vio, cuando nadie más parecía verme.

En eso pensaba mientras contemplaba cada una de sus cuarenta y tres fotografías impresas, mientras aplicaba la silicona caliente en la parte posterior de las cartulinas y la presionaba contra la pared, hasta entonces desnuda. Deslizaba los dedos por la imagen con gesto de placer y luego pasaba a la siguiente. Repetí el proceso hasta tapizar mi cuarto con su sonrisa, su espalda, sus ojos, su perfil, su clavícula, sus manos...

Estaba tan absorta en mi tarea que no oí a mi madre llegar a casa hasta que abrió la puerta de mi habitación.

Entré en pánico, como si me hubiese descubierto robando en Victoria's Secret, así que corrí y le cerré la puerta a mi madre en la nariz, pasando el seguro por dentro y pegando la espalda a la madera mientras respiraba aliviada.

—¡Sinaí! —Mi madre golpeaba con furia, lo cual era comprensible, pues nunca le había cerrado la puerta así—. ¡Abre, pedazo de mierda, o te voy a...!

Abrí, pero salí a encararla en vez de dejarla entrar.

Caminé como una adolescente malcriada directo hacia la sala. Era un plan infalible para que ella me persiguiera con su ira a tope en lugar de que entrara a registrar mi habitación.

—¡Mira, ven acá! —Me agarró por el hombro y me obligó a mirarla. Me habló, sin gritar, con la clase de voz que imponía respeto, si no temor—. Respeto tu privacidad como persona y por eso toco la puerta, pero reafirmaré mi autoridad como madre entrándote a coñazos la próxima vez que me la cierres en la cara. ¿Me puedes...?

—Me estaba masturbando.

Mi madre no dijo ni una palabra más mientras digería, de un solo golpe, las mías. Jamás hablábamos de esos temas y nunca había pronunciado esa palabra delante de ella. Era un tabú. Y no solo en la casa, también en la iglesia. Su sorpresa estaba justificada, y en otras circunstancias

94

yo habría estado cagada de miedo después de soltar una bomba como esa, pero me preocupaba más que descubriera lo que estaba haciendo en mi habitación y no se me ocurría otra salida rápida.

Lo admito: tenía demasiado miedo, aunque hacía tiempo que intentaba combatirlo. Quería ser ese tipo de adolescente que no le teme a lo que pueda hacer su madre, que no recibe como cuchillos sus palabras, que no tiembla con su voz seria. Pero no me salía, esa no era yo. O tal vez se debía a mi madre. Tal vez otros podían ser rebeldes porque no la tenían a ella. Sin embargo, estar, de alguna forma, burlándome de ella, me daba una satisfacción inconfesada. Hizo que me imaginara a mí misma con una sonrisa presumida, y esa fue la imagen que conservé cuando ella dijo:

—¿Tú... ya...?

—No. Virgen hasta el matrimonio, ¿recuerdas? Pero no esperarás que llegue..., bueno..., virgen si no hago algo al respecto mientras tanto. ¿O sí?

Mi madre tragó en seco. Miraba a todos lados menos a mi cara. Tal vez esperaba que alguien saltara detrás de las mesas con cámaras y le gritara: «¡Caíste!».

—Bueno... —Se cruzó de brazos. Seguía sin mirarme a los ojos—. La próxima vez cierra por dentro. Y... no hablemos más de esto. Si vuelve a pasar..., ¡pues yo qué sé! Dime que estás espiando al vecino sexy por la ventana o algo. Pero guárdate esa... información.

—Sí, mami.

Ella suspiró y se pasó la mano por su escaso cabello.

—Llegas temprano —acoté.

—Eeh... sí, la peluquería casi no tuvo clientes hoy y preferí no perder mi tiempo. Hoy quiero pasar tiempo de calidad contigo.

—¿Ah, sí?

—A decir verdad... tenemos que hablar, pero no va a gustarte lo que te voy a decir.

15

La maldita foto

MARÍA

María nunca olvidaría la primera vez que envió un *nude*.

Era la única chica de su clase, entre todas las mimadas del segundo año, con sus costosas camisas azules del uniforme, que había podido conquistar a un chico del último curso.

Él no era capitán de ningún equipo de deporte, ni un alumno popular. Esas cosas no existen en los liceos venezolanos. Solo era desgraciadamente guapo, con un dilatador negro en una oreja y un *piercing* en la ceja, además de sus brillantes ojos azules, que atraían a las muchachitas como el queso atrae a un ratón.

María estaba tan fascinada con su nuevo novio que deseaba presumir de él hasta en Facebook, así que una tarde le escribió al Messenger.

María Betania:
Hola.

El chico, Lucas Lissandro, o Lucxandro en las redes, estaba en línea. La novia se impacientó con cada segundo transcurrido entre el mensaje enviado y la respuesta.

Se preguntaba: «¿Qué estará haciendo, que no me responde?».

Al cabo de un rato que María volvió a abrir el chat con intención de mandarle un nuevo «hola», justo cuando la respuesta al primero llegó.

Lucxandro:
Hola bb.

María Betania:
Holaaa. Como stas?

Lucxandro:
Pensando en mi chikita hermoza.

María sintió que las mejillas se le acaloraban con aquella respuesta. Pensó que su novio era el chico más romántico y atento de la historia.

María Betania:
Yo tmbn estoy pensando en ti.
Estoy pensando en varias cosas.

Lucxandro:
En qué piensa mi bb?

María tardó un rato en ordenar sus ideas para luego formular su respuesta. No sabía cómo abordar aquel tema tan peliagudo, pero tampoco quería dejar pasar más tiempo sin discutirlo.

María Betania:
No deberíamos decirles a los demás que somos novios?
Digo, ya es hora, no?
Hemos esperado mucho, quiero que todo el mundo se entere.

Escribiendo...

El chat pasó así un rato, durante el que María tuvo el corazón en un puño. Se mordía la lengua, temiendo haber ido demasiado lejos, pero aguantó, porque no había vuelta atrás. Si se retractaba parecería indecisa, y lo que a Lucas le gustaba de ella era su carácter fuerte y decidido, como el de una adulta. O al menos eso le decía él.

Lucxandro:
Bb, no te portes así. Ya te expliqué que no es tan sencillo. Tú eres menor, tus padres podrían ponerse muy pesados con ese tema, hazta podrían amenzarme con la cárcel. Y tus amigos no lo entenderían. Mis amigos no lo entenderían. Nadie entiende que no eres como las otras chicas, que ers demasiado madura para tu edad.

María Betania:
Pero bb, mis amigos creen que miento, nadie me
cree que tengo novio. Estoy pasando pena, bb.
Les voy a decir, tú les dices a los tuyos cuando quieras.
Ellos no le dirán a mis papás, son súper panas. Ya verás.

Lucxandro:
Te dije que no, María.

A ella le hervía la sangre cada vez que su novio usaba su primer nombre para referirse a ella, sobre todo después de haber pasado tantos recesos de clases recalcándole que la llamara Tania, ya que si ella hubiese podido elegir ese sería su nombre.

Lucxandro:
Esa macriadez no es digna de ti, no sé qué te pasa.

María se asustó. ¿Sería posible que la estuviera cagando con el amor de su vida? ¿El único chico interesante y maduro que se había fijado en ella se estaría cansando ya?

Se maldijo, siempre lo arruinaba todo con sus inseguridades, a pesar de que él había sido tan amable y paciente con ella, tan abierto, tan buen novio.

María Betania:
Lo siento, me dejé llevar...

Eso fue lo que María había estado escribiendo, pero entonces llegó otro mensaje y María Betania prefirió borrar el suyo.

Lucxandro:
Ya lo haremos público, y será hermozo,
como el amor que sentimos.

María Betania:
Cuándo? Me tienes en estas desde hace un mes.

Lucxandro:
No me digas que ahora te vas a poner
de celosa desconfiada como tus amiguitas?
Me gustas xq no ers como ellas, pero si te empiezas
a comportar así, mejor lo dejamos hasta aquí.

María quería gritarle, correr hacia su casa, detenerlo, besarlo y disculparse por todo lo que había dicho.

«No, no, no».

No sabía qué hacer para salvar su relación. No quería perder a ese chico, él lo era todo para ella.

Sin idea de cómo proseguir, terminó acurrucándose en la cama a llorar. Si contestaba de inmediato y con súplicas, parecería una niña influenciable que carecía de seguridad en sí misma. Si lo dejaba así, parecería una mocosa con un berrinche.

Estaba segura de que la había cagado, y solo quería un rato para lamentarse por ello.

Entonces oyó otra alerta en su PC y corrió a ver de qué se trataba.

Lucxandro:
Te amo, bb. Confía en mí.

Ella se secó los ojos y sonrió. Él la quería tanto que le perdonaba sus rabietas e inseguridades, incluso cuando ella no sabía cómo disculparse por ello. Era el mejor novio del mundo.

Lucxandro:
Hoy estuve pensando mucho en ti.

María estuvo tentada de responderle que, para haber pasado todo el día pensando en ella, no había podido sacar ni un mísero segundo de su tiempo para verla. Y no porque no hubiera tenido ratos libres. María había mandado a sus compañeras a investigarlo, y todas habían coincidido en que el chico estuvo al menos una hora y media en las gradas de la cancha del colegio con otros amigos suyos, algunas compañeras y una botella vacía.

María Betania no podía apartar de su cabeza la idea de que otros labios lo habían besado. Se sentía impotente, hacía que la piel le picara de ansiedad. Sin embargo, la última vez que hablaron al respecto, porque María se lo echó en cara, él le dijo que ya que estaba fingiendo estar soltero, tenía que actuar como tal, porque de lo contrario sus amigos sospecharían. Le prometió que sin importar a quién besara, serían solo juegos, y que la única que le importaba era ella, que contaba los minutos para que pudieran hacer pública su relación.

María no dijo nada de lo que pensó, simplemente le contestó:

María Betania:
Ah, sí? En qué piensas?

Lucxandro:
En tus tetas.

Esa respuesta no alarmó a la joven. Cada vez que se besaban él le apretaba los senos. Eran muy grandes para una chica de su edad, ocupaban todo el sostén sin necesidad de relleno. Mientras que todas las de su clase eran planas, con apariencia de niñas desesperadas por parecer adolescentes, ella tenía unas piernas esbeltas y unos pechos que, a pesar de estar atrapados bajo el uniforme, hacían volver la cabeza hasta al director.

Fue lo que atrajo a Lucas de María.

María Betania:
Ya las tocarás, bb.

A María le encantaba cada vez que reunía el coraje necesario para enviar un mensaje de aquella naturaleza. Era una acción casi ilícita que le sumaba madurez, que la hacía más interesante a los ojos de los chicos.

Lucxandro:
Pero quiero verlas. Las necesito.

María Betania:
Ven a buscarme y así las ves.

Lucxandro:
Sabes que no puedo, bb.
El quinto año es muy difícil.
Demasiada tarea, demasiado estr3s.
Ayúdameee.

María se rio ella sola, ruborizada, y se tiró a la cama con los ojitos chispeantes de alegría al pensar en cuánto la necesitaba su novio. Era consciente del deseo que él sentía, y eso la embriagaba.

Volvió al PC y vio que tenía otro mensaje.

Lucxandro:
Quiero sentirte aquí conmigo. Mándame una foto.

María le envió una foto de su rostro, sonriendo.

Lucxandro:
Bb no juegues conmigo, sabes a qué tipo de foto me refiero.

María Betania:
Nunca he enviado algo así.

Lucxandro:
Ahora lo kiero máaaaas.
Kiero ser el primero en todo en tu vida.

María Betania:
No puedo, tengo vergüenza.

Miedo era lo que tenía, pero omitió esa parte.

Escribiendo...

Pasó un rato así. María comenzaba a impacientarse, pero todavía no era nada grave.

Escribiendo...

Se le borró la sonrisa.
Aquello no era normal: ¿por qué escribía tanto?

Escribiendo...

Lucxandro:
No seas así, bb. Llevamos tiempo sin avanzar, he sido paciente
contigo, pero soy hombre, tengo necesidades y un límite para
esperar. No voy a estar toda la vida viviendo de los besitos que nos
damos. Tenemos que avanzar o esto queda hasta aquí. Si quieres
tener una relación con alguien mayor, debes comportarte a la altura.
¿Crees que no me tientan Katy y Tatiana? Ellas me darían sin dudar
lo que tú te guardas para ti. Y ni siquiera te estoy pidiendo eso, solo
una miserable foto.

Lucxandro:
Y ni eso puedes hacer.

Lucxandro:
Me estoy cansado.

Lucxandro:
Creo que deberíamos darnos un tiempo. Tú debes empezar a salir
con carajitos para apreciar cuando tienes a un hombre delante de ti.

Lucxandro:
Chao.

María ni siquiera respondió, no con texto. Se tomó la maldita foto y
se la envió.

El lunes por la mañana, en el colegio, todo el mundo se fijaba en ella. No
como antes, que observaban sus pechos y su rostro, tan distintos de los de
las niñas piojosas y desaliñadas que acababan de entrar en la vida de estu-

diantes de secundaria. Esa mañana la contemplaban con los labios contraídos mientras contenían una risa, con los ojos chispeantes de burla y acusaciones silenciosas plasmadas en el rostro.

Todos la miraban de arriba abajo, casi desnudándola. Hasta que una de las chicas se levantó.

Era la más envidiosa de todas. Una alumna normal, pelo castaño, ojos marrones, piel oscura. Nada especial. Pero tenía un porte de chica mala y se creía tanto su papel de superioridad que llegaba a convencer al resto de que, efectivamente, era superior.

María siempre había sido el único obstáculo de esa chica, porque María era hermosa y estaba buenísima, y había poco que decir de ella, solo que se había besuqueado con uno o con otro, pero eso a los hombres no les importaba excepto para descartarla de una relación seria, porque eso significaba que si era tan fácil, ellos tenían una oportunidad.

Así que esta chica, Manuela, no perdió la oportunidad de humillarla y, mientras todos los demás estaban concentrados en su teléfono, algunos incluso reunidos en grupo para disfrutar del espectáculo que se mostraba en sus pantallas y comentarlo, ella se dirigió a María y le dijo:

—Tienes tremendo cuerpazo.

María alzó una ceja, le dio las gracias con todo el odio que pudo reunir y, después de tirar la mochila al suelo, se sentó en el pupitre con la vista en la pizarra.

Aunque las palabras de Manuela parecían un cumplido, María Betania no podía quitarse de la cabeza la entonación que había empleado. Más bien sonaban como una sentencia.

Entonces todos estallaron en risas y Pedro Luis se sentó en el pupitre de María, inclinándose sobre ella y apretándole las tetas tan rápidamente que la pobre tardó un rato en asimilar lo que acababa de pasar.

Cuando cayó en la cuenta de que aquel niñato la había manoseado, entró en cólera y le metió un guantazo que lo tumbó del pupitre al suelo.

—¡¿Qué haces?!— preguntó él, tocándose con la mano el enrojecimiento que iba apareciendo en su cara.

—¿Cómo que qué hago? ¡¿Qué crees que haces tú?! ¡Me tocaste las tetas!

El chico rio.

—Pensé que eran del pueblo.

—¡Del pueblo es la madre tuya!

María se lanzó contra Pedro Luis propinándole bofetones en la cara,

103

pero a él no parecía importarle, se le veía sumamente divertido, muerto de risa tirado en el suelo, cubriéndose la cabeza para que los golpes no le dieran.

—Ya todo el mundo las ha visto, ahora que las toquen no tiene nada del otro mundo.

María Betania se detuvo. Se volvió y vio a Manuela, que era quien acababa de decir aquello. La miraba con una sonrisa triunfal, al tiempo que le mostraba un teléfono.

Lo que había en aquella pantalla dejó a María sin voz.

Entonces todos sus compañeros sacaron sus teléfonos e hicieron lo mismo. Toda el aula se llenó de esa imagen: María desnuda frente al espejo con solo una mano en la entrepierna para cubrirla.

Esa tarde, cuando se dirigía al despacho de la directora, donde la habían convocado por sorpresa, en todo el trayecto tuvo que soportar a babosos que le gritaban obscenidades y a todo un grupo de tipos que se pasaban la pantalla del teléfono por la entrepierna y fingían eyacular mientras la miraban a la cara.

A ella ni le pasó por la mente llorar, estaba demasiado ocupada sintiéndose aterrada por las posibles consecuencias de lo que había hecho. Ojalá alguien le hubiera explicado que ya las estaba padeciendo, y que su único crimen había sido confiar demasiado en un patán sin límites.

Al llegar al despacho descubrió que la puerta estaba entreabierta. Oyó la voz de la directora y, desde donde estaba, distinguió a un muchacho flacucho de cabello despeinado, con la camisa azul del uniforme por fuera y el cuello torcido. Justo en ese momento estaba estirándose como si se acabara de levantar de la cama.

—¡Soto! —reclamó la directora con autoridad.

—Presente. —El chico imitó un saludo militar.

—Compórtate y presta atención.

—Me estoy comportando, directora.

—Como un animal —replicó la docente.

—Ustedes siempre dicen que eso soy —argumentó el chico con un encogimiento de hombros—, y luego, cuando me comporto como tal, se espantan. En fin, la hipocresía.

—Jesús Alejandro Soto, no me hagas lanzarte el marcador.

María tuvo que taparse la boca para no reír.

—Te encontraron intentando saltar la tapia del colegio para fugarte —dijo la directora explicando el motivo de su reunión—. Por tercera vez. ¡En la semana!

—Uf. A este paso va a tener que hacerme un certificado, directora, porque si lo cuento nadie me va a creer.

—¿Te estás burlando de mí, Soto?

Entonces el chico señaló hacia la puerta.

—¿Y esa quién es?

María contuvo la respiración y entró en la oficina como si acabara de llegar.

—Buenas tardes, directora —saludó con vergüenza—, ¿me mandó a llamar?

—Sí. Siéntate.

María obedeció.

—Supe lo de las fotos.

La chica se volvió hacia donde estaba el muchacho, como queriendo señalar que él seguía ahí, por si la directora no lo había notado. La mujer no le prestó atención y siguió hablando a pesar del intruso.

—Explíqueme qué pasó. Tengo a medio liceo alarmado por la naturaleza de esas imágenes. Como comprenderá, he tenido que verlas, y me parecen de lo más indecorosas, por decirlo suavemente. Así que adelante, ¿qué pasó?

—Esos pedazos de mierda no están alarmados con nada, cómo disfrutaban de pasarse la foto por el pito. Seguro se están masturbando en el baño con...

La directora levantó la mano para callarla.

—Absténgase de usar ese lenguaje callejero en mi despacho y compórtese como una señorita. Además, no está respondiendo a lo que le pregunté. ¿Qué pasó?

—¿Qué va a pasar? Que le mandé esa foto a mi novio y el muy maldito la repartió por todo el liceo.

—El señor Lissandro estuvo por aquí.

—¡¿Lucas vino?!

—Sí, es un muchacho muy valiente. Me enteré de lo ocurrido precisamente gracias a él. Me explicó que solo dejó su celular desbloqueado un segundo en el pupitre, y que justo le estaba llegando una foto de usted, cosa que él afirma no era frecuente ni normal en la amistad que ustedes...

—¡Soy su novia! —exclamó la chica, roja de indignación.

—Él afirma lo contrario. Dice que usted está obsesionada con él, pero que él solo quiere ser su amigo y cuidarla.

—¡No, no, no!

María se levantó con histeria y comenzó a caminar con desespero por el despacho.

—¡Siéntese! —gritó la directora golpeando el escritorio.

—¡Siénteme!

—Tendré que llamar a sus pa...

—No, no, no, no... Por favor, no. A mis padres no. —María se sentó y juntó las manos en señal de súplica—. Siga, le prometo que no me volveré a alterar.

La directora se acomodó el cabello y prosiguió.

—Como dije, el chico dejó el teléfono, usted mandó la foto y alguno de sus amigos se la reenvió y se hizo viral.

—No es cierto —murmuró María con fuego en la mirada.

—El señor Lissandro en persona me lo vino a contar.

—¡Que no es cierto! Yo le mandé esa foto el viernes en la noche, y ni siquiera fue al WhatsApp, sino al Messenger.

—¡Que no grite!

María se mordió la lengua. Ahora sí, ya sentía las lágrimas, producto de la impotencia que sentía.

—Me temo que la tendremos que expulsar, y sus padres tendrán que venir a firmar...

—No, por favor... —María se puso a llorar como una niñita—. Haré cualquier cosa, pero no le diga a mis padres. Me van a matar. Me van a cortar la cabeza. Por favor, directora.

María se arrodilló frente al escritorio llorando, llenando de mocos la mano de la directora.

—Bueno, supongo que podrías inventarte cualquier excusa para tu suspensión. Pero estás suspendida. Una semana. Y cuando regreses tendrás que repetir las evaluaciones perdidas junto a las que toquen, así que espero que estudies bastante.

—Sí, sí, lo prometo.

—Y deja el teléfono. Te lo confisco hasta final de curso.

—¡¿Qué?!

Esa voz no era de María, era de Soto.

—¿Algún problema, Jesús?

—¿Él la difama en toda la escuela compartiendo fotos íntimas, una vaina que es tan inmoral como ilegal, y la castigada es ella?

—Lo hago por su bien, una mujer debe aprender a hacerse respetar. Y, sobre todo, tiene que hacerse responsable de sus actos.

—¡Él tiene que hacerse responsable! Yo aplicaría la LOPNA* y denunciaría al chamo, o como mínimo llamaría a sus padres a ver si le dan la paliza que se merece.

—¿Me estás diciendo cómo hacer mi trabajo, Soto?

—Creo que sé hacerlo mejor que usted.

—¡Soto! No te metas en cosas de mujeres. Las señoritas no deben enviar fotos de su cuerpo, nuestros cuerpos son sagrados...

—¿Sagrados? Usted tiene cuatro hijos, ¿cuánto tiempo pasó ensayando cada uno? Si algo tenía de sagrado en el cuerpo lo perdió hace...

—¡JESÚS ALEJANDRO SOTO!

—Solo digo que no entiendo cómo entre mujeres se joden tanto. Si hasta yo me doy cuenta de que toda esta mierda es injusta.

—Fuera de aquí, Soto. Y tú, María, ya está todo dicho. Espero que cumplas con tu castigo y ni se te ocurra acercarte al señor Lissandro.

Más tarde, Soto esperó hasta la última clase de Lucas Lissandro y, cuando este se disponía a salir del colegio, le dio la paliza de su vida.

Lucas era mayor y más alto, pero Soto desbordaba ira, y tenía un palo bastante grueso para la ocasión.

Lo hizo dentro del centro educativo para que los profesores pudieran intervenir.

También lo expulsaron durante una semana.

Esa tarde le regaló a María el palo con el que él había golpeado a su ex y pasaron toda la semana de castigo juntos.

Desde entonces no se separaron.

* La LOPNA es la Ley Orgánica para la Protección del Niño y Adolescente, cuyo propósito es proteger los derechos de la infancia en Venezuela (N. de la A.).

16

A sangre fría

SINAÍ

Miércoles por la tarde

—Siéntate —dijo mi madre.

—¿Quién se murió? —pregunté, aunque mi pregunta debió haber sido «¿Qué conocido al que le tengamos afecto murió?», ya que según los estudios mueren alrededor de ciento cincuenta mil personas a diario en el mundo.

—No ha muerto nadie que me importe —contestó, como si me hubiese leído el pensamiento.

—Entonces...

Me sequé el sudor de las manos en el pantalón y comencé a repasar todos mis pecados desde el día de mi nacimiento, preguntándome de cuál se habría enterado mi madre.

—Bueno..., tenemos que hablar sobre Dios.

Me habría sorprendido menos que me dijera que a Maduro le acababan de lanzar una bomba mientras utilizaba su baño presidencial.

Adopté mi mejor cara de sabelotodo a punto de hacer una exposición en clase y le contesté:

—Bueno, Dios es un ser sobrenatural, deidad de religiones como el cristianismo y el catolicismo, creador del universo según las Sagradas Escrituras, también conocido como Jehová, Dios de los Ejércitos, el Todopoderoso, Elohim...

—No te hagas la graciosa, Sina. Quiero hablarte de algo serio.

—¿No te parece serio el responsable del misterio de la existencia?

Me llevé una mano al pecho y formé con los labios una gran O para poner mi mejor cara de ofendida.

—¿Quieres dormir en la calle hoy, niña? Con Dios no se juega.

Cuando mi madre decía este tipo de cosas, era mejor dejar las bromas hasta ahí. Me quedé callada esperando a que ella terminara el tema.

—Lo que quería hablar contigo no es un juego. Quería preguntarte... ¿Crees que Dios puede cambiar a las personas?

—De ropa.

—¡Sinaí, te hablo en serio!

Invertí todo el empeño y voluntad de mi cerebro en impedir que la risa que nacía en mis entrañas saliera a flote, no quería una bofetada tan temprano.

—Dios puede cambiar a las personas —explicó mi madre, evitando a toda costa el contacto visual conmigo—. Dios siempre da una segunda oportunidad.

—¿Pero a qué viene eso, si no vamos a la iglesia desde hace años? ¿Tratas de decirme que te reconciliaste con el Señor o algo así? Porque en ese caso, no entiendo a qué viene tanto drama...

—Yo no fui la que se reconcilió con el Señor.

—Entonces, ¿quién?

«*No.*

»*Mierda, no.*

»*No lo digas*».

—Tu padre.

Lo dijo.

Me levanté de forma tan brusca que el florero de la mesa se tambaleó, acabó por caer al suelo y quedó hecho añicos. Me vi reflejada en aquellos fragmentos de cerámica, solo que yo me rompía a una lentitud más dolorosa.

—No.

—Siéntate, hija.

—¡No!

—Ni siquiera me estás dejando hablar...

—¡No hay nada que decir! Ese hombre nos hizo demasiado daño, no quiero oír nada de él nunca más, y tú también deberías mantenerlo a raya. Tú más que nadie sabes de lo que es capaz.

—Yo lo único que sé es que tu padre fue el guía de muchos al camino de la luz en su tiempo de pastor. Salvó a muchas personas del peor destino que puede haber, y nos condujo por el camino de la salvación. Si no fuera por él...

—No puedo creer que lo quieras vender así. ¡Ese tipo es un diablo disfrazado de ángel!

—¡No hables así de quien te acercó a Cristo! Sí, lo admito. Tu padre fue muchas cosas, nos hizo daño, a ambas. Destruyó muchas cosas..., pero fueron cosas que de hecho no habrían existido sin él. No podemos ver solo lo malo. Y ahora ha llegado arrepentido, ha cambiado. Se le nota, Sina. Lo veo en sus ojos, en su forma de hablar. Ese hombre lleva la luz consigo. Es lo que necesitamos.

—¿Necesitamos? ¿Piensas dejarlo entrar de nuevo en esta casa?

—No de inmediato, no soy estúpida. Pero podríamos darle una oportunidad, avanzar un paso tras otro, dejarlo demostrarnos...

—¡Que no!

Me acerqué a ella y la agarré por los brazos, mirándola con ojos suplicantes llenos de lágrimas. Cuando volví a hablar, lo hice con la voz tan quebrada que apenas se entendían mis palabras.

—Por favor... Te va a matar. No lo dejes manipularte, por favor... Por favor...

—Lo siento, hija. A pesar de todo he decidido que él también merece una segunda oportunidad, igual que Dios me la dio a mí. Lo que tengo que contarte es que él es el hombre con el que estuve saliendo, y que voy a cancelar los trámites del divorcio.

Me erguí y tragué en seco. No tragué saliva, sino mi dolor. Me armé de orgullo y dejé mis heridas detrás de mi máscara, para que nadie pudiera verlas, para que nadie supiera dónde clavar el cuchillo. Y decidí, aunque demasiado tarde en mi vida, que así viviría desde ese momento.

Me sequé las lágrimas con el dorso de la mano, le di la espalda a mi madre y salí dando un portazo.

Sentía tanta impotencia que me fui de la casa corriendo, esperé al primer autobús sin saber hacia dónde iba y me subí. Solo tenía medio dólar en la cuenta y un fajo de billetes viejos en la cartera. Y con eso me fui, sin saber qué comería o cuál sería mi rumbo.

El autobús iba tan lleno que los pasajeros casi se salían por las ventanillas. Y en cada parada no dejaba de subir más y más gente, como si fuera un transporte mágico con un portal secreto en el fondo a un segundo piso invisible en el techo.

Después el vehículo se fue vaciando lo suficiente para permitirme avanzar por el pasillo y, al final, incluso sentarme. Ocupé un sitio al lado de una vieja con olor a coliflor hervida, que me vio llorar y me ofreció su bolsa de Doritos. A nadie se le niega un puñado de Doritos, y las personas que ofrecen Doritos a las niñas tristes van directas al cielo.

Pero ni el sabor de aquella porquería condimentada con químicos adictivos pudo anular la naturaleza de mis pensamientos.

Estaba devastada. El fantasma de nuestro pasado volvía con máscara de arrepentimiento y los dedos cruzados a la espalda. Lo peor era que había logrado engañar a mamá, la mujer a la que más había dañado. A ella, que empezaba a vivir su vida con la libertad que se merecía.

Quería pensar que mi mayor miedo era mi padre. Ver reaparecer las lágrimas en los ojos de mi madre y los morados en su piel era un temor asfixiante cuando sabes que no puedes hacer nada para salvarla, que una vez lo hiciste, pero la victima volvió a ponerse la soga al cuello. Una total pesadilla, sí. Pero lo que más me asustaba, aunque mantenía aquella posibilidad silenciada en mi interior, era perderla a ella, a su verdadera versión, verla desaparecer detrás de un fanatismo que la anulaba por completo.

Mi madre nunca tuvo aspiraciones, matices o una personalidad en sí misma mientras se vio sometida al yugo de la religión. Solo conocí su verdadera cara una vez se liberó de ella.

Un par de paradas después la vieja bajó y me pude mover al asiento de la ventana. Me recosté en el cristal, mirando la nada, con los auriculares puestos y la música triste a todo volumen. Eso era llorar con estilo.

Seguía sin un plan, pero decidí que iba a esperar a que el autobús retornara y entonces ya decidiría qué hacer. Poco a poco me quedé sola, y tome mi teléfono. Tenía notificaciones del grupo de Discord en el que varios fanáticos del ajedrez intercambiábamos noticias, datos curiosos y programábamos horarios para jugar juntos. No estaba de humor para nada de eso. De hecho, en mi arrebato de rabia hasta desinstalé la aplicación y preferí entrar a Wattbook para leer.

Por supuesto, empecé la historia de Axer: *A sangre fría*.

El preferí presentaba a una chica que, al salir de clase, notaba que alguien la observaba. Luego llegaba a su casa y se asomaba al balcón con la misma sensación de que alguien le respiraba en la nuca. Cuando tenía que entrar en la ducha, la protagonista casi se bañaba vestida por el temor que sentía, y a cada rato se asomaba por la cortina porque estaba convencida de que detrás había visto una sombra.

Todo bien hasta ahí, solo que, al salir, veía que el agua caliente de la ducha había empañado el espejo y que en la superficie alguien había escrito con los dedos «hola».

La chica vivía sola.

Se dirigía de puntillas a la cocina y, una vez ahí, tomaba un cuchillo y empezaba a buscar por todos lados al intruso, procurando no hacer demasiado ruido.

Qué estúpida, eh. Yo habría salido corriendo de la casa y vuelto con tres vecinos y un machete. Pero en fin, ya se sabe cómo es Wattbook.

Al no encontrar a nadie en ningún rincón de su casa, la protagonista, se echaba una siesta con el cuchillo debajo de la almohada. Al despertar revisaba debajo de la almohada, pero el cuchillo había desaparecido. Más adelante se daba cuenta de que estaba sobre la mesa del comedor.

Se convenció de que todo estaba bien y decidía salir a correr para despejar su mente, diciéndose que todo aquello solo era por el estrés de los exámenes de la universidad. Empezaba a cepillarse los dientes en el lavamanos, pero al levantar la cabeza después de enjuagarse la boca, veía la sonrisa de un desconocido reflejada en su espejo. Puto miedo que me dio al leer que justo cuando ella iba a gritar, el intruso le tapaba la boca.

El prefacio seguía con una escena de forcejeo trepidante en la que los personajes casi destrozan el apartamento. Me impresionó lo bien que Axer mantenía la tensión todo el tiempo, logrando que me sentara al borde del asiento con los nervios arañando las paredes de mi estómago. Era como estar viendo una película de suspense orquestada por el mejor director. Mi mente se encargaba de los efectos visuales y de sonido, pero esto solo era posible gracias a las descripciones de Axer como autor.

Al final la protagonista lograba apuñalar a su atacante, pero este la lanzaba por el balcón. Cuando estaba a punto de tocar el suelo, la joven despertaba en su cama como si nada, a las cinco de la mañana, sin siquiera haber ido a la universidad ese día.

Lo más raro era que cuando iba al baño, sí estaba el «hola» escrito en el espejo, solo que ella no se fijaba. Así terminaba el prefacio.

La verdad es que estuve tan inmersa en la lectura que no me fijé ni hacia dónde iba ni que el autobús estaba casi vacío a excepción de unas personas al fondo. Por supuesto, yo no me puse a prestarles más atención, el bus permanecía en movimiento lo que indicaba que todavía no llegaba a su destino final, y yo seguía sin un plan.

Mientras, me creé un perfil nuevo en Wattbook y como nombre me puse el más común que se me ocurrió, María. Busqué una foto decente en internet de una chica que pudiera gustarle a Axer, pero que no fuese tan popular como para que la reconociera, y edité detalles como el cabello y color de ojos en Photoshop para hacer todavía más sutil la trampa. Luego procedí a dejarle votos y comentarios en toda la novela.

María001:
Hola, RedDragon, seguro no sabes quién putas madres soy, pero tu novela la amo. La he releído 20 mil veces. Si alguna vez quieres hablar, estoy aquí.

No esperaba que me respondiera, ni sabía si ese plan de ataque sería el mejor, así que repetí el procedimiento creando siete cuentas falsas de chicas, con nombres distintos y fotos robadas de internet, modificadas en Photoshop.

Le escribí a Axer cada mensaje con distintas expresiones, distintas maneras de abrir, distinta ortografía, aunque las intenciones eran similares: decirle que amaba su libro con locura, que era su fan y tal vez su admiradora. Era algo que yo no haría, porque de fracasar sería vergonzoso y estaría jodida de por vida con él, pero María, Katherine, Stefany, Joseffine, An, Patricia y Gloria podían hacerlo por mí. Como en un sorteo, cuanto más comentes, más posibilidades hay de quedar seleccionado, estadísticamente hablando.

Lo deje así y me bajé del bus en la última parada.

A pesar de mi anodina apariencia, nunca me han faltado los típicos babosos de la calle que te sisean, silban y te gritan obscenidades. Es de mis mayores inseguridades, caminar sola por una calle llena de hombres. Y ese día, después de dos horas en bus, bajé en una calle desconocida y me vi rodeada de ellos.

—Flaca, mi amor.

—*Mamiii*, no menees tanto la pirámide que se me alborota el faraón.

—Uff, flaca, qué *riiico*.

Caminé lo más rápido que pude sin abandonar mi cara de culo hasta llegar a un puesto de chichas.

En esa bebida a base de leche y arroz licuado, con canela, azúcar y leche condensada, me gasté el medio dólar que me quedaba en la cuenta y me senté a leer el resto de *A sangre fría* en una parada de autobús.

No me despegué hasta llegar al epílogo y, únicamente cuando alcé los ojos, inundados de lágrimas de impotencia por ese final, fui consciente de lo mucho que había oscurecido.

No solo era de noche, sino que estaba más sola que Jesucristo en sus cuarenta días de ayuno en el desierto. Hasta la señora de las chichas había cerrado ya.

Y las cosas estaban a punto de torcerse de una manera que no habría previsto ni el detective de Agatha Christie, Hercules Poirot.

17

Schrödinger

SINAÍ

Miércoles al anochecer

Mientras esperaba un autobús que pudiera llevarme de vuelta a casa, me sentí tan sola que no pude deshacerme de la sensación de que me observaban, a pesar de que no había ni un alma a mi alrededor. Tuve la esperanza de que fuese solo mi mente sugestionada por la inquietante novela que acababa de leer de un tirón.

Temía que me robaran, violaran y mataran, y no necesariamente en ese orden.

Era consciente de que en toda la zona había un límite en los horarios de los autobuses, ninguno pasaba después de las siete de la noche, y no tenía para pagar un taxi. Sin embargo, pronto llegó el que supuse sería el último que pasaría hasta el día siguiente.

Corrí a él y me asomé a su puerta abierta. El chófer era un viejo que ni me prestó atención, estaba demasiado concentrado en su cigarro. Pero qué se podía esperar de un tipo como ese, si tenía una gorra del equipo de béisbol de los Navegantes del Magallanes.

Quise subir, pero apenas apoyé el pie en el primer escalón noté que el vehículo estaba casi vacío, sin luces, y con un agrio olor a licor tan concentrado que me asqueó con solo respirar aquella podredumbre nauseabunda.

Corrijo: no era olor a licor, era olor a borracho.

Todas esas características las habría pasado por alto y me habrían intimidado mucho menos si el autobús hubiese estado desierto, tal como había temido en primera instancia. Pero al echar un segundo vistazo forzando la vista, pues seguía sin lentes, logré identificar entre las sombras del fondo a cuatro borrachos, sentados de dos en dos, unos detrás de los otros.

Uno de ellos era delgado y mostraba una sonrisa lasciva. No de esas que te describen en libros como *Cincuenta sombras de Grey* o *Maravilloso desastre*, que te hacen querer dejarte caer en ellas. No. Era la sonrisa de un hombre que te haría toda clase de perversidades, y no precisamente contigo, sino a tu costa, porque le daría bastante igual si lo consientes o no. Su mirada sucia me examinaba de arriba abajo, no tenía ni que lamerse los labios para parecer un baboso repulsivo.

Otro de ellos parecía mucho mayor y llevaba el uniforme de los mecánicos de la planta de Corpoelec. Andrajoso, con el pelo grasiento y pinta de no haber cogido con su mujer en un año, me miraba como cuervo a carne fresca.

Los otros dos eran los de atrás, y resultaba más difícil distinguirlos debido a la penumbra, pero estaban casi encaramados en los asientos de los de adelante para poder devorarme con los ojos.

En resumen, que no iba a salir intacta de ese autobús si me atrevía a subirme.

Retrocedí el paso que había dado con intención de salir corriendo sin que me importara tener que amanecer en esa parada si era necesario.

—¿Te vas a montar o no? —preguntó el chófer con impaciencia.

—El que la va a montar soy yo —comentó uno de los babosos, acabando con la entonación de una carcajada. Sus amigos lo imitaron.

Tragué saliva y mis nervios salieron a relucir, entorpeciéndome.

—Eeeeeeh... no, recordé que... No, gracias.

—Que se suba —dijo el tipo de la sonrisa lasciva. El problema fue la autoridad que traslucía su tono, como si diera por hecho que sí o sí tenía que obedecer, como si no hubiera más opción que esa, porque él lo decía y así debía hacerse.

Me di la vuelta, decidida a irme, pero su voz me recorrió la espina dorsal manteniéndome paralizada.

—Te dije que te subas.

Me giré para verlo, considerando si sería una buena idea salir corriendo de ahí. Pero el chófer no decía nada. ¿Y si estaba compinchado con ellos? ¿Y si me perseguía y me llevaban a la fuerza? ¿Y si al correr les demostraba lo aterrada que estaba?

—Súbete.

Sé lo extraño que resulta, que pareceré una estúpida, una idiota; pero si hubieran estado ahí, si hubiesen sentido lo que yo, si hubiesen tenido que reaccionar en el calor del momento, con el miedo atenazando los sentidos y no con el frío racional de quien lee los hechos sin haberlos experimentado... habrían entendido mi parálisis.

Miré al conductor, como buscando ayuda en él, pero este se limitó a mirar hacia la carretera, pisar el acelerador para hacer que el motor sonara, y echarle una profunda calada a su cigarrillo.

Tuve que subir. Rogué a todos los santos que conocía por que todo el miedo que me atenazaba se debiera a mis prejuicios, al racismo o a algo por el estilo, haber interpretado mal la situación, que al final todo saliera bien.

Estaba cagada.

Me senté delante, al lado de la puerta, pensando que así podría lanzarme a la carretera en caso de que cualquiera intentara algo.

Me dejaron tranquila durante un rato, sin embargo, era por completo consciente de sus miradas y de sus pensamientos obscenos enfocados en mí.

Al cabo de un rato volví a oír la voz del tipo de la sonrisa.

—Oye, vente.

Fingí que no había oído nada y seguí con la vista al frente mientras las lágrimas me salían solas y mis uñas perforaban la piel de mis manos, esperando que el camino a casa pasara volando.

—¡Dijo que te vengas! —exclamó uno de los otros con su voz pastosa de borracho.

Los ignoré de nuevo.

Después se produjo un silencio total. Ya empezaba a pensar que se habían cansado de molestarme, mientras aguantaba la respiración y rezaba con todas mis fuerzas al Dios de mi infancia, cuando sentí los labios de uno de ellos en la nuca justo al tiempo que sus palabras me rozaban el oído.

—Te estamos llamando, bonita.

—No quiero ir —repliqué, esperando que no viera el rastro de las lágrimas en mi cara.

—Te sentirás más cómoda en mis piernas, bebé.

«Y tú en el infierno».

Pero una nunca dice esas cosas cuando está a punto de ser agredida, una lo que dice es «Diosito, a mí no».

—Vamos... —Me extendió la mano.

Entonces rompí en llanto, le di la mano y lo acompañé hacia al fondo del pasillo sintiendo el bamboleo del bus. Pensé que después de eso definitivamente me suicidaría. No podría soportar otra marca más, y mucho menos una como esa.

Me acercó a él y me hizo un gesto para que me sentara sobre sus piernas.

Mis sollozos se intensificaron y empecé a temblar de hombros para abajo.

—Shhh. No hay nada que temer, no te haremos daño. Ven —repitió las palmadas sobre sus piernas—. Ven aquí, conmigo. Te cuidaré.

—De hecho... no puede sentarse con usted —dijo una voz a mi espalda.

No me aventuré a darme la vuelta, estaba paralizada de pavor.

—¿Y eso por qué? —inquirió con tensión clara en la voz la alimaña que quería que me sentara en sus piernas.

—Porque se va a sentar conmigo, obvio.

Su acento... Hablaba español, pero quedaba claro que no era su lengua materna. Puede que su acento fuera inglés, sin embargo había algo en su pronunciación muy característico. Reminiscencias del ruso, por supuesto, porque quien hablaba, y no necesité volverme para confirmarlo, era Axer.

—Ella se va a sentar con nosotros y no hay más que hablar —repuso el tipo de la sonrisa asquerosa—. De hecho, pensamos divertirnos mucho durante el camino. ¿Verdad, preciosa?

No dije ni una palabra. Creo que ni respiraba.

Axer no me tocó, ni dio un paso. Seguía a mi espalda, de frente a los tipos. No lo veía, solo vislumbraba su silueta reflejada en el cristal oscuro de la ventanilla. Únicamente logré distinguir que llevaba puesto un *blazer*.

—Disculpe, pero no quiero problemas —empezó a decir Axer con una mezcla insólita de ánimo travieso, impaciencia y educación—. Si algo me jode la existencia son preliminares como usted, porque para ser prácticos sería mejor saltárselos. Dan igual los medios cuando el fin siempre será el mismo.

—¿Qué?

—¿Se lo he dicho en ruso? —inquirió Frey.

—Niño, no te quiero partir tu cara bonita, ¿de acuerdo? Deja a la chica y vuelve a tu sitio a hacerte una paja.

—Señor, si tengo que repetírselo...

—¿Qué? ¿Qué harás?

Entonces el tipo se puso en pie, dejándome a mí en medio de los dos, interfiriendo en el duelo de miradas que se estaba desarrollando en ese momento.

—¿Ha oído hablar del gato de Schrödinger? —dijo Axer, sin prestar atención a la amenaza.

Su comentario me permitió recuperar la suficiente lucidez para darme la vuelta por unos segundos y mirar a Axer mientras hablaba.

La oscuridad que reinaba en el autobús apagaba los reflejos de su cabello, que parecía por completo de un rubio oscuro. Su sonrisa era educada y amplia, como un cerebrito maquiavélico que le explica a su profesor más odiado, en plena clase, dónde se ha equivocado en la resolución de sus ejercicios.

Su corbata de ese día era plateada con estampado de serpiente, y su *blazer* era verde esmeralda. Se veía como la fantasía de cualquier Slytherin.

Gesticuló con sus manos como un alumno aventajado en medio de una exposición mientras le explicaba al tipo:

—Es la paradoja más popular de la física cuántica, señor. Habla de un gato en una caja con una válvula de veneno y otra de oxígeno, aunque existen varias versiones. El gato podría abrir ambas o ninguna; pero mientras la caja esté cerrada, para nosotros, desde fuera, el gato tanto podría estar vivo como muerto. Intrigante, ¿no? Solo cuando se abriera la caja se podría confirmar el estado del gato.

—Vivo es vivo y muerto es muerto —contestó el hombre, irritado.

—E imagino que le costó mucho llegar a esa deducción tan elocuente y brillante, pero me temo que esta teoría va por otro rumbo.

El tipo estaba tan mareado que ni siquiera entendió el insulto que se escondía en aquellas palabras pronunciadas con el exótico acento de Axer.

—El punto, señor, y con el fin de hacérselo entendible a su... intelecto, es que en este preciso instante nos encontramos en una paradoja semejante a la que planteó Schrödinger. Usted se pregunta: «Si no dejo que la chica se siente con él..., ¿qué pasará?» —El ruso llenó su pecho de oxígeno y lo dejó salir con dramatismo—. ¿Qué puedo decirle? Mientras la caja esté cerrada, puede ser que no ocurra nada si no accede a mi petición, o también puede que... ocurran... muchas... muchas... cosas.

Ambos permanecieron un momento en silencio, como si el hombre estuviera asimilando sus intrincadas palabras.

Axer acabó por añadir:

—Señor, no necesita entender de física para saber que, por el bien de todos, usted incluido, es mejor dejar la caja cerrada. Al menos por hoy, ¿no le parece?

El tipo se me quedó mirando de arriba abajo y al final bufó.

—Llévatela. Ni que estuviera tan buena.

Tras estas palabras, y caminando como si viviera dentro de un sueño o transitara por un universo paralelo, me senté junto a Axer en la hilera de asientos contigua.

—Gra...

—¿Y tus lentes? —me interrumpió con hostilidad. No quedaba ni rastro de su sonrisa ni de aquella actitud presuntuosa de la que acababa de hacer gala.

El cambio de actitud, su rigidez y el hecho de que incluso al hablarme evitara dedicarme una mirada transmitían una impresión de molestia, como si se hubiese sentido obligado a intervenir y esa pérdida de control le desagradara casi tanto como la idea de tener que interactuar conmigo.

Pero eso no importaba. No podía importarme nada más en la vida porque su pregunta, el hecho de que se interesara por mis lentes, revelaba mucho más que una tesis.

Se acordaba de mí.

¡Me había reconocido!

—Yo...

—Consigue otros —cortó—, te vas a dañar la vista.

Fue lo último que dijo durante la siguiente media hora.

El autobús avanzó y en todo el trayecto no pronunciamos ni una palabra más. Lo miraba de soslayo, pero él seguía con la vista al frente, aunque algo me decía que su atención, al menos parcial, estaba enfocada en los hombres de al lado.

Algo, aparte de la presencia de todos esos degenerados del autobús, me inquietaba. Era apenas la semilla de una curiosidad a la que luego no presté mucha atención por no considerarla relevante: ¿qué hacía aquel guaperas ruso en un sucio autobús público?

Quería sacar algún tema de conversación. Era mi oportunidad. ¡Tenía a mi crush sentado a mi lado! Necesitaba oír su voz, no me importaba si era la versión animada y traviesa que usó para humillar al tipo del autobús, o la que tenía aquel matiz exigente y cargado de acento que usó al hablar de mis lentes.

Pero, ¿qué podía decir?

Además, tenía tendencia a cagarlo todo en mi vida, así que mejor ni abrir la boca.

Al final acabé por recostarme en la ventanilla, tratando de ignorar el efecto embriagador que implicaba tener a Axer tan cerca y su aroma a limpio revoloteando en mi nariz.

Poco a poco, entre el silencio y el viaje, me fue venciendo el sueño. Cabeceaba de vez en cuando, mis párpados parecían pesar una tonelada. No sabía qué hacer para mantenerlos abiertos, y mi esfuerzo por conseguirlo era muy consciente y casi sobrehumano. Al cabo de un rato, de pronto desfallecí y caí dormida de lado.

Para mi desgracia, me clavé de cabeza en la entrepierna de Axer.

Me levanté de golpe sintiendo como el sueño escapaba de mí a toda prisa, dejándome sola con mi vergüenza el muy maldito.

—Yo... Perdona, te juro que no...

Estaba serio. Nada que ver con los protagonistas de Wattbook, que habrían respondido algo como «Si quieres me la saco para ti» o «Vaya, conque querías verla de cerca, si quieres te la acerco a la boca para que la midas».

Y, como si no pudiera cagar un poquito más las cosas, en medio de los nervios y la vergüenza, en lugar de disculparme con decencia, lo que dije fue:

—Dime que lo que noté fue tu teléfono.

Enrojecí por completo y me dieron ganas de abrir la ventana y lanzarme por ella. ¿Por qué tenía que ser tan estúpida?

Si en situaciones normales ya era un desastre, a su lado yo parecía creada por el guionista de *Tom y Jerry*. Con la suerte de Tom, por supuesto.

Entonces oí que al fin contestaba:

—Hasta ahora no han inventado uno de ese tamaño.

—¿Qué?

Me sonrió con malicia como el listillo que acababa de joder a un depredador hace un segundo, solo con sus palabras. Me estaba derritiendo en vida.

—Pensé que así podría bajarte el rubor de las mejillas —explicó.

«Lo que deberías bajarme son las bragas».

—No creo que esté funcionando —acoté, a pesar de mis puercos pensamientos.

—Sí, ya me he dado cuenta. —Volvió a su semblante serio y la vista al frente—. Mi padre quería que buscara acción esta noche. Cuando le cuente...

Esa fue la primera carcajada que compartimos.

18

Comienza el juego

SINAÍ

Jueves por la mañana

A pesar de todo lo que había pasado —el susto, el autobús y la amenaza de aquellos hombres que se sintieron con derecho a satisfacer a mi costa sus deseos más primitivos—, esa noche no llegué a mi casa, sino que bajé del bus frente a la de María, no sin antes haberle escrito para saber si estaba dispuesta a darme hospedaje.

La sola idea de volver a verle la cara a mi madre me incendiaba las entrañas, y mucho menos me iba a arriesgar a que la muy maldita de mi suerte hiciera de las suyas consiguiendo que volviera a toparme con mi padre al llegar a la casa.

Afortunadamente María accedió a recibirme esa noche a pesar de lo repentina y extrema que era esa petición. Entré por el garaje de su casa y me quedé a dormir en su habitación a escondidas, ya que sus padres no le permitirían tenerme ahí si se lo preguntaba, o eso aseguraba ella.

Recuerdo que me pasé casi toda la mañana escondida en el armario, o al menos cada vez que María salía, ya fuera a cepillarse los dientes o a desayunar, para evitar que uno de sus padres entrara al cuarto y me descubriera.

No tenía mi uniforme a mano y la ropa de María me quedaba como un saco. Pese a ello, y consciente de que no iría a clase de todas formas, le pedí que me prestara un suéter para ocultar mi camisa. Le dije que siempre los usaba, y que si lo llevaba cerrado los profesores pensarían que tenía el uniforme debajo. Me había puesto un *blue jean* y zapatillas deportivas, sin embargo existía la ventaja de que en los liceos venezolanos suelen ser bastante flexibles con respecto a no usar ni el pantalón ni los zapatos del uniforme; puede que te den un par de amonestaciones o advertencias, pero basta con que digas que no tienes para pagar el uniforme y que tus padres están en ello, para que te den más tiempo de tolerancia.

Así que salimos como amantes a punto de ser descubiertos por el garaje de María, tomamos el autobús y llegamos al colegio.

Me despedí de ella asegurando que tenía que entrar en clase, pero aquella era una mentira más gruesa que el Sauce boxeador. Apenas la vi desaparecer tras la puerta del aula de su primera materia del día, me escabullí hacia la mata de mangos y me senté a esperarla debajo de la misma.

Para pasar el tiempo me puse a releer *A sangre fría* de @RedDragon, aunque siempre levantando la vista por si alguien se acercaba. Al cabo de un rato, al apartar la mirada de la pantalla de mi teléfono, me di cuenta de que un muchacho de camisa beige y suéter azul abierto avanzaba hacia mí. Tenía un andar lento y premeditado, como si tuviera que pensar cada paso con antelación para no fallar, incluso venía con la cabeza gacha y unos lentes de sol oscuros que solo se suelen ver en dos tipos de personas: las celebridades y los ciegos.

Me costaba tanto enfocar y distinguir los rostros sin mis lentes que no me di cuenta de que se trataba de Soto hasta que su mata de cabello negro de recién despertado estuvo frente a mí.

—¿Y María? —dijo por todo saludo, lo que me hizo levantar los ojos en un gesto de fastidio.

—En los cielos, me imagino.

—Se te están pegando mis chistes malos, Monte.

—Al menos reconoces que son malos.

Entonces se acercó a darme un beso en la mejilla como corresponde en los saludos entre colegas en Venezuela. Me quedé tan sorprendida y desconcertada que no le devolví el beso. Aquel era un gesto que no había tenido oportunidad de practicar debido a lo limitado de mi círculo social.

Limitado es un eufemismo, quise decir mitológico.

—Ya en serio —continuó, casi desplomándose a mi lado. Este estaba trasnochado, como que Axer Frey tenía lo menos veinticinco centímetros de mazo—. ¿Dónde anda María? Creo que si no la encuentro en cinco minutos me voy a empezar a fumar los dedos.

—Me preocupa tu adicción a la nicotina, ¿sabes?

—Y a mí me preocupa tu cara de emo drogadicta, pero nunca digo nada al respecto, ¿verdad? Creo que aún tienes mucho que aprender sobre los códigos de amistad.

—Soto... —Sonreí con sarcasmo y le mostré el dedo medio. Comenzaba a entender a María—. Púdrete.

—Estoy en eso. ¿Y ahora me dirás dónde...?

—¿Puedo hacerte una pregunta?

Él suspiró con dramática resignación.

—No me gusta quitar virginidades. Pero como eres mi amiga puede que lo considere, siempre y cuando sea en tu cama, no quiero tener que quemar mis sábanas luego por el manchón de sangre.

—¡¿Te pica el culo?!

—¿No era eso lo que ibas a pedirme?

—¡No!

—Ah, perdón. Tal vez debí dejarte terminar.

—¡Pues sí!

—Bueno, escupe. ¿Qué me quieres pedir?

—No he dicho que quisiera pedirte nada, solo tengo una duda.

—Aah..., ya imagino lo que quieres saber. —Soto inspiró y juntó las manos en un intento de adoptar su mejor versión de padre a punto de iniciar una seria conversación—. Cuando un hombre y una mujer se quieren mucho, *muchote*, muchísimo...

Cansada de sus chistes, le propiné un golpe con la mano abierta en la parte baja de la cabeza.

—Lo que quiero saber es en qué consiste tu trabajo con las fotos.

—Ni se te ocurra, no trabajo con menores.

—Tú eres menor.

—Nop, tengo dieciocho desde el quince de julio. Además, yo soy el jefe, las reglas no aplican para mí.

—Necesito dinero, Soto.

—Te he dicho que no. ¡Mira! —Señaló hacia el patio central—. María ya ha salido, vamos.

Nos reunimos con nuestra amiga en mitad del patio, donde dio la casualidad de que se desarrollaba una especie clase práctica de ajedrez, aunque ni uno solo de los presentes parecía tener habilidad suficiente para hacer siquiera un jaque en su vida.

—¿Nos quedamos a verlos? —propuso María.

—Ni se te ocurra —cortó Soto de mal humor—. Por la pinta que tienen, a esos los gano yo con los ojos cerrados, incluso con la resaca que llevo encima. No pienso exponerme a ese aburrimiento.

Por primera vez estuve de acuerdo con Soto, de modo que propuse dedicar nuestro tiempo a una actividad más productiva.

Sin embargo, algo hizo que ninguno de los tres pudiera mover un pie de su lugar. Una tromba de estudiantes salía del aula de química, entre ellos uno que no respetaba el uniforme. Llevaba un *blazer* blanco con la camisa del uniforme debajo y una corbata que combinaba con los reflejos de su cabello. Esa mañana sus ojos se veían de un verde intenso, y su mirada parecía atravesarnos, como si ni siquiera nos viera.

Una profesora lo interceptó, le puso una mano sobre el hombro y señaló el tablero, con expresión de alivio.

—Al fin te encuentro. Te necesitamos por aquí.

—Lo siento. —Axer se deshizo del brazo de la docente con una sonrisa hipócrita que no consiguió disimular del todo su desagrado—. Llego tarde a un compromiso.

—A ver —la mujer volvió a agarrarlo, esta vez por el brazo, rebajando dos rayas su nivel de amabilidad inicial—, tu padre fue muy claro en cuanto a sus intenciones al inscribirte en este colegio, ¿se te ha olvidado? Estás aquí para ser un ejemplo, para integrarte, para ayudar. Estos chicos necesitan practicar con un oponente de verdad, de lo contrario nunca podrán avanzar.

—Le agradezco de corazón su no solicitada charla, pero ya le he dicho que no, y la respuesta seguirá siendo no sin importar cuántas veces se repita la pregunta.

Axer se volvió con indiferencia, dispuesto a irse sin más explicaciones, pero la profesora reaccionó avanzando un paso más hacia él y cambiando su tono de voz de docente motivacional a tirana de novela.

—Parece que no has entendido, Frey, así que voy a explicártelo: no te lo estaba preguntando, era una orden. Y si no te ha quedado suficientemente claro, podemos llamar a tu padre.

A pesar de la tensión que se respiraba en el ambiente y de que las palabras de la profesora eran una clara amenaza, Axer proyectó la más radiante de sus sonrisas, como si aquello solo hubiese sido una broma incomprendida.

—Profesora, no se altere. ¿De verdad piensa que voy a perderme la oportunidad de demostrar mi superioridad en una escuela anónima llena de jugadores mediocres? Sí, es algo que suelo evitar, pero ya que usted insiste, pues manos a la obra. —Hizo además de dar media vuelta, pero enseguida se detuvo—. Por supuesto, las cosas se harán a mi modo.

—El ajedrez tiene sus reglas establecidas, Frey, no se pase de listo.

—Mi modo no es romper las reglas, profesora, me ofende.

—¿Entonces?

Axer no contestó con palabras, sino que abrió su mochila y sacó de ella una bolsa transparente que contenía lo que parecían los artículos de un botiquín: algodón, alcohol, hisopos, antibacterial y gasas, entre otras cosas.

Axer rompió un envoltorio de papel y sacó un par de guantes blancos de látex, típicos de farmacia. Se los puso, aplicó parte del antibacterial en ellos y levantó las manos, como un cirujano que se preparara para una intervención quirúrgica. Procedió a tomar una de las gasas y mojarla en alcohol, pero lo que vino después fue tan insólito que nadie lo había previsto. Mientras sujetaba cada pieza del juego entre el índice y el pulgar, todos nos miramos como si esperáramos que de improviso se diera la vuelta riéndose de nosotros para decirnos que aquello no era más que una broma que ninguno había captado.

—¿De verdad está limpiando pieza por pieza? —inquirió María con un gesto en la cara que le arrugaba la nariz.

—Es eso, o las está masturbando para que jueguen relajadas y sin tensiones —opinó Soto, lo que me hizo abrir los ojos como si fuera la protagonista de una obra de Wattbook: como platos.

—Está buenísimo y todo, pero es rarito el muchacho —intervino María Betania.

—¿Rarito? —se quejó Soto—. No sé si soy yo que estoy medio tostado del coco, pero cuando lo veo así, tan... meticuloso y compulsivo al limpiar todas las piezas como un excéntrico, con sus mechones de cabello cayendo sobre sus ojos verdes de *badboy* sabelotodo..., se apoderan de mí unas ganas inimaginables de chuparle la...

—¡Ay, ya! —intervine—. Aquí nadie le va a chupar nada a nadie, parecen unos acosadores hablando del pobre chico ahí sentado. Mejor veamos cómo juega.

La primera partida ya había empezado. La primera víctima era un chico de trece años que estaba a punto de perder siete minutos de su vida contra el contrincante más irrealmente hermoso de la historia del ajedrez. Yo contra él perdería felizmente hasta la virginidad.

—No te hagas la dura, Sina. —María me dio un codazo en las costillas—. ¿Me vas a decir que si el bombón ese casi hecho por Willy Wonka viene y se te resbala no le chuparías por lo menos la oreja?

—¡Qué asco, María!

Lo que en realidad quise decir fue «Yo a él le chupo el culo si me lo pide, así lo tenga como una jungla peluda». Aunque, teniendo en cuenta cómo había limpiado el tablero, debía de tener el culo como un angelito lampiño.

—En fin —zanjó María—, sí es rarito, pero yo, por que ese papasito diga mi nombre con ese acento sexy suyo, finjo demencia.

Axer continuó ganando un juego tras otro, pero en su rostro no se leía el éxtasis de una victoria. Jugaba porque le habían obligado a ello, ganaba porque no había alternativa, pero no se estaba divirtiendo. Para él, aquello era un castigo del cual necesitaba salir.

Después de haber vencido sin percances a todos los alumnos de la clase de ajedrez, preguntó a la profesora si ya podría retirarse, a lo que esta se negó aduciendo que debía dar a cualquier estudiante que lo deseara la oportunidad de desafiar su reinado invicto en una última partida.

Sin embargo, nadie se ofreció, a pesar de que la docente hizo especial esfuerzo en animarlos a participar.

—He cumplido mi deber, profesora. No hay que seguir alargando esto si es evidente que nadie más está dispuesto a...

—Yo sí.

No tengo ni puta idea de por qué hice eso.

19

Las reglas del juego

SINAÍ

Jueves al mediodía

—¡¿Qué?! —exclamaron María y Jesús a la vez.

Axer ni siquiera se volvió para ver de quién se trataba, simplemente se recostó en su silla, frustrado porque su tortura no terminaba ahí.

No sé en qué estaba pensando al ofrecerme así. Me encontraba vestida con un suéter gigante que me cubría por completo, unas ojeras del demonio me hacían parecer todavía más anormal de lo que era, mis cejas semejaban los arbustos de un bosque y mi cabello pretendía emular a una esponja: lo único que había podido hacer había sido recogerlo para que su desastre no brillara en todo su esplendor.

Y para rematar la cosa, no solo tenía los labios resecos, sino que en ese momento fui muy consciente de que no me había lavado los dientes en casa de María para evitar que sus padres me descubrieran. Esperaba que el jugo de parchita que me había tomado disimulara mi aliento matutino, pero sobre todas las cosas rogaba por no tener ningún pedazo de mi desayuno incrustado en los bráquets.

Cuando los ojos de Axer se alzaron para estudiar a su contrincante y me reconocieron, dispuesta a tomar el puesto de las negras, un matiz de sorpresa y renovado interés se sumó al verde de sus ojos. Una sonrisa ladina apareció en su rostro. Pareció resucitar de su condena de aburrimiento al analizar mi presencia. Yo podía ser un desastre jugando y no importaría, mi osadía ya lo había impresionado.

—Frey —saludé con deportividad, extendiendo la mano hacia él.

—Schrödinger —contestó con una leve inclinación cordial de cabeza, sin darme la mano.

Puse los ojos en blanco mientras me sentaba y pensé en lo extraño que podía resultar aquel chico que tanto me intrigaba. Esperé que mi actitud de hastío disimulara los dinosaurios que corrían en mi estómago no solo porque él me había reconocido, sino porque se había referido a mí con un apodo repentino, nacido de una anécdota compartida la noche anterior. Era un chiste privado entre los dos.

Teníamos. Un. Puto. Chiste. Privado.

Me puso un nombre especial. A mí. En menos de cuarenta y ocho horas de interacción que llevábamos.

Como él jugaba con las blancas abrió el juego. Movió a la casilla F-3 el peón frente al alfil derecho, dejando al rey desprotegido. Podía hacer un mate en un par de movimientos, pero si jugaba aquella táctica él la descubriría en el acto y tendría una oportunidad para defenderse. Supuse que de eso se trataba, estaba probando mi conocimiento del juego, mi capacidad para ganar.

Si iba por ese camino, él sabría que no era una inútil en el ajedrez y pondría más atención a mis movimientos y se fijaría más en sus jugadas, lo cual era justo lo que yo quería evitar.

Fingí que ni siquiera sabía lo que estaba haciendo, incluso toqué una pieza, vacilé y moví otra totalmente distinta.

—Pieza tocada, pieza jugada —dijo, irritado.

Empezaba a comprender que él tenía una especie de fijación por el cumplimiento de las normas establecidas, y cuando eso fallaba reaccionaba con una especie de dolor físico y emocional.

Me tenía fascinada.

—¿Y?

—¿Y? —Una de sus cejas formó un arco pronunciado. Era el gesto perfecto para acompañar la mirada despectiva que me dedicaba—. Son las reglas. Si vas a jugar al ajedrez sin respetar las leyes que lo fundamentan mejor juguemos al Monopoly.

«¿Y si mejor jugamos a la botellita?».

Me sorprendía lo promiscua que podía llegar a ser la Sinaí que se escondía dentro de mi cabeza cada vez que estaba cerca de él.

—Perfecto. —Levanté las manos en señal de derrota—. Tampoco te alteres, lo que toqué fue un caballo y se supone que debo mover los pequeños de adelante para despejar el camino, ¿no?

Axer se cubrió el rostro con una mano, y con su índice y pulgar comenzó a masajearse el entrecejo. Tuve que morderme los labios para no dejar florecer la sonrisa que me reptaba por las mejillas.

—Los caballos saltan —explicó en un tono que hacía innecesario que me llamara estúpida.

Me golpeé la frente como un idiota que acaba de descubrir que lo es.

—Lo siento, lo siento. Lo había olvidado.

Moví el caballo y a partir de ahí perdí toda la atención de Axer. Sus movimientos dejaron de ser premeditados, ni siquiera se centraba en mis jugadas, apartaba la mirada mientras las negras se desplazaban por el tablero y solo se daba la vuelta cuando le señalaba que era su turno; entonces, casi sin fijarse en la pieza que yo podía haber movido, él daba algún paso flojo.

Lo hice creer que mi única intención era comerme sus peones y avancé con mi alfil casi sin que se diera cuenta. Su rey seguía atrapado entre la reina y su alfil, y el peón que protegía la entrada en diagonal seguía en la misma posición de apertura.

Cuando menos se lo esperaba, hice el movimiento con mi alfil. Y esa vez, al hablarle, no fue para anunciarle su turno.

—Jaque mate.

—¿Perdona?

Complacida, me recosté en la silla y me crucé de brazos. Le hice un gesto con la cabeza mientras decía:

—Compruébalo por ti mismo.

Axer se puso a revisar el tablero desde distintos ángulos con el ceño fruncido, incrédulo, a punto de sacar una lupa y abrir un caso de investigación en el FBI o en *Érase una vez un crimen*.

—No es posible...

—Es posible, probable y, de hecho, real.

Axer dejó escapar una risa tensa, carente de humor. Se llevó las manos a la cabeza, alborotando su cabello, mientras soltaba poco a poco el aire contenido en sus pulmones y luego comenzó a negar repetidas veces. Se negaba a asumir mi victoria.

—Debe de haber...

—¿Un error? No lo hay, Frey. Perdiste.

—No un error, una...

—¿Variable no considerada? —completé. Me escrutó con los ojos entornados, como si le preocupara que yo tuviese un lector de ondas cerebrales y lo usara para traducir sus pensamientos—. No la hay. Es mate cerrado. Dime, ¿adónde va a escapar tu rey? Y ninguna de tus piezas puede interponerse o atacar mi alfil. Has perdido, Frey. Asúmelo.

—¿Qué torneos has ganado?

Entonces fui yo la que rio, incrédula.

—¿Disculpa?

—¿A qué academia fuiste? —insistió.

Bufé.

—Ni he ganado un torneo ni he estado en ninguna academia, simplemente juegas mal.

—¡¿Que juego...?! —Axer soltó una pequeña carcajada entrecortada, que seguía manando de él por más que intentaba contenerla—. Vencí a todos, ¿y dices que juego mal?

—Que ellos jueguen peor no te hace buen jugador —expresé con un encogimiento de hombros.

Mis golpes lo afectaban, lo supe por la manera en que apretaba los labios. Pero no me disculpé ni relajé mi actitud altiva de vencedora, porque en ese momento Axer Frey acababa de revelarme su debilidad, el punto por el que podía acceder a él. Podía ser inalcanzable, con un físico envidiable y una fascinación casi compulsiva por la perfección de la que yo carecía, pero no podía resistirse a los retos. Lo vi en la profundidad de su mirada, en el leve pero constante movimiento de su pierna, en el tamborileo automático de sus dedos sobre la mesa: era una adicción para él.

—Otra vez.

—¿Perdona? —No podía creer lo que acababa de decirme, así que no me costó fingir sorpresa. Más difícil fue aparentar firmeza en mis siguientes palabras—. Acabo de ganar, y esta era la última ronda.

Me moría por seguir jugando con él, pero tuve que obligarme a mí misma a no ponérselo tan fácil.

Él asintió, recuperándose.

—Felicidades, Schrödinger. Eres la indiscutible ganadora de esta mano.

Me felicitó con una digna inclinación de cabeza y luego hizo algo que puso mis piernas a temblar como flan derretido.

En el bolsillo de su *blazer* llevaba unos lentes de montura negra cuadrada. Cuando se los puso, su mirada de depredador se transformó en la de una computadora humana. Es posible que incluso me mordiera los labios. Mientras él se recolocaba los lentes, mi respiración quedó atrapada en alguna parte del trayecto a mis pulmones. Nunca había estado tan cerca de alguien que resultara tan malditamente sexy, y la cosa solo empeoró cuando se pasó la mano por el cabello como en un comercial de cualquier cosa hermosa y cara.

Movió la cabeza a ambos lados haciendo crujir su cuello y juntó las manos en un gesto pensativo frente a sus labios casi magnéticos.

—¿Te interesa otra partida?

Tragué saliva y traté de mantener la compostura para sonreír como una persona normal y no como una colegiala embelesada.

—Si así lo quiere, así se hará, señor.

Una de las comisuras de sus labios tembló hacia arriba. Por poco me lanzo a besarlo solo de ver eso.

—Me encanta que me llamen «señor», Schrödinger, ten cuidado.

«¡Jesús, María, José y los siete enanitos! Si vuelve a decir algo así le enredo las piernas en el cuello. Primer aviso».

Volvimos a colocar las piezas en el tablero y, una vez estuvo listo, oí que carraspeaba antes de dirigirme unas palabras en la más pura de las variaciones de su delicioso acento ruso. ¿Era consciente del torrente de sensaciones que desataba en mi piel al hablarme así?

Tramposo de mierda, me desconcentraba.

—Lo justo es que te ceda las blancas, ¿no?

—En efecto.

Era consciente de que si decía más de dos palabras revelaría la naturaleza de mis pensamientos más turbios.

—Será un esfuerzo terrible para mí, odio el color negro —dijo.

—Por suerte, a mí me encanta. Puedo ganarle jugando con las negras, señor, no se preocupe.

Se mordió los labios deleitado con mis palabras. Sin importarle mi aspecto, mis palabras lo emocionaban. Yo no cabía en mí de la sorpresa. Estaba coqueteando con el chico más sexy del país en una maldita partida de ajedrez escolar. Si alguien me pellizcaba y despertaba, lo mataría.

Empezó el juego.

Axer abrió con el caballo de la reina y ahí se desató la carga de tensión más grande que había vivido.

Entramos en un frenesí insólito. Jugué con todo lo que tenía, intentando con todas mis fuerzas no mirarlo a él. Sus ojos eran una trampa destinada a debilitarme, y yo debía ganarle, la alternativa era inadmisible.

Al parecer compartíamos el mismo pensamiento, porque sus manos se movían con agilidad como respuesta instantánea a todos mis movimientos. Neutralizaba mis ataques, atajaba todas las tácticas que se me ocurrían y reaccionaba en segundos a todas mis jugadas.

Mi respuesta era un poco más lenta, pero segura y firme, podía anticipar sus estrategias y las neutralizaba antes de que él tuviera tiempo de desarrollarlas. Era más que un juego. Nuestras mentes desarrollaban una actividad frenética, lejos de los espectadores que nos rodeaban, lejos de nuestros cuerpos mortales. Íbamos más allá, jugando en un plano cósmico rodeado de unos y ceros, donde podíamos acceder a las variables y posibles estrategias del contrincante como si lo viéramos plasmado en un holograma.

Era éxtasis puro, y por un momento temí que estuviera sucediendo solo en mi cabeza, temí que notara cómo mi pecho subía y bajaba, o que adivinara el pulso en mi cuello y se espantara. Pero él estaba igual, lo supe cuando, con un suspiro, se pasó la mano por el cabello y procedió a quitarse el *blazer* color crema para dejarlo colgado a un lado de la silla, como si estuviese acalorado.

Quedó solo con la camisa del uniforme, cuya manga corta dejaba a la vista sus brazos, obra de los dioses con todo lo delicioso que hay en el mundo. Los tirantes negros que llevaba contribuían a convertir la escena escolar en pornografía dentro de mi cabeza. Se aflojó la corbata y la dejó suelta, colgando a ambos lados de su pecho. Se desabrochó el primer botón mientras hacía crujir el cuello, con lo que quedó a la vista un retazo de esa piel tan inaccesible.

«No calientes la comida si no me la vas a servir, coño de tu madre».

Mientras pensaba esto, Axer me miraba con una ceja arqueada y la vaga sombra de una sonrisa en las comisuras de sus labios.

—¿Continuamos?

«Si paras, te mato».

—Por supuesto, señor Frey. Le estoy esperando.

—De hecho..., es tu turno, Schrödinger.

Su repentino exhibicionismo me había alterado tanto que ni siquiera me había dado cuenta de que, en efecto, me tocaba mover a mí.

Tuve que pararme unos segundos para estabilizar mi respiración y reorganizar toda la partida en mi cabeza, tanto las jugadas ya realizadas para detectar cualquier estrategia de su parte, como todas las posibles estrategias que podían partir del punto en el que estábamos. Pero no conseguía concentrarme del todo, y menos con la maldita imagen de sus brazos en mi cabeza.

Tenía que ganar, de lo contrario lo único que conseguiría de Axer era exactamente lo que me estaba desconcentrando en ese momento: su imagen en mis pensamientos.

Lo repasé de nuevo todo en mi cabeza, esforzándome por no mirar más a mi oponente, y entonces extendí la mano para tocar la pieza que iba a jugar. Pero él me detuvo.

Por primera vez después de que mi cara aterrizara en su entrepierna, teníamos un contacto físico. A pesar de que fuese a través del látex de sus guantes, casi me ocasiona un derrame en el órgano cardiovascular.

—Espera —dijo, me apartaba la mano del tablero.

—¿Qué pasa?

—Apostemos.

No cabía duda, aquel hombre tenía debilidad por los desafíos, y eso cada vez me encantaba más.

Moví los labios para espantar una sonrisa, me incliné hacia delante apoyando los codos en la mesa y la barbilla en las manos, y le dije:

—¿Y si pierdes?

—Ganaré. Puedes retrasarlo todo lo que quieras, pero el fin será el mismo.

—Permítame que discrepe, señor Frey, y perdone mi incredulidad.

Axer se limitó a encogerse de hombros.

—Solo sumas puntos a favor de mi propuesta: apostemos, ya que estás tan segura de tu victoria.

—A ver, Frey..., ¿qué puede querer el adolescente más rico de este país de esta humilde estudiante promedio?

Puede que fuesen cosas mías, pero creo que no le agradó mucho que lo llamara adolescente. Sin embargo, hizo caso omiso y contestó:

—Primero establezcamos lo que tú quieres, en el hipotético caso de que ganaras, por supuesto.

—Humm... —Me recosté en el asiento pensando en todo lo que podría pedirle. Cada nueva posibilidad era más indecente que la anterior, así que tuve que hacer una sugerencia antes—. Primero establezcamos tus límites.

—A mí me da igual, tú pídeme lo que quieras.

Aquella era una propuesta trampa, por supuesto. Él estaba seguro de que ganaría, así que lo que yo le pidiera iba a revelar mucho de mí misma, de mis intenciones y de lo que quería. Me moría por pedirle que fuese mi novio si yo ganaba, pero no podía descubrirme así. Tenía que jugar como él: con trampas.

—Si gano quiero que me des clases particulares.

Axer rio con tanta espontaneidad que sus mejillas se encendieron en el proceso.

—¿Lo dices en serio? —preguntó al ver que me mantenía en mi petición—. No puedo creer que te vaya mal en ninguna materia.

—No me esperaba que tuvieras esos prejuicios.

—Es que... —Juntó las manos frente a sus labios y se reclinó hacia adelante. Me miraba como si quisiera que entendiera bien cada una de sus palabras, lo que a su vez hacía que yo quisiera desnudarme y entregarme a sus brazos—. Puedes pedirme lo que sea, y probablemente esté en mis posibilidades dártelo, ¿y me pides clases?

—Todavía no te he dicho qué quiero que me enseñes —comenté con mi mejor sonrisa insinuante.

Él me regaló el gesto más diabólicamente hermoso del mundo mientras se pasaba el pulgar por los labios y asentía.

—Como usted quiera. Si ganas, te daré clases privadas de lo que me pidas. Ahora es mi turno. ¿Cuáles son tus límites?

«Podrías escupirme en la cara y yo te daría las gracias, ¿te queda claro?».

—Mis límites son económicos, por lo demás, si está a mi alcance, lo justo es que te dé la misma libertad que tú a mí: pide lo que quieras.

—Schrödinger, no sabes lo que estás haciendo.

Tragué saliva.

—Es cierto, no lo sé, pero... ganaré. Y si no, pues... soy una buena perdedora —expliqué encogiéndome de hombros.

—¿Te molesta si lo que pido está relacionado con tu cuerpo?

Tuve que cerrar las piernas y contener la respiración. No podía creer lo que acababa de decir, y con tantos espectadores cerca. Literalmente, medio colegio se había congregado allí para presenciar el desenlace de aquel suceso insólito, sin precedentes: la nerd contra el sexy y millonario popular.

—Tú mandas —contesté al fin, encogiéndome de hombros.

—Correcto. Entonces estamos en medio de la apuesta más ambigua y misteriosa de la que se tiene constancia, ¿o no? Si pierdo, te doy clases de lo que me pidas; si gano, puedo reclamar lo que quiera en relación a tu cuerpo. ¿De acuerdo los dos?

Tan «de acuerdo» estaba que sentí unas ganas infernales de perder.

—De acuerdo.

—Te toca mover, Schrödinger. Estoy ansioso por conocer tu jugada.

Ni siquiera sé qué pieza moví, solo quería acabar con eso de una vez. Sin embargo, al instante comprendí el error que acaba de cometer. Si perdía así, Axer notaría que había bajado el nivel, sabría que estaba perdiendo a propósito. No podía cagarla así.

Traté de reponerme y un par de jugadas después incluso ideé una estrategia y la puse en práctica.

—Jaque —avisé al cabo de un rato.

Axer me guiñó un ojo y movió sus piezas sin siquiera inmutarse, esquivando mi jaque.

—Jaque —dijo él entonces.

Volví a mover de la única manera en la que me era posible para defender al rey, el problema era que aquello dejaba el tablero dispuesto para que Axer hiciera lo que estaba a punto de hacer.

—Jaque mate, Schrödinger.

Nunca me había sentido tan feliz de perder en mi vida.

Axer abrió su mochila y rompió un trozo de papel de su libreta. Al verlo, procedió a arrancar el resto de la hoja como si le irritara su sola existencia, la hizo una bola de papel y la desechó. Entonces arrancó otra hoja, que esta vez salió impecable, y me la extendió junto a un bolígrafo.

—Anota tu dirección, puede que una de estas noches vaya a reclamar mi premio.

«Santísima Virgen, bendíceme con tu mitológica virginidad eterna que todavía se te atribuye a pesar de haber tenido más hijos después de Jesús, y no me dejes lanzarme en picado a la tentación. Amén».

—¿Y si me das tu número y te la envío?

Aunque Axer negó con la cabeza a mi patético intento, no me sentí humillada. Se veía como alguien que aún se estuviera recuperando de un orgasmo. Estábamos en la misma sintonía, jamás volvería a vivir una experiencia como aquella. Y, por supuesto, de ahí en adelante se haría como él quisiera.

Lo confirmé cuando dijo:

—Mi premio, mis métodos. Ahora anota.

20

El ganador absoluto

AXER FREY

Jueves por la tarde

Enjuagaba el jabón de sus codos hasta la punta de sus dedos con la vaga sombra de una sonrisa luchando por apoderarse del territorio de sus labios.

Se secó con toallas de papel mientras repasaba mentalmente las jugadas previas, como si se tratara de una canción que se puede parar y repetir para aprenderse la letra.

Del armarito de productos cosméticos y de higiene personal situado tras el espejo de su baño, sacó un frasco pequeño. Aplicó unas gotas del aceite aromático que contenía a sus manos y las frotó con lentitud para extender el líquido, elevando la temperatura de su piel. Mientras, sus pensamientos vagaban por otros momentos ya vividos, pero ello no interrumpió el ritual.

Salió del baño con la toalla puesta, se vistió omitiendo la camisa, y se sentó en el borde de la cama para ponerse sus tibios calcetines mientras recordaba las piezas negras y cómo se habían movido con torpeza e inexperiencia en el primer juego, para luego ejecutar una maniobra imprevista que solo habría podido idear alguien que, en definitiva, sabía de ajedrez.

Se sintió ultrajado, lo cual chocaba con la ilógica satisfacción que esto le producía. Comprendió que la contradicción de sus emociones se debía a la descarga de adrenalina que le causaba conseguir un contrincante capaz de ensuciarse las manos por una victoria, alguien que le sumara diversión y un grado más de dificultad.

Sin embargo, Axer todavía no aceptaba su derrota. La sola idea de darle ese nombre al fiasco que había ocurrido le parecía inaceptable.

Tal era su negación, que decidió no sentarse a trabajar en la escaleta de su próxima novela, esa segunda parte de *A sangre fría* que tanto rogaban sus lectores. Prefirió salir a la sala y buscar entre los juegos de mesa hasta encontrar el tablero y las piezas de cristal.

Lo llevó hasta su habitación, lo dejó a un lado de su portátil, y se sentó a recrear la jugada paso a paso, tratando de deducir los pensamientos de su oponente en un intento de encontrar un motivo, por leve que fuera, para considerar que la victoria de ella se había debido a la suerte.

Se puso los lentes, empujando la montura más hacia el puente de la nariz mientras agachaba la cabeza, pensativo, en medio de su análisis del tablero, ya con las piezas situadas en el movimiento previo al jaque mate.

Comprendió todas las posibles formas de evitar ese fin que habría tenido si tan solo hubiese prestado atención a la chica con la que competía y, resignado, hizo el movimiento final de las negras, repitiendo en su cabeza las palabras que no lo dejaban tranquilo.

Jaque mate.

Dejó los lentes en el escritorio y se lanzó a la cama sin dejar de reír con histeria, cubriéndose el rostro con las manos.

Ella le había ganado. Una victoria sin fisuras.

Sin embargo, no podía sentirse tranquilo con ese pensamiento. Necesitaba tomar el control que hacía tan poco había perdido.

Con determinación volvió a sentarse frente al tablero, devolvió las piezas a su posición inicial y reanudó la partida repitiendo uno a uno los movimientos que había dado durante su declive, aunque esta vez se detuvo justo antes de que las negras dieran el fatídico jaque mate. Modificó su jugada original, obligando a las negras a cambiar de táctica, y desarrolló la partida de forma distinta, acorralando a su rival como debió haber hecho en el colegio.

Solo cuando pudo decir «jaque mate» a su favor sintió que la mano que le oprimía el pecho relajaba su presión. Ya no iba a asfixiarse.

—He ganado —pensó en voz alta con un suspiro de alivio.

Todo estaba en orden, ahora sí.

Abrió su portátil, tan apresurado por terminar lo que estaba a punto de hacer que descartó por un momento los pensamientos que lo impulsaban a limpiar la superficie de las teclas antes de usarlas.

Encendió la pantalla y, a pesar del frenesí que sentía, se tomó un momento para procrastinar. Recordó que había visto en su teléfono que tenía múltiples mensajes en su buzón de Wattbook. Siempre recibía demasiadas notificaciones, más de las que podía revisar sin consagrar su tiempo total a ello, pero los mensajes solían ser escasos. Sus lectores solían hablarle al DM de Instagram, y él lo prefería así.

Cuando revisó uno a uno los mensajes, su ceño se frunció automáticamente. Su recelo aumentó cuando al inspeccionar los perfiles se dio cuenta de que no solo estaban vacíos, sino que habían sido creados hacía un día, todos al mismo tiempo.

Con un gesto de contrariedad, respondió a María001, la primera que le había escrito.

RedDragon:
No sé qué clase de spam es este, pero no voy a leer tu historia, no me mudaré a una plataforma China ni hago promociones gratis en mi perfil. Linda tarde.

Zanjado aquel asunto, navegó en su computador hasta su correo y redactó uno nuevo para Anne, la canadiense de su equipo en el laboratorio.

De: AxerFrey@freysEmpire.com
Para: Anne_Hoffman@freysEmpire.com
Asunto: Espécimen

Deja todo lo que te he pedido hasta ahora. Olvídalo.
Hay cambio de planes.

21

Un beso al estilo Wattbook

SINAÍ

Jueves al mediodía

El juego había acabado, pero yo seguía en trance.

No podía borrar de mi memoria la vívida sensación de que habíamos hecho mucho más que jugar al ajedrez. Nuestras miradas habían compuesto sonatas de pasión esa tarde, delante de todo el colegio. Nuestro lenguaje no verbal había puesto en evidencia la tensión que existía entre ambos, el éxtasis que nos invadía.

Como un *spoiler* en los comentarios de Wattbook, supe que jamás viviría ninguna experiencia que se le asemejara a menos que fuese a su lado.

Ganarle había sido la gloria. Pero perder ante él, con todo lo que eso implicaba, había sido vivir en carne propia los orgasmos que describían las escenas +18 de mis libros puercos favoritos.

Cuando Axer se levantó dispuesto a irse del colegio, yo respondí de la manera más insólita posible. Me levanté sin ser consciente de mis movimientos y, en medio de esta enajenación, lo seguí como si fuera lo más natural, como si me hubiese invitado a su casa a almorzar.

Mi suerte, jugando a mi favor por primera vez en mi virgen vida, me salvó de la vergüenza y la cárcel cuando la misma profesora que había obligado a Axer a participar de la reciente práctica de ajedrez, me agarró por el brazo, de modo que me vi obligada a darme la vuelta para encararla.

—¿Qué? —inquirí con el ceño fruncido.

—¿Has dicho «qué»?

Ni mi mamá era tan sensible con mis respuestas.

—Dígame —corregí.

—Tenemos que hablar —exigió con seriedad severa.

—Eso intuí.

—Jovencita, ¿qué acaba de hacer ahí delante de todo el liceo?

«Me cogí con la mirada al tipo más delicioso de tres países y dos continentes».

No iba a decir eso ni aunque me apuntaran con una pistola a las tetas. Prefería perpetuar mi imagen de casta santidad, de estudiante intachable.

Siempre hay ventaja en que te subestimen.

—Solo jugaba al ajedrez.

—¡¿Que solo jugaba?! —La docente rio con cinismo—. ¡Apostó su cuerpo! ¡Delante de toda la institución!

—De hecho, yo aposté clases intensivas como la buena alumna que soy, el otro fue el que apostó cuerpos y vainas locas. Cosas de ricos, supongo —concluí, encogiéndome de hombros.

A nuestro alrededor, medio colegio se peleaba por ayudar a recoger las mesas, sillas y las piezas del ajedrez. Era demasiado evidente que solo querían estar cerca para escuchar la discusión. Nadie se resiste al espectáculo de un alumno siendo humillado de manera pública y teatral.

—Me temo que tendremos que terminar este tema en el despacho del director —sentenció la profesora.

No había ido a clase en toda la semana, o sea que esa mujer tendría que echarle una camioneta de bolas para conseguir que la acompañase a la dirección.

—Profesora, le aseguro que no es para tanto, no se altere.

—¡¿Que no me altere?! ¿Quiere que el resto de sus compañeros piense que aquí se apuestan cuerpos en las prácticas escolares? ¡Eso es un ultraje! ¡Un escándalo!

Empecé a pensar que en lugar de reprenderme estaba recitando los diálogos de *Harry Potter y la piedra filosofal*. Estuve muy tentada de responderle como tía Petunia.

—No aposté mi cuerpo, usted lo malinterpretó.

—No me importa si lo malinterpreté. ¡Le prohíbo que pague esa apuesta!

«Ay, señora, si usted supiera que es más fácil prohibirme el oxígeno que conseguir que desista de entregarle mi cuerpo a Axer Frey...».

—Desde luego, no se preocupe. Los jóvenes tenemos nuestros propios códigos y bromas, créame que esto era solo un chiste, nadie va a entregar su cuerpo a nadie. —Imité un símbolo de *hashtag* con mis dedos—. *Hashtag* HastaElMatrimonio.

En ese preciso momento me interceptaron Soto y María. Me apartaron de la profesora como si su existencia fuese ficticia, y me llevaron sin miramientos hasta la ya famosa mata de mangos al fondo del colegio.

Soto se quitó los lentes de sol que ocultaban su resaca y fue el primero en hablar.

—¡¿Qué vaina fue esa?! ¿Estoy mal o ustedes estaban cogiendo con la mirada en mitad del patio?

—Literalmente el tipo te dijo que le dieras tu dirección para ir a cogerte cuando le dé la gana, y tú bien santificada se la diste. ¿No y que no le lamías ni la mano?

—¡Ya! —los interrumpí—. ¿Qué esperaban que le dijera? Yo perdí, debo darle lo que apostamos.

—Chama, ¿se la vas a dar? —me preguntó María, tan emocionada que casi daba saltitos.

—¡Que no, María! Lo están malinterpretando todo, el chico seguramente solo quiere...

El problema es que ni a mí se me ocurría qué podía inventar que fuese poco perverso para que ese par dejara de fastidiarme, porque teniendo en cuenta que Axer quería reclamar algo relacionado con mi cuerpo, cada nueva posibilidad que se me ocurría era más obscena que la anterior.

—María..., ¿y si realmente quiere...? Bueno, ya sabes... —Bajé la voz y me acerqué más a ellos de forma confidencial—. ¿Y si quiere tener sexo conmigo?

—Si tú te coges a Axer tendríamos que hacerte una estatua en el colegio a la nerd del año, tendríamos que hacer una fiesta de pijamas con todas las chicas del colegio para que nos des detalles de las dimensiones de su...

—¿Y por qué solo las chicas? —se quejó Soto—. Ni se les ocurra que me van a dejar por fuera de esa fiesta, yo también quiero saber cuánto le mide el...

—¡Por el amor a las bragas de María Magdalena, dejen de hablar de esas cosas que me ponen nerviosa!

—Pero, Monte, si fuiste tú la que empezó la conversación —intervino Soto, muerto de risa.

—Sí, pero yo lo que quería de ustedes eran consejos, no ideas morbosas.

—¿Consejos? —cuestionó Soto con el ceño fruncido, fingiendo confusión.

—Aaah... —María chasqueó los dedos y asintió—. Consejos, ya entiendo. Soto, ve corriendo al mercado y búscame el plátano más grande que consigas, que de aquí no nos vamos hasta que Sina aprenda a...

—No quisiera sonar pervertido ni nada —atajó Soto—, pero yo le he visto el pantalón a ese tipo, y algo me dice que lo que Monte va a necesitar para practicar será una berenjena.

—Ustedes dos son el par más desagradable, vulgar y asqueroso con el que me pude juntar.

—Pero ya te juntaste con nosotros, así que no hay vuelta atrás.

Ambos chocaron los cinco como si fuesen una especie de dúo de una comedia adolescente.

—Ya, muchachos, en serio. Lo que les digo es muy grave, y dudo mucho que podamos empezar por el plátano, nos estaríamos saltando muchos pasos.

—Creo que no te estoy entendiendo —comentó María con esa expresión confundida que le arrugaba la nariz.

—Bueno, lo que pasa es que yo... —Carraspeé y esquivé la mirada inquisitiva de ambos—. Yo ni siquiera he dado mi primer beso, y probablemente si lo hago con Axer será un desastre.

Soto se tuvo que dar la vuelta para no ser tan brusco y desagradable con la carcajada que se escapaba de sus entrañas. María se le lanzó encima para golpearlo.

—Déjala en paz, Jesús Alejandro.

—Pero ¿yo qué estoy haciendo?

—Soto —insistió María con expresión asesina—, te voy a meter una patada en las bolas tan fuerte que va a dejar sin descendencia a tu abuelo.

—Ay, ya...

Él, obstinado, se acercó hacia mí y tomó mi rostro entre sus manos.

No sé por qué me puse tan nerviosa, pero es que él estaba demasiado cerca... Su perfume atropellaba mi nariz, sus manos calentaban mis mejillas y sus ojos se robaron las palabras de mi boca. Entonces ladeó la cabeza con una sonrisa arrogante que, de no ser porque venía de él, me habría debilitado.

—Soto...

—No te muevas.

Y me besó.

Habría sido épico, habría sido de película. Hubiese sido digno de protagonizar una novela de Wattbook, si no fuese porque yo hice justo lo que él me había pedido que no hiciera: me moví.

Abrí la boca para replicar, y cuando sus labios buscaron los míos nuestros dientes chocaron y mis bráquets le abrieron la piel.

Él se alejó saltando con una mano en la boca. Supe que sangraba porque mi boca estaba impregnada de ese sabor metálico.

—Está bien, está bien. —Trató de tranquilizarnos María, tanto a mí, que no me quitaba las manos de la cara por la vergüenza, como a Soto, que maldecía a toda mi familia habida y por haber a cinco metros de distancia—. Pudo haber sido peor. Ese pudo haber sido Axer, por ejemplo.

Abrí los ojos horrorizada. Si eso me hubiese pasado con Axer, me habría suicidado de la vergüenza inmediatamente.

—¡¿Qué hago?! —pregunté en un chillido.

—Practicar —replicó María en un tono que daba a entender que esa era la respuesta más obvia del mundo—. Y pronto, porque si ese chico va esta noche a la dirección que le diste... Por cierto, ¿le diste la de tu casa? ¿No me habías dicho que no pensabas volver nunca más a ese lugar?

—¡El coñísimo de su madre! —Me pegué la mano a la frente al comprender el pequeño inconveniente ante el que me encontraba, y me acerqué con rapidez hacia María para darle un beso de despedida—. Me tengo que ir, nos vemos mañana.

Al llegar a la altura de Soto preferí omitir el beso y le levanté el pulgar, a lo que él respondió con su expresivo dedo medio mientras todavía se tapaba el labio recién partido.

Me marché a toda prisa. Era consciente de que debía resolver un problema con urgencia, pero no me imaginé ni por un momento lo grave de la situación cuando llegara a casa.

—Sinaí Nazareth Ferreira.

«Mierda».

A muchas cosas en la vida le temo, pero no hay nada que me haga temblar de forma tan eficaz e inmediata como mi madre diciendo mi nombre completo.

—Yo puedo entender que anoche no vinieras a dormir. Eres una adolescente, tienes tus arranques de picazón de culo. Espero que no soñaras con que te iba a ir a buscar con la policía.

Hizo una pausa, como si esperara una respuesta por mi parte, pero de mí no iba a recibir más que mi cara impasible mientras mi alma se iba corriendo a llamar a la puerta de Jesucristo para ver si se apiadaba de mí en su infinita misericordia.

—Está bien —prosiguió—. No viniste, necesitabas tu tiempo. Espero que los vagabundos te trataran bien. Pero... ¿me puedes explicar qué carajos es toda esta mierda que tenías pegada en tu puto cuarto?

Y yo que rogaba que no se hubiese dado cuenta.

Mi mamá tenía todas las fotos de Axer esparcidas por el suelo hechas pedazos, arrugadas y algunas afortunadas todavía intactas. Algunas esquinas todavía estaban pegadas de la pared debido a la brusquedad y falta de orden con que las había arrancado.

—Mamá, yo...

—Dime que no tengo que llamar al pastor para que te libere, Sinaí Nazareth. Bonito momento el tuyo para endemoniarte.

—¡No estoy endemoniada!

—¡¿Ah, no?! —Avanzó hasta mí y me agarró por el brazo—. Mira cómo estás roja, casi sangrando. Te arañas como una desquiciada frente a mis ojos.

—¡Son los nervios!

—¿Y por qué estás nerviosa? Explícame, ¿qué se supone que es ese montón de porno pegado en tu pared?

—Mamá, nunca entiendes nada.

—Pues explícame.

—Eso... era un reto, mamá. Perdí una apuesta en el colegio y como castigo tuve que hacer ese mural con las fotos del chico y tomarme una foto para probar que cumplí. No me dio tiempo a tomarme la foto y por eso no lo había quitado.

—¿Qué clases de retos son esas?

—Ay, no. —Puse los ojos en blanco con cansancio—. Contigo no se puede hablar.

La dejé con la palabra en la boca y me fui directa al baño de invitados. Cerré la puerta con pestillo solo para zanjar la conversación hasta que mi madre se olvidara de mi existencia y pudiera volver a mi cuarto.

En el fondo tenía que darle las gracias. Sin pretenderlo, acababa de evitarme la vergüenza del siglo. Solo de pensar que Axer quisiera reclamar su premio y encontrara las fotos en la habitación... Acabaría internada como mínimo.

22

Mierda, Soto

SINAÍ

Esa mañana lo haría, al fin lo haría. Juré por la Varita de Saúco, la Piedra de la Resurrección y la Capa de Invisibilidad que esa vez sí iría a clase. Ya bastaba de faltar, ya no había nada que temer.

Quise llegar con tiempo al aula para que no me sucediera lo del primer día. De hecho fui la primera, y no solo de la clase, sino de todo el colegio.

Esperé un par de minutos sola ante el portón hasta que apareció el conserje con las llaves y abrió. Me vio tan desorientada que me preguntó en qué aula era mi primera clase y me hizo el favor de abrirla para que esperara dentro hasta que llegara la profesora.

Por suerte, mis compañeros se le adelantaron. Si una docente hubiese entrado y me hubiese visto sola, sin duda habría hecho miles de preguntas sobre por qué no me reconocía, quién era yo y por qué no había asistido a las clases en ese tiempo.

Mis compañeros pronto llenaron el aula y la profesora seguía sin aparecer, así que empezaron a empujar las mesas y las sillas para formar círculos con sus amigos y hablar entre ellos.

Quedé completamente sola.

El aula comenzó a fundirse con las risas de mis compañeros, que de pronto comencé a oír en cámara lenta, como si yo estuviese encerrada en una burbuja y sus voces me llegaran lejanas, desde el fondo del océano.

Me sorprendía lo expertos que eran en ignorar mi presencia, lo fácil que les resultaba existir a pesar de mí.

No me cabía en la cabeza cómo les costaba tanto empatizar con mi situación, como si ninguno de ellos hubiera sido el nuevo nunca. Y no de esos recién llegados a los que les precedía un apellido y una fortuna, o aquellos que se escudaban en una cara bonita. Los nuevos de verdad. Los marginados. Tal vez, y solo tal vez, muchos lo fueron. Y por eso no se molestaban en mirarme, por miedo a perder su puesto. Asustados de volver a ser yo.

Sobre mis puños apretados encima el pupitre cayeron dos perlas húmedas y brillantes, las huellas de mi dolor, de mi debilidad. Lloraba por nada, y eso era lo más humillante, no tener un motivo que justificara lo patética que me sentía ahí, en un rincón del que jamás me movería a menos que me atreviera a dar el primer paso.

Me limpié la cara y traté de escuchar lo que hablaban los que estaban más cerca de mí y, cuando lo creí oportuno, me inmiscuí riendo de uno de sus chistes.

Todos los de ese círculo se volvieron para observarme y me estudiaron de arriba abajo con miradas burlonas, las cejas arqueadas y gestos inquisitivos. Concluyeron estallando en una carcajada que contagió a toda el aula, y si antes habían dejado suficiente espacio entre sus asientos, esta vez estrecharon más su círculo y me dieron la espalda de modo que me quedara claro mi lugar: ninguno.

Salí corriendo en el preciso momento en que la profesora entraba en el aula y tropecé con ella. Pero no me detuve, la dejé recogiendo sus cosas y seguí sin mirar atrás hasta llegar a mi casa.

Ese fue el comienzo del fin.

La próxima vez que entrara en cualquier sitio, las personas no me aislarían, morirían por ser parte de mi entorno, se afanarían por mi atención.

Estaba sentada frente a la ventana de mi cuarto con un plato de pasta recalentada en el microondas. Miraba hacia fuera deseando tener unos binoculares, calculando cualquier posibilidad de que Axer cruzara la calle de un instante a otro con una caja de condones para reclamar su premio.

Mientras procrastinaba, escribí a Soto.

Sinaí:
Soto?

Minutos más tarde me llegó su respuesta.

Soto:
Háblame. No te vimos hoy en clases.

Decidí ir directo al grano, tampoco tenía ganas de explicar el motivo de mi ausencia. No las tendría nunca.

Sinaí:
Necesito dinero, y puedes ayudarme tú, que eres mi amigo y no vas a perjudicarme, o voy a buscarlo por otro lado.

Soto:
¿Te refieres a lo de las fotos?

Sinaí:
¿Y a qué más?

Soto:
Pero... No tienes ni idea de lo que hago, cómo sabes que no la estás cagando con esto?

Sinaí:
Te lo dije. Necesito dinero.
Y puedo cagarla mucho peor por otros lados.

Soto:
Bien, pero nada de desnudos, Sina.
Solo insinuantes. Y que no se te vea la cara ni ninguna marca que te identifique.

Sinaí:
De acuerdo, te envío algunas esta noche.
¿Puedes decirme dónde las publicas?

Soto:
Esa es la cosa.
Yo no publico nada, las imprimo, y las vendo en físico.

Sinaí:
Qué?! Para quién?

Soto:

Te jodes, no te voy a decir nada más.

Y deja abierta tu ventana.

Sinaí:

Wtf?!

Soto:

Mi comprador es exigente, Monte, no le voy a vender nada amateur.

Voy en la madrugada con todo mi equipo.

Sinaí:

¿Tú las vas a tomar?

Soto:

¿Y quién más? ¿Algún problema?

Lo que me faltaba.

A pesar de mis pensamientos, concluí que no había motivo para tanto drama. Soto era un profesional, y yo su extraña amiga que solo buscaba sacar provecho de la situación. No tenía por qué ser raro, ni yo tenía que comportarme como si lo fuera.

Él llegaría, tomaría las fotos y se iría. No era tan difícil.

Soto:

Monte??

Sinaí:

OK, ningún problema.

Te dejo la ventana abierta, pero por favor mensajea cuando vengas llegando, no vaya a ser que me quede bien tranquila mientras entre un ladrón a mi casa.

Una vez coordinado el encuentro solo me quedaba un pequeño detalle que resolver. En mi guardarropa no había ni una braguita negra. Nada de encaje. Ni ligueros. Ni disfraces. Lo más sexy que tenía era el short de un pijama de conejitos que me quedaba tan pequeño que parecía un cachetero.

Tendría que recurrir a la única otra amistad que tenía en el planeta.

Sinaí:
Tania, necesito que me salves la vida.

Mi madre dormía plácidamente a un par de habitaciones mientras el cuerpo de su hija era devorado por un par de ojos café y la lente de una Sony DSCHBX100.

La habitación había pasado de ser mi pequeño cajón de sastre al set de una producción aspirante a un Oscar. Soto tenía la visión de un director de fotografía de grandes éxitos visuales como *Euphoria*, *Blade Runner* o *La la land*.

Iluminó el escenario con dos bombillas de neón, una azul y otra violeta, evocando un efecto de alucinación, de éxtasis. Colocó una de mis pálidas manos con las uñas pintadas de negro sobre mi pecho resaltado por el corpiño, y la otra sobre el vientre, con el indiscreto meñique adentrándose en el encaje de la braga. Me cruzó las piernas de forma provocativa, procurando que la postura ocultara mis lunares, me dejó en esa posición, y volvió detrás de la cámara para inmortalizar el momento.

Luego de esa foto, me rodeó las piernas con luces navideñas de color blanco, abrochó las correas de los zapatos negros de tacón alrededor de mis tobillos y los apoyó en la posición que más le satisfizo: uno hundiéndose en la cama, y el otro clavado en la pared. Y me tomó la foto así, con las piernas bañadas en la luminosidad morada y azul, con los cables enrollados alrededor de ellas y los puntos blancos brillando como estrellas de mi propia constelación.

Casi no parecían mis pies. Daban la impresión de pertenecer a una mujer poderosa, alguien que se amaba a sí misma.

—Ojalá te vieras —musitó Soto con una sonrisa detrás de la cámara al tomar la cuarta fotografía.

Por supuesto que me veía. Veía mi rostro insulso. Mi cabello sin arreglo. Mi tez sin maquillaje. Y pensaba en la decepción que podría llevarse cualquier persona que viera el cuerpo de la mujer de la sesión, con lencería prestada y una producción asombrosa, cuando descubriera la insignifican-cia de mi cara.

Soto se acercó a mí para desplazar algunos mechones de mi cabello de modo que también apareciesen en el encuadre de la próxima fotografía, y lo tuve tan cerca que vi la costra que tenía en el labio debido al impacto con mis bráquets. Así que me mordí los míos con una vergüenza desme-dida, e incluso estuve a punto de echarme a llorar por la tortura de mis recuerdos.

No sé qué mierda me pasaba, por qué lloraba tanto y por cualquier cosa.

—Monté...

Soto pasó sus dedos por mis clavículas, subiendo por el lateral de mi cuello hasta mi mejilla. Me tenía semidesnuda, tendida en la cama en la posición que él había sugerido. Él estaba inclinado sobre el colchón, con los pies en el suelo, examinándome. Su cabello estaba tan alborotado como siempre, negro como las alas de un cuervo. Le pasé la mano por el pelo, introduciendo los dedos en sus mechones rebeldes.

Sus ojos negros me penetraban la piel con una curiosidad que ja-más había visto en ellos. Ese no era el Soto que me daba la cara en el colegio.

—Dime —susurré mientras sus dedos rozaban mis labios resecos.

Puede que fuese la atmósfera que él mismo había creado, con la oscu-ridad y las luces de neón, o quizás la intimidad de la situación y la sensua-lidad de las prendas prestadas que llevaba en ese momento, pero lo cierto es que empecé a sentir una chispa extraña. Una atracción que antes no estaba, y que con seguridad no volvería a sentir porque —¡por Jesucris-to!— era Soto.

—Sina, voy a hacer algo, pero no quiero que luego...

Pero fui yo quien dio el paso.

Lo agarré por el cuello y le di ese beso que arruiné en el patio escolar, el que nos debíamos. Lento, tan malditamente lento que cada vez que nuestros labios se rozaban me daba tiempo a arrepentirme de lo que estaba haciendo, pero no lo hacía. Seguíamos besándonos, y yo me sentí como si ya lo hubiese hecho antes. Ojalá me hubieran dicho que era así de sencillo, que solo hay que desearlo y que, cuando pasa, son esas ganas las que devo-ran a la otra persona por ti.

Me habría evitado muchas vergüenzas.

Soto se subió a la cama sin dejar de besarme y sus manos recorrieron con lentitud mis brazos hacia abajo antes de pasar a mis caderas. Pero aquello era lo de menos, porque tenía su cuerpo encima del mío, únicamente cubierto por dos minúsculos pedazos de encaje. De una forma u otra, me estaba tocando todo con solo tenerme ahí.

Su lengua me atravesó la boca y me descubrí apretando las piernas para disimular el fuego que aquello provocó. Sin embargo, al hacerlo me pegué más a sus caderas, y con eso descubrí de forma inequívoca lo duro que él estaba.

«Maldita sea, me estoy besando con Soto y a este paso vamos a...».

Pero por mucho que mi mente me pidiera que parara, mis manos se metieron bajo la camisa de aquel intruso que estaba en mi habitación. Él terminó de quitársela mientras yo le acariciaba el abdomen y la espalda.

Sus tatuajes resultaban malditamente sexis bajo las luces de neón, tanto que dejó de importarme que se le marcaran las costillas por lo delgado que estaba. Esa noche él era mi *badboy* de Wattbook, y yo su Nerd vestida de *stripper*.

A medida que seguíamos besándonos, él tomó más confianza y comenzó a frotarse encima de mí, besándome con más fuerza, marcándome el cuello con la intensidad de su boca.

Y, de repente, paró.

Quedé jadeando, mis manos esposadas a la cama por las suyas. Tenía la respiración tan acelerada como yo, y su erección presionada contra mí no daba indicios de estar saciada.

—¿Qué mierda pasa, Soto?

Él contuvo la respiración y se pasó la mano por el cabello, más alborotado que nunca, y prosiguió.

—Yo tengo tantas ganas como tú, te lo juro, pero hablaba en serio cuando te dije lo de la virginidad en el colegio.

—No me jodas...

No podía creerlo. Me mordí los labios de la indignación.

—No lo hago.

—Me van a salir malditas telarañas, Jesús.

Soto se rio y, por primera vez desde que lo conocía, su sonrisa hizo estragos en mí. Las ganas me estaban matando.

—Es en serio. No lo vamos a disfrutar ni tú ni yo.

—¿Y entonces? ¿Me vas a dejar aquí haciéndome la paja o qué coño?

Soto se lanzó sobre mí y me mordió el cuello, lo que provocó que mis piernas se abrieran a él y un gemido se escapara de mi boca. Una mano suya viajó hacia uno de mis senos y lo apretó.

—No te entiendo, carajo —gemí.

Su mano bajó a mi entrepierna y se introdujo dentro de la ropa interior, accediendo a un área ignota que lo recibió con regocijo.

Me mordí la boca al notar el roce de su mano deslizándose hacia abajo y ahogué un jadeo exaltado al sentir que uno de sus dedos se asomaba a mi interior.

—Chama, estás más mojada que la represa.

—Maldición, Soto. ¿Eso es lo mejor que se te ocurre decir justo ahora?

A pesar de mi irritación, él me callaba a besos sin parar de sonreír divertido, y me descubrí a su merced, deseando comerle la boca cada vez que sonreía, como jamás creí posible.

Lo que hacen las ganas.

Sentí cómo jugaba con mi intimidad, arrancándome jadeos que despertaban una parte de mí que no sabía que existía, que me hacían arquear la espalda como en las películas de exorcismos.

—Soto, cógeme o fuera de aquí —espeté al escuchar su risa. Le divertía verme tan ansiosa.

Él se detuvo, me dio un último maldito beso en los labios, y se levantó.

—Nos veremos en clase, Monte.

Me senté, apoyando los tacones en el suelo.

—¿Es en serio?

—No pensé que me tuvieras tantas ganas, Monte.

Me dieron ganas de borrarle la sonrisa de una bofetada. Definitivamente tendría que aprender a masturbarme a partir de entonces.

—No he cogido en la vida, ¿qué esperabas?

—Hey. —Se acercó a mí, me tocó la mejilla mirándome directo a los ojos y procedió a besarme el cuello con una lentitud asfixiante—. Bájale dos a la violencia. Estás muy agresiva.

—Me dejas con las ganas, pendejo.

Me agarró una mano y la llevó a su entrepierna. Me sorprendió que no hubiera roto el pantalón.

—No me hables de ganas, Sina —susurró con voz grave.

—Quédate, y acabemos con eso.

—Yo voy a quedar mal de cualquier forma, porque ya te dije que no te voy a coger siendo virgen.

Le agarré la mano, le cerré los dedos en un puño, excepto el pulgar y me lo metí en la boca.

—Qué poco creativo eres, Jesús Soto.

—A la mierda, entonces.

Y se lanzó encima de mí otra vez, devorándome la boca con la intensidad de esa hambre que acaba de nacer de la nada entre nosotros.

23

A la mierda, Monte

SOTO

Esa noche tenía planes. La congregación a la que su madre asistía había organizado una vigilia. Estuvo observando suficiente tiempo para que sus alarmas se encendieran.

A Soto no le molestaba que los hombres de la congregación se escaparan a beber. La hipocresía podía traducirse en cobardía, pero no era un pecado de la incumbencia del muchacho. Si querían embriagarse hasta perder el sentido y al día siguiente pisar el altar con un sermón que condenara lo que ellos mismos hacían, era problema suyo. Sin embargo, Soto no podía pasar por alto que un grupo de adultos, supuestamente adoradores del Dios de los cielos y la tierra, se llevaran a chicas menores en mitad de un culto a comprar alcohol, y que las dejaran irse a sus casas dando tumbos, solas, con los ojos rojos y empequeñecidos.

Por un lado, no quería caer en el debate sobre si las relaciones consensuadas con diferencias notables de edad eran un crimen o no. Por el otro, no conseguía una excusa válida para un adulto que embriagaba a una niña y se aprovechaba de ella cuando no tenía consciencia de nada. Si podía confirmar sus sospechas, no se detendría. Les tallaría la cruz en el culo si es que no se le iba la mano y les cortaba el pene de una vez.

Por eso iría a la vigilia esa noche, para continuar su seguimiento de los impíos que habían llamado su atención.

Sin embargo, algo lo detuvo. Lo último que esperaba un día cualquiera entre semana después de cenar.

Monte:
Soto?

Sinaí. Esa amiga cargante a la que había intentado besar y le había provocado que necesitara sutura en los labios.

—¿Qué coño querrá Monte ahora? —murmuró Soto tecleando en su teléfono la respuesta para su amiga. No imaginaba ni por asomo la oportunidad que se abría ante él.

—Quédate, y acabemos con eso —pidió ella.

Soto jamás había visto a su amiga tan sexy, los tacones puestos en el suelo, sus piernas suaves abiertas al borde de la cama, vestida de encaje, con la piel bañada por las luces de neón y el cabello tan libre como ella y sus ganas en ese momento.

Nunca había visto a Sina con esos ojos, jamás había pensado que la palidez y sequedad de sus labios, hinchados por los besos que acababan de darse, podrían provocarle ese deseo irracional de morderle la boca.

Tenía que desviar la mirada, porque esa Sinaí era su debilidad. Quería tomarla, y no con la decencia de un amigo ni la ternura de un amante. Quería hacerle de todo, sin tabúes, con la confianza de quien sabe que al día siguiente no tendrá que responsabilizarse por los actos desmedidos de una noche de pasión. Y quería que ella satisficiera las más locas fantasías que empezaron a formarse en ese instante, que debería haber sido inocente y profesional.

Pero era su amiga. Y al día siguiente la vería en clases. A ella y a María, y no sabía hasta qué punto estaba dispuesta a olvidar Sinaí, o si sería capaz de fingir cuando tuvieran que verse en público. Y, por otro lado, había otras cuestiones, las mismas que lo empujaban a avanzar aunque no era debido.

—Yo voy a quedar mal de cualquier forma, porque ya te dije que no te voy a coger siendo virgen —fue lo que contestó Soto.

De hecho, la habría cogido en todas las malditas partes de su habitación o de la casa entera si ella así lo deseaba; no le importaba que fuese virgen. Pero no llevaba condón encima. Realmente había esperado poder evitar *eso*.

Después de todo, quién podría imaginar que su amiga, más virgen que el aceite de oliva, le saltaría encima en mitad de una sesión.

Entonces, ella hizo algo que quebró toda la coraza de seguridad que

Soto había levantado para fingir que no se estaba muriendo por ella, al menos en ese momento.

Ella le tomó la mano y le cerró los dedos en un puño, a excepción del pulgar, que se metió en la boca con una lentitud que le enfermó la mente al pobre muchacho.

—Qué poco creativo eres, Jesús Soto.

—A la mierda, entonces.

Y se le lanzó encima de nuevo, esta vez ciego por completo, entregado al deseo que llevaba tanto rato reprimiendo.

Porque Sina esa noche olía de una manera especial. Podía embriagarse todo el día con el perfume de su cuello, con el calor de sus manos metiéndose dentro de su pantalón, buscando lo que llevaba pidiendo casi desde que empezaron a besarse.

Ella empezó a lamerle el abdomen como si fuese de caramelo, y él tuvo que morderse la boca con fuerza, reabriendo la herida que ella misma le había hecho la mañana anterior.

Cuando Sina empezó a quitarle el cinturón, Soto se tensó. Lo disimuló tumbándola en la cama, lamiéndole y besándole el cuello para disfrutar de la manera en que ella enredaba los dedos en el desastre azabache que él tenía por cabello.

A pesar de su arrogancia y del derroche de buen ánimo con el que afrontaba la vida, Jesús Alejandro Soto sentía una especial inseguridad a la hora de tener sexo con cualquier mujer.

Si de él dependiera, le abriría un agujero al pantalón para no tener que quitárselo y se quedaría con la camisa puesta durante todo el acto. Porque, sí, era bastante ocurrente y de rápida respuesta a la hora de soltar un chiste o un comentario sarcástico, pero de alguna forma esa faceta que presentaba a los demás era solo un envoltorio. Un envoltorio lo bastante llamativo para distraer a quien lo observara, para que no se preguntara por el contenido defectuoso que ocultaba.

Por eso prefería los encuentros casuales, jamás tenía nada con nadie de su colegio, ninguna chica que estuviese seguro de que volvería a ver. Porque lo cierto era que le aterraba. Temía el escrutinio de los ojos de alguien que, el día después, correría a contarle a sus allegados los detalles de su cuerpo, comparándolo con mejores polvos, con chicos mejor formados, de mayor musculatura, hombres a los que no se les notaran las costillas, tal vez más preparados para dar placer que él.

Jamás había contado nada de eso a nadie; habría implicado una vergüenza eterna. Se supone que los hombres nunca deben sentirse inseguros. Se supone que deben presumir de ser dioses del sexo, de tener el Gran Pene Resurrector en el pantalón, de volverlas locas a todas.

Pero lo cierto es que Soto no se sentía así. Él solo era un chico normal, él era quien se volvía loco cuando alguien llegaba a gustarle, no al contrario. Su único objetivo en el sexo era disfrutar y consumir las ganas que surgieran, no alardear.

Por eso bajó por el cuello de Sinaí dejando un camino de besos húmedos y se detuvo en sus senos. Le quitó el sostén, aunque se volvía loco al vérselo puesto.

—Maldito uniforme del colegio. Tuvo tus tetas en secreto todo este tiempo —musitó Soto mientras las apretaba y las lamía.

—Soto, cállate. —Por desgracia para Sina, un gemido escapó de ella mientras lo decía—. Se te da fatal mantener la atmósfera, ¿lo sabías?

Él se rio. Le encantaba eso, aunque no lo admitiría en voz alta. Y tal vez a ella también le gustaba. La confianza que había, todo lo que podían decirse sin que fuera incómodo, el hecho de que pudieran intercambiar bromas e insultos mientras se estaban comiendo el uno al otro como si fuera algo normal entre buenos amigos.

Aunque era extraño, ninguno iba a quejarse, al menos no de disgusto. Los únicos quejidos que se oían eran los de ella, amortiguados por sus labios apretados mientras Soto se metía un pezón a la boca, jugueteando con su lengua, chupando y mordisqueando a su antojo, alentado por la manera en que ella suspiraba, gemía y pedía más con el lenguaje de su cuerpo.

Puede que Soto no fuese un experto en sexo, pero sabía leer la piel de las personas. Era excelente prestando atención.

Le sorprendió cuando su amiga bajó su mano hasta el borde de sus bragas, jugueteando con lo dedos en la cinta elástica, como si no se atreviera ir más allá.

Soto entendió lo que ella quería y se descubrió emocionado por dárselo.

Primero, la ayudó a ella. Posó la mano sobre la de ella y la condujo al interior de su braga, cruzando la línea donde ella había vacilado.

Dejó que ella misma lo guiara a donde quería ser tocada, sintiendo el ritmo con el que se acariciaba, aprendiendo, deleitándose en la intimidad del momento, en cómo cerraba ella los ojos y confiaba en él para compartir ese momento.

Luego, él siguió y ella retiró la mano.

Él empezó a tocarla al ritmo de su respiración y ella lo agradeció llevando el rostro de Soto de vuelta a sus labios para que la besara mientras despertaba aquellas sensaciones nunca exploradas en su entrepierna.

Se besaron como si no existieran tantas contradicciones en lo que hacían, solo disfrutando del más honesto deseo que habían sentido, de la curiosidad y el deleite que se halla en saciarla al lado de alguien que la siente en igual medida.

Sinaí había empezado aquello con muchos reparos, pero en ese momento, mientras los dedos de Soto le mostraban una parte de su propio placer que jamás había explorado y su boca penetraba la de ella con fuerza, con hambre, descubrió que estaba extasiada de experimentar por fin la emoción de sentirse deseada.

Cuando Soto notó que su amiga estaba llegando a un punto sin retorno, se apartó de su boca y bajó por su vientre, dejando besos desperdigados por cada centímetro de su piel.

Alzó los ojos y vio que ella sonreía. ¿Por qué lo hacía? No era lo que debía hacer, pero... ¡Dios! Le pareció tan hermosa que lo habría dejado todo hasta ahí solo por pasar la noche besando esa sonrisa.

Sin embargo, siguió bajando. Quitó la braga de su camino e hizo que su boca sustituyera el trabajo de sus dedos en la entrepierna de Sinaí. Solo acercó la punta de la lengua a esa parte erecta de su centro, apenas rozándola, pero ella respondió como si una corriente eléctrica la hubiese abofeteado.

Él trató de no pensar en que muchas de las cosas que estaba sintiendo Sina esa noche, no las había experimentado jamás.

Ella inhaló con fuerza, sus manos se aferraron a las sábanas como si tuviera miedo de caerse, y murmuró algo que Soto no llegó a entender pero que le pareció sumamente sexy.

Él prosiguió con la lengua y los labios, repitiendo lo que hacía un rato habían hecho en los senos de Sina.

Ella, abrumada de tanto placer, arqueó la espalda mientras sus piernas se retorcían de impotencia, sin saber qué hacer con todo lo que sentían.

Lo último que esperaba Soto era que ella le agarrara el cabello; no había creído que se atreviera, la imaginaba más retraída. Sin embargo, ella había sentido esa libertad y la estaba usando, presionando a su amigo a que le diera más y más.

Él notó que las caderas de ella empezaban a moverse contra su boca a un ritmo precipitado, *in crescendo* conforme la respiración se le aceleraba y sus gemidos subían de volumen.

—Ay, no puede ser —exclamó Sinaí avergonzada, y Soto sonrió con el centro de ella todavía en la boca.

Sina se cubrió con la almohada para ahogar la última y apoteósica exhalación que escapó de sus labios, cuando la lengua de su amigo la llevó a donde nunca había estado.

Quedó respirando con dificultad, tendida en la cama. Soto la miraba embelesado con la cabeza ladeada.

—¿No me vas a decir algo inoportuno? ¿Ni siquiera me preguntarás si me gustó o algo?

—¿Para qué te voy a preguntar si te gustó cuando tu cuerpo ya me lo gritó en los labios?

Sinaí empezó a reírse y, en medio de aquella diversión, se acercó a su amigo para obligarlo a sentarse en el borde de la cama.

—¿Qué haces, Monte?

—Tú calla y disfruta, imbécil.

La chica se arrodilló frente a él, destrabó la hebilla del cinturón, le bajó la cremallera del pantalón y deslizó toda prenda de ropa hasta sus rodillas.

—Sina, no es necesario —le advirtió él, pero tuvo que callarse cuando ella le puso la mano a la nuca y tiró de él hasta que sus labios volvieron a unirse.

Soto no sabía qué había en la boca de su amiga que le encantaba tanto. Quería poder fingir que no era así, pero cada vez que la humedad de sus labios lo rozaban, él perdía toda razón, toda lógica. Solo quedaba ella y el deseo que lo inflamaba.

Entonces sintió esa misma humedad en otra parte de su cuerpo y perdió toda la decencia que le quedaba.

Se levantó para llevarla contra la pared y volvió a arrodillarla para meterle de nuevo en la boca la parte del cuerpo con la que ella había empezado a jugar. Se permitió un momento para deleitarse con la manera en que ella lo lamía y lo chupaba. La lengua y la saliva de Sinaí nublaban los sentidos de Soto hasta tal punto que tenía que cerrar los ojos y apretar las manos contra la pared para contenerse.

La agarró por el pelo, al principio cohibido por la manera tan deshumanizante como la estaba tratando, pero al instante cedió a sus instintos; ya no podía negarse a lo que quería hacerle, no cuando tenía su boca haciendo estragos en su miembro.

Envolvió su mano en el cabello de ella, apretando firme, tirando para que la cara le quedara como él quería: con los labios en su entrepierna, pero con sus ojos mirándolo. Nunca había visto esa mirada en ella, ese lujurioso permiso para que le hiciera lo que se le antojara. Y, mientras le penetraba la boca teniéndola contra la pared, supo que jamás se libraría de esos ojos. Nunca podría sacar esa imagen de Sinaí de su cabeza.

Temblando y gruñendo, Soto se derramó en la boca de Sinaí. No sacó el miembro hasta que ella se lo hubo tragado todo.

Pasado un segundo del éxtasis, se sintió avergonzado por lo que acaba de hacer. Sin embargo, ella, totalmente desnuda ante él, con la entrepierna todavía húmeda por lo que acababan de hacer, le rodeó el cuello con los brazos y lo besó detrás de la oreja.

Se tumbó en la cama desvestida, cubriéndose apenas una porción de su cuerpo, y él la acompañó después de volver a ponerse los pantalones en su sitio.

—Me sorprendió que me besaras —mintió él, tumbado de lado en la cama, mientras acariciaba con los dedos el precioso rostro de Sinaí.

—¿Cómo coño que te sorprendió?

Ella se incorporó hasta casi sentarse, apoyándose en las manos, y miró estupefacta a Jesús Soto.

—Bueno, no me lo esperaba —contestó él.

—Pero si tú estabas a punto de besarme.

—¿Disculpa?

—Estabas a medio centímetro de mi cara y dijiste: «Voy a hacer algo, pero no quiero que luego...», y ahí fue que te besé.

—¿Y por eso creíste que iba a besarte? —Soto se rio—. Okay, no me estoy quejando ni nada, pero no iba a besarte, Sinaí. No habría podido. Si lo hubiera hecho, habrías podido pensar que me estaba aprovechando del favor que me pediste. Eso jamás lo haría. Vine a tomar las fotos y ya está. En ese momento yo... Te iba a sugerir tomarte una foto de cuerpo entero, pero temía que pensaras mal. No era para venderla ni nada, es solo que... No sé, estabas tan malditamente hermosa, que pensé que deberías conservar una foto así aunque fuera para ti.

Había mucho de verdad en aquella primera y muy piadosa mentira.

—¿Dijiste que me veía «malditamente hermosa»?

En las comisuras de los labios de Sinaí se notaban sus ganas de reírse.

Soto le pegó con una almohada en la cara.

—Cállate, estúpida. No te vuelvo a decir un coño.

En lugar de devolverle el golpe, ella se acercó a él y le robó otro beso. Lento, pausado, ilógico para ambos. Ya habían saciado sus deseos, eso estaba de más.

—¿Por qué lo haces? —preguntó él con una mano en el rostro de ella.

—No quiero buscar explicaciones, solo me encanta besarte y ya.

Él tuvo que sonreír. La verdad es que le había encantado esa respuesta, que bien podría haber salido de sus propios labios.

—¿Me vas a besar cuando estemos en el colegio? —bromeó Soto con una sonrisa pícara y una ceja arqueada.

—Ni siquiera lo sueñes, esta vaina no vuelve a pasar.

—Ajá. Así mismo dije yo hoy: «Vas, le tomas las fotos, y a tu casa de nuevo». Y míranos.

—Quédate hoy.

—¿Qué?

—Ya estás aquí, ¿no? No tienes por qué irte de madrugada.

«Yo también quisiera pasar toda esta noche besándote», pensó. Sin embargo, lo que dijo fue:

—Aunque me encantaría ser asesinado por tu madre en plena noche, voy a tener que dejarlo para otro día. —Se inclinó hacia Sina y le dio un último beso en los labios—. Nos vemos en clase, Monte.

24

Empezar a gritar

MARÍA

Mucha gente comete el error de pensar que las mujeres atrapadas en una relación tóxica se enamoran del caos y el dolor.

No es así.

Se enamoran de los chispeantes ojos felinos que les sonríen como si fuesen la única en su mundo, se deslumbran por la perfección de una barba bien delineada y un rostro perfilado. Se refugian en esos brazos musculosos que exudan el aroma de un perfume caro, cubiertos por las mangas de una camisa de marca.

Se enamoran de la manera en que los labios de él se deslizan desde sus dedos hasta su muñeca, donde, con la entrega de un millonario perdido de admiración, le ponen una costosa pulsera de piedras brillantes.

Se enamoran de las palabras, de la atención, de aquel que las oye cuando nadie más parece saber escuchar.

Y se quedan dormidas en sus brazos, en la parte de atrás de sus pizzerías, soñando con los besos que su amado va desgranando desde su frente hasta sus mejillas.

Y se enamoran, sobre todo, del primer «te amo».

María despertó con dificultad, preguntándose si de verdad acababa de escuchar «la palabra».

Estaba acurrucada en los brazos del turco, embriagada por su perfume, deleitada con los inocentes besos que él le regalaba. La pizzería llevaba horas cerrada. Él lo hizo por ella, para que tuvieran plena intimidad en el local, como si se tratara de un hogar para los dos, lejos de la malicia de aquellos que no querían verlos juntos.

—¿Perdona? —preguntó María pestañeando.

—Que te amo, María.

Ella no podía creerlo. Después de todo lo que habían pasado, la amaba. Se besaron, y puede que a ella se le escaparan un par de lágrimas de la emoción, porque la última vez que alguien le había dicho esa palabra había sido una artimaña para conseguir una foto que acabó destruyéndola. Esta vez era real. Lo sentía en la pasión con que él la abrazaba, en la devoción con que le agarraba el rostro mientras sus labios se deslizaban con arrebato. Lo sentía en la manera en que su mano se deslizaba al interior de su vestido y...

—No. —Lo frenó intentando no ser demasiado brusca y le dio un pequeño beso en la nariz sin perder la sonrisa. Estaba intentando algo que antes nunca había considerado: ser honesta, ser fiel a sí misma. Ahora podía hacerlo, porque él la amaba.

—¿No? ¿No qué?

—Esperemos. Podemos... No sé, ¿podríamos solo quedarnos abrazados toda la noche?

El turco se removió un poco y apretó los labios, contrariado.

—¿Eso a qué viene?

—No lo sé. Nos hemos saltado muchos pasos, ¿no crees? Antes... lo hicimos sin sentir nada el uno por el otro, sin apenas conocernos. Quiero recuperar ese tiempo ahora y tal vez...

—¿Sin conocernos? Llevábamos meses saliendo, iba a buscarte al colegio, os regalaba el almuerzo a ti y a ese desagradable amigo tuyo. Te compré todo lo que me pediste, te consentí. Y luego fue que lo hicimos, y solo porque se me ocurrió pagar un hotel. No digas que no nos conocíamos.

—Es que... En realidad todavía no nos conocemos. Tú no sabes nada de mí, y yo no sé nada de ti más que lo que le muestras a todo el mundo. Quiero que vivamos una historia de amor, no de polvos que de pronto se hicieron novios.

—No te he pedido que seas mi novia.

—Dijiste que me amas.

—¿Y?

—¡Y me estás cogiendo, maldita sea!

—De hecho, no. No sé qué coño te pasa hoy que ni siquiera me has dejado meterte mano.

María se levantó hecha una furia. Avanzó corriendo hacia la puerta del local, pero él la atrapó antes de que pudiera salir. Le robó un beso y ella creyó que todo estaba solucionado, hasta que el turco volvió a meterle la mano por debajo del vestido.

—¡Que no, mierda!

—¡¿Por qué?!

—¡Te cogiste a otra! ¡Era una carajita! ¿Crees que puedo dejar que me manosees con la misma mano que le hiciste quién sabe qué, sin que haya pasado por lo menos un mes de eso? No seas tan cínico.

—¡Ya te pedí perdón!

—¡PUES NO VEO TU MALDITO ARREPENTIMIENTO!

—De acuerdo. Esta mierda se acabó.

—¿Estás terminando conmigo? —María se echó a reír—. No me jodas.

—No hay nada que terminar, preciosa, porque no tuvimos nada. Eres una puta, y a las putas se les paga y se acabó. No das más explicaciones.

El hombre se sacó un par de dólares de la billetera y se los metió en el escote a María Betania.

—Vuelve a llamarme puta —lo retó ella. Sus manos estaban tan apretadas que las uñas le perforaban la piel. En su frente sobresalía una vena y tenía la cara más roja que el fuego del infierno—. Vuelve a llamarme puta, *mamahuevo*. Hazlo.

—Tú misma lo dijiste. No éramos nada, ni nos conocíamos, pero te dejaste coger por un par de pizzas. ¿Qué nombre quieres...?

María se quitó un zapato y se lo lanzó a la cara. La punta del tacón impactó contra la frente de él y le abrió la piel. La sangre comenzó a manar, bañando sus cejas, alcanzando sus ojos. El hombre tuvo que usar su propia camisa para detener la hemorragia.

—Púdrete, maldito.

Ella abrió la puerta del local y salió a la calle oscura, consciente de que le esperaba un difícil camino para encontrar transporte a su casa.

Pero no se iría sin agregar un par de cosas. Volvió a abrir la puerta y asomar su cuerpo para decir:

—Por cierto, tus pizzas son mejores que tus polvos, señor tres minutos. Cada vez que cogíamos tenía que llevarme el maldito consolador porque nunca en la puta vida me hiciste acabar. Descansa.

«En el infierno», añadió en su mente.

Cuando María llegó a su casa sintió que «patética» era una palabra que huiría de ella antes que aceptar definirla. Tenía el rímel corrido hasta las comisuras de la boca y el carmín esparcido hasta la barbilla, que no se molestó en limpiar. Iba descalza, con su único tacón colgando de una de sus manos, y el cabello hecho un desastre al haberse mezclado con sus lágrimas y sus mocos.

Decidió entrar por el garaje para que sus padres no la descubrieran. Se suponía que a esa hora ella debía estar dormida en su habitación, no fornicando en una pizzería con un turco que le llevaba casi diez años.

Sin embargo, al entrar a la casa de puntillas, la luz de la sala se encendió.

Y no eran sus padres quienes la esperaban, sino su hermana, Génesis, con los brazos cruzados.

—Si piensas... —comenzó a decir María con los dientes apretados por la humillación y la impotencia de haber sido descubierta en el peor momento de su vida.

Pero Génesis no quería escucharla. Se lanzó hacia su hermana menor y la abrazó, dejándola llorar en su hombro sin que le importara el ruido, los espasmos, lo mucho que le dolían las piernas al estar en esa posición incómoda, o que las lágrimas de Tania le mojaran la espalda.

En ese momento solo importaba que María se desahogara.

—Ya me voy a dormir —sentenció la menor de las hermanas. Acababa de recobrar la noción del todo. Se había rebajado de manera cruel a sí misma al permitirse ese momento de debilidad. Porque en ese preciso instante se sentía bien, pero el resto de su vida su hermana se lo echaría en cara.

—Espera. —Génesis señaló la mesa—. Es para ti.

María siguió la trayectoria del dedo de su hermana y se agachó para tomar lo que señalaba. Un libro. Era tan pequeño y delgado que casi parecía un folleto de esos que repartían los testigos de Jehová. Pero su portada era semidura, de color naranja y en el título se leía *Todos deberíamos ser feministas*. Debajo se especificaba que era la transcripción de una conferencia TED, cuya autora se llamaba Chimamanda.

—¿Esto qué es? ¿Planeas convertirme a tu secta de matabebés?

—María, por favor. No te estoy insultando, no estés a la defensiva.

—¡Claro que me insultas! Me das esta mierda como si fuera una Biblia y yo necesitara de Cristo o algo así. ¿Tan jodida crees que estoy? No sabes nada de mí, carajo. Nada. Lo último que necesito es tu lástima y tus folletos feminazis.

—María —dijo Génesis, mordiéndose la lengua. Su hermana estaba mal, no conseguiría nada de ella si la atacaba. No podía caer en ese juego, tenía que combatir el fuego de María con paciencia y comprensión—. Date la oportunidad de leerlo, por favor. No lo hagas por mí, hazlo por ti.

—¿Para qué? ¿Para que ande por la vida sin depilarme? ¿O para que le pise las bolas a los hombres y los mate y...?

—«No quiero que las mujeres tengan poder sobre los hombres, sino sobre sí mismas», dijo Mary Wollstonecraf.

María enarcó una ceja.

—¿La madre de Mary Shelley? —sugirió Génesis, en un intento de que su hermana despertara y entendiera la referencia. Pero María se quedó igual, o incluso peor que al principio—. Coño, la que escribió *Frankenstein*.

—Ah, sí, sí. Ya sé.

—Bueno. ¿Lo leerás?

—¿Para qué? ¿Qué quieres probar con eso?

—Nada, Betania. Nada. Ni siquiera tienes que hablarme del libro, ni te haré preguntas ni nada. Ya te lo dije: no lo leas para mí. Date la oportunidad de descubrir lo que hay en su interior.

—Ya sabes que no me gustan los libros de no ficción. Me aburren.

—Si te gustó *Vendida* tienes que leer esto, en serio. Ni siquiera tienes que obligarte a leerlo del todo. Solo empiézalo. ¿De acuerdo?

Durante toda la madrugada María no apagó la luz de su habitación. No lo hizo, porque un libro en papel no se puede leer en la oscuridad.

María siempre había creído que hacerse llamar «feminista» era un capricho, un deseo de llamar la atención. ¿Por qué no podían hacerse respetar y ya está, sin etiquetarse?

En las menos de cien páginas del pequeño libro que tenía entre las manos, consiguió la respuesta.

«Hay gente que pregunta: "¿Por qué usar la palabra 'feminista'? ¿Por qué no decir simplemente que crees en los derechos humanos o algo parecido?". Pues porque no sería honesto. Está claro que el feminismo forma parte de los derechos humanos en general, pero elegir usar la expresión genérica "derechos humanos" supone negar el problema específico y particular del género. Es una forma de fingir que no han sido las mujeres quienes se han visto excluidas durante siglos. Es una forma de negar que el problema del género pone a las mujeres en el punto de mira».

En medio de aquellas verdades, y con los ojos inundados en lágrimas, descubrió que siempre había sido feminista, a pesar de que se había pasado toda la vida criticando a quienes portaban con orgullo el nombre.

Porque nadie decide sentirse ofendido de un día para otro, solo llega un punto en el que deja de ignorar las ofensas, en el que decide que no puede seguir tragando más.

A María le encantaba su feminidad, le gustaba maquillarse y arreglarse el pelo, y aquello hacía que los hombres no la tomaran en serio porque relacionaban su aspecto con la frivolidad. No creían que una mujer que no renegara del cuidado físico pudiera ser inteligente y centrada. Sin embargo, a ningún hombre se le juzgaba por gozar de los placeres que se atribuyen a la masculinidad, como el deporte. Nadie considera que un empresario es menos capaz por ser buen futbolista.

María empezó a contar todas las injusticias que vivía a diario y le comenzó a doler la cabeza de tanto sollozar.

Una mujer que entra en un salón arreglada y vestida de forma atractiva es alguien que busca quien la coja, pero un hombre perfumado y arreglado, incluso si va con el torso descubierto, solo es una persona segura de sí misma o cuidadosa con su aspecto.

Una mujer siempre debe demostrar algo ante los demás. Demostrar que es apta para algún cargo, demostrar que puede ser líder, demostrar que puede mantener las piernas cerradas, y demostrar que puede abrirlas de vez en cuando, porque las mojigatas son tan mal vistas como las zorras.

Eran las cinco de la mañana cuando María empezó a quedarse sin lágrimas. Entonces descargó el PDF del segundo libro de aquella serie de charlas de Chimamanda, que trataba sobre cómo educar en el feminismo. En él encontró una frase que se quedaría con ella para siempre.

«En lugar de enseñarle a tu hija a agradar, enséñale a ser sincera. Y amable. Y valiente. Anímala a decir lo que piensa, a decir lo que opina en realidad, a decir la verdad. [...] Dile que, si algo la incomoda, se queje, grite».

Definitivamente, María Betania empezaría a gritar a partir de entonces.

25

La madre perfecta

SINAÍ

Sinaí:
Chamaaaa, soy 50% menos virgen.

Fue el mensaje que le envié a mi compañera de clases María Betania al día siguiente de mi encuentro con Soto. Me respondió al instante, como si estuviera con el teléfono en la mano y ya dentro de mi chat.

Tania<3:
CUÉNTAMELO TODO.
¿Fue con el papasito de la berenjena en el pantalón?

Sinaí:
It's a secret.
Pero no, no fue con él, quisiera yo.
El muy desgraciado se ha olvidado de la apuesta que hicimos.
Me depilé en vano.

No quería contarle a María nada acerca de Soto, porque yo misma quería olvidar que había sido con él con quien pasé la noche. Además, imaginé que ninguna de las dos estábamos preparadas para esa conversación. Desde luego, yo no lo estaba para las bromas que podían surgir al respecto.

Quería que todo siguiera como de costumbre. Los tres siendo amigos a nuestra extraña manera, sin tensiones ni miradas raras de por medio.

Tania<3:
Te estás viendo con él a escondidas, ¿verdad? El que te «medio desvirgó». Por eso faltaste a clase estos días, para ir a hacer el «sin distanciamiento social», ¿no?

Gracias al Padre Celestial, su mensaje me daba una excusa para mis faltas de asistencia.

Sinaí:
Más o menos.
Pero todavía no hemos hecho el «yatusabes», solo la mitad.

Me estaba muriendo de la risa con esa conversación tan surrealista que teníamos a través de las pantallas, yo con la flojera encadenándome a la cama, ella tal vez sentada en un pupitre en el liceo, o en el baño, ¿por qué no?

Jamás tuve una amiga, ni nada parecido siquiera, con la que compartir el lado más informal de mi vocabulario, la naturaleza de mis pensamientos menos éticos.

Me llegó su respuesta luego de unos segundos. Escribía demasiado rápido, en el tiempo que yo tardaba en pensar qué contestar; sin duda tenía práctica.

Tania<3:
Qué ladilla, chama.
Y eso porq?

Sinaí:
Él no quiso.
Y ya no lo volveremos a intentar. Solo te lo cuento
para avisarte de que ya estoy practicando, como me dijiste.

Tania<3:
Te voy a dar mi consejo por excelencia: si te gusta ese hombre, cójaselo. No le estés guardando luto al papasito millonario, por muy rico que esté.

Sinaí:
No, 'tas loca.
No me gusta, simplemente me agarró en un momento de
EXTREMA necesidad.

Tania<3:
Bueno, chama, me cuentas más tarde.
Voy a entrar con Don Barrigas a Matemáticas.

Ahí murió nuestra conversación, por lo que pasé el resto de la mañana gastando mis datos móviles viendo tutoriales de maquillaje. Elegí los que contenían la palabra «trucos» en el título para no hacerme la vida tan complicada.

Al cabo de muchos minutos invertidos en los vídeos, me dolía la cabeza por el esfuerzo de la vista y los ojos me ardían por el brillo de la pantalla, de modo que fui al cuarto de mi madre a tomar prestados sus cosméticos mientras ella todavía estaba en el trabajo. En unas horas en YouTube aprendí a hacer delineados con ayuda de cinta adhesiva y a sombrear mis cejas con la técnica del *visagismo*. Lo de pintar los ojos, difuminar sombras y el perfilado de rostro con contour seguía sin salirme, pero practicaría todos los días hasta que la piel se me cayera, si hacía falta.

Soto me pagó el porcentaje que me correspondía por lo de las fotos por adelantado, insistió en hacerlo así ya que tuve que recurrir a ello porque necesitaba el dinero.

Esa misma tarde empecé con mi cambio.

Toda mi vida la gente me había dicho «péinate», «plánchate el cabello», «hazte un moño». Sin embargo, nada de todo eso me complacía. La plancha por si sola me dejaba el cabello tieso con olor a quemado, peinarlo lo esponjaba y los moños me hacían parecer más nerd que el carajito de *Zack y Cody*. Así que solo vi una solución, y ese día al fin podría pagarla.

Di gracias a la barba sagrada de Albus Percival Wulfric Brian Dumbledore por la existencia de las cirugías capilares, que, por cierto, tienen un nombre bastante dramático para ser solo un tratamiento a base de bótox y queratina.

Me fui a una peluquería. En un principio solo tenía intención de alisarme el cabello de forma permanente; sin embargo, al verlo en el espejo antes del procedimiento, con su insulso color a tierra mojada, decidí que no solo quería al fin verlo lacio y con vida: le pedí al peluquero que lo tiñera de negro azulado. Quería que, desde entonces, por donde yo caminara, la gente tuviera que darse la vuelta a mirarme.

También pedí que me depilaran las cejas, deshaciéndome del bosque de vello que les sobraba para conseguir el arco ideal que destacara cualquier gesto que hiciera con ellas. Pasé casi cinco minutos al espejo practicando cómo alzar las cejas poniendo cara de perra empoderada.

Al mirar mi reflejo después del tratamiento, me sentí como lo que resultaría si Coraline y Morticia tuvieran una hija. Mi cabello caía como una cortina hasta la altura de los senos; cada mechón refulgía con el brillo de las bombillas que me rodeaban, reflejando la luz como si me hubiesen lustrado el cabello. Su nueva movilidad al pasar la mano por el cuero cabelludo transformaba aquel negro impoluto en destellos de un azul eléctrico. Nunca lo había tenido tan vivo y suave. Todo ello, sumado al arco perfecto de mis cejas depiladas, me daba un cambio de imagen radical, pero, sobre todo, me proporcionaba la autoestima de una reina.

Creo que jamás me había sentido tan bien conmigo misma como en ese momento. No me importaron los dólares que me gasté en el tratamiento, solo la seguridad en mí misma que estaba ganando.

—Necesitaría otra cosa —le dije al hombre a través del espejo mientras este movía mi cabello de un lado a otro, emocionado con su obra de arte.

—Tú mandas, reina.

—Pestañas. No sé qué número necesito, usa las que creas más adecuadas para mi mirada.

—Tengo unas perfectas para ti.

Y con un guiño de ojo, terminó de transformarme en la Sinaí que llevaba dentro.

De camino a casa pasé por una tienda de maquillaje para comprar labial, un delineador, base, corrector para mis escandalosas ojeras, iluminador para los pómulos y una paleta de sombras con tonos cálidos y oscuros con la que practicaría el ahumado de los ojos. No tener los iris azules ni verdes me jodía bastante la existencia, pero con los tutoriales descubrí que no había mirada que un buen *smooky eyes* no transformara en la de una diva provocativa.

Sabía que no me quedaba suficiente dinero para hacer desastre y mercado, así que preferí ahorrarme el dinero del maquillaje.

No me malentiendan, sí me llevé los productos, solo que no los pagué.

Falsifiqué en Picsart un *capture* de la transferencia bancaria que debí haber hecho a la tienda, con el monto exacto que me dieron por mi compra. Fingí que me tardaba porque la señal era una mierda, cosa creíble, y no porque trataba de asegurarme de que la imagen quedara idéntica a la de una transferencia real.

—Listo —dije mostrando a la mujer de la caja la pantalla de mi teléfono—. ¿Le mando el *capture* a su número o...?

—No, no. No hará falta. Disfrute su compra.

Sí, eso pensé. Ni siquiera me pidieron el número de cédula para confirmar.

«Maldita sea, Axer. Me voy a ir al infierno por tu culpa».

Mi última parada fue en un *spa* de uñas.

No se preocupen, ahí sí pagué.

El problema fue que me llevó como media hora decidir qué diseño quería: el tiempo que tardé en volver a *stalkear* a las chicas a las que Axer daba *like* para conseguir el patrón ganador en las manicuras.

Terminé decidiéndome por un estilo natural, uñas de acrílico apenas un par de centímetros más largas que las mías, con un rosado tipo piel de base, y un par de adornos de pedrería en los dedos índice, anular y medio. Nada demasiado extravagante para espantar, ni tan insípido como para pasar desapercibido.

Y listo, ya tenía manos nuevas.

Esa noche en casa recibí un mensaje de Soto mientras cenaba mi poderosa arepa sentada en la mesa.

Literal, estaba sentada en la mesa con los pies en la silla, con la comida en una mano y el teléfono en la otra.

Soto:
Tan duro te di que tuviste que faltar a clases hoy, Monte?

Casi me cago de la risa al leer su mensaje.

¿Qué pensaría él cuando me viera con el cambio que había dado de la noche a la mañana? Literalmente.

Y, hablando de ver, la vista me estaba doliendo más que una teta recién pateada.

Le contesté:

Sinaí:
Soto, será que podrías dejar de hacer referencias a lo de anoche??!

Soto:
Por qué? Te pongo nerviosa?

Me tiré a la mesa de espaldas, con el teléfono en el pecho contra los latidos de mi corazón, una sonrisa estúpida en los labios de tan solo imaginar a Soto pronunciando esas palabras frente a mí, y la arepa en mi otra mano pegada a la madera esperando a que me la comiera a ella y no a mi amigo dentro de mis pensamientos.

Me rendí con la comida, volví a dejarla en el plato y respondí sin dejar de sonreír:

Sinaí:
Me pone nerviosa que otras personas se enteren.

Soto:
No le diré a nadie, pero no tengo por qué fingir contigo
que eso jamás pasó, ¿o sí?

Sinaí:
No puedo ser tu amiga con la misma normalidad
que antes si me recuerdas todo el
tiempo «eso».

Su siguiente respuesta casi me hace caer. De hecho, caer con la espalda pegada a la mesa es imposible, pero fue tal mi conmoción que iba a atravesar la madera y dar en el suelo.

Soto:
¿Y si no quiero que seas mi amiga igual que antes?

Sinaí:
No me jodas, Soto. Que tramas ahora?

Soto:
Nada 0:)

Sinaí:
Deberíamos aclarar todo esto antes de vernos, no?

Soto:
Tienes razón. Yo justo te iba a sugerir que me invitaras
de nuevo a tu casa o.O

Sinaí:
Ja. Ja. Ni lo sueñes.

Siendo honesta, no me parecía tan mala idea.

Soto:
Bueno, yo digo que no hay nada que aclarar entonces.
Solo esperemos a vernos en el colegio y a ver qué pasa ;)

Sinaí:
Si me besas te mato, Soto.

Soto:
Chao, Monte, me voy a leer la Biblia. Sueña conmigo.

Sinaí:
Jesús Alejandro, estoy hablando en serio.

Soto:
Por cierto, no te felicité por tu primer orgasmo.
Qué maleducado soy.

Soto:
Leí «cógeme». O.O
Carajo, tal vez sí debería irme a leer la Biblia.
Bye.

—¡Esta maldita gente!

Mi mamá entraba en ese preciso instante a la casa con la cara tan roja como un semáforo. Azotó la puerta de la entrada, tiró las llaves a quién sabe dónde, y se sacudió los zapatos como si le quemaran los pies.

Yo aproveché su furiosa distracción para bajarme a toda prisa de la mesa y atraer el plato con la arepa hasta mí para fingir que disfrutaba de mi cena como un ser humano normal.

Una vez sentada como era correcto, y recordando las palabras de mi madre al entrar, me volví hacia ella y dije en un tono sardónico:

—*Hermaaaana* Ferreira. ¡Alaba al que vive y reina en las alturas!

Mi mamá se volteó hacia mí con cara de querer asesinarme por la arrechera que cargaba encima.

—Cállate —espetó. Para sorpresa de todos los seres vivos y extintos, lo dijo con el tono que usaría un amigo cansado de bromas, no una madre a punto de matarte a coñazos.

—¿Te fue bien en la iglesia? —le pregunté mientras la veía sacar su comida del microondas, aunque ya tenía una idea aproximada de su respuesta.

—Va a tener que venir Dios, que vive y reina en las alturas en persona, para hacer que yo vuelva a pisar ese lugar —contestó, sentándose frente a mí a devorar su propia arepa.

—¿Quieres hablar de eso? —pregunté aguantando la risa. Necesitaba el chisme completo.

Entonces, ella se detuvo a mitad de un mordisco. Me miró inquisitiva, con el ceño fruncido y una ceja alzada. Ya sabía por dónde se iba a desviar la conversación. Acababa de notar mi cambio de imagen.

—¿Te estás prostituyendo?

«Casi. Solo visualmente, y no a cuerpo completo».

—No, mamá. La madre de María es estilista, y hoy tuvimos un día de chicas.

—La próxima me invitas, entonces. ¿Tengo que suponer que María es una amiga tuya?

—Por supuesto, mamá, te hablé de ella.

Ni se la había mencionado.

—Lo siento, hija. Tengo la cabeza en todos lados.

—Menos en la Biblia, supongo.

—La Biblia me la meto por el... Digo... —Suspiró, resignada—. ¿Quieres que te cuente?

—Por el amor a Cristo, sí.

—Bueno, la cosa es que fui a la iglesia a acompañar a tu padre por eso de que tengo que acercarme de nuevo al Señor y todo eso. Y te juro que fui con mis mejores ánimos de escuchar la Palabra, de que Dios me hablara y de ponerme en paz con él. ¡Pero! Cuando estuve a punto de entrar, un diácono me paró con la mano y me llamó aparte. Ajá, todo fino. Pensé que me iba a dar la bienvenida después de tanto tiempo o algo así, pero no. El tipo me señaló el pantalón y...

Mi mamá tomó una profunda bocanada de aire, como si necesitara fuerza para continuar su relato.

—Bueno, sabes que esa iglesia es pentecostal, de esas donde tienes que usar falda y velo en la cabeza. Bueno, el tipo me señaló el pantalón y me dijo que esta vez me lo iba a dejar pasar, pero que tratara de no ir a la casa del Señor vestida así porque... —Mi madre se echó a reír y a mitad de su carcajada le metió un coñazo a la mesa. A ese paso iba a terminar en un manicomio antes que yo—. Que no fuera más en pantalón porque por mi culpa podían pecar mis hermanos, ya que les estaba mostrando mi cuerpo, lo que implica que soy una piedra de tropiezo para ellos. Así que si pecan, la sangre de ellos correrá sobre mi cabeza.

—Está loco ese tipo.

—Y lo peor es que todo eso lo dice la Biblia. Pasé la arrechera del siglo, pero todavía estaba tratando de calmarme para llevar la fiesta en paz y que tu padre viera que yo lo estaba intentando. Así que le dije al tipo que mi intención no era crear discordia, solo escuchar la palabra de Dios. ¡¿Y sabes qué me dijo?!

—Si no terminas el chisme, pues no.

Por primera vez en mi vida ignoró mi insolencia, acalorada con su relato.

—Me salió con que yo estaba en desobediencia, que cómo me atrevía a entrar a la casa del Señor así. Y se escudó con Deuteronomio 22:5, donde dice: «No vestirá la mujer traje de hombre, ni el hombre vestirá ropa de mujer; porque abominación es a Jehová tu Dios cualquiera que esto hace».

—Entonces, ¿por qué los hombres antes usaban faldas? —Puse los ojos en blanco—. Y si lo que les preocupa es que uses ropa «de hombre», tienen que tener en cuenta que los pantalones que usas son de mujer, no están hechos para la complexión de un hombre.

—Eso les dije, y me salieron con que los pantalones se hicieron para la comodidad del hombre, para que este haga trabajos pesados que no se podían realizar con túnicas, que tenía que investigar la evolución de las prendas de vestir antes de hablar de algo que «no sé». —Mi madre bufó—. ¿Evolucionar? ¿Qué coño saben ellos de evolución, si se rigen por una Biblia de hace mil años? Decir que los pantalones fueron hechos para que el hombre trabaje y la mujer no los puede usar insinúa que las mujeres no pueden ni deben trabajar, lo cual es falso y machista. La mujer puede desempeñar el rol y las labores que le plazcan siempre que se sienta con capacidad de hacerlo y no obligada. Me tienen hasta las tetas con su maldita misoginia disfrazada.

Me atraganté con un pedazo de arepa al escuchar el final de su frase.

—No le prestes atención, mamá. Tú escucha la predicación y ya está. No te pares por un diácono molesto.

—¡Si tan solo fuera el diácono y ya está! No. La pastora escuchó nuestra disputa y se acercó. Si adivinas qué me dijo te compro un carro.

—Puta, qué oferón.

—¡¿A quién le dices puta, Sinaí Nazareth?!

—¡Es un meme, mamá!

—Como un meme te voy a dejar la cara si me vuelves a llamar puta.

—Ya, mamá. En serio era un meme. ¿Qué te dijo la pastora?

—Bueno, si es que se le puede llamar pastora. Esa mujer se jodió bastante para alcanzar su puesto, y la obligaron a casarse porque la congregación no depende de un «cuello» sin «cabeza». Pero ajá, ese es otro tema. Lo que me dijo la pastora fue: «*Hermana Ferreira, ¿le pidió permiso a su esposo para hablar en la congregación?*». Y yo, creyendo que era un chiste, le pedí que lo repitiera. ¡Iba en serio, Sina! Necesitaba consultar con mi «esposo» cualquier cosa que quisiera decir antes de hablar, porque abominación es a Jehová que yo abra la boca sin el permiso de la cabeza de mi hogar. ¡Cabeza de mi hogar! ¡No llega ni a cabeza de mi pene!

Escupí medio pulmón con lo último que dijo.

—Y por si...

Mi mamá se interrumpió, estudiándome de nuevo con la mirada como si no hubiésemos pasado ya el capítulo de mi cambio de imagen.

—¿Qué?

—¿Quién te hizo ese chupón?

Maldita sea.

A Soto más le valía rezar con fuerza diez padrenuestros por su alma, porque después de esa no lo iba a salvar ni un cura.

No quise mirarme el escote ni buscar algún espejo donde mirarme el cuello, le habría dado razón para sospechar. Tenía que actuar con seguridad, convencida de la imposibilidad de que una marca tan impura manchara mi cuerpo.

—No sé qué estés viendo, mamá, pero no tengo ningún chupón.

—Ajá, claro, el espíritu santo te lo acaba de hacer, ¿no?

—Mamá, mírame la piel. Cualquier cosa me marca. Tal vez me picó un mosquito y me enrojecí al rascarme.

Me daba miedo mi serenidad para mentir.

—¿El mismo mosquito que te hizo gemir toda la noche, Sinaí? Me imagino que debe de tener un aguijón bien grande.

Al parecer sí nos oyó. Para la próxima tendría que drogarla.

—Mamá, sé lo que parece pero...

—¿Qué pasó con lo de virgen hasta el matrimonio?

—En proceso, en serio. Ayer, a pesar de todo lo que oyeras, no pasó... «eso». Me puedes hacer una prueba de virginidad si quieres.

—Claro, como tenemos tanto dinero lo voy a derrochar en esa prueba porque mi hija no me puede ser honesta.

—No lo hicimos, mamá. De verdad.

—¿Quiénes?

Me quedé callada.

—¿Es tu novio?

Decir que no era la peor opción del mundo, me dejaría como una promiscua que fornicaba sin temor de Dios.

—Algo así, pero vamos lento y...

—Uy, sí, megalentos que iban anoche.

—Te juro que no pasó lo que crees. Al menos no todo.

—¿Te estás cuidando?

—¿De quién? ¿Del espíritu santo? ¿No estás escuchando que no pasó nada?

—¿Y qué si hubiese pasado? ¿Estabas preparada?

—Yo...

De nuevo, tenía que mentir.

—Sí, claro.

—O sea, que «virgen hasta el matrimonio», pero vas con un condón en el bolsillo por la vida, por si se presenta la tentación, ¿no?

La seguía cagando cada vez que abría la boca.

—No volverá a pasar —prometí.

—Claro que sí. —Puso una caja sobre la mesa. La agarré y vi que eran pastillas Etinor de 21 días—. ¿Sabes usarlas?

—¿Desde cuándo las tienes?

—Las fui a comprar esta mañana después del concierto de anoche. Por cierto, no tienes ningún chupón, pero no se me ocurrió otra forma de abordar el tema.

—Mamá, qué vergüenza, de verdad. Lo siento.

—Ten más consideración con mis oídos la próxima vez, pero no te aflijas. No puedo juzgarte, teniendo en cuenta que te tuve a los dieciséis, ¿no? Ya sé que no he sido buena madre, pero... Nadie me dijo cómo debía hacerlo, era una niña cuando traje a otra a este mundo. Y no quiero que pases por lo mismo que yo. De hecho, si pudiera regresar el tiempo sabiendo todo lo que sé ahora, no te habría hecho la maldad de traerte a este mundo de mierda con una madre de mierda. Nos habría ahorrado el daño a ambas.

Era lo más honesto que me había dicho en toda la vida.

—No soy perfecta, y a veces creo que el mito de la madre perfecta es un constructo patriarcal para condenarnos a odiarnos eternamente mientras intentamos alcanzar una meta imposible para la humanidad, mientras silenciamos nuestras voces, quejas y sentimientos. Pero, independientemente de eso, lo último que quiero es que cometas mis errores, Sinaí. No me importa si no me quieres ver como tu madre, o si mis decisiones escandalizan, pero aquí tienes a una amiga, y voy a estar para lo que necesites, aunque solo sea hablar, y aunque sea hablar sobre algo que creas que yo no quiero escuchar.

Encerré la caja de anticonceptivos en un puño, limpié la lágrima que me corría por la barbilla, y le dije:

—Te amo.

26

Hoy se bebe

SINAÍ

—¿Sinaí Ferreira?

No contesten sus celulares medio dormidos. El procesador de sus cerebros opera con mayor lentitud y su lengua, a pesar de estar pastosa, no tiene rienda. Las alarmas que controlan cuánto de lo que piensas es prudente decir aún no se han encendido. Entonces, dices la primera cagada que se te ocurre.

—¿Sí habla Sinaí?

—No, soy su cosmo, tomé posesión de su cuerpo por las próximas horas.

—¿Perdón?

Me di cuenta de mi error, y bien dice la Biblia que nunca es demasiado tarde para nada... ¿O lo dijo Paulo Coelho? De hecho, creo que fue Harry Styles. Como sea.

En medio de todas mis desastrosas divagaciones mentales, no quise afrontar mi ridiculez, así que fingí que discutía con una hermanita imaginaria por quitarme el teléfono, me lo pasé de una mano a la otra y modulé la voz para sonar como una persona diferente, racional y madura.

—Disculpe eso, por favor. Dígame, ¿en qué puedo servirle?

—Soy la gerente de KonAroma. Le llamo por el currículum que nos envió solicitando un puesto en nuestro negocio. Tenemos una vacante. ¿Todavía le interesa el trabajo?

Me levanté de la cama de golpe. KonAroma era uno de los cafés que Axer visitaba con más frecuencia. Siempre estaba pendiente de sus *stories* desde mis cuentas falsas, admirando en cada foto que subía con un batido de KonAroma las venas sobresalientes de su antebrazo, el grosor de su muñeca, las mangas de sus camisas, los relojes tan peculiares que usaba. Si así tenía el brazo no me quería imaginar el tamaño de...

—¿Sigue ahí?

—Sí, sí, lo siento. Revisaba mi correo en mi computadora para asegurarme de que no he tenido respuesta de otros negocios. Y no, no hay nada. Así que sigo interesada en KonAroma. ¿Cuándo hacemos la entrevista?

—No será necesario. Solo díganos su talla y le asignaremos un uniforme. ¿Le parece empezar este lunes?

—Me parece perfecto.

—Hasta entonces, que tenga un buen día.

—Y usted.

Me atrevo a jurar, a pesar de haber confesado ya que las mentiras suelen fluirme con facilidad, que en algún punto quise desistir de este plan de invadir cada espacio en el que Axer respiraba, solo por tener una oportunidad de verlo, de interactuar con él. Sin embargo, cuando el destino te pone las cosas tan fáciles, cuando te pone la tentación al alcance de una llamada, no te puedes negar.

Puede que sea la voluntad de Dios, hermanas.

«La vida nos quiere juntos, Axer. No debemos resistirnos».

En ese momento, mientras planeaba comenzar con mi cuarto día consecutivo practicando técnicas de maquillaje con tutoriales de fondo, otra llamada entró a mi teléfono.

—Hoy parezco líder de consejo comunal, todo el mundo me llama. —Vi que era María y atendí—. Cuéntamelo.

—Chama, ¿estás enferma?

—No, ¿por qué?

—¿Estás preñada?

—Es lo mismo, coño. ¿Por qué?

—No fuiste en toda la semana al colegio.

—Ah, eso. —Suspiré. Tenía que buscar una excusa mejor ahora que mi medio desvirgador ya no era una opción—. Larga historia. ¿Y Soto?

—Vivo, supongo.

—No, o sea...

Me daban ganas de *googlear*: «¿Cómo hacer la pregunta que quieres hacer sin hacer la pregunta que quieres hacer?».

—Digo —traté de explicarme sin delatarme en el proceso—, ¿hizo fiesta por al fin deshacerse de mí? Ya sabes, aliviado por no tener que verme la cara y eso.

—Tampoco le caes tan mal, boba. Y no, nada de eso. Tú sabes cómo es él, anda en su mundo. Ni preguntó por ti.

Aush.

¿Por qué me dolió eso? Ah, sí, porque después del primer día no me había escrito ni un mensaje, y yo tampoco a él, para que no pareciera que lo extrañaba ni nada.

—Ah, ya. —Fue todo lo que se me ocurrió decir—. ¿Y eso que me llamas?

—Supuse que no te habían dicho de la fiesta, así que te aviso yo: hoy se bebe, hoy se gasta. Si Dios lo permite, claro.

Me reí sin remedio por la referencia a Bad Bunny, y cuando volví a hablar fue con la huella de aquella risa en la voz.

Me molestaba molestarme, y que la gente a mi alrededor no me dejara estar molesta en paz.

—No voy a ir a ninguna fiesta, María Betania. Tengo que estudiar.

Estudiar las facciones de Axer Papasito Frey de Ferreira en cada foto suya de mi galería. Además, estaba releyendo *A sangre fría,* a ver si de una vez por todas podía acabar ese maldito final sin sentir ganas de matarme.

—No te estoy preguntando si tienes algo que hacer, te estoy avisando que hoy se bebe, hoy se gasta. Si Dios lo permite. Así que prepárate, que mi padre nos va a llevar. Te paso a buscar a las nueve.

—Mi madre no me va a dejar salir después de las siete.

—¿Qué puta fiesta empieza a las siete, Sinaí? Ni la de mis primitos. ¡No me pongas excusas, que te conviene ir!

Ah, eso sí me interesaba.

—Te escucho.

—La fiesta es un evento social del colegio, organizado por el colegio y patrocinado por el colegio. Obviamente, los estudiantes llevan su propio alcohol porque ajá, los profesores nos van a tener tomando juguito de santidad. La vaina es que... ¿Adivinas qué anuncio hizo el ministro de Corpoelec, nada menos que Víktor Frey, tu futuro suegro y ojalá algún día mi *sugar daddy*?

—¡DIME!

—Que sus hijos participarían en más eventos sociales estos días, para sumarse a la cultura venezolana y no sé qué. Pura mierda. El punto es que el anuncio fue esta mañana. Prácticamente dijo que Axer iba a estar en la fiesta.

—¡¿Tú crees?! Ay, tengo que controlar mi emoción.

—No controlas un carajo, que desde aquí se nota que te tiemblan hasta las tetas.

—Chao, me voy a empezar a arreglar desde ya.

Axer era elegante, pulcro y monocromático, de modo que mi atuendo tenía que ir acorde con su estilo y personalidad. Arriesgarme a desagradarle por mi falta de buen gusto estaba por completo descartado. Si iba a ser la hija de Morticia y Coraline, lo sería con estilo.

Gasté el resto de mi dinero en el *outfit* de esa noche.

Un pantalón blanco de cintura alta que estilizara mi silueta y diera la impresión de que mis muslos eran más gruesos y mis caderas más anchas; un crop top negro con escote y liguero cruzado, para dar impacto y protagonismo a esos senos que tanto le gustaron a Soto y que mi uniforme por desgracia escondía; y encima, un *blazer* negro de corte femenino.

De calzado escogí unos botines llenos de correas, también negros. Porque lo sabía, estaba segura de que Axer iba a llegar a esa fiesta con al menos una prenda blanca, pero yo quería ser la pieza negra de su tablero.

«Será un esfuerzo terrible para mí, odio el color negro».

Eso había dicho en nuestra partida de ajedrez.

«Eso está por verse, señor Frey. Veamos qué tanto puedes odiarme».

Me contemplé en el espejo para asegurarme de que mi rostro estuviese en orden, analizando si la línea que separaba mi cabello justo al medio estaba recta, moviéndolo de un lado a otro para gozar de su nueva vitalidad. Y sonreí, enamorada de la manera en que la luz de la luna a través de la ventana pasaba arrancándole destellos de un azul brillante.

Y me miré a los ojos, admirando la manera en que las sombras marrones y moradas les daban una pecaminosa profundidad, y cómo mis pestañas nuevas ensanchaban mi mirada, convirtiéndola en un arma de doble filo que era mejor evitar.

Me descubrí contemplando a una Sinaí diferente. No solo más arreglada, sino determinada. Era consciente de que mi aspecto lo había mejorado yo misma con algo de esfuerzo y dinero, pero seguía siendo yo. Y no lo menciono porque me preocupara perder una supuesta esencia ficticia, sino porque necesitaba que pudieran reconocerme. Que me observaran y recordaran las veces que me ignoraron, que apartaron la mirada, incapaces de verme, o aquellas en que directamente me hirieron. Quería que rememoraran las oportunidades que tuvieron para acercarse o dejarme entrar, y que desaprovecharon. Porque nunca se repetirían, yo ya estaba demasiado lejos de ellos.

Esa noche quería que no hubiese persona alguna capaz de resistir el deseo de voltear ante mis pasos. Ansiaba soltar la carga del rechazo que venía arrastrando de toda la vida. Necesitaba algo más que pertenecer, porque no quería ser parte de quienes una vez me pisaron y se rieron al verme derrotada. Quería estar por encima de ellos. Que miraran sin poder tocar. Que desearan, y que la absoluta verdad de que jamás me tendrían les ocasionara impotencia. Tanta, o más, de la que yo había sentido toda la vida.

Antes contenía la respiración cada vez que pasaba cerca de otros, me pasé la vida al borde de la asfixia, en una supervivencia emocional. Tragando sin poder vomitar mis penas.

Ya no más. Ahora, iba a respirar, porque una diosa no pide permiso para gozar del oxígeno que le pertenece.

María me pasó a buscar en el carro de su padre. La muy perra llevaba una camisa de satén rojo que le dejaba la espalda descubierta por completo, con un escote de vértigo en la parte frontal que habría mostrado hasta su ombligo si no se hubiese puesto un *blue jean* de cintura alta.

De no haber estado tan absolutamente segura de ser Axersexual, me la habría comido ahí mismo.

—Te ves como una puta, querida —le dije al oído cuando fui a darle el beso de saludo. Luego me senté con decencia y sonreí al padre de María desde el retrovisor—. Buenas noches, señor.

—¿Tú eres a quien mi hija va a corromper hoy?

—De hecho, señor, no creo que me quede mucho por corromper.

La carcajada estruendosa de María me apuñaló los oídos. Su padre también se reía mientras echaba el auto a andar. No sé qué me llevó a ser tan honesta con él, pero supongo que sentí que era el ambiente.

—Amiga, estoy enamorada de cómo te ves —empezó a decir María en una voz modulada para que no pareciera que estábamos susurrando, pero que tampoco le llegara todo el chisme en primera fila a su papá—. Y me sorprendiste, puta. Te pintaste el cabello y toda la vaina. Alta diosa.

Hizo un gesto que simulaba una reverencia, lo que no pudo menos que sonrojarme.

—Pero... ¿vas a la fiesta del colegio o a una entrevista de trabajo con Christian Grey?

Me encogí de hombros con una sonrisa de suficiencia.

—O sea, ¿quién coño va a rumbear en chaqueta? —Pero entonces se calló y sus pupilas se dilataron al comprender—. Axer.

—Qué lista. Se te está pegando mi lado nerd, María Betania, mucho cuidado.

—Ja, ja. —Entornó los ojos—. Pero te admiro. Admito que es una muy buena jugada. Es más, ya te voy a pasar el *sticker* de WhatsApp de «hoy follo», porque algo me dice que vas a necesitar enviármelo a mitad de la noche.

Le di un codazo para que se callara. Teníamos a su padre a un peo de distancia, y no quería que estuviera tan enterado de la magnitud de mi promiscuidad exclusiva hacia Axer.

Después de eso, hicimos el resto de trayecto en silencio, con algunas miradas insinuantes de María hacia mí.

Y, por cierto, sí me pasó el *sticker*.

La fiesta tenía lugar en uno de los pocos clubs del pueblo. El sitio de día era un espectáculo con piscina, pero de noche solo era un hueco más dónde encerrar a adolescentes a bailar y jugar al «Yo nunca, nunca». Había una barra en el lugar donde vendían Doritos y esas cosas, incluso había alcohol a pesar de que la mayoría éramos menores, con la excusa de que era para los padres acompañantes.

María y yo inspeccionamos el lugar con la vista para buscar alguna mirada conocida, y entonces lo encontramos, en un extremo de la sala recostado en una pared sin compañía. Era el menos arreglado de los presentes, pero así era él. No necesitaba esforzarse demasiado para llamar la atención, bastaba con su camiseta negra, los tatuajes que le adornaban los brazos y el alboroto de su cabello.

Cuando los ojos de Soto se fijaron en mí, en mi versión perra remasterizada, le fue humanamente imposible fingir que no me miraba, que sus labios no se secaban con la necesidad de volver a probarme, que tragaba grueso para contener las ganas de saltarme encima.

Hasta una analfabeta habría podido leer el deseo en su mirada. Y por eso decidió disimularlo de la forma más infalible de todas: admitiéndolo.

—Mierda, Monte. —Suspiró mientras metía las manos en sus bolsillos—. Yo te cojo, te lo juro.

—Apártate, Satanás —reprendió María metiéndose en medio de nosotros y amenazando a Soto con un dedo—. Busca otro monte donde enterrar tus demonios.

Soto alzó las manos en señal de que todo había sido una de sus impertinentes bromas y nada más, pero en cuanto María le dio la espalda, me guiñó un ojo con una picardía que me recordó muchas cosas que me había prometido dejar de rememorar.

—Voy a buscar alcohol, no se maten en mi ausencia —anunció María y se dio la vuelta para dejarnos solos.

Me aproximé a Soto para saludarlo con un beso. En el camino, me aventuré a ir un poco más allá de ello y le rodeé el cuello con los brazos. Era algo que María solía hacer en sus saludos más entusiastas, pero no con la lentitud y la malicia con que yo lo hice. Casi le estaba pegando los senos a la cara.

Al acercar los labios a la mejilla de mi amigo, él pasó una mano por la piel descubierta de mi cintura, cubriéndose con el *blazer* para que nadie detrás de mí pudiera notar el pequeño delito que cometía.

—¿Te gusta torturarme, Sinaí? —me susurró al oído, atrayéndome hacia él con el brazo que me rodeaba el cuerpo.

No me había dado cuenta de lo sexy que sonaba mi nombre en su boca. Puede que ese fuera el motivo por el que él prefería guardar esa arma para después y utilizar un apodo para referirse a mí.

Le di el beso de saludo y alejé mi cara de la suya, pero él no me soltó. El calor de su brazo tatuado seguía contra la piel de mi cintura, nuestras caderas permanecían a un centímetro de separación; sus ojos susurraban las ganas que tenían de comerme, los míos lo retaban a que se atreviera.

—¿Te molesta la tortura, Soto? —inquirí con una sonrisa ladina y una ceja arqueada.

—Para nada, cariño. Solo pienso que... tal vez debería devolverte el favor.

Ya lo había visto así antes, no había nada nuevo en él, con su camisa negra despreocupada, sus tatuajes como único accesorio, su cabello alborotado como las plumas de un cuervo recién levantado, la misma sonrisa desquiciante y embriagadora a la vez; excepto los ojos con que yo lo miraba, eso era lo único distinto. Y era un cambio tan drástico que estuve a punto de decirle que, por mí, podía hacerme lo que quisiera.

Sin embargo, me contuve. Puse una mano sobre su abdomen por encima de la camisa y lo empujé solo un poco, al tiempo que yo daba un paso hacia atrás para que su brazo saliera de mi territorio.

—No entiendo por qué tan vengativo, Soto —opiné cruzándome de brazos—. Recuerdo una noche en que, de hecho, no te importó que fuese mala.

—¿Mala? —Soto alzó una ceja, y la mirada que me echó de arriba abajo casi me desnuda. Luego volvió a meterse las manos en los bolsillos, recostándose en la pared detrás de él y mirándome con una sonrisa traviesa—. No, corazón. Recuerdo muy bien esa noche y déjame decirte: fuiste de todo, menos mala.

Me mordí el labio inferior.

La garganta me quedó como tubería venezolana: seca.

En un segundo tenía a Soto pegado a la pared, y al siguiente estaba contra mí, una mano en mi rostro manteniéndolo ladeado para darle acceso a la piel vulnerable de mi cuello, sus labios susurrando contra ella.

—No te vuelvas a morder los labios en mi presencia, amiga mía, porque lo tomaré como que se te olvidó eso de que «nunca más».

Me soltó y desapareció a mi espalda, dejándome acalorada de pies a cabeza, con la respiración alterada sin aparente explicación.

27

Pocas verdades y muchos retos

SINAÍ

No sabía dónde coño se había metido María y el punto final que Soto le había dado a nuestra conversación no fue un derroche de dramatismo simulado. En realidad sí me dejó sola, zanjando la conversación por completo.

Es desagradable hallarte sola en un lugar en el que no conoces a nadie, sobre todo con la presión de que debes disfrutar y socializar. Sin embargo, no condeno a mis acompañantes de esa velada. María supondría que yo estaba con Soto, y este esperaría que María se reuniera conmigo al instante en que él se fuera.

Estaba tan aburrida que me dieron ganas de abrir Wattbook y ponerme a leer.

Es increíble que me divirtiera más jugando al ajedrez contra Axer que en la fiesta del año.

Me dolía sobre todo que estaba sonando *La noche de anoche*, de Bad Bunny, y no tenía con quién bailarla ni cantarla a pleno pulmón.

Me senté en la barra del club, consciente de que me había gastado lo que me quedaba del dinero de las fotos en el estrambótico atuendo de esa noche y de que no podría pagarme ni un agua con limón, y me limité a estar ahí, visible para cuando mis amigos se acordaran de mi existencia.

—¿Estás tomando algo? —curioseó una voz femenina a mi derecha.

Su entonación revelaba esa típica facilidad para socializar que solo se le da a los que nacieron sin nada por qué acomplejarse. Y a Soto, claro.

Detallé de un vistazo a la chica que me hablaba. Ostentaba el tipo de belleza que, por mucha envidia que pueda generarte, no se puede combatir con argumentos que vayan más allá de una mentira. No había nada que criticarle, ni ese cabello rubio liso y corto por encima de los hombros, ni su impecable sonrisa. Sus ojos eran de un tono claro y ambiguo por las luces del club, y solo utilizaba rímel en las pestañas de arriba con un delineado fino y largo, para potenciar todo el impacto que era ella en sí misma.

¿Me habría hablado si me hubiese visto unas semanas antes?

Independientemente de aquella respuesta, decidí que la chica me caía bien. Llevaba un collar de las Reliquias de la Muerte, ¿qué más se le puede pedir a un ser humano?

Recordé que me había preguntado qué estaba tomando, así que de inmediato contesté:

—Por ahora, consejos. Espero que mi amiga vuelva con el ron.

—Ron, ¿eh? A primera vista no habría imaginado que consigues placer maltratándote.

Me reí con ganas por su absurda ocurrencia.

—Ah, no, si por mí fuera bebería vodka toda la noche. El que decide es el bolsillo.

—No deberías aceptar nada que no «prefieras». —Me sonrió y, por su cambio de tono y posición, supuse que venía un cambio de tema—. ¿Eres *potterhead*?

—¿Perdona? —Estoy segura de que el rostro se me iluminó por la emoción—. ¿Lo llevo pintado en la frente o qué?

—Ay, no. Es que te quedaste mirando mi collar un buen rato. Bueno, eso, o mis tetas.

Me atraganté con mi saliva al escuchar su despreocupada acotación. Si hubiera estado tomando algo, mi nariz habría dado un espectáculo.

—Soy *potterhead* —aclaré apenas dejé de toser. Por suerte podía poner mi ahogamiento como excusa para el rubor de mi rostro.

—Llámame Vero. Soy Verónika.

Me tendió la mano, lo que me dio un mejor ángulo para inspeccionar un tatuaje que tenía en su brazo, a la altura de la muñeca.

—¿Es la marca tenebrosa? —curioseé.

Ella se miró el brazo, confundida.

—Oh, no. Ahora que lo pienso sí da esas *vibes*, pero no. Si te fijas, esta serpiente tiene alas y una corona, y enroscada en su piel hay una frase.

Me acerqué para leerla. No pude identificar en qué lengua estaba escrito, pero estaba claro que no era en castellano.

—Dice «Athara vitàh salveh kha»* —explicó—. Es la frase que dio inicio a la rebelión en Baham.

—¿Y Baham dónde coño queda?

—En Áragog. —Me miró confundida—. ¿No has leído *Vendida*?

—Eeh, pues no. Pero cada vez estoy más segura de que me estoy perdiendo algo grande por no leer ese libro.

—Totalmente. Es más, yo...

Pero a partir de ahí dejé de prestarle atención. Ella podría haberse parado en medio de la pista de baile desnuda, y yo no la habría visto. Mis ojos estaban bastante ocupados cenando.

Lo primero que vi fue su *blazer* color beige que resaltaba en medio de tantos atuendos monótonos que casi parecían otro uniforme. Luego su camisa, blanca como de costumbre, pero había algo más, un detalle fuera de lo usual que se cerró sobre mi garganta, dejándome sin aire. La camisa que llevaba debajo era a rayas doradas verticales, sin corbata, porque habría mancillado el accesorio dominante: su piel. Lisa, con un ligero bronceado, tensa por la cantidad de músculos que resguardaba. La camisa estaba desabrochada casi hasta la mitad de su torso, y yo no podría estar más agradecida con el Creador por ello.

Luego me fijé en su rostro. No consigo un motivo con otro nombre que «maldad» por la provocación implícita ante el hecho de que llegara a la fiesta con sus lentes cuadrados, ese accesorio que le confería un aire distinguido, de astucia e intelecto superior. Se veía tan seguro de sí mismo que sabía que ninguna de aquellas cualidades le quitaba su inevitable atractivo.

Lo deseaba aún más al verlo así, tan malditamente inaccesible. Con sus mechones platino cayendo sobre los cristales que enmarcaban su mirada de depredador, y sus pómulos definidos casi con cincel, o el ángulo pronunciado de su mentón. Sin sonrisa. Sus ojos parecían estar siempre entornados y desenfocados a la vez, como si todos fuéramos un problema matemático a su alrededor, un enigma que no merecía de más de dos segundos de sus cálculos para ser resuelto.

Estuve largo rato babeando por él, tan embelesada que di un respingo cuando su rostro volteó en mi dirección.

* «Mi Diosa salve a la reina», en el idioma original de mi libro *Vendida (N. de la A.)*.

194

Me pregunté, alentada, si había olvidado lo de la apuesta y recién al verme lo recordaría. Esperé a ver en sus ojos una señal de sorpresa o reconocimiento hacia mí, hacia mi aspecto.

Sin embargo, él ni siquiera se detuvo a mirarme un segundo, como si la butaca sobre la que me sentaba estuviera vacía y viera a través de ella. Pero sí estaba mirando a alguien: a «ella».

Dos segundos apenas, pero fue una eternidad más de la que le dedicó al resto. No fue una mirada agradable, noté la tensión en su mandíbula, cómo se ensombrecía su mirada. Casi pude sentir que el vaso entre sus manos sufría por la presión y que sus nudillos perdían color por el mismo motivo.

Y luego volteé a mirarla a ella, a Verónika, y aunque ya no lo estaba contemplando a él y trataba de hablarme con el mismo ánimo, pude leer el desprecio en sus ojos.

¿Qué historia había entre ellos? El hecho de que se conocieran y de que él me hubiese ignorado con tanta facilidad me bajaba la autoestima a los pies. Caí en el error de compararme y asumí que, si Axer ya había estado con ella, yo no sería nada ante sus ojos.

—¿Estudias en esta escuela? —le pregunté—. Nunca te había visto.

Lo cual era lógico porque nunca iba a clase, pero ese dato no me servía para conseguir información.

—De hecho, no. Estudio en la ciudad, pero vivo en el pueblo. Vine con unos amigos.

—Ah, claro.

Forcé una sonrisa. A la mierda la sororidad, nunca en la vida me caería bien una mujer que me pusiera en desventaja con Axer. Era injusto por mi parte, pero más injusto sería narrar desde la hipocresía. No puedo contar algo que no estaba sintiendo, y yo no podía dejar de sentir lo que sentía. De haber podido, le habría dado a *delete* a mis emociones, habría preferido sentirme bien, segura, y poder entablar una amistad con la chica que estaba junto a mí. Por desgracia la voluntad del corazón es mucho más compleja que eso.

—Aquí estabas —dijo María, tirando de mi brazo—. Ven al círculo, vamos a jugar.

—¿Qué vamos a jugar?

—Mueve el culo y deja las preguntas estúpidas.

Obedecí, disculpándome por medio de una sonrisa con Verónika.

María me incorporó a un círculo de adolescentes, todos sentados en el suelo con las piernas cruzadas, recostados de medio lado y apoyándose en los codos con el cuerpo pegado al piso. María se sentó a mi derecha y, al minuto, Verónika se incorporó a mi izquierda, guiñándome un ojo. Tenía a Soto justo frente a mí, pero evitaba el contacto visual entre ambos. Mejor así.

Más allá del círculo había una mesa baja, por completo vacía, pegada a la pared. Y debajo, una especie de taburete. Me quedé sin aliento al ver que Axer se sentaba ahí con la espalda echada hacia atrás, apoyándose en una mano mientras con la otra bebía de su vaso. La punta de uno de sus pies reposaba sobre el taburete, mientras que su otra pierna estaba parcialmente apoyada en la mesa, con la mitad inferior colgando libre.

No me atrevo a decir todos los escenarios que me imaginé con él en esa posición y conmigo acercándome. Prefiero dejarlo para el día del Juicio.

—¿Te nos unes, nuevo? —preguntó una chica de rizos castaños. Tenía una botella vacía en el piso, justo en el centro del círculo, y la sujetaba con la mano. Ya me imaginaba qué íbamos a jugar.

Axer dio otro trago de su vaso, sin siquiera mirarla, y con su mano libre le hizo señas negativas con un dedo.

—¿Qué harás ahí? —inquirió ella, visiblemente irritada de repente.

—Observar —contestó Axer encogiéndose de hombros.

Maldición, su cara de indiferencia me estaba embarazando. Deberían inventar cristales anticonceptivos para sus lentes.

—Si no juegas, te vas. Son las reglas.

—Me encantan las reglas —explicó Axer echándose un poco hacia delante en la mesa—. Y, sobre todo, me encanta que se cumplan, pero este es un juego clandestino, sin manual, sin normas establecidas, ¿no? Varían dependiendo de las preferencias de los jugadores, y esto se decide en consenso.

—¿Qué mierda quieres decir?

—Que si el resto de los integrantes están de acuerdo en el punto que planteaste, lo aceptaré. O juego, o me voy. Sin embargo, si nadie más tiene problema en que me quede...

—Déjalo que mire, Carmen —opinó otra chica cerca de la que tenía la botella. Nadie más dijo nada, así que Carmen acabó por acceder, no sin antes acotar:

—Eres raro.

Axer reaccionó con una sonrisa de arrogante suficiencia, tan pronunciada que sus ojos brillaron más que las luces del lugar. Se acomodó la montura de los lentes sobre el puente de la nariz, se bebió el contenido de su vaso sin perder la curva de los labios, y solo al terminar de tragar, y sin molestarse en mirar a Carmen, respondió:

—Eso me han dicho.

—Okay, empecemos.

Las primeras manos me tenían casi dormida porque no pasaba nada que influyera en mí, y todo lo interesante era entre personas que no conocía. Yo todo lo que hacía era observar a Axer de soslayo, quien, inclinado sobre la mesa, nos observaba con el entrecejo ligeramente fruncido y los lentes al borde de la nariz, como si presenciara el desenlace de una partida de ajedrez y quisiera memorizar el movimiento de las piezas.

En una ocasión me descubrió mirándolo. No supe si dejar que me dominara la vergüenza o la emoción por que por primera vez en toda la noche me había dedicado una mirada, aunque fuese estoica e inexpresiva.

—Tú.

Al fin la botella me señalaba. Yo ni siquiera reconocí a la tipa a la que le tocaba retarme.

—Me llamo Sinaí —puntualicé, más que nada para que a Axer se le grabara el nombre de su futura esposa, por si no lo había escuchado todavía.

—Ajá. ¿Verdad o reto?

—Eeeeeh... Verdad.

No quería ningún reto con ninguno de los muchachos a mi alrededor, y sabía que optarían por algo como eso.

—Aburrida —murmuró alguien en el círculo, pero ni pude identificar quién ni me interesaba.

—¿Has besado alguna vez a una chica?

—Bueno...

Estaba a punto de responder que nunca lo había hecho, pero de pronto mi boca se encontró ocupada porque los labios de Verónika se deslizaban sobre ella. Tardé tanto en procesar lo que estaba pasando que no me aparté en ningún momento, aunque tampoco correspondí al beso.

Cuando recuperé un poco la autonomía de mi cuerpo, el rostro angelical de Vero se alejaba del mío y sus manos se separaban de mi rostro, rozándome la piel con el delicado tacto de su manicura.

—Si antes no lo había hecho, pues ya lo hizo.

Sí, sé que acababa de besarme sin razón alguna una chica a la que acababa de conocer, que además era la primera a la que besaba, lo cual debería haber sido muy importante, o al menos lo suficiente para acaparar mi conmoción. Pero no tuve tiempo para pensar en ello, porque por primera vez desde la partida de ajedrez en la escuela, los ojos de Axer estaban totalmente enfocados en mí. Me estaba mirando con una fijeza que quemaba, sin ninguna intención de disimularlo. Yo no tenía aliento ni fuerza para voltear a otro lado. Sentí desesperación al no poder descifrar sus pensamientos, su expresión ilegible. Era como si estuviéramos en una mesa de póker los dos, yo con mis cartas descubiertas ante sus ojos, él con una mano indescifrable y una *poker face* perfecta.

Luego se dio la vuelta y fue como si una mano se hubiese aflojado sobre mi garganta. Pero no sentí alivio, sino un desasosiego arrollador. Descubrí que no quería respirar, quería asfixiarme con la intensidad de su presencia.

María se acercó a mi oído y me dijo con una risa contenida:

—Vi eso, ¿okay?

—¿Lo notaste? —pregunté en un susurro.

—Todo el mundo, estúpida. Te besó delante de todos.

—No, no me refería a eso. Axer, ¿no viste cómo me miraba?

—No me fijé, perdón, estaba ocupada teniendo un infarto mental por lo que acaba de pasar.

—Tania, necesito darle celos a Axer. No sé si son celos como tal lo que siente, pero necesito volver a ser su foco de atención.

—Yo me encargo, amiga. —Guiñó un ojo—. Espera que me toque lanzar.

Y así fue: cuando llegó el turno de María de girar la botella y mandar el reto, esta cayó sobre Soto.

«Mierda».

—Me voy a divertir con esto —anticipó María alzando una ceja y después otra.

—Ni siquiera he dicho si escojo verdad o reto —objetó Soto, teatralmente indignado.

—Pues escoge reto.

—¿Y si no quiero?

—¿De verdad quieres poner en mis manos una pregunta que tengas que responder con la verdad?

—Reto —rectificó Soto de inmediato, y todos se rieron con él. De hecho, Soto era bastante popular. Aunque para algunos su carisma y humor llegaban a ser insoportables, en general lo convertían en esa clase de persona que quieres tener a tu lado todo el tiempo.

—Te reto a... que beses a Monte.

Empezaba a cubrirme la cara deseando que me tragara la tierra, justo cuando esa maldita palabra salió de su boca.

—No.

María se estaba riendo y de repente se cortó en seco. De hecho, un silencio incómodo se extendió por todo el círculo, casi podíamos tocarlo.

—¿Cómo dijiste? —inquirió María.

—Que no, a ella no.

Nunca había visto a Soto tan serio en mi vida. Su firmeza al negarse a besarme fue tan absoluta y cortante, que durante un momento María no supo cómo reaccionar, qué responder.

—Elige a otra —añadió Soto al ver que nadie más decía nada.

—¿Y la besarás? —María hablaba como si tratara de entender qué estaba pasando por la cabeza de su amigo.

—Sí.

—¿Pero a Sina no?

—No, a ella no.

«Sinaí Ferreira, si lloras te mato, te lo juro».

Pero me picaba la garganta, me ardían los ojos. Y todos me miraban con lástima, con vergüenza ajena; o trataban de evitar mirarme, no queriendo ser yo en ese momento.

—Bien, besa a Pamela.

Tuve que voltear. No sé si porque una lágrima sí logró escapar de mis ojos, o porque no soportaba ver cómo la tal Pamela, que era la chica a su lado, se le lanzaba encima a Soto y él la besaba con tanta intensidad que parecía que era el preámbulo de una noche de sexo desenfrenado.

Todos en el círculo vitorearon emocionados por el espectáculo y yo estaba a punto de levantarme e irme cuando oí su voz.

—De acuerdo...

Se levantó de la mesa quitándose la chaqueta lentamente, liberando con calma la perfección de sus brazos, con los músculos de los hombros apretados bajo la tela de la camisa. Desabrochó los botones de los puños y los fue doblando hacia arriba hasta que las mangas quedaron por encima del codo, dejando a plena vista esos antebrazos que había estudiado hasta el cansancio, fuertes, con las venas visibles, del tipo que miras y te preguntas: cómo será su tacto y qué pueden hacerme esas manos.

Entonces, se abrió paso entre dos chicos del círculo y se sentó en el suelo.

—De pronto me han entrado ganas de jugar.

Al decir esto, sus ojos viajaron hacia mí y me regalaron un guiño fugaz junto a una media sonrisa tan imprevista que puede que la imaginara.

Contuve la respiración con tanto ímpetu que es posible que mi madre me oyera desde casa.

—¿Ya somos dignos? —inquirió Verónika con sarcasmo.

Axer hizo un esfuerzo olímpico por ignorarla y extendió la mano hacia la botella del círculo, vacilando unos segundos. Por un momento temí que se pusiera a limpiar el vidrio con antibacterial, pero no fue así. Se le veía bastante determinado cuando al fin agarró la botella para empezar a jugar a pesar de que no era su turno.

La primera vez que la botella señaló a Axer, él escogió verdad.

—¿Quién es la chica más hermosa de este círculo? —fue la pregunta que le hicieron.

—¿Eso quieres saber? —cuestionó Axer en toda la gloria de su delicioso acento y el ceño apenas fruncido.

—Sí, ¿qué tiene?

—Que no me parece demasiado inteligente.

—Estamos jugando a verdad o reto, no es un concurso académico, ¿qué más podría preguntar?

Axer cambió de posición, con una pierna pegada al suelo y la otra flexionada de forma que la rodilla quedara en alto. Apoyó el codo en la rodilla y el rostro sobre la mano mientras su expresión de profunda suficiencia se tornaba tan atractiva como imposible de mirar sin sentirse asfixiado. Así como estaba, yo le habría hecho una sesión fotográfica o lo habría mandado a retratar en un cuadro.

—Se me ocurren miles de preguntas mejores que encajan en el ámbito de este juego. Pero, por supuesto, es tu turno. Tú eliges —dijo al fin.

—¿Por qué no te gusta mi pregunta?

—Porque es como si quisieras saber el color exacto del mar, ¿no? Se supone que el mar tiene tonos cambiantes, y es posible que cada uno lo perciba diferente. Lo mismo ocurre con la belleza física. Es subjetiva. A pesar de que la sociedad se invente normas para la perfección, no existen. Cada uno ve luz y oscuridad donde quiere verla, y cada quien decide de cuál se enamora.

—Bueno, dinos quién te parece más bonita a ti.

Se notaba que Frey estaba haciendo un gran esfuerzo por poner los ojos en blanco.

—Es eso lo que me disgusta de tu pregunta, lo genérica que es. A mí nada me parece «bonito», no hay un físico exacto que yo diga «este es». Me atraen otras cosas.

—¿Qué? ¿Qué te atrae?

Las comisuras de los labios de Axer tiraban hacia arriba, una sonrisa que luchaba por emerger. Me gustó que no estableciera contacto visual con la chica a pesar de que ella lo miraba directo, me gustó que hablara casi a la nada, como si contestara a todos los del círculo. Sentí que, definitivamente, lo que tuvimos en la partida de ajedrez había sido especial, porque yo acaparé todo su universo ese día.

—Los gestos —contestó Axer al fin—. La manera en que los labios se curvan al sonreír y se mueven al hablar, el modo particular en que las cejas se expresan, el cariz irrepetible que toma un rostro con el ceño fruncido, el lenguaje del cuerpo, la intensidad de una mirada, el compás de una respiración, la justa manera de pestañear y de observar. Eso es lo que define para mí la belleza. No es la portada, sino lo que me dice la sinopsis sobre ella. Eso es lo que me lleva a leer un libro.

En ese momento yo no era la única que babeaba por él, creo que hasta Soto tenía corazones en los ojos.

Me llegó un mensaje al teléfono y lo miré para ver de qué se trataba. Era María, que me había vuelto a enviar el *sticker* de «hoy follo».

A Axer le volvió a tocar unos turnos más tarde, y esta vez fue un hombre quien lo retó.

—Mano, ¿verdad o reto?

—Reto.

Todos silbaron emocionados por su respuesta.

—¿Te sabes el reto del limón, el tequila y la sal? No sé si en Rusia enseñan esas vainas.

—Explícame.

Su acento me tenía muy mal.

—Elige a la chica que te dé la gana, ella se va a recostar en esa mesa, la vas a bañar de tequila y sal, desde el ombligo hasta la boca, donde ella sujetará un limón. Y luego tienes que lamer todo eso hasta sus labios, y le quitas el limón con la boca.

Axer negó con la cabeza con los labios contraídos en una sonrisa, como si no pudiera creer en lo que se estaba metiendo.

—¿Qué chica? —preguntó.

Me quedé sin habla, no podía creer que no se negara. Si lo veía haciéndole eso a una chica, ahí sí empezaría a necesitar que me tragara la tierra y me escupiera en un psiquiátrico.

—La que tú decidas. Todas están jugando, así que no te pueden decir que no.

—No me parece bien.

—¿El qué?

—Que no puedan decir que no —explicó—. No me malinterpretes, haré el reto, pero necesito que si una chica no está dispuesta a cumplirlo levante la mano.

Él nos observó. Ninguna mano se movió, por supuesto, pero alguien sí habló.

Yo.

—Yo no estoy totalmente dispuesta.

Axer se volvió a mirarme con una ceja arqueada. La diversión que se intuía en sus labios era tan sexy que daban ganas de lamérselos.

—¿Me estás diciendo que no te elija?

—Eso es cosa tuya, Frey. —Le regalé una sonrisa y me esforcé para que resultara inocentemente maliciosa—. Pero, si lo haces, no vas a besarme.

—O sea que estás dispuesta a que te escoja, pero no quieres que te bese. ¿Es eso?

«¿Cuándo va a entender este chamo que me puede preñar si le da la gana?».

—El resto del reto lo puedo cumplir, sí, pero sin beso.

Axer bajó el rostro para que su sonrisa no fuera tan evidente, pero no pudo ocultarla. Ni eso, ni la manera en que se mordía el labio.

Para esas alturas del partido ya yo tenía tres hijos mentales suyos en mi vientre.

Cuando Axer volvió a levantar el rostro, se dirigió al muchacho que lo había retado.

—Ella. La quiero a ella.

Me quité el *blazer*, quedando solo con el crop top, y me acosté en la mesa donde antes había estado pegado el culo de Axer. Los nervios me hacían temblar como si estuviese metida en un congelador.

No podía creer que lo hubiera conseguido. Decidí retar a Axer porque recordaba lo extasiado que estaba cuando lo desafié en el juego de ajedrez, o lo diabólicamente satisfecho que se mostró cuando empezamos a apostar. Pensé que, si los retos eran la debilidad del señor Frey, yo tendría que aprender a romper sus reglas. Me convertiría en lo único que Axer no podría tener.

María Betania esparció los chorros de licor y sal por mi abdomen hasta el borde de mi crop top, luego hizo lo mismo desde el escote hasta el final del cuello. Me apretó una mano y me guiñó un ojo antes de dar paso a Axer para que cumpliera su reto.

Lo vi aproximarse sintiendo que cada centímetro que se restaba a la distancia que nos separaba me hacía más propensa a un ataque cardíaco. Quería pedirle a mi corazón que parara, que dejara de ser tan evidente a través de mi pecho palpitante, pero no hubo solución para el magnetismo que se apoderaba de mí solo con saber que Axer estaba a punto de tocarme.

De pie a un lado de la mesa, Axer pasó los dedos sobre la piel expuesta de mi brazo, rozando desde la muñeca hasta llegar a mi hombro, con los ojos fijos en la manera inevitable en que mi piel se erizaba bajo su contacto.

—¿Y tus lentes, Schrödinger?

Algo que debió haber sido una risa sin gracia salió de mis labios, pero sonó más como un suspiro entrecortado.

—Te preocupas demasiado por mis ojos, Frey.

—De hecho...

Se quitó la camisa, mostrando con mayor libertad una hilera de lunares que chispeaban por todo un costado de su pecho hasta las costillas.

Fui incapaz de ignorar la divina definición de cada músculo de sus brazos, o la dureza de su abdomen, que era solo un preámbulo de aquella V que señalaba el camino que me moría por recorrer.

¿Por qué mierda hacía esas cosas? Sin duda sabía el efecto que tendría en los demás.

Bienaventurados los de atrás, que podían verle la espalda.

Entonces se subió a la mesa en cuclillas, con una pierna a cada lado de mis caderas y todo el esplendor de su torso desnudo se exhibió ante mis ojos.

O estaba soñando o estaba muerta, porque tenía a un ser mítico encima de mí.

Enrolló su camisa y la acercó a mi rostro como si quisiera cubrirme con ella. Entendí que intentaba hacer una especie de venda para taparme los ojos, pero igual pregunté:

—¿Qué haces?

—No quiero que veas —explicó—. Estoy seguro de que así lo disfrutarás más —concluyó con una sonrisa.

—¿Qué te hace pensar que voy a disfrutarlo? —inquirí con una ceja arqueada.

Establecimos contacto visual por unos segundos. Quise dejar de contemplar sus ojos de ese verde que me envenenaba los pensamientos, pero bajé la mirada a sus labios y solo conseguí que mi boca se secara de necesidad. La tensión estaba creciendo, a ese punto la sentía clavándose en mí como un puñal, recordándome lo que tanto deseaba.

—Lo harás —sentenció antes de regalarme un guiño. Luego me cubrió los ojos con su camisa y amarró las mangas en la parte de atrás de mi cabeza.

No volví a saber de él por un rato, estábamos solos mis pensamientos, el olor impregnado en su camisa, y yo. Empezaba a temer que todo fuese una broma, una artimaña del grupo para dejarme vendada esperando hasta que se acabara la fiesta y me quedara sola, encerrada en el club.

No era extremo que pensara algo así, y menos después de todo lo que había pasado.

Pero entonces sentí el calor de sus manos sobre la cintura, y todo lo que pude estar pensado hasta entonces se desdibujó mientras contenía la respiración.

Cuando la humedad de sus labios tocó la piel tan cerca de mi vientre, ahogué un respingo de placer y sorpresa. Imaginé que bajaba con besos hasta llegar a esa zona de mí que empezaba a arder de necesidad, aunque no fue así.

Su lengua y sus labios se deslizaron por mi piel, lamiendo y chupando todo rastro de alcohol y de sal. En un punto estaba tan ciega de placer y lujuria, que llevé una mano a su espalda para sentirla, aferrarme a ella y acercarlo a mí.

Su mano se cerró firme sobre mi muñeca, pegándola de forma violenta otra vez a la madera, manteniéndola sometida mientras su otra mano se aferraba a mi cintura y sus labios se mudaban a la zona de mi escote.

Mi respiración se descontroló, volviéndose audible y delatora. Era como si cada bocanada de aire, cada elevación de mis senos contra mi escote, le confesaran a Axer el calor que se extendía desde mi centro hacia mis piernas, las ganas que tenía de que me sujetara el cuello con la firmeza con que sometía mi muñeca.

Odiaba no poder verlo, pero eso solo potenciaba la sensibilidad de mi piel. Sin contenerme solté una especie de gemido cuando Axer me mordió a un lado del cuello y luego procedió a acariciar la misma zona con la lengua hasta mi mandíbula.

—Entonces... —susurró junto a mi oído en voz tan baja, que sus palabras parecían una confidencia y su aliento me arrancaba un escalofrío. El olor que emanaba su piel me estaba enloqueciendo en el mejor sentido posible—, sin beso, ¿no?

Tragué grueso. Necesitaba un santo al que pedirle fuerzas para responder, y como no se me ocurrió ninguno, solo asentí.

—¿Segura?

Su voz hizo estragos dentro de mi cabeza y, mientras pensaba su pregunta, él se movió por mi rostro, dejando pequeños besos por todo el borde de mi mandíbula hasta detenerse en la comisura de los labios. El calor y la humedad de ese beso tan cerca de mi boca era demasiada tentación como para no sucumbir a ella, pero tenía que ser fuerte. Porque de Axer yo quería más, lo quería todo, y solo tendría ese beso si le permitía dármelo.

—Muy segura, Frey —contesté en un susurro.

—Si estás tan segura... —La mano que estaba en mi cintura comenzó a subir por el costado, pasando mi crop top, deteniéndose al borde del escote, trazando la circunferencia de mis senos con sus dedos—. Si estás tan segura, Schrödinger, detenme. No te será difícil, ¿no?

Presionó los labios en el otro extremo de mi boca, justo en el borde. Estaba tan cerca... y yo deseaba tanto que lo hiciera...

—Detenme, Schrödinger —repitió. La mano que tenía en mi escote subió hasta el cuello y se cerró dedo por dedo alrededor de él.

Axer pasó la punta de la lengua por la parte de abajo de mi labio inferior, y juro que sentí como si fuese en otro lado donde jugaba.

Era un punto sin retorno. Axer era inevitable, y yo demasiado débil en su presencia. Pero no contaba con que las ganas que yo le tenía eran tan grandes que incluso podían resistirlo a él si era necesario.

Cuando supe que ya no había vuelta atrás y que iba a besarme, lo empujé. Lo hice con la fuerza justa para bajarlo de encima de mí con autoridad, pero sin tumbarlo al suelo.

Me senté, me quité su camisa de los ojos y se la lancé mientras se reponía del empujón al otro lado de la mesa.

—No vas a besarme, Frey —declaré con expresión determinada, arqueando una ceja en el mejor ángulo de todos los que había practicado.

Él rio, apenas un segundo, como si fuera la firma que hacía falta para aceptar mi reto. Mientras volvía a ponerse la camisa y sin perder esa sonrisa de arrogante diversión, me dijo:

—Empieza a gustarme jugar contigo, Schrödinger, y eso no es bueno para ti.

Se bajó de la mesa y caminó hasta quedar a mi altura. Yo estaba sentada con los pies colgando y él se colocó para que sus manos quedaran a ambos lados de mí, su cuerpo entre mis piernas y su rostro a escasos centímetros del mío. No oculté las ganas que brotaban de mí, de hecho las aproveché para morderme el labio, el mismo que le había negado delante de todos. Él lamió los suyos en respuesta y estuve tentada a saltarle encima.

Cuando habló, lo hizo en un tono tan bajo que solo yo pude oírle.

—No creas que he olvidado lo que me debes, es solo que... Pronto lo entenderás. Las cosas suelen hacerse a mi modo, o no se hacen.

Acerqué una mano a su cuello, con miedo a que me apartara de un golpe, pero como no lo hizo, lo rodeé con ese brazo. Lo siguiente que pronuncié, lo dije con su sonrisa pícara en los labios.

—Enfatiza bien ese «suelen», Frey. Puede que te lleves una sorpresa.

Su mano me sujetó la mandíbula, una presión leve, como un anticipo de la capacidad que tenía. Establecimos contacto visual y el resto de los presentes se nubló a nuestro alrededor. Solo existíamos él y yo, y el juego que empezamos en un tablero de ajedrez.

Cuando me soltó y alejó su cuerpo de mí, empecé a arrepentirme de no haber dejado que hiciese conmigo lo que quisiera justo ahí, delante de todos.

—Nos veremos pronto, Schrödinger.

28

Cosa de una noche

SINAÍ

María y yo estábamos bailando juntas en mitad de la pista. Hubo un montón de muchachos que se acercaron para invitarnos a bailar, pero ninguna de las dos aceptó, estábamos en un momento en el que no necesitábamos a nadie más que a nosotras.

Yo seguía repitiendo en mi cabeza una y otra vez lo ocurrido con Axer, pensando en sus manos mientras meneaba mi cuerpo al ritmo *Te mudaste*, de Bad Bunny. Imaginaba que un día no muy lejano podría moverme por las pistas bailando con mi señor Frey, y no sola.

Axer ya se había ido de la fiesta, por desgracia. No me habría molestado observarlo toda la noche.

—¿Qué sentiste? —preguntó María al fin, como si llevara mucho rato conteniendo esa pregunta.

Me reí por lo bajo.

—Ni preguntes, qué vergüenza. Es la segunda vez que el ruso y yo hacemos de exhibicionistas.

—Pero esta vez estaba justificado. No era ajedrez, y no fueron los únicos que hicieron cosas intensas delante de todos. —María puso su mejor cara de perra insinuante—. Además, era inevitable una cosa así. Él tan bueno en matemáticas, y tú que eres todo un problema...

Riendo, la empujé para que solo se fijara en mi golpe, y no en lo roja que me había puesto por su comentario. Era mucho más sencillo lidiar con aquellas insinuaciones cuando venían de mi cabeza.

—¡Ahora cuéntamelo todo! —reclamó ella después de recuperarse de mi empujón.

—¿Qué esperas que te diga? —Me tapé la cara sin dejar de sonreír—. Obviamente que se me iba a parar el corazón. Ese tipo me tiene muy mal de la cabeza, y... Me estresa. A veces siento que solo juega conmigo. Bueno, sé que definitivamente está jugando conmigo, lo que no sé es a qué coño juega.

María bebió un trago grande directo de la botella antes de contestar.

—¿Pero qué es lo que esperas de él exactamente?

Me encogí de hombros.

—Que me coma. Para empezar.

María se rio, me empujó con la cadera mientras intensificaba su perreo y luego nos pusimos a cantar a voz en grito:

—«ANDO MIRANDO LAS FOTOS DE CUANDO CHINGA-MOS...».

Soto se nos acercó por detrás y se unió al perreo de María. Me daba demasiada rabia su presencia, la naturalidad con que nos trataba luego de la humillación que me había hecho pasar, pero yo estaba tan inevitablemente feliz por mi encuentro con Axer que mi rostro no podía expresar ningún otro sentimiento. Me daban ganas de darme una bofetada para borrarme la sonrisa.

—Entonces... —dijo Soto pasando un brazo alrededor de los hombros de María—. ¿Monte está a dieta?

—¿A dieta? —pregunté confundida.

—Como no te echaste el banquete de hace un rato...

Se encogió de hombros. Puta sonrisa pícara que tenía. Mis manos querían pegarle, pero mis labios querían comerlo de nuevo.

Pero no podía caer en su provocación, incluso cuando esta fuese su actitud natural y el cambio solo estuviese en mi cabeza, que parecía incapaz de entender que los Sotos son amigos, no comida.

Por desgracia, intentando evitar caer en la tentación, me lancé en picado a la opción de manifestar mi amargura.

—Sí, tal vez yo esté a dieta —dije en respuesta a su comentario—, pero de ser así, lo estoy por elección. En cambio, después de lo que hiciste en el juego, definitivamente el que se va a morir de hambre es otro.

Soto abrió los ojos como el protagonista de una novela de Wattbook y se cruzó de brazos sin parar de sonreír. En su rostro, a pesar de la conmoción de mi inesperada respuesta y tal vez algún atisbo de su orgullo herido, no faltaba esa luminosidad arrogante que siempre mostraba: como si todo a su alrededor fuera un chiste.

—¿Tienes algo qué decirme, Sinaí? Te llevo a mi casa y lo hablamos si quieres.

María me tapó la boca antes de que pudiera responder y amenazó a Soto con un dedo acusador.

—Basta. Estamos en una fiesta, no los quiero peleando. Si tienen algo que hablar, lo arreglan en clase. Y tú... —Señaló a Soto—. Deja a Monte tranquila de una... Digo, a Sinaí. Tú me entendiste.

María se giró, todavía con la mano en mi boca, y dijo:

—Te voy a soltar, pero no quiero que te pongas a discutir, ¿okay? Diviértete, que esta es nuestra noche.

Asentí y, tal cual prometió, María apartó la mano.

—Ahora... ¿les parece si vamos a hacer arepas a mi casa como *after party*? —sugirió.

—Depende —replicó Soto al instante.

Puse los ojos en blanco con solo escuchar su voz. Me irritaba su existencia más de lo que debería, se suponía que no debía afectarme lo que hizo.

—¿Me vas a rechazar una arepa? —replicó María, ofendida.

—Tal vez lo que le molesta es la idea de que yo esté incluida en el plan —repliqué en voz baja, pero ambos lo oyeron.

Soto se me acercó, sonriendo de oreja a oreja.

—En serio, Sina, si tanto te urge desahogar tu irritabilidad, ven a mi casa y lo hacemos.

—¿«Hacemos» qué exactamente?

—Lo que se nos ocurra en el momento.

Adornó sus palabras con su habitual sonrisa, esa que te hacía pensar que cada cosa que dijera era una broma inocente, pero dejando un pequeño matiz que insinuara que, si querías, no era broma.

—¿Por qué tenemos que ir a tu casa? —dije para cambiar de tema, mientras María se masajeaba las sienes luchando contra el impulso de matarnos a los dos—. ¿Por qué no puedes decirme aquí mismo cuál es tu problema conmigo? Digo, así como pudiste decir que ni loco me besas delante de toda la fiesta.

—¿Problema contigo? —Soto se rio. Me daba una extrema arrechera que nada le molestara—. Dije que me sumaba al plan de las arepas dependiendo de qué equipo son, porque si las vamos a hacer nosotros tengo que saberlo antes.

—¿Equipo? —preguntamos María y yo a la vez.

—Sí. ¿Qué va primero? ¿La harina o el agua?

Torcí los ojos, reacia a participar en aquel debate capaz de dividir amistades y familias.

—Obviamente la harina —contestó María, y entonces ya no pude seguir manteniéndome al margen.

—¡¿Cómo que la harina?! Ni que estuvieses haciendo pan.

—¿No me digas que le echas el agua primero? —María bufó—. Ni que estuvieses haciendo panquecas. Soto, ¿tú qué echas primero?

—La sal.

María le pegó en el hombro.

—¡Sé serio, coño! Es un tema delicado.

—¿Que sea serio? ¿Cuándo en la historia de la humanidad he sido serio?

—Pues deberías empezar a practicar —interrumpí sin poder disimular mi mal humor.

Ese fue el límite de tolerancia de Soto, que con una velocidad alarmante dio un par de pasos hacia mí y me agarró por el brazo. Se volvió un segundo para decirle a María que enseguida volvíamos, y luego procedió a arrastrarme por la pista entre la multitud hasta que quedamos en la entrada de los baños, donde una pared nos protegía del campo visual de María.

Soto me agarró por la cintura, me pasó una mano entre el cabello hasta la nuca, y tiró de mí para pegarme a su cuerpo.

—Te lo voy a decir una sola vez, Sina, así que grábatelo. —Su rostro me rozaba la mejilla mientras sus labios susurraban sus siguientes palabras a mi oído—: Yo no peleo con indirectas ni mal humor.

—No se me ocurre otra manera de pelear, ¿me explicas cómo te gusta hacerlo a ti?

Sus dedos me rozaron el mentón con lentitud, viajaron de ahí a mis labios y se posaron allí en un toque sutil que me hizo rememorar cuando tuve uno de ellos dentro de mi boca.

Soto sonreía mientras su otra mano acariciaba la piel expuesta de mi cintura y sus ojos me comunicaban invitaciones que yo esperaba estar malinterpretando.

—La vida es muy corta para perderla amargándose, Sina. Si no quieres ser mi amiga, no lo seas, pero si en cambio quieres que nos matemos, tienes que saber que la única forma en la que sé hacerlo es... a besos.

Era sencillo embriagarme con su perfume teniéndolo así, recordar sus labios en mi boca, los únicos que había besado aparte de los de Vero, recordar sus manos en mi vientre al tenerlas de nuevo ancladas a mi cintura. Era una batalla ardua no necesitar que todo se repitiera, pero esta vez con un final más intenso para ambos.

Sin embargo, también recordaba otras cosas, otras bastante amargas.

—¿En serio? ¿Ahora sí me quieres besar? —inquirí con rabia, tratando de apartarme de él, pero sin lograr otra cosa que afianzar su agarre en mi cintura.

—No —replicó para mi sorpresa—. No voy a besarte ahora.

—Bien.

—Pero eso no significa que no quiera.

Me reí, más irritada que nunca.

—De verdad que estás loco. Pensé que solo fingías, pero...

Él me interrumpió. Su acto fue tan abrupto que me aceleró los latidos atrapados en mi pecho. Me pegó a la pared que nos escondía y llevó ambas manos a mi rostro como si estuviera a nada de robarme el beso del siglo, pero me seguía privando de sus labios. Y a pesar de que él siempre parecía alegre, activo para cualquier nuevo invento e indiferente de cualquier problema, noté un matiz amargo en la manera en que me miraba, como si en ese instante me odiara más que a nadie en el mundo, pero me deseara en la misma medida.

—No te voy a besar, porque la próxima vez que lo hagamos, si es que hay una, será porque estés tan loca por hacerlo como yo, que sea porque te estén matando las ganas al punto en que puedas comparar mi beso con un medio para salvarte la vida, y no como una jugada para conseguir la atención de otro.

Entonces me soltó. Marcó tanta distancia entre nosotros que me sentí con mareo y un arrebato de desorientación repentino.

—No me molesta que me uses —declaró—, pero cuando lo hagas, que sea por ti, y no para conseguirlo a «él».

Después de aquellas palabras, me dejó sola. No vi una mejor solución que entrar corriendo en el baño.

Me daba muchísima rabia que todas las palabras de Soto, más que molestarme, me hubiesen encendido más que el alcohol. Necesitaba echarme agua, borrar de mi mente los tatuajes de sus brazos, olvidar el odio de su mirada, la diversión en su boca y lo tentador de su invitación.

Necesitaba tener presente que él me había rechazado, aunque el recuerdo de sus labios fuera tan persistente. Y por último necesitaba olvidar que tal vez yo lo había herido a él de alguna forma, aunque eso pareciera imposible por su forma de ser, tan inquebrantable.

Así hice. Entré en el baño, me lavé la cara y le hablé a mi reflejo hasta convencerme de que dejaría de pensar en mi amigo de esa manera. Lo que pasó, pasó. Él no tenía ninguna responsabilidad de corresponderme cada vez que se presentara la ocasión y yo no tenía por qué sentirme como una mierda por haberlo herido si no había sido mi intención.

Aunque... siguiendo esa línea de razonamiento, él también podría defenderse diciendo que lo que yo sentí mientras él se protegía de mi juego no había sido su intención. Y sería válido.

Tenía que dejar de pensar en eso. Había sido una estupidez de parte de ambos. Eso no habría pasado si no le estuviera dando demasiada importancia a algo de una noche, cuando lo que debía persistir era la amistad.

Solo tenía que conseguir una manera de volver a reírme de sus chistes sin imaginarme pegada a la pared de rodillas con sus manos en mi cabeza.

«Mierda, Sinaí, te prende Soto».

Al salir del baño, choqué con la última persona que deseaba ver en todo el planeta Tierra.

—Perdón.

Luego de disculparme, intenté escabullirme, pero el chico me agarró por el brazo y me obligó a darme la vuelta.

—¿Te conozco? —preguntó.

—No.

Pero cuando quise volver a escapar, me agarró con más fuerza.

—Por supuesto que te conozco... Oh, vaya... Cómo has cambiado.

—Sí, sí, bueno. Me están esperando, así que...

—Así que nada, tú y yo tenemos una conversación pendiente.

¿Conversación? ¿Qué conversación podría tener pendiente yo con alguien que me había dejado tirada en medio de una calle desconocida, herida por los golpes y burlas con los que él y sus amigos me habían atacado, y trágicamente bañada con el contenido de su vejiga.

Jamás pensé en la posibilidad de volverlo a ver. De hecho, creo que había pasado tanto tiempo ocupando mi mente en otras cosas que la parte superficial de mi consciencia había olvidado que eso pasó. No sé si lo hice intencionalmente o si se dio así por casualidad, pero en definitiva prefería una realidad en la que Julio no viviera en mi cabeza.

—¿Sí me recuerdas, no?

Perfectamente.

—Bueno, por supuesto que me recuerdas. —Me dio su mejor sonrisa de niño rico, y su expresión me llevó a aquel día, mientras tirada en el suelo imploraba que detuvieran el daño que me hacían—. El caso es este: aquella vez no... En fin, que te quedaste a medias. Y resulta que tengo unos padres muy vengativos. Demasiado, diría yo. Si les cuento lo que le hiciste a mi hermana... —Empezó a negar con la cabeza fingiendo empatía—. Todo eso fue por tu bien, no querrías haber enfrentado la furia de mis padres.

—Muy bien, te lo agradezco, pero en serio debo...

Volvió a atraparme antes de que pudiera escabullirme.

—No hemos terminado. Vamos al baño.

—¿Para qué?

—Para hablar... y negociar. Todavía puedo decirle a mis padres lo que hiciste.

—¡No le hice nada a tu hermana!

—Pero yo no te creo, y sin duda ellos tampoco lo harán. Así que tendrás que hacer lo que yo diga.

Tragué grueso para no empezar a chillar ahí, no podía dejar entrar esa parte de mí de nuevo. Si me dominaba, jamás seguiría adelante.

—¿Qué es exactamente lo que quieres?

—Cuando estés en el baño de rodillas, lo sabrás.

—Ni jodiendo.

No, de nuevo no.

—O lo haces conmigo, o tendrás que hacérnoslo a todos. A mis amigos incluidos. Tendrías que darme las gracias, solo seré yo, y no me digas que no lo has deseado.

—¡No!

Mi voz se quebró y tuve que carraspear, pero me ardían los ojos.

Mierda, al final acabaría llorando.

—No te hice nada, y lo que pides es una atrocidad. Ilegal como mínimo, inmoral sin duda. No voy a... —Me puso una mano sobre la boca para callarme, pero la aparté de un manotón—. No me toques.

Dio un par de pasos hacia mí, casi pegándome a la pared del baño.

Luego habló con voz baja, de esas que causan escalofríos, las mismas que se cuelan en tus pesadillas y las personifican.

—Puedes ponerte las pelucas que quieras, pero siempre serás la misma. Y puedes librarte de mí para siempre, justo ahora, pero te faltan los putos ovarios para entrar en el baño y luchar por ti. Prefieres que te siga persiguiendo el resto de tu vida. Y lo haré. Tengo los medios y los contactos. Jamás te librarás de mí, me vas a pagar lo que nos hiciste. Y en mi familia, las ofensas se cobran muy caro.

Sorbí por la nariz mientras mis ojos comenzaban a desbordarse. Las lágrimas se escurrían por mi barbilla y el miedo se alojó en mi estómago, dando paso a la desolación en mi pecho.

—No les hice nada —repetí con la voz estrangulada, sintiendo que si pronunciaba una palabra más estallaría en sollozos.

—A ella le hiciste daño, a mí me hiciste hacértelo. Creo que nos has hecho bastante.

—¿Julio?

Él se dio la vuelta a ver quién llamaba a sus espaldas, pero a mí no me hizo falta, ya había reconocido la voz.

—¡María, mi amor!

Ambos se abrazaron en un saludo amistoso, pero la mirada de mi amiga se ensombreció al verme. Tuve que voltear para evitarla.

—No... no sabía que ustedes se conocieran —empezó a decir ella con cautela.

—Ay, sí. Somos amigos muy íntimos. Y..., por cierto, no es por ser maleducado, pero estás interrumpiendo una conversación privada.

Mi amiga volvió a mirarme, ahora con más recelo. Tuve que fingir una sonrisa y hacer un gesto despectivo con la mano para que se quedara tranquila.

Pero no funcionó, ella seguía jodiendo con sus preguntas, y al ver que ninguno de los dos le daba la respuesta que buscaba, decidió imponerse.

—Julio, vete, por favor. Si tienen algo que hablar, lo hablan otro día.

—¿Y tú quién eres para decirle a ella lo que tiene que hacer, eh?

—Soy la que la va a llevar a su casa.

—Entonces la llevo yo —zanjó Julio con una sonrisa triunfal, y un escalofrío me recorrió de pies a cabeza.

Una parte de mí odiaba a María por presenciar la versión más miserable de mí, por inmiscuirse en mis asuntos, la otra le gritaba auxilio en silencio.

—La voy a llevar yo, Julio. Yo la traje —siguió imponiendo María.

—Pero deja que ella decida —rebatió él señalándome—. Ella quiere venir conmigo.

—Me vale verga lo que ella crea que quiere. Está tomada, no puede decidir.

—¿Pero qué te dio a ti para venir a cagarnos la fiesta? Estamos hablando y ya.

—Está llorando, no puede ni hablar. Y tú hueles a alcohol de aquí al otro lado del club. Sobre mis ovarios la vuelvo a dejar sola contigo, y sobre los huevos de Simón Bolívar te la vas a llevar.

María me agarró del brazo sin hacer más preguntas y tiró de mí para arrastrarme lejos de Julio.

—Nos vamos.

—¡Ven acá, puta!

Julio agarró a María del brazo con el doble de fuerza con el que ella me había agarrado a mí, pero no contaba con la velocidad de mi amiga para quitarse un zapato y estamparle el tacón en la frente.

—Te voy a hacer miserable el resto de tu vida por esto —chilló el agredido con una mano sobre el ojo que no podía abrir.

—Y yo voy a hacer que te expulsen, desgraciado —juró María en respuesta.

29

La caja de Schrödinger

SINAÍ

—¿Qué te hizo? —interrogó María. Estábamos fuera del club, en el estacionamiento. Esperábamos a que su padre llegara a buscarnos, mientras intentábamos evitar ser demasiado conscientes de que a nuestro alrededor había mucha gente comiéndose, algunos a nada de quitarse la ropa e ir un paso más allá.

—No me...

Intenté hablar, pero la cabeza me daba vueltas. Mi entorno de pronto era difuso y mis pasos erráticos. Era como estar dentro de una pecera llena de aceite que ralentizaba mi universo. Hasta entonces el alcohol no me había afectado, pero en ese momento empecé a ser víctima del mareo y malestar que lo caracterizaban. Antes, todo habían sido risas y subidones de alegría. Pude haber pasado la noche así, pero el mal trago con Julio lo torció todo.

—No me hizo nada —reafirmé, tirándome de culo a la acera.

Mi amiga se lanzó a agarrarme, ayudándome para que me sentara mejor.

—¿Tienes algún ex?

Su pregunta me parecía demasiado surrealista. Tan confundida estuve al respecto que la dejé pasar, como si no fuese conmigo, mientras ella apoyaba mi cabeza en su hombro y me acariciaba el cabello para tranquilizarme.

Al cabo de un rato, mi curiosidad pudo más que mi dignidad.

—¿Por qué preguntas? —quise saber.

—Porque si tienes un ex, preferiría que esta noche hubiese acabado contigo llorando por él en lugar de por lo que sea que te haya dicho Julio.

—No me... no me dijo nada —insistí arrastrando las palabras.

Intenté apartar mi cabeza de María, pero al enderezarme las luces a mi alrededor se mezclaron y sentí que el suelo debajo de mí se fundía en una amenaza de dejarme caer al vacío. Así que volví a dejar la cabeza en el hombro de mi amiga.

—Nadie llora así por nada —refutó ella, obstinada como nunca la había visto.

—Yo sí. Yo lloro por cualquier cosa, si me conocieras lo sabrías.

—Por mi experiencia, el que llora por cualquier cosa no está llorando por lo que le está pasando en el momento que caen las lágrimas, sino por todo lo que pasó antes de eso.

—Yo...

—Puedes confiar en mí —atajó, apoyando su cabeza de lado sobre la mía, como si eso pudiera hacer menos humillante lo que estaba sucediendo.

Estaba tan a la defensiva que prefería hacerle daño que dejar que todo el dolor se concentrara en mí.

—¿Tú confiaste en mí cuando te encontré discutiendo con el turco?

María guardó un silencio amargo. Alcé la vista intentando no mover demasiado la cabeza y noté que tenía una evidente tensión en la mandíbula.

Mejor así. La prefería molesta que compasiva.

—Perdón por eso —dijo para mi completa sorpresa.

—No te disculpes, fui entrometida. Como tú lo eres ahora.

—Necesitaba ayuda, como tú ahora.

—Jódete, María —dije con voz apagada, a punto de quedarme dormida en su hombro.

—Al que voy a joder es a ese desgraciado como me entere de que te hizo algo. ¿Te conté cómo conocí a Soto? Da unos palazos criminales, tendré que reclutarlo para...

Me enderecé de golpe. Todo mareo, sueño o signo de borrachera me abandonaron como la llama de un fósforo sometida al aire de un ventilador.

—Ni se te ocurra contárselo a Soto.

—¿Qué es lo que no le puedo contar? Si me dices que no pasó nada, ¿qué es lo que temes que le diga? ¿Qué te preocupa que descubra?

—Esto es personal, Betania. No le digas nada, ni lo menciones. Es en serio. Es mi decisión a quién le cuento.

—¿A quién le cuentas qué?

—¡Deja de joder! Quiero pasar lo que me queda de la noche en paz, aunque eso signifique estar vomitando en medio de la carretera. No quiero hablar de Julio.

—¿Y de Jesús?

—¿Quién?

—Soto.

—¿Qué pasa con él?

—¿Te gusta?

No sabía si dar rienda suelta a la nerviosa y compulsiva risa que me tocaba la garganta, si mirar a otro lado y cambiar de tema mencionando el atractivo de un peatón *random*, o si contestar su pregunta, negando todo hasta la muerte.

Aunque... No había nada que negar, porque Soto no me gustaba.

Puse mi mejor intento de una expresión ofendida y estupefacta antes de llevar aquellos sentimientos a mis siguientes palabras.

—No sé de qué...

—Ajá, y yo me chupo el dedo.

María se cruzó de brazos de manera que sus senos cobraron todavía más protagonismo sobre el escote de su camisa roja, y me miró con el ceño fruncido, los labios torcidos y una ceja arqueada.

Era muy buena con las miradas inquisitivas, para cuando tuviera hijos tendría un máster en la materia y no le mentirían ni porque de su vientre saliera el nuevo Ted Bundy.*

—Hoy andas conspiranoica, María —acusé, manteniendo mi postura y mi negación.

Todo ese tiempo había estado usando el hashtag incorrecto para definirme. No era de las de #hastaelmatrimonio, sino de #hastalahorca cuando de mentir se trataba.

—¿Te gusta o no? —insistió María sin darme tregua.

—¿Por qué preguntas?

—¿Por qué no respondes?

---

* Ted Bundy fue un asesino serial estadounidense conocido por mantener la mentira de su inocencia hasta el momento en que le tocó cumplir su pena de muerte, cuando confesó múltiples crímenes y más de treinta homicidios.

—No me gusta, ¿y a ti?

Si María estaba fingiendo el horror de su expresión repentina, tendrían que haberle dado un Oscar por su actuación.

—¿Te pica el culo, Sinaí? ¿Es por eso por lo que no quieres contarme?

—¿Contarte qué? Y además, ¿por qué tendría que ser tan loca la idea? Ustedes están muy unidos y...

—Asco, ya para. —María hacía señas con las manos y la cabeza para que cerrara la boca—. Soto es el último platillo en mi cadena alimenticia, y mira que mi cadena es tan larga y amplia que incluso te podría incluir a ti, aunque muuuuy muuuuuuy en el fondo. Es solo para que te hagas una idea de lo definitivamente irracional que es lo que acabas de decir.

—Bien. Pues lo mismo conmigo.

Ella rio con honestidad. No me creía ni una palabra. La odiaba por eso.

—No me jodas —añadió a su risa.

—¿Qué te hace pensar que me gusta?

—No sé, él es tan... él, pero tú reaccionas de forma distinta que yo con eso. Si él me hubiese dicho lo de ir a su casa a resolver mi molestia, le meto una patada en las bolas que la sentiría su abuelo. Sé reaccionar a sus bromas, tengo práctica. Pero tú... Tú tiemblas. Te pones nerviosa, te muerdes los labios, lo evitas...

—En serio te has hecho un guion para esa película, eh.

—No me digas si no quieres, pero sé que hay algo más.

—¿Y no puede ser de él hacia mí? ¿No es posible que estés teniendo esta conversación con la persona equivocada?

—Él es así, Sina. Tú eres la que actúa distinto. O sea, no dudo que él te seguiría el juego si notara que tiene oportunidad, y de hecho creo que ya se está dando cuenta, y es eso lo que me preocupa.

Tragué en seco y evité el contacto visual al hacer mi siguiente pregunta.

—¿Te molesta la idea de que Soto quiera...?

—No te conozco, pero a él sí. Jesús Alejandro no muestra sus sentimientos, pero los tiene. Y a ti te parte Axer. Puedes comerte a todo el mundo si te apetece y no me interpondré, pero si le haces daño a Soto voy a ser la primera en cobrártelo, ¿de acuerdo? Solo te pido que le hables claro, sean cuales sean tus intenciones.

—Me haces sentir horrible, María.

—¿Por qué? Si según tú no hay nada ahí, mis palabras no deberían

219

afectarte. Además, solo estoy siendo honesta. Soto mataría por sus amigos, y hasta ahora únicamente me ha tenido a mí. Solo quiero que pienses bien qué papel quieres desempeñar en su vida.

—En resumen...

—No juegues con él.

—¿Me lo puedo comer?

María rio con confianza. Se notó que esperaba cualquier respuesta, menos esa. Incluso a mí me sorprendió mi atrevimiento. Puede que para entonces me hubiese cansado de fingir, al menos en esa discusión, que cada vez que Soto respiraba cerca de mí despertaba una atracción insana contra la que intentaba luchar en vano.

—Eso es problema de ustedes. Pero, en serio, háblale muy claro. No le va a doler, lo entenderá. Y es preferible así.

—Me parece que estás viendo cosas donde no hay. Soto es bastante... frío. Creo que sus sentimientos van de la alegría a la euforia, y ahí acaban.

—Habría sido distinto si se hubiesen querido comer siendo una desconocida para él. Pero, quieras o no, eres su amiga. Siente cosas por ti, y agregarle deseo a esos sentimientos... —María suspiró—. Es que yo los mato si terminan cagando todo.

—Tranquila. No pasará nada más, me molestó lo de la botellita.

—¿Nada más? ¿O sea, que ya pasó algo?

—¿Qué? No, me refiero a...

Por obra y gracia de cada uno de los cuatro fundadores de Hogwarts, mi teléfono empezó a sonar justo en ese momento, librándome de mi propia cagada.

Lo saqué y fruncí el ceño al ver lo que decía la pantalla.

Número desconocido.

—Perdona —dije levantándome—, tengo que contestar.

—Está bien, pero si veo que te alejas mucho de mi vista o que estás a punto de caerte, iré por ti. Y si llega mi padre, no quiero excusas. Al auto.

—Dale. —Me alejé unos pasos de María Betania y atendí la llamada—. ¿Sí?

—Schrödinger.

Tenía que ser una broma.

Su voz produjo una inusual corriente nerviosa por mi espina dorsal. Era completamente imposible que fuera él, tenía que ser un mal chiste o una broma pesada de mi cerebro obsesivo. Sin embargo, tenía que ser él.

Reconocería su voz en cualquier entonación, en cualquier sueño, fuera cual fuera su volumen.

—¿A-Axer?

—Perdona que interrumpa tu fiesta, ¿tienes tiempo para hablar? Solo será un momento.

—¿Perdón? ¿Cómo conseguiste mi número? Estoy totalmente segura de que no te lo di.

Qué más quisiera yo que habérselo dado... Y lo digo en más de un sentido.

Escuché su risa de fondo y me imaginé su rostro iluminado con sus ojos chispeando en todo su esplendor. Lo imaginé en su cama de sábanas blancas, recostado sobre sus cuatro almohadas junto al amplio ventanal de la habitación. Sin camisa, con un brazo extendido sobre el alféizar, los dedos moviéndose inconscientes mientras con la otra mano sostenía el celular contra su oreja, tan cerca de los reflejos platino de su cabello.

Me mordí los labios incluso antes de escuchar su siguiente intervención en nuestro intercambio de palabras.

—Sé muchas cosas de ti que no me has comentado, eso incluye tu número de contacto.

—Eso es enfermo, Frey, me estás asustando.

Mentía, por supuesto que mentía, pero supuse que eso era lo que debería decir una persona normal. Sin embargo, no pude evitar que mi voz sonara con mucha más necesidad que espanto.

—¿En serio, Nazareth?

Era la primera vez que me llamaba por mi nombre, aunque fuese por el segundo, el que nadie usaba, salvo mi madre en casos de extremo enfado. No sabía cómo sentirme al respecto, pero tenía muy claro lo que significaba: sabía más de mí de lo que yo habría supuesto.

Pude habérselo echado en cara, era mi oportunidad, pero entonces él me inmovilizó con un jaque tan repentino y eficaz que me dejó al borde de tener que derribar mi rey y rendirme.

—Me parece mucho más preocupante el video que guardas en tu teléfono y en el que aparezco yo en clase. De hecho, no, te estoy mintiendo. Eso puedo ignorarlo. Me inquietan más las innumerables cuentas falsas que creaste para acosarme en las redes.

Fue como un golpe. Erré un paso por el impacto y estuve a punto de caerme. Solo esperaba que María no lo hubiese notado, no fuera que lo malinterpretara y corriera a buscarme creyendo que no podía con la borrachera.

Solo un pensamiento predominaba sobre las mil preguntas que se arremolinaban en mi cabeza, aparte de la voz de la vergüenza, que tenía un concierto en mis oídos.

«Por el amor al tanga de Dumbledore, que no esté al corriente de la galería de fotos o me mato».

—¿Quieres comentar algo al respecto?

Aplicaría la misma táctica que con María Betania: negarlo todo hasta la horca.

—Trato de pensar en lo que dices, Frey, dame tiempo. Busco un sentido a las cosas insólitas de las que me acusas.

Él rio al fondo de la llamada.

—Sé que me observas, Sinaí, no estoy pidiendo que me confirmes eso. Acabo de descubrir que cometí el error de no hacer lo mismo desde el principio contigo. Si lo hubiese hecho, al menos ahora tendría una respuesta para la pregunta que me inquieta.

—Haz tu pregunta —lo reté, esperando haber sonado convincente y no en extremo preocupada por lo que pudiera estar pensando de mí.

—¿Por qué?

—¿Por qué qué?

—¿Qué quieres de mí?

«Todo».

Bufé. Esperaba ser capaz de dar a mi respuesta el matiz malicioso e indiferente que necesitaba para dar aplomo a mis palabras, para desinflarle el orgullo.

—Nada. Le das demasiada importancia a retos de colegiales.

—¿Eso fueron, entonces?

—¿Qué respuesta esperabas, Frey? Porque pareces decepcionado.

—Tú nunca decepcionas, Nazareth. Al menos no a mí.

Me mordí un labio con los ojos cerrados con fuerza. Cada parte de mi nombre sonaba perfecta cuando salía de su boca, cuando lo pronunciaba con su acento y entonación característica. Él podría llamarme como quisiera, pero con el simple hecho de que se refiriera a mí, yo ya le pertenecía.

Suspiré y pensé que ya era mi turno de obtener alguna respuesta, porque preguntas tenía miles.

—¿Tú que quieres?

No sonó sorprendido por mi intervención.

—¿Recuerdas el juego de hace un rato? —empezó. Hice un sonido afirmativo para que prosiguiera—. No me gustan las preguntas ambiguas, creo que podrías ser mucho más específica. Si lo haces así, te responderé lo que quieras.

—¿Te gusta hablar conmigo, Frey?

—¿Perdona?

Sonreí con una perversa satisfacción por su manera de reaccionar. Lo saqué de su guion, reescribiéndolo con líneas argumentales que nunca consideró, convirtiendo el juego en una partida que no había practicado. Me encantaba ser capaz de ponerlo a pensar más de la cuenta.

—Me has llamado, ¿no? Y sí, podrás alegar que querías una respuesta al tema que empezaste a plantear, pero juegas con tus palabras y me dejas mover fichas con las mías. Sí, tienes razón, te he observado lo suficiente para saber que no das pie a nadie para que interactúe contigo más de la cuenta. ¿Por qué yo, Frey? Dijiste que empezaba a gustarte jugar conmigo, ¿no será que te has dado cuenta de que yo también tengo mis turnos? ¿No será que le has agarrado gusto a que haga de ti una pieza más en mi tablero?

Hubo un silencio tan largo y profundo que habría creído que la llamada se había cortado, si no fuera por su respiración al fondo.

—¿Quién va a llevarte a tu casa?

—Yo... —Vacilé, confundida, aunque en mis planes estaba mantener la firmeza—. Una amiga. ¿A qué viene esa pregunta?

—¿Puedes evitarla o es indispensable que te vayas con ella?

No podía creer lo que me estaba preguntando, una parte gigante de mí me gritaba que lo estaba entendiendo todo terriblemente mal.

—No debería evitarla, perdería su confianza para futuras oportunidades.

—Entiendo. Será en otra ocasión.

—¿Qué? ¿Qué ibas a hacer?

El sonido de su risa me enrojeció hasta las orejas.

—¿Y esas ansias repentinas?

De repentinas nada.

—Odio la incertidumbre, siento que no podré dormir si no me explicas.

—Otro día.

Era un maldito, pero eso no quitaba las ganas que tenía de cada partícula de su ser.

—Bien. Acaba de llegar el padre de mi amiga, me tengo que ir.

—Espera.

—¿Sí?

—¿Recuerdas el gato de Schrödinger?

—¿Cómo olvidarlo, Frey?

—Empiezo a pensar que deberíamos arriesgarnos a abrir la caja o decidir si la dejamos cerrada para siempre.

Abrí la boca para contestar, pero ya había colgado.

30

La monogamia es una fantasía

SINAÍ

—¿Estás bien? —preguntó mi madre quitándome la sábana para luego abrir las ventanas del cuarto.

Me desperté con ganas de estar muerta.

Ella llevaba su corto cabello alborotado, típico de sus días libres. No le quedaba mal; al contrario, le daba carácter y sus mechas hacían el resto del trabajo para que resultara atractiva. Por lo demás, llevaba puesta una camiseta de tirantes sin sostén y un pantalón de pijama.

—Tengo una resaca que no me deja vivir —gruñí mientras me sentaba en la cama con esfuerzo—, ¿cómo crees que estoy?

—Si es así, de puta madre.

Puse los ojos en blanco y me volví a lanzar al colchón con la sábana encima. Ella volvió a insistir para despertarme. Cuando alcé la vista, me estaba tendiendo un vaso de agua y una pastilla.

—¿Y esto? —pregunté, aceptando ambas cosas mientras a duras penas me sentaba en la cama.

La cabeza me dolía como si un elefante me hubiese bailado joropo encima.

—En la mesa hay una sopa, anda a comértela a ver si te regresa el alma.

—¿Me hiciste sopa?

Mi mamá soltó una carcajada como reacción a mi estupidez. Las líneas de expresión se le marcaban bastante mientras reía, pero jamás se veía tan hermosa como en esos momentos.

—Por supuesto que no, le pagué al vecino para que te hiciera una.

—Awww, eso es lo más dulce que alguien casi ha hecho por mí.

—Anda a comer, muévete, que si te mueres no tengo cómo pagar el ataúd.

La miré con los ojos entornados como el meme del perrito de «cuánta maldad hay en ti, de veras», pero de igualmente moví el culo porque necesitaba esa sopa más que la salvación de mi espíritu.

Mientras me sentaba a comer en la mesa central de la sala, mi madre se lanzó al sofá frente al televisor. No veía ningún programa, estaba inmersa en el vicio de su teléfono. Su otra mano escarbaba en una bolsa de Doritos que la muy traicionera no me ofreció, y sus piernas estaban cruzadas sobre la mesita de centro.

—Mamá.

—¿Humm? —musitó con un bocado de Doritos abarrotando sus cachetes.

—¿No me vas a ofrecer?

—Te ofrecí la vida, ¿qué más quieres?

—Yo no te pedí la vida.

—Y te agradecería que de igual forma no me pidieras Doritos.

Rodé los ojos y volví a mi sopa. Estaba buenísima, como el soplo de vida que Dios transmitió a Adán y Eva en la creación. Sentí cómo me volvían las ganas de vivir, el color a la piel y el oxígeno al cerebro. Tenía que contratar al vecino más seguido.

—¿Qué tal la rumba? —preguntó mi mamá desde el sofá.

—Bueno... Normal. —Me encogí de hombros.

—Normal las tetas de tu tía Elizabeth, y eso que le costaron mil quinientos dólares.

Traté de no atragantarme con la nueva cucharada de sopa que bajaba por mi garganta. A veces mamá decía cosas con las que no sabía si reírme sería lo correcto o si me garantizaría un coñazo seguro.

Me aseguré de que mi siguiente mentira fuera menos ambigua, menos débil.

—Nada del otro mundo, mamá. Estuvo bien, me divertí.

—Bueno, al menos espero que quien te prestara la ropa que llevabas ayer tenga por lavadora a los padrinos mágicos, porque dejaste el pantalón como un coleto.

Oops.

—En mi defensa, la ropa blanca es difícil de mantener.

—Si evitaras arrastrar el culo por cada superficie sucia que haya a tu alcance, creo que sería menos complicado.

Puse los ojos en blanco y me sumergí en lo que quedaba de mi sopa para evitar continuar gastando munición en una guerra que no iba a ganar.

Cuando terminé de comer, justo mientras llevaba el plato al fregadero para lavarlo y ahorrarme la parte en la que mi madre me preguntaba si yo pagaba servicio de limpieza, se me ocurrió una conversación que quería tener con ella.

Era muy extraño que prefiriera hablar de ese tema con la mujer que me había dado la vida que con María Betania.

—Mamá...

—No te voy a dar Doritos.

—Sí, sí, ya sé. Es otra cosa.

Ella se volteó, apoyando sus brazos y su cara en el respaldo del sofá para mirarme.

—¿Qué pasa?

—Yo... tengo una pregunta.

—Cuéntame.

—¿Qué debo hacer si...? No es el caso, pero quiero saber qué hacer si esto llegara a pasar. Si siento atracción hacia más de una persona..., digamos... dos..., ¿qué debo hacer?

—¿Te preocupa que te puedan gustar dos personas a la vez?

No, sin duda esa no era mi inquietud. No me preocupaba que algo estuviera mal conmigo por sentir atracción hacia más de una persona al mismo tiempo. En mis múltiples investigaciones de datos al azar, descubrí que el ser humano no es monógamo por naturaleza. La monogamia es un constructo social, lo que implica que cuando nos involucramos en una relación con una persona nos estamos «obligando» a ser exclusivos, no es algo congénito. Por eso el término «infidelidad» es tan complejo, porque puedes ser fiel a una persona de múltiples maneras, pero por más que intentes castigarte por ello, a veces surge la química con otra.

¿Quién fue el primer desgraciado que decidió que a partir de que te enamoras de una persona no puedes fijarte en otra por el resto de tu vida? Y, lo que es todavía más preocupante..., ¿qué se fumaron los que aceptaron su idea?

No me quitaba el sueño reconocer que lo quería todo de Axer y que a la vez no me molestaba la idea de caer en Soto, pero como parte de esta sociedad, supuse que estaba condenada a no llevarle demasiado la contraria. No tenía la fuerza suficiente para afrontar lo que ocurre cuando transgredes los límites de lo políticamente correcto.

—No —respondí al fin—. No me preocupa que eso llegue a pasar, quiero saber qué hacer en ese caso.

—¿Quieres la respuesta de madre responsable o quieres que te diga lo que haría yo? Oh, cierto. También está la respuesta cristiana, por si te interesa.

—Eeeeh... ¿Todas?

—Bueno, cristianamente hablando: ponte en la hipotética situación en que te aparecen dos delicias y sientes que las dos están hechas para ti, tanto que no puedes decidirte... ¿No es que todas las cosas de nuestra vida pasan por la voluntad de Dios? Si Dios me pone dos hombres en el camino, ¿quién soy yo para renegar de su voluntad desechando a uno de ellos?

La miré con los ojos entornados para transmitirle que el tema era serio y que necesitaba una respuesta a la altura de la situación.

—Estás pasada de amargada, Sinaí. —Mi madre puso los ojos en blanco antes de continuar—. ¿Quieres saber lo que haría yo en esa situación? Yo no tendría nada serio con ninguno y disfrutaría libremente de ambos. Sin embargo, si en algún punto empezara a sentir una conexión emocional, un vínculo lo suficientemente fuerte con alguno de los dos, me iría alejando del otro a medida que fuera averiguando si esta persona especial vale la pena para ser definitiva en mi vida.

—¿Y cuál sería tu consejo de madre responsable?

—No lo sé, esa pregunta no venía en mi tesis de maternidad. Supongo que... ¿Usa protección?

Se encogió de hombros y volvió a girarse hacia el televisor, tomando su teléfono.

Me di cuenta de que sonreía, y yo también. Cada vez me caía mejor mi madre, siempre que me esforzara en no recordar que técnicamente seguía teniendo algo con mi padre, a pesar de todo.

Era domingo, debería haber podido dormir todo el día, pero más tarde a mi madre se le ocurrió la idea de ir a mi cuarto a despertarme por segunda vez.

—¿Humm?

—Cepíllate los dientes y sal.

—¿Qué?

—Muévete, te esperan fuera.

—Pero no espero a nadie...

Mi madre no me hizo ni caso y salió del cuarto. Solo me quedó la opción de obedecer.

Luego de lavarme la cara y quedar presentable para otro ser humano, salí a la sala, pero mi madre estaba sola.

—No veo a nadie.

—Fuera, Sinaí. —Señaló hacia la puerta de entrada—. Está fuera.

No debía de ser nadie conocido, de lo contrario mi mamá no lo hubiese dejado afuera todo ese rato. ¿O sí?

Salí y me encontré con un hombre delgado y larguirucho de tez amarillenta. El negro de sus ojos profundo, sus cejas tan pobladas como una oruga y la nariz un poco ganchuda. Pero su expresión, su manera de gesticular y mirar, le daban un atractivo único. Era el tipo de hombre que si te lo encontraras por tu calle o en la panadería, tratarías de llamar su atención, querrías conseguir su número como mínimo, un buen polvo en circunstancias óptimas; sin embargo, seguro que lo criticarían si fuese actor, porque su belleza no era normativa.

¿Qué hacía ese bombón tan lejos de su caja?

Estaba de pie frente a un auto de lujo con diseño aerodinámico, con la carrocería blanca y los rines dorados. Estaba estacionado en nuestra acera, lo cual era irracional. Los carros más lujoso de todo el pueblo eran las camionetas de los políticos, no había nada parecido a esa hermosura de la que me sabría el nombre si alguna vez en mi vida me hubiese preocupado por aprender más de autos.

El hombre iba vestido con una camisa blanca, guantes de igual color, y un saco azul marino con un distintivo que me solventó una duda, pero me agregó diez.

«Frey's Empire», decía el prendedor.

Luego de fijarme mejor, noté también que los rines del auto tenían una ornamentada F grabada en el centro, al igual que una más pequeña grabada sobre la manilla de la puerta del piloto.

—¿Está Axer por algún lado, hay que esperarlo? —pregunté, buscando al susodicho, que no parecía estar en el interior del vehículo.

Una sonrisa le brilló en los ojos al desconocido. Se estaba burlando de mí el muy maldito.

—¿Por qué vendría el señor Axer Frey a recogerla personalmente a la puerta de su casa?

Su acento italiano solo hacía más difícil odiarlo por tratarme como a una estúpida. A pesar de mi irritación, el tipo me parecía exótico e interesante.

«Bueno, Sinaí, cálmate, ¿qué te pasa? No puedes querer comerte a todos los seres humanos que cruzan en tu camino».

—Si el señor Frey...

—El señor Frey es Dmitri. El segundo señor Frey es Víktor. Usted se refiere al señor Axer Frey.

—De acuerdo, de acuerdo. ¿Dónde está Axer?

—No es de su incumbencia, ¿o sí?

Si no era pendejo, iba llegando.

—Eres bastante maleducado. Dime lo que hayas venido a decir y lárgate de mi propiedad.

Me dio vergüenza apenas pronuncié la palabra «propiedad», porque a simple vista se notaba que el auto del tipo valía más que mi casa amueblada.

—Espero a que suba al auto, jovencita.

Eso sí me causó gracia.

—¿Por qué?

—Porque así se me ha especificado. Tengo órdenes de trasladarla.

—¿Trasladarme adónde?

—No se me especificó que debiera revelar esta información, por lo tanto, la omito.

—¿Axer te dijo que me subieras al carro y no me dijeras adónde me llevas?

—El señor Axer Frey me ordenó llevarla de un punto a otro, y luego de vuelta. No tomaré atribuciones que no me competen, como revelar más de la cuenta.

—No me voy a subir si no me dices adónde vamos.

—De acuerdo.

El hombre se giró e hizo ademán de abrir la puerta del piloto, pero lo detuve con mis réplicas.

—¿Te vas a ir sin más? ¿En serio no me vas a explicar nada? ¿Qué hay de tus órdenes?

—Mis órdenes son explícitas y en ningún momento he faltado a ellas.

—Pues yo sigo aquí.

230

Él rio.

—No lo entiende, ¿verdad? El señor Axer Frey le está presentando una oportunidad, es decisión de usted si la toma o la deja pasar. No recibirá más explicaciones de mi parte, salvo que el tiempo es lo único de lo que mi jefe no dispone de forma ilimitada, y puedo asegurarle que no va a perderlo en explicarle cada paso que decida dar. Entonces... ¿sube o se queda?

—Espera ahí, voy a llamarlo.

—No podrá.

—Tengo su número, me llamó...

—No es su número, no se moleste.

Eso me estaba irritando más de la cuenta. ¿Qué sabía él? Mejor dicho, ¿cómo sabía? Empezaba a pensar que Axer y yo no estábamos jugando a lo mismo, pero no iba a perder la oportunidad que se presentaba ante mí para tener una pregunta menos.

Así que me subí al maldito carro.

—Axer debe mejorar sus modos —repliqué.

—El señor Axer Frey decide cuáles son «los modos», el resto solo obedecemos.

Me reí, negando con la cabeza.

—No me conoce.

La mirada que me echó el chófer a través del retrovisor me inquietó tanto que dirigí la vista hacia la carretera y me removió en el asiento.

—No tengo necesidad de apostar —oí que murmuraba—, pero me jugaría lo que fuera a que es usted quien no tiene ni la más remota idea de quién es él.

Un rato más tarde bajamos ante un edificio de tres plantas con paredes blancas, puertas de vidrio y ventanales amplios con cristal recubierto para que no se viera más que un reflejo plateado del interior, como un panel. Estaba todo impecable, con la firma de Frey's Empire en el pequeño recuadro dorado encima de la puerta.

No sabía nada de ese lugar. Seguro fue un local que alquilaron y remodelaron a su antojo. Pero lo que más me sorprendía era que no hubiese mucho ruido al respecto, como si no le hicieran propaganda.

Al entrar, me introduje en una especie de distopía futurista. Todo era blanco e inmaculado, y eso incluía las batas y los uniformes de cada persona que parecía formar parte del equipo de la empresa. Incluso los trajes de las mujeres de la recepción eran únicamente de ese color.

El lugar amueblado con asientos, mostradores, repisas y otros complementos hechos de una especie de cerámica impoluta con diseños curvos y abstractos.

El chófer me condujo a una sala de espera donde las pantallas eran más delgadas y largas que cualquier otro televisor que hubiera en el país. Las tiras de luz instaladas en el techo, a pesar de lo finas que eran, iluminaban más que diez focos industriales.

—¿Qué se supone que haga aquí? —inquirí al sentarme. Aquel lugar me ponía los nervios de punta a pesar de su atractivo innegable. Puede que se tratara a lo mucho que me recordaba a un hospital.

Pero no podía ser un hospital, no tendría ningún sentido.

—¿Qué debo hacer aquí? —insistí al chófer, quien aguardaba de pie junto a mi asiento en completo silencio.

—Es una sala de espera, ¿no? Pues espere.

Eso hice por un rato, hasta que mi teléfono sonó. Era otro número sin registrar, y ya me imaginaba quién era, pero, como siempre, confirmarlo me dejó sin aliento.

Estaba bastante grave si solo con escuchar su voz me emocionaba de esa forma.

—¿Y tus lentes, Schrödinger?

31

¿Y tus lentes, Schrödinger?

SINAÍ

—¡Axer! Por los clavos de Cristo, ¿qué hago aquí? Mejor dicho..., ¿qué es este lugar?

—Tómate una foto al terminar. No es necesario que intentes enviármela. La veré.

El clic que hacía mi teléfono cuando mi interlocutor colgaba y un sonido vacío en la línea terminó con cualquier esperanza de replicar o recibir una respuesta, por mínima que fuera. Axer zanjó la conversación sin darme tiempo a participar en ella.

«Tramposo de mierda».

Yo también empezaría a jugar con trampas.

Cuando dejé de insultar al teléfono, una mujer se acercó a mí por el pasillo. Era alta, delgada, con un lacio cabello castaño oscuro hasta los hombros, y llevaba lentes sencillos. Su bata de laboratorio la identificaba como «Anne» del departamento de bioanálisis.

¿Significaba eso que sí estaba en un hospital?

—Hola. —La mujer me tendió la mano en un saludo formal, acompañado de una sonrisa tan cálida como profesional. Tenía un acento inglés demasiado marcado, como si la única palabra que había pronunciado hubiese supuesto un trabajo atroz para su cerebro, que no seguía pensando en otro idioma—. *My español is very malo*. ¿Me entiendes si continúo en inglés?

—*Yes*.

—Bien. Mi nombre es Anne, no tienes que decirme el tuyo —continuó entonces con su inglés fluido—. Sé quién eres, y también tengo otras respuestas que seguro estarás ansiando. Si me acompañas, tal vez pueda...

—¿Trabajas para los Frey?

—Soy parte de su equipo, sí.

—¿Su equipo de qué?

Ella se limitó a sonreír y prosiguió por donde se había quedado.

—Esta no será la última vez que nos veamos, así que espero agradarte, aunque sea mínimamente. Resolveré tus dudas a su debido tiempo, por ahora basta decir que, a pesar de mi título y función en la empresa, para Axer Frey represento mucho más. Soy su mano derecha, su secretaria. Vamos, soy quien le resuelve la vida, aunque sea a través de su dinero.

—¿Y yo qué pinto en todo esto?

Me olvidé de que la mujer no dominaba el español, y además estaba usando un modismo, así que tuve que repetírselo en inglés muy lento para no invocar un demonio por un desliz de pronunciación.

—Hoy eres mi responsabilidad —explicó—, y tal vez lo seas durante mucho tiempo. Estoy a tu servicio. Así que... ¿Me acompañas?

—¿Qué clase de servicio es este si eres tú quien me da las órdenes?

De nuevo, solo sonrió. Como hice con el chófer, terminé acompañándola a pesar de todo.

Ya era lunes, mi primer día de trabajo en KonAroma. Despertarme temprano fue lo más complicado, incluso más que decidir si todavía quería el empleo. ¿Necesitaba el dinero? Tal vez. Pero más urgente era no desaprovechar esa oportunidad de encontrarme a Axer por casualidad, así que no renunciaría a mi plan.

Llegué al trabajo y me puse el uniforme. El principio del día solo fue aprender a servir, atender las mesas y cobrar.

En el café, decorado con pequeños muebles individuales afelpados de color rosa, con mesitas circulares a juego y estanterías con libros para acompañar la bebida y las galletas, sentí como si estuviese viendo por primera vez en mi vida. Todo estaba en alta definición, los colores más vivos que nunca. Lo que antes no alcanzaba a distinguir, ahora era como si lo apreciara con un *zoom*. Y todo gracias a mis nuevos lentes, casi por completo redondos a excepción de la parte superior, con montura dorada tan fina como el aro de un zarcillo. Me encantaban mucho más por el detalle de las piezas de pedrería en las patitas. En conjunto eran funcionales, discretos y preciosos a la vez.

Regalo de Axer Frey. Al parecer su preocupación por mis lentes fue más fuerte que él. Ojalá se preocupara así mismo por mi virginidad.

¿Quién habría dicho que aquel extraño lugar futurista al que me condujo su chófer no era más que una óptica fundada por su familia?

Pero eso ya no tenía importancia. Axer me había hecho un obsequio. A mí, Sinaí Ferreira. Un regalo que valía más que flores y chocolate, y no solo en el sentido literal del dinero, sino por el hecho de que me estaba regalando la oportunidad de volver a ver. Su detalle, a pesar de todo el misticismo que hubo detrás, de lo insoportable de su chófer, de la manera inusual de ejecutar cada acto, solo contribuía a desordenar todavía más la necesidad que tenía por estar cerca de él.

Quería insultarlo, decirle que no necesitaba que me comprara nada, empujarlo y devolverle los lentes, pero solo como una táctica para que sus manos se cerraran sobre mis muñecas, su cuerpo me aprisionara contra una pared y sus labios me callaran para que aceptara lo que me ofrecía sin refutar.

Al menos así habría sucedido en Wattbook.

Aunque, si algo aprendí de toda esa experiencia, era que no sabía nada de Axer, y todavía menos de su familia. Eso era grave, en especial para mí, que había pasado toda mi vida recolectando datos, haciendo análisis e investigaciones innecesarias por puro ocio. Tenía que remediar mi ignorancia cuanto antes.

Aproveché un rato muerto en el café para ponerme a investigar tanto como fuese posible el apellido Frey gracias a la magia de san Google.

Navegando encontré una foto del señor Frey, padre de Axer y ministro de Corpoelec, junto al verdadero, único e irrepetible señor Frey, el fundador. El abuelo de Axer.

El viejo se mantenía en buena forma a pesar de tener unos cuantos siglos de edad, pero el padre...

El padre de Axer debía de andar por los cincuenta, pero solo con verlo comprendí a qué se refería María con lo de que era su *sugar daddy* soñado. Ese hombre estaba más delicioso que un sándwich de Axer y Soto, conmigo como relleno. Era el tipo de hombre que te hacía querer rezarle diciendo «Dios aprieta, pero usted ahórqueme». No importa si no te gustan mayores, es como en las películas, nadie puede resistirse al atractivo de Brad Pitt o del actor de *Thor*.

Su nombre era Víktor Dmítrievich Frey. Tenía un físico que envidiaría cualquier protagonista de novela erótica, con la complexión de un hombre que había nacido para ser un objetivo de las cámaras, el perfil de una escultura griega, el cabello rubio y la barba de un protagonista de peli de Oscar. Ya no sabía si quería ser novia o madrastra.

En mi recopilatorio de información sobre la familia y la industria Frey, estas fueron las conclusiones que saqué del padre de Axer:

Víktor Dmítrievich Frey, magnate, heredero de la enorme fortuna de la familia Frey, dueño de múltiples empresas, causas benéficas e inversiones bajo el sello del mismo apellido. Graduado en secundaria a los catorce años, y en Medicina General a los diecinueve, empezó a ejercer desde entonces en distintos módulos médicos a la vez que estudiaba su especialización. A los veinticuatro años Víktor Frey ya era un cirujano eminente.

Nunca trabajó en ningún hospital de ningún gobierno, se mantuvo ejerciendo en centros médicos que pertenecían a su padre y fundador de Frey's Empire: Dmitri Ivánovich Frey.

A sus 39 años, Víktor Frey se mudó a Canadá junto a sus primeros hijos después de un repentino divorcio, para expandir el imperio familiar en distintas inversiones.

Odiaba que no especificaran cuáles eran dichas inversiones y que fuesen tan ambiguos en cuanto a en qué se basaba la fortuna Frey, cuál era el objetivo de su empresa principal y cómo se fundó. A pesar de ello, no quise parar mi investigación.

Entre toda la información de internet descubrí que otro de los motivos de Víktor Frey para mudarse a Canadá fue el deseo de ejercer su nuevo título de Derecho en tribunales, buscando alimentarse de su cultura y aprender más de su sistema judicial. Poco después volvió a casarse y a tener su último hijo.

Con el pasar de los años, su título en leyes y su destreza política le dieron la oportunidad de convertirse en el presidente de la empresa más importante venezolana, la central hidroeléctrica que proporciona la energía de todo el país: Corpoelec. Sin embargo, las tensiones de la nueva mudanza pudieron con el segundo matrimonio del magnate ruso, al crear diferencias irreconciliables que ocasionaron su segundo divorcio.

Por suerte para la familia, Víktor Frey volvió a casarse poco antes de entrar en Venezuela. En ese momento todos ellos vivían felices y unidos en una residencia de mi cochino pueblo venezolano.

Según varios informes, la residencia de los Frey no era alquilada. Compraron todo el edificio y lo vaciaron, demolieron y construyeron sobre los dos primeros pisos para crear la nueva mansión de la familia, y en los pisos inferiores igualmente se invirtió, aunque con menor derroche de lujos, y se instaló a todo el equipo de Frey's Empire que se trasladó de Rusia y Canadá.

El señor Dmitri Frey seguía dirigiendo Frey's Empire en Rusia, y en Canadá se nombraron otros presidentes y jefes de departamentos importantes para las distintas sedes del imperio de los Frey.

De los hijos de Víktor no decían un coño de la madre. De manera vaga mencionaban que eran unos prodigios y nada más. ¿Qué es ser un prodigio? ¿Dónde estaban los reportes escolares o los anuncios en prensa sobre sus logros prodigiosos?

No había nada. Nada.

Solo menciones a «los prodigios de Frey».

Tuve que buscar a Axer manualmente, y lo único que me salían eran enlaces a su perfil de Instagram. Ni siquiera salían sus historias en Wattbook porque las firmaba como RedDragon. Nada en Google.

Era como si Axer Frey no existiera, y sus hermanos tampoco. Y puede que aquí en Venezuela ser un anónimo y no estar en Google sea común, pero he oído que por allá en Gringolandia si no apareces en Google mínimo te estás tirando un *catfish*. Eso lo sabe todo el mundo.

¿Qué escondía esa familia?

Lo único que pude sacar en claro fue el nombre completo de Axer.

Axer Viktórovich Frey, el misterio más grande de mi miserable vida.

El chico más guapo, poderoso y rico del país. Y se había preocupado lo suficiente por mí como para pedir a su óptica que me revisara la vista. ¿Por qué?

Puede que una persona racional se hubiese alejado después de los hallazgos y las señales de alto que yo conseguí aquellos días, pero yo no. Todo lo que descubrí, a pesar de dejarme con más preguntas que antes, me hizo comprender el alcance de su familia, su poder, la absoluta certeza de que para ellos no existían límites. Eso hacía de Axer un contrincante mucho más intimidante. Y existe cierto placer culpable en ser la caída de alguien tan grande.

Nunca deseé tanto ganarle a Axer como entonces. Él podía tener todo lo que quisiera, pero invertía su tiempo en jugar conmigo. Si antes había dudado, ya no volvería a hacerlo.

Sinaí Nazareth Ferreira no era nada, pero sería la perdición de Axer Viktórovich Frey.

32

¿Quieres un cigarrillo?

SOTO

Era el último día de clase de la semana. Soto podría haberse quedado en casa y pedir las tareas a sus compañeros por WhatsApp; al fin y al cabo no tenía evaluación pendiente para ese día. Pero él sentía un apego al colegio que iba más allá de las clases y sus desagradables docentes. El escape que le ofrecía era invaluable. No es que Soto quisiera estar allí, es que simplemente no quería estar en su casa.

Quería mucho a su madre y se llevaba muy bien con su padrastro, pero eso no eliminaba la realidad de su existencia, el motivo por el que no se creía merecedor de vivir. Si tenía que hacerlo, prefería que fuese lo más lejos posible de su madre.

Estaba en «esos días», momentos en que se sentía tan decaído y consciente de su realidad que no podía mantenerse estable. Cuando llegaban esos bajones, los disimulaba con una irritabilidad extrema. Porque el Soto público solo podía ser ridículamente payaso o insoportable hasta no poder más. No había espacio para matices grises en la paleta de colores que escogió para su portada.

Entró a su primera clase, porque a pesar de no soportar a Don Barrigas, era adicto al efecto embriagador de unas buenas risas y a la aprobación pública. Él vivía de fingir que nada le importaba y, aunque en cierto modo era así, no intentaba engañarse en cuanto a lo mucho que le complacía que las personas lo aceptaran, que se rieran de su espontaneidad, que buscaran su compañía porque los contagiaba de algo que mucha gente no tenía: buen humor.

En ese momento les tocaba exponer en clase a varios alumnos que no lo hicieron en la primera oportunidad. Soto los maldecía en su fuero interno, porque de haber sido él quien hubiese faltado a la evaluación, no le habrían dado otra oportunidad de presentarla.

Los profesores tenían una especie de odio hacia Jesús Alejandro; infundado, por supuesto, ya que este era un ser de luz enviado por su tocayo para predicar la paz, el orden y todo lo que es bueno en esta vida. No es como si dejara un desastre en cada aula que pisara, no.

—Rodríguez —llamó el profesor al alumno que le tocaba exponer, el único del último grupo que asistió aquel viernes.

El susodicho se levantó y se puso enfrente de la clase mientras el profesor se sentaba tras su escritorio.

—Rodríguez.

—Mande, profesor.

—Quítese la gorrita, Rodríguez, sabe que no está permitida en mi clase.

—Profesor, pero no me afeité...

—Ya hablé, Rodríguez.

Soto se burlaba desde su asiento, por lo que el chico frente a la clase le sacó el dedo medio, lo hizo cuidando que el profesor no lo notara. Luego se quitó la gorra y la lanzó a Soto para que la atrapara y se la guardara dentro de la mochila.

—Empiece, Rodríguez —concedió el profesor luego de que el alumno quedó sin gorra y despeinado a mitad de la clase.

—Eeeh... Bueno... Buenas tardes...

—Buenos días.

—Sí, eso. Buenos días, compañeras y compañeros, y docente presente, mi nombre es Yefersón y...

—Rodríguez, quítese las manos de la espalda.

—Pero, profesor, yo expongo así.

—No en mi clase, aquí evaluamos la presentación, el lenguaje corporal, la postura, la dicción y todo. Quítese las manos de la espalda y continúe.

El estudiante obedeció a regañadientes, dejando sus manos vacilantes colgando a ambos lados del cuerpo. A medida que hablaba, las balanceaba adelante y atrás, como si no supiera qué hacer con ellas, como si sus nervios fuesen quienes las dominaran.

—Eeeeh... Estem... ¿Dónde me quedé? Ah, sí. Buenas tardes... Digo, buenos días, mi nombre es Yefersón y les vengo a exponer sobre la comunicación. Les debo el material de apoyo porque Juan se quedó roncando y él era quien iba a traer la cartelera. Iba a improvisar haciendo algo en el pizarrón, pero el marcador que traje está seco... ¿Por dónde iba? Ah, sí: »Bueno, la comunicación. La comunicación es... —Se volvió hacia el docente—. Profe, ese punto le tocaba a Carmen, pero no vino. A mí me tocó hablar de los medios de comunicación, así que eso fue lo que me estudié.

—Rodríguez, se lo voy a decir en un idioma que su cerebro pueda procesar: si no defiende el tema completo, tiene un cero. ¿Entendido?

Soto no sabía por qué la gente pagaba Netflix si podía asistir gratis a un liceo venezolano. Las funciones eran mejores, y en vivo. Estaba que se meaba de risa junto al resto de la clase.

—Bueno... La comunicación... La comunicación es un proceso mediante el cual... nos comunicamos. Hablamos y... usted sabe, profe. Comunicarse.

—Yeferson —llamó Soto desde su asiento, levantando su teléfono en medio de la clase.

—¿Qué pasa?

—Es tu celular. La NASA te está llamando, necesitan de tu deslumbrante intelecto a ver si ciega a los alienígenas cuando nos invadan.

—¡Soto! —vociferó el profesor—. Salga del aula inmediatamente.

—No me lo pida dos veces.

Soto no tuvo que recoger nada de su pupitre, ni siquiera se había molestado en sacar el cuaderno y el lápiz. Se limitó a echarse la mochila al hombro y salir del aula de la misma forma que entró.

Iba cabizbajo mientras revisaba sus bolsillos en busca de su teléfono y los auriculares. Ni siquiera los había encontrado y ya se quejaba en su fuero interno porque sonaban como una cigarra, y además solo funcionaba uno de los dos. En ese momento se prometió que se daría el lujo de comprarse unos mejores por el bien de sus tímpanos.

Mientras pensaba en ello en mitad del pasillo, su amiga lo interceptó con un abrazo exagerado que Soto rechazó con amargura.

—María, dame un cigarrillo antes de que me ponga a fumarme los dedos —dijo sin siquiera saludar. Sentía que del pecho le iba a salir un dragón hecho de improperios si no se fumaba al menos una colilla al instante.

—¿Y si mejor desayunas? —María le pasó el brazo alrededor de los hombros y le apretó las mejillas—. Vamos, te compro unas empanadas, ¿va?

Soto sonrió de oreja a oreja a regañadientes. María y él llevaban tantos años siendo amigos que, sin necesidad de contarse nada personal, sabían cuándo les pasaba algo. Ella sabía cuándo él necesitaba ánimo, y también sabía perfectamente cómo hacer que lo recuperara.

—María, prométeme que cuando tengamos independencia monetaria, nos mudaremos juntos y viviremos como un matrimonio. Te prometo que no me van a molestar los gemidos en la habitación todos los sábados.

—¡Soto! —María le pegó en el brazo—. No me insultes así, coño. ¿Qué clase de vida crees que llevaré de adulta?

Soto abrió la boca para responder, pero María lo interrumpió.

—Qué deprimente, un polvo los sábados nada más. Uy, no. Prefiero la eutanasia.

—María, a ti no te cambian ni las oraciones.

—Definitivamente no, mi abuela lleva tiempo intentándolo.

Volviendo de la cantina rumbo a la mata de mangos después de comprar dos pares de empanadas, María le dijo a Soto:

—¿Sabías que todavía guardo el palo con el que golpeaste a Lucas Lissandro?

—¿De pana? —Soto sonrió orgulloso—. Es el regalo más significativo que he hecho en mi vida, valóralo.

—Eso hago. Lo guardo para ponerlo en su tumba el día que muera.

—No me jodas, ¿irás a su funeral?

—No me lo perdería por nada del mundo.

Mientras Soto reía, una profesora se cruzó con el par del desastre.

—Herrera —dijo, dirigiéndose a María—. Usted tiene clase conmigo ya mismo, acompáñeme.

—Tengo el periodo y no traje toalla, profe —se excusó la adolescente.

—Yo te presto una, no te preocupes.

María no tuvo otra opción que acompañar a la profesora a clase, y Soto tuvo que terminar su desayuno solo, sentado en el banco debajo de la mata de mangos. A pesar del descaro que representaba su hazaña, el muchacho no iba a dejar ir a su amiga sin que le pasara un cigarrillo, así que no le importó hacer que la chica le sacara un par del bolso delante de la profesora. Podía sobrevivir sin María, pero no sin fumar.

En ese momento se fumaba el primero con el teléfono en la mano, releyendo los mensajes de Sinaí. Cada minuto que resistía el impulso de escribirle era como un día sin inyectarle nicotina a sus pulmones, así que tenía que conformarse con el archivo de su memoria.

No debía precipitarse. No era sensato.

A veces sentía el impulso de volver a sus fotos, examinar en cada cuadrícula los detalles de su cuerpo y castigarse por cada rincón que no pudo probar; sin embargo, este era un desafío más sencillo de vencer, porque cuando revisaba mentalmente las imágenes de aquella noche, en su cabeza aparecían con bastante nitidez..

También se preguntaba qué haría su amiga si se enterara de que no fue capaz de vender sus fotografías.

No importaba la respuesta, porque él jamás iba a revelarle aquel detalle. Ni ese ni muchos otros.

Honestamente, no había esperado ni por asomo que en serio le gustara lo que hicieron.

Por otro lado, le preocupaba genuinamente que Sinaí llevara toda la semana sin asistir a clase. Como amigo, debía escribirle al menos para preguntar si estaba bien, ¿no?

Claro que aquella era una excusa absurda, ya que María sí había hablado con Sinaí, y estaba en perfectas condiciones.

Cuando estaba a punto de decidir que no le importaban las conclusiones que pudiera sacar su amiga sobre su falta de orgullo al escribir primero, un leve carraspeo hizo que alzara la vista de la pantalla. Con el ceño fruncido y una ceja alzada, se fijó en la persona frente a él. La última en todo el planeta que se le habría ocurrido que podría ser. No tan pronto.

Los rayos de sol que se colaban por entre las hojas del árbol arrancaban destellos plateados al cabello de quien acababa de llegar. Sus brazos revelaban su buena forma física a través de la tela de la camisa blanca abotonada hasta el cuello en lugar del uniforme, acompañada por una corbata satinada. Llevaba su *blazer* azul sobre un hombro, y en el rostro sus lentes de montura cuadrada enmarcaban el arma de peligrosa atracción que eran sus ojos de matiz verdoso.

—Axer, ¿no? —saludó Soto echándose hacia atrás en el banco.

Se llevó el cigarrillo a los labios y aspiró el humo profundamente, al tiempo que cruzaba las piernas hasta apoyar el zapato derecho en la rodilla izquierda. Quería estar lo más cómodo posible para lo que fuera que estuviera a punto de decir el ruso.

—¿Sabes dónde está tu amiga? —preguntó Axer sin rodeos.

—Por supuesto que sí. En clase.

—Lleva más de una semana sin asistir.

—La acabo de dejar en su aula —rebatió Soto encogiéndose de hombros, con una sonrisa burlona en el rostro.

Axer bufó con cansancio.

—Así que no sabes por qué está faltando. Eres la expectativa de cualquier amigo, sin duda. La deseas, pero ni te molestas en enterarte de lo que pasa en su vida.

Soto se atragantó con el humo y tuvo que darse golpes en el pecho mientras tosía para estabilizarse.

—¿Qué mierda?

—Lo que hiciste en la fiesta no es de mi incumbencia, pero fue desagradable. La humillaste.

Soto volvió la cabeza hacia otro lado con una sonrisa de incredulidad en el rostro.

—¿Me lo repites? No sé si fue tu acento ruso que me confundió, pero no entendí nada después de «no es de mi incumbencia».

—No tengo nada más que decir.

Axer se dio la vuelta para marcharse, pero la voz de Soto lo detuvo.

—Monte es fantástica, no te juzgo por odiarme sin siquiera conocerme. Entiendo que no puedas evitarlo teniendo en cuenta que ella estuvo dispuesta a besarme, pero... Bueno, a ti tuvo que empujarte.

Por la expresión que se formó de manera espontánea en el rostro de Axer, Soto supo que, más que irritarlo, más que darle en el orgullo, acababa de echar combustible a lo que fuera que sintiera por Sinaí. Y eso, más que nada, hizo que Soto quisiera golpearse la cara contra el asfalto de la calle. Estaba tan irritado consigo mismo como deseoso de estrangular a Axer, y no porque le molestara que la única intención del ruso con su amiga fuese besarla, sino porque en parte le indignaba que solo quisiera besarla para probar que era capaz.

—No me agradas, y no somos amigos, pero si crees que puedes presumir de lo que pasó en el juego, entonces tienes un grave problema. Y eso te lo estoy diciendo con honestidad.

Soto resopló, relajó hombros, descruzó sus piernas y procedió a consumir su cigarrillo hasta la mitad de una sola calada. Iba a necesitar bastante paciencia, y no era justo para su salud mental que siguiera actuando como un amargado.

—¿Quieres que yo te sea honesto a ti?

—No.

Soto sonrió complacido, soltando el humo de su boca en cascadas, y añadió de todos modos:

—Me da muchísima pena mirarte. No me malentiendas, eres todo lo perfecto que sabes que eres, pero transitas por la vida con una soledad que me aburre.

—Me observas.

—Todos lo hacen —alegó Soto con un guiño.

—Te voy a devolver el favor: tu necesidad de estar siempre rodeado de un tumulto, de siempre ser aplaudido o precedido por un escándalo, me parece más deprimente que mi manera de vivir. Porque yo puedo aceptarme a mí mismo, pero tú huyes tanto de tu identidad que tienes que silenciarla con risas.

Soto se mordía los labios para domar su sonrisa cargada de diversión mientras su mano vacilaba cerca de su boca, con el cigarrillo entre sus dedos y el humo oscilando como los pensamientos del muchacho.

—Confieso que me siento halagado.

En un gesto reflejo, Axer se pasó la mano por el cabello mientras alzaba una ceja, sorprendido por las palabras de su interlocutor. Mientras acomodaba la montura de los lentes sobre el puente de su nariz, contestó:

—¿Me explicas el motivo de que te sientas halagado?

—Me honra haber sido digno de que me estudiaras.

Entonces fue Axer quien sonrió a la vez que negaba con la cabeza. Le hacía demasiada gracia lo impredecible que podía llegar a ser ese muchacho.

—Puedes sentarte, eh. No espero a nadie. —Soto señaló el espacio que restaba en el banco—. Por un día que te niegues al aburrimiento no se te va a caer la costumbre, créeme.

—¿Sentarme? Parece que debo seguir practicando mi español, porque juro que no termino de discernir a qué me estás invitando exactamente.

—Para ti todo ha de tener un trasfondo, ¿no? —Soto se pasó la mano por el cabello con cansancio y suspiró antes de proseguir—. ¿Has intentado tener una conversación trivial alguna vez?

—¿Entonces es eso? ¿Quieres que hablemos? —Axer inclinó la cabeza solo lo justo para observar a Soto por encima de la montura de sus lentes a la vez que mantenía una ceja arqueada—. Tú y yo no podríamos tener una conversación «trivial» ni ensayándola.

Soto se encogió de hombros.

—Tú te lo pierdes.

Le dio otra calada a su cigarrillo con devoción. Notó que Axer no solo no se iba, sino que lo miraba fijamente con el ceño fruncido, como si fuese una ecuación complicada, pero que no tienes más opción que intentar resolver. Así que le extendió la mano con el cigarrillo encendido.

—Si tanto miras, imagino que es porque quieres probar.

Axer reaccionó con una expresión que oscilaba entre el espanto y la ofensa.

—No, definitivamente no. No pienso probar nada que te haya tocado los labios.

Para sorpresa del ruso, Soto tuvo que reprimir una carcajada mientras consumía lo que le quedaba de cigarrillo.

Cuando acabó, lo tiró al suelo para hacerlo trizas con la suela de su zapato, unificando el papel y las cenizas con la tierra del patio escolar. Luego miró a los ojos a Axer por última vez ese día, comentando con serena indiferencia:

—Ajá. Todos dicen eso al principio.

33

Más de un jugador

SINAÍ

Axer Frey no siempre jugaba limpio, así que yo tampoco tenía por qué hacerlo.

Investigué todo lo que pude sobre los Frey en el teléfono de una compañera de trabajo, y luego borré el historial para mantener las apariencias de que lo había usado para investigar sobre ópticas en la ciudad.

Axer tenía acceso a mi teléfono, no podía precisar desde cuándo ni hasta qué punto había profundizado, si había leído mis conversaciones, si había visto mi galería... No, lo de la galería era un hecho, había visto el vídeo que grabé de él en clase. Lo que no tenía tan claro era si había conseguido acceso a la carpeta secreta donde guardaba las fotos de su Instagram.

Además, otra pregunta que me rondaba era si habría leído mis conversaciones con Soto. Borré cada mensaje después de recibirlo, pero la duda no me dejaba tranquila.

A pesar de saber a ciencia cierta que mi teléfono estaba bajo la mira de Frey, sabía que desecharlo y conseguir otro sería desperdiciar una oportunidad de dar un giro a la partida a mi favor. El teléfono que Axer controlaba podía significar una desventaja para mí, o la oportunidad de decidir qué información darle y cuál omitir a mi antojo; podía hacer eso en lugar de conseguir un nuevo aparato, dando pie a que él tuviese que buscar nuevos medios para vigilarme de los que yo no estaría enterada.

Habría tenido que preocuparme el hecho de que me espiara, habría tenido que estar muerta de miedo y al borde de poner una denuncia, pero yo lo veía como él mismo lo expuso para mí: lo que es recíproco no es trampa, y yo lo había acosado primero.

El miedo que debería haber sentido lo traduje en adrenalina, la inyección que necesitaba para ponerme a trabajar en mi siguiente jugada.

Para que no fuese tan obvia mi decisión sobre manejar la información que emitiría a Axer por medio de mi teléfono, realicé en mi navegador la misma búsqueda sobre su apellido, entrando en las páginas donde sabía que se ofrecía la información más vaga para luego salir sin profundizar más. Era la manera en que le decía «despertaste mi apetito de información con todo tu misticismo, pero acepto lo que Google dice sobre ustedes y ya no tengo nada de qué preocuparme».

Hablaba con María por mensaje de un celular de teclas que solo levantaba 2G. Mi nuevo número para los únicos dos contactos que quería mantener lejos del alcance de Axer eran ella y Soto.

No había ni siquiera pisado el liceo en al menos tres semanas, estaba trabajando en horario completo, de las siete de la mañana a las siete de la tarde, no me quedaba tiempo para ir a la escuela, aunque mi madre creyera que era ahí adonde iba todas las mañanas hasta el mediodía. Le dije que trabajaba media jornada después de clase.

Otro insignificante detalle que le omití fueron mis nuevos lentes. Me los ponía después de salir de casa y me los quitaba antes de entrar. Ya había sido bastante descuidada con mi cambio de apariencia, si seguía apareciendo en casa con cosas caras e historias inverosímiles sobre el modo en que las había conseguido, empezaría a creerse la teoría que sugirió una vez a modo de broma: que me estaba prostituyendo.

A mitad de semana, el 13 de octubre, había sido mi cumpleaños número dieciocho, pero me esforcé en ocultarlo a mis compañeras de trabajo y a mis dos únicos amigos. No quería poner a mi madre a invertir de más en una celebración que podíamos tener en intimidad nosotras solas con un pastel pequeño y una maratón de *Ley y Orden: UVE*, tal cual hicimos.

No había intercambiado ni un mensaje con Soto, pero eso estaba a punto de cambiar. María acababa de soltarme el dato de que él se había hecho un nuevo tatuaje, lo cual era la excusa perfecta para escribirle como amigos.

Sinaí:
Hola!

Escribí ese mensaje desde el nuevo teléfono, ya me había asegurado de que María le pasara el contacto y le advirtiera que no me escribiera al otro número.

Al ver que ya habían pasado tres agónicos minutos sin respuesta, añadí:

Sinaí:
María me contó lo del tatuaje nuevo.
A este paso vas a parecer un cuaderno de dibujo.

Soto:
Háblame, Monte.
No te he visto en clase.
¿Ya te mudaste a la madre Rusia?

Luego me llegó otro mensaje suyo:

Soto:
Sí, está reciente el tatuaje, tal vez falte unos días mientras sana.
Será toda una tragedia para mí tener que saltarme las evaluaciones
pendientes, no sé cómo podré soportarlo.

Era una total ridiculez lo que me decía, pero ahí estaba yo mordiéndome
los labios para que no se me notara la sonrisa desde el otro extremo del café.

Sinaí:
¿Qué te hiciste ahora?
Y sí, me imagino lo difícil que debe de ser eso para ti.
¿Necesitarás apoyo moral?

Soto:
Me hice una vaina rara que no sabría explicarte en texto.

Yo, toda crédula e ilusionada, y con la mente más cochina que los
calcetines que usaba para ir al liceo, pensé que aquella era una especie de
declaración de intenciones, una indirecta. Así que contesté siguiendo esa
línea de pensamientos.

Sinaí:
Ah, bueno, eso se soluciona fácil. Mándame una foto de tu tatuaje.
Pero envíala al Messenger, que este teléfono no tiene WhatsApp.

Soto:

Voy, voy.

Y en respuesta a lo del apoyo moral, no me vendría mal.

Cuando quieras venir a consolarme, las ventanas de mi casa

están abiertas.

Me gustó la referencia a lo de las ventanas, quería besarlo solo por el hecho de que compartiéramos ese tipo de detalles íntimos que solo nosotros podríamos entender, y que se aprovechara de ello.

Soto:

Ya te pasé la foto

No quería abrir Facebook en el teléfono invadido por mi crush, así que le pedí a Perla, una de mis compañeras de KonAroma, que me prestara el suyo solo un segundo para revisar una captura de una transacción bancaria que mi madre supuestamente me había enviado al Messenger.

Tremenda cara de payaso la que me quedó cuando abrí la imagen que me envió Soto. Yo toda ilusa pensando que me enviaría una foto sin camisa, y lo que recibí en su lugar fue una imagen del diseño del tatuaje, no de cómo había quedado luego de grabarlo en su piel.

Me sentí tan estúpida que consideré la idea de llamar a un circo y ofrecerles mis servicios.

Pero como dijo una vez el libertador de Venezuela, el sabio Simón Bolívar: «El que tenga miedo a morir que no nazca». Así que, sin temor al éxito, le contesté por mensaje:

Sinaí:

Pudiste haberme dicho que era un búho, no era tan difícil de explicar.

Además, quiero ver cómo te quedó. Así no tiene chiste.

Soto:

Cuando estemos en clase lo verás.

Sinaí:

¿Y si no pienso volver en un futuro cercano?

Eso era tanto una táctica de presión como una verdad disfrazada. Me negaba a enfrentar la posibilidad de encontrarme a Julio en los pasillos.

Soto:
Entonces me temo que tendrás que venir a mi casa.

Sinaí:
¿Solo a verte el tatuaje? Tengo curiosidad, Soto, pero no te pases. Vas a tener que mejorar tu oferta si quieres que vaya.

Soto:
Ven y juega conmigo.

Mientras parpadeaba y releía el mensaje letra por letra para asegurarme de no haber entendido mal, me llegó otro suyo.

Soto:
Tengo la Play 3 en mi cuarto, podemos echarnos unas manos de Mortal Kombat si quieres.

No eran precisamente las manos lo que tenía pensado echarme con él en su cuarto, pero la idea tampoco me disgustaba.

Sinaí:
¿Cuándo?

Soto:
Tú dime y te mando un taxi.
Pero avísame con tiempo, tengo que limpiar mi cuarto.
Se pondrá feliz cuando le cuente.

Me reí en voz alta por un segundo, luego tuve que taparme la boca para dejar de actuar como pendeja en mi nuevo empleo.

Estaba a punto de contestarle cuando la chica de la caja registradora me llamó.

—Hey. Ve adentro, pide a Stefany que te pase el pedido de la mesa que acaban de ocupar y entrégaselo.

—Enseguida.

Luego de buscar el pedido, me acerqué a la mesa que me fue señalada. Se me secó la boca y casi tropiezo en mi siguiente paso por el impacto que me generó mirar el cabello rubio, las largas pestañas y la sonrisa perfecta de la chica que aguardaba el contenido de mi bandeja.

Verónika.

—Hola, eh... Ten. —Puse el batido en su mesa tratando de evitar el contacto visual o que reconociera mi voz—. Malteada de brownie con caramelo.

Sin embargo, su entusiasmo al alzar la vista no podía significar más que un claro reconocimiento.

—¡Hola! Sinaí, ¿no? ¿Trabajas aquí?

«No, ¿quién te dijo eso? Estoy en medio de un *casting* para un papel de camarera en una película».

—Sí, empecé hace poco.

—Vamos, siéntate un momento. Me haría bien tener algo de compañía. No espero a nadie.

—No puedo, pero... —Se me ocurrió una idea mejor que esquivarla, una que tal vez me llevara a entender qué conexión había entre ella y Axer—. ¿Y si quedamos luego? Tengo algunos días libres, podríamos cuadrar para cualquiera de esos días.

—¡Claro! Dame tu número y...

—No tengo teléfono, mi madre es anticuada con esos temas. Por eso estoy trabajando, para comprarme uno. Pero si me das tu Instagram, te puedo contactar por ahí con el teléfono de una amiga.

«Y así aprovecho y te *stalkeo*».

Su sonrisa fue triste, de decepción. Respiró hondo antes de volver a hablar con un aire de resignación.

—Ya veo que no lo has entendido... Capto tu evasiva, y el otro día me di cuenta de lo que pasó con el chico en el juego, durante el reto. La química que tienen. Quería pensar que tu interés en él era porque no me habías conocido a mí, pero ya entiendo que llegué tarde.

—Pero... ¿tarde a qué? Si hay algo que quieras advertirme de él...

—¿Advertirte? —Ella bufó con una diversión insólita que me causó una sensación de desagrado en la boca del estómago—. ¿De verdad no lo ves? Estoy interesada en ti, quería conocerte. Pero entiendo perfectamente que a ti te interesa otra persona.

Abrí la boca para contestar, pero me quedé en blanco. Jamás se me había declarado una chica. De hecho, jamás nadie me había expresado de frente su atracción con tanta madurez y honestidad. No podía corresponderle, por supuesto, mis pensamientos ya estaban bastante alterados por dos chicos, no era sensato sumar a nadie más a mi ecuación.

Ella comprendió mi silencio, se levantó con una sonrisa y fue a pagar la malteada sin haberla probado. Luego se marchó sin mirar hacia atrás ni una vez.

A mí no me iban a engañar así, ese encuentro no pudo haber sido casual. Ella sabía que yo estaría en ese café y su único propósito al visitarlo era encontrarse conmigo.

Antes pensaba que le faltaban algunas piezas a mi rompecabezas, en ese momento empecé a sentir que todo lo que estuve armando, lo hice al revés, que las piezas que había encajado estaban volteadas por la cara equivocada y que detrás había una imagen que ni siquiera estaba cerca de adivinar.

Empecé a preguntarme a qué estaba jugando en realidad, y... cuántos jugadores había en la partida.

34

La caja está abierta

SINAÍ

Semanas más tarde, ese día llegó. El día en que recibí el mensaje que lo cambiaría todo; cada aspecto de mi vida y de mi manera de interpretarla hasta entonces. Absoluta y definitivamente todo podría haberse evitado si Axer jamás hubiese presionado «enviar» al mensaje que me llegó esa tarde en el trabajo.

> **La caja está abierta, solo hace falta que nos asomemos a ella, Schrödinger. Hoy. Ya es hora de que cobre lo que me debes.**

El chófer italiano —al que a partir de ahora llamaremos Lingüini, porque el muy antipático nunca me dijo su nombre— me pasó a recoger horas antes de que terminara mi jornada laboral.

—Ve, ya recibimos los papeles de tu cita médica, no te preocupes —dijo mi jefe al ver que me asomaba hasta donde estaba el chófer.

No tenía ni puta idea de qué me estaba hablando, pero sin duda era obra de Axer.

Veinte minutos más tarde llegamos en el auto de Lingüini a una residencia que, pese a toda la improbabilidad que pudiera oscilar alrededor de este hecho, no era otra que la que los Frey reconstruyeron para ellos y su equipo.

Era un edificio de cuatro plantas; las dos inferiores seguían siendo un conjunto de habitaciones identificadas con el nombre y apellido de cada trabajador, aunque a simple vista, por la decoración, el pavimento y las paredes, ya se veía que era un área costosa. Había un ascensor central que se detenía antes de llegar al tercer piso, el primero de los remodelados para la familia Frey. Lingüini tecleó una especie de código en los botones del ascensor, pegó su huella a una lámina de reconocimiento dactilar y de inmediato una voz robótica indicó que la compuerta que daba acceso a la vivienda de los Frey se había abierto.

Subimos apenas un par de segundos más y el ascensor se abrió en mitad de una sala que, basándome en el derroche de lujo e impecable orden, solo podía pertenecer al palacio de los Frey.

Lingüini me empujó, y hablo de forma literal, para que saliera del ascensor, cerró las puertas y volvió a los pisos de abajo. En cuanto desapareció la monstruosidad cilíndrica de la que acababa de salir, una compuerta de acero se cerró de manera hermética. Fue como si nunca hubiese estado allí.

«Pero ¿qué clase de ingenieros paga esta familia?».

Y yo preocupándome por el precio de los lentes. Ese gesto de Axer debió de ser como quitarle un vaso de agua al mar.

No podía creer que estuviera dentro de la casa del crush de mi vida, la mantequilla que rellenaba mi pan, la leche que mojaba mi galleta, el papasito que si me escupía yo me arrodillaba a disculparme por interponerme en la gloriosa trayectoria de su saliva.

Se me calentaban partes del cuerpo que no esperaba que pudiesen arder así solo con imaginar todas las veces que aquel monumento ruso había desfilado por aquella sala únicamente cubierto por una toalla, con el torso desnudo y la ingle en tensión. Me ponía nerviosa con solo pensar en todas las cosas que había tocado Axer de aquel lugar, las veces que se habría sentado a almorzar a la mesa, los sitios en los que su culo había estado pegado...

El suelo de aquel sitio estaba tan pulido que veía claramente mi reflejo en su superficie, las paredes estaban atestadas de piezas de cerámica blanca con formas y curvaturas abstractas que servían de repisa para cactus, jarrones y otros adornos minimalistas que contribuían a la decoración elegante e impoluta del lugar.

En medio de aquellas figuras de cerámica había una especie de cuadro artístico. No tenía marco ni lienzo, sino que estaba conformado en su totalidad por dados de varios tamaños y colores. Era una de las cosas más hipnóticas e inusualmente hermosas que había visto de cerca.

En el techo, sobre la mesa de piedra lustrada y las sillas del comedor, había tres lámparas que parecían las muestras de un proyecto de remodelación de interiores. Ni en los catálogos Avón que vendía mi madre había visto nada semejante.

Y, entre todo aquel paraíso de blanco, grises y negro, la hilera de ventanales que ocupaba toda una pared se convirtió en el punto de atracción de mi vista.

Me daba la impresión de que existía una regla no escrita sobre que no eres del todo rico, exitoso y sexy si no tienes ventanales en tu palacio de turno.

Mientras salía de mi ensoñación, una mujer, por cuyo uniforme deduje que era parte del servicio de los Frey, se acercó a decirme:

—Buenas tardes, ¿vino por cuál Frey?

Quise responder «el sexy» solo para divertirme viendo cómo le hacía cortocircuito el cerebro.

—Axer —contesté en cambio. No podía dar una mala primera impresión a la que sería la futura encargada de la mansión donde Axer y yo tendríamos nuestros siete hijos.

—Acompáñame a su alcoba. Si no está dentro, no te preocupes y espéralo. Me indicó que si recibía visitas aclarara este detalle. ¿Está bien?

¡¿A SU CUARTO?!

«Santa Virgen de la Virginidad Mitológica, lo siento, pero hoy te voy fallar de todas las formas posibles. Porfa, dile a Jesús que no me mire en lo que queda de día, que mejor vaya a ver qué andará haciendo María Betania. Amén».

Mientras caminaba con la mujer del servicio a la habitación de Axer, añadí una última frase muy importante a mi oración:

«El que tenga miedo a morir que no nazca».

Entré a la maldita habitación y Axer no solo estaba en ella, sino que ya se encontraba en la cama.

Dormido.

No podía creer lo que veía, ¿es que acaso no sabía que yo iría?

No, por supuesto que lo sabía, él me mandó a buscar con su despreciable chófer. Entonces..., ¿por qué me esperaba así?

Estaba acostado de espaldas con la cara sobre sus brazos cruzados y, a pesar de la sábana que arropaba el tren inferior de su cuerpo, ni un retazo de tela cubría la piel de su torso. Cada músculo tan bien definido, cada forma sinuosa, cada curva de su espalda estaba servida frente a mis ojos. Y sus brazos... fuertes sin llegar a ser intimidantes, estaban libres de toda esa tela que solía protegerlos de mi mirada depravada, llamándome, susurrándoles a mis pensamientos todas las cosas que podrían hacerme.

Nunca me sentí tan enferma como entonces mientras tragaba en seco, intentando reprimir todas las imágenes que se reproducían en mi cabeza. Pese a mi perversión, Axer nunca se había mostrado tan... dócil ni vulnerable frente a mí. Descansaba con una expresión de paz en el rostro que me llenaba de ternura, su cabello estaba más despeinado que nunca, sirviendo como una especie de arbusto de protección contra sus brazos. Con la iluminación de la habitación, casi no se distinguían los reflejos platino de su cabello, pero nunca me había encantado tanto como en ese momento.

No sabía qué hacer a continuación, pero salir del cuarto no era una opción en absoluto, así que con toda la lentitud y cautela que pude reunir, me senté al borde de la cama conteniendo la respiración.

Poco a poco me permití tomar aire, con miedo a que eso lo despertara si es que ya mi presencia no era suficiente, y así inhalé su aroma embriagador. Olía a jabón, a limpieza. Lo imaginaba recién salido de una ducha liberadora, tirándose a la cama de una vez y cediendo ante la perspectiva de una tentadora siesta.

Despacio, las ganas de comérmelo me fueron abandonando y en su lugar se instaló en mí un deseo puro e irracional de besarle las mejillas que tan carnosas se veían mientras dormía.

Siempre había deseado a Axer, pero estar en la intimidad de su habitación, irrumpir en su momento de humanidad más dócil, me hicieron pensar que, si me dejara llevar, incluso podría enamorarme de él.

Con lentitud, acerqué la mano a su espalda, pero no la toqué, dejé que mis dedos vacilaran a escasa distancia de su piel, desde donde podía sentir su calor, pero sin rozarla, esperando a que mi corazón dejara de gritar, por miedo a que mis pulsaciones pudieran sentirse en la punta de mis dedos y despertar al ruso durmiente.

Cuando al fin me decidí a tocarlo, mis dedos no pasaron ni un segundo contra la calidez de su piel, porque una de sus manos voló hacia mí y me atrapó la muñeca en un acto firme y veloz que no vi venir.

Tragué en seco, asustada por lo que pudiera ocurrir a continuación, por que me echara de su casa o me pidiera una explicación para mi cuestionable comportamiento al observarlo mientras descansaba y tocarlo sin su consentimiento.

Pero él ni siquiera había abierto los ojos, solo estaba ahí, sosteniendo mi muñeca sin aflojar la firmeza de su agarre. Y... entonces hizo algo que no me esperaba, y por el tiempo que estuvo vacilando apenas me cabe duda de que él tampoco. Solo se dejó llevar, al igual que hice yo.

Tiró de mi brazo con lentitud y delicadeza, dirigiendo mi mano y a la vez dándome tiempo a resistirme. Como no lo detuve, acabó por conducirme hasta su cabeza, enterrando mis dedos en sus mechones todavía fríos por el rastro de humedad de la ducha, moviéndome una primera vez para que entendiera qué quería que le hiciera.

Axer Frey me estaba pidiendo que le acariciara el cabello mientras dormía. Me habría sorprendido menos que me dijeran que mi madre era un producto de mi imaginación.

Hice lo que me pidió, deleitándome con la manera en que su cuerpo perdía la tensión que provoqué al tocarlo, maravillada con el modo en que su respiración se acompasaba, se volvía tan cómoda y profunda que me contagiaba de su sueño. Y su rostro... No tenía que hablar para expresarme lo complacido que estaba.

Aunque pensé que después de un rato ya habría vuelto a dormirse, su mano volvió a mi muñeca, pero esta vez para escalar hasta mi brazo y tirar ligeramente de él.

No entendía nada, una parte de mí lo interpretó como si me estuviese invitando a acostarme a su lado, pero el resto de mi racionalidad me advertía que pasaría la vergüenza del siglo si lo intentaba y resultaba ser otra cosa.

Así que él abrió los ojos. Había una curva en sus labios, de esas sonrisas que no tienes que esbozar de forma consciente, esas que solo están ahí porque tu cuerpo no tiene la malicia de disimular la comodidad que lo domina.

Sus ojos, de un verde casi esmeralda por la poca luz que llegaba a ellos, brillaban en una invitación que seguía aterrándome malinterpretar. Fue entonces cuando sus labios intervinieron:

—Ven, Nazareth.

No hice preguntas, no puse objeciones; me tumbé a su lado con cuidado de no hacer nada que pudiera suscitar su arrepentimiento.

Ladeé el cuerpo para quedar mirándolo a él, y volví la mano a su cabello, esperando que no hubiese cambiado de parecer. Por suerte, me lo volvió a permitir, y me sentí la mujer más afortunada del planeta.

Axer me miraba directo, con los ojos entornados con ligereza, tal vez por el sueño, o puede que fuese otra de sus sesiones de estudio, solo que esta vez su foco era yo.

Jamás parpadeaba, me penetraba con su mirada indescifrable cada centímetro de mi rostro mientras mis dedos seguían manipulando el compás de su respiración enredados en su cabello.

Su voz, cálida, pausada y compasiva volvió a dirigirse a mí.

—Quítate los lentes mientras estemos acostados, no quiero que los rompas.

Obedecí y me estiré para dejarlos en su mesita de noche. Cuando volví a fijarme en su rostro lo vi desenfocado por el cambio brusco de perspectiva de los cristales a la nada.

—¿Y ahora? —pregunté.

Una de sus manos viajó a mi rostro, el reverso de sus dedos rozó mi mejilla, acariciándola de arriba abajo; su agarre se posó en mi mentón, elevándolo para forzar el contacto visual mientras seguía causando estragos en mis nervios y mi corazón con la punta de sus dedos sobre la piel de mi cara.

—Ahora...

Nunca, jamás, deseé besar a alguien como quise hacerlo con Axer ese día. Y, por el conflicto que vi en su mirada, por el esfuerzo que parecía emplear en contenerse, supe que él quería lo mismo.

—Ahora, duerme conmigo.

Uno de sus brazos se introdujo por debajo de mi cuello y el otro me rodeó la cintura, embriagándome con su calor corporal, pegándome a su torso desnudo. Me estaba abrazando, y permitió que pusiera mi rostro contra su pecho, haciéndome partícipe de la confidencia del ritmo de su corazón.

Así pasamos quién sabe cuánto tiempo, yo en completa conmoción por lo que estaba viviendo, nerviosa, emocionada, al borde de un ataque mortal de diez mil emociones. Hasta que, entre sus brazos, con mi rostro pegado a él y su mentón sobre mi cabeza, me quedé dormida.

35

Contradicciones

AXER FREY

Cuando Axer despertó, al menos por una minúscula cantidad de tiempo indebido, sonreía.

La tranquila comodidad que sintió teniendo a su gato de Schrödinger entre los brazos pronto se transformó en una opresión en su pecho. El terror ascendía por la punta de sus pies a la vez que su cerebro se oxigenaba, ganando lucidez, perdiendo la vulnerabilidad del sueño.

Se apartó de la chica que estaba en su cama con sumo cuidado de no despertarla y se detuvo a verla de pie a su lado, con una mano en el cabello mientras ideaba una solución que no acabara por estropear todo lo que había avanzado hasta entonces.

Recordó la devoción con la que ella le había acariciado el cabello, la manera insólita en la que invocaba el sueño con esa simple acción y el poder de sus ojos apasionados y nerviosos sobre los del depredador. Un deseo impulsivo de tenerla siempre cerca lo invadió... hasta que le vio los pies.

No solo estaba tendida en sus sábanas blancas con la ropa que había usado durante todo el día sin haberse bañado antes, sino que tenía los zapatos subidos al colchón.

No es como si estuviesen llenos de barro, puesto que la chica había llegado ahí gracias al chófer, pero para Axer era como si le hubiese subido un hormiguero a la almohada.

Con miedo de empezar a hiperventilar, la descalzó, dejándola en medias. Tiró los zapatos a la papelera, al igual que haría luego con las sábanas. Ya le compraría otros a la chica.

Avanzó al baño luchando por no comenzar a correr. Tenía que dominarse, ser más fuerte incluso que su ansiedad, que las voces de su cabeza, la presión en su pecho y el temblor de sus extremidades. Cerró la puerta detrás de él, respirando al compás de los números del 1 al 5 y luego de vuelta.

Se deshizo del pantalón holgado que se había puesto para dormir y luego de su ropa interior, antes de dejar estas prendas dobladas en la papelera del baño.

Abrió la ducha. En situaciones normales se bañaría con el agua caliente a todo dar, pero no esa vez. En una oportunidad tan inusual como esa, Axer necesitaba cualquier cosa menos lo caliente.

Se metió debajo del chorro de agua fría dejando que esta corriera desde los mechones de su cabello y se deslizara por cada curva de su cuerpo en tensión.

Pegó los puños a las baldosas blancas y sintió dolor en los brazos por la manera en que sus músculos contraídos se negaban a relajarse. Evitaba mirar hacia abajo, hacia donde estaba su gran problema inesperado por el que tanto se martirizaba. Debería haber sido más profesional, eso no debería haber pasado.

Pasaban los minutos y el agua fría seguía sin surtir efecto en su inconveniente. Axer estaba contrariado, con una desesperación abrumadora, le costó una intensa batalla mental decidirse a llevarse la mano a la entrepierna para verificar el estatus del problema.

Tragó en seco con la mano alrededor de su miembro, sufriendo por el dolor y la necesidad que lo maltrataban.

Tenía que hacer algo al respecto, y no debía castigarse por ello. No era débil, ni irracional, ni poco profesional. A cualquier hombre le pasaba, ¿no? Era una respuesta natural de su cuerpo que no iba ligada a ningún aspecto de su prodigiosa mente.

Con aquel racionamiento en mente se tranquilizó un poco más, sin embargo seguía sin surtir remedio sobre la traba entre su mano.

Inhaló profundamente, aumentando la presión en su agarre, y cerró los ojos para concentrarse...

Aterrado por la imagen que acudió a su cabeza, desistió de su idea y metió la cara debajo del chorro helado de agua, restregándose los ojos, el cabello y el cuello.

¿Qué le había hecho esa chica para aparecer en sus pensamientos de esa forma?

Por desgracia, tendría que descubrirlo, porque si no salía en ese instante del baño iba a perder un día más para avanzar en su proyecto.

Así que volvió a dirigir la mano a su entrepierna, horrorizado con la manera en que seguía hirviendo a pesar de la baja temperatura del agua. Respiró atribulado mientras su mano se deslizaba de la base hacia la punta en una lucha por no pensar en nada más que en la urgencia de acabar con ese problema.

Pero cuantas más repeticiones hacía, cuanto más aumentaban la presión y la velocidad, con una mano pegada de la pared y el agua corriendo como dedos helados por su espalda, más le costaba a Axer no ver a la chica con la que había estado jugando al ajedrez, le costaba no pensar en la adrenalina que sentía cuando estaba cerca de ella, esforzándose más de lo usual por seguir su ritmo, por leerla.

Le costaba no pensar en la emoción nociva que se apoderaba de él cada vez que ella lo retaba, o en la magnética atracción que existía en su respiración entrecortada mientras ella acostada en una mesa dejaba que él la devorara delante de todos.

«Estabas jugando a lo mismo que todos, lo hiciste porque tenías que hacerlo», se dijo, pero no todo su cuerpo parecía creérselo.

Porque el mero recuerdo del sabor de la chica en su lengua, de la tentación absoluta que había sido estar a punto de besarla y que ella lo rechazara arrojándolo al borde del abismo, con solo repetir en su cabeza la manera en que ella parecía agradecer sus dedos alrededor de su cuello, lo tenían complaciéndose con una velocidad y necesidad que podía ser dañina.

Le costaba trabajo mantener la respiración con la actividad física a la que se estaba sometiendo. Chorros de agua le corrían por el rostro mientras de su boca abierta escapaban jadeos atribulados.

Sus caderas se movían al ritmo de su mano, del brazo pegado a la pared parecía que sus músculos tensos iban reventar, su espalda se arqueaba con el recuerdo de una voz que le recorría la espina dorsal...

«Jaque mate, Frey».

—Mierda, Nazareth —musitó al borde de un acantilado de placer. Y se regañó, claro que lo hizo, porque ese era el nombre que tenía reservado para desestabilizarla a ella, no a sí mismo.

Mientras vaciaba todos sus problemas sobre el charco de agua de la ducha, imaginó todo lo que podría hacerle a la chica en su cama y fuera de ella, y agradeció que ese solo hubiera sido un momento de debilidad irrepetible. La naturaleza de sus pensamientos no era ni decente ni convencional; por el bien de ella, más le valía no caer en sus brazos.

Salió con una toalla alrededor de la cintura y secándose el cabello con otra. La chica seguía durmiendo en la cama como si no acabara de escaparse a los pensamientos de Axer para maltratarlo hasta que no quedara nada de él.

La odiaba. Nunca había odiado a una persona de esa forma tan obsesiva, sintiéndose incapaz de renunciar al daño que esta le hacía.

Volvió a vestirse con ropa cómoda para andar por casa y se acercó a la mesita de noche, donde descansaban los lentes del gato de Schrödinger.

Axer sonrió. Recordaba con sabor amargo lo mucho que le perturbaba cada vez que volvía a encontrarse con ella y no llevaba puestos sus lentes. ¿Por qué? ¿Es que deseaba dañarse más la vista? ¿Disfrutaba de los dolores de cabeza? ¿No podía pagar unos nuevos? Al final decidió que, sin importar el motivo, él pondría fin a aquella tortura que implicaba mirarla sin lentes cuando sabía que los necesitaba.

Vio también que junto al teléfono estaba el celular de ella. No necesitaba encenderlo, no cuando podía pagar a los informáticos que trabajaban para Frey's Empire y pedirles que entraran al dispositivo, como hizo aquella vez que sospechó que la chica lo estaba acosando en las redes. Y no solo en las redes, su galería demostraba un seguimiento perturbador desde antes de que Axer empezara a fijarse en su existencia. Ella se escudó diciendo que solo lo había hecho para cumplir un reto típico de escuela, pero... ¿Axer la creía?

Habría sido mucho más sencillo si se hubiese tomado el tiempo de revisar sus redes y su mensajería a profundidad, habría podido dar respuesta a más de una pregunta que lo carcomía. Pero a Axer no le gustaban las cosas fáciles, a él le apasionaban los juegos en los que cada uno tenía un único movimiento por turno, juegos en los que hay que pensar.

Lo de ellos era como un ajedrez a gran escala.

Axer podía seguir, monitorear y controlar a Sinaí de forma absoluta e infalible, y él quería que ella lo supiera —por eso le dejó las señales de que su teléfono no era seguro, y de que sabía mucho más de ella de lo que era sensato—, pero, por más que alardeara, él no jugaría así. ¿Quería someterla? Absoluta y completamente, no pararía hasta ser el único ganador. Pero no iba a hacerlo mediante el dinero, sino de la forma en que ella lo estaba enseñando a jugar.

Entonces, la pantalla del teléfono sobre la mesita de noche se encendió, revelando una llamada entrante.

Soto.

Axer era hábil en muchas cosas, pero su punto fuerte era su destreza para observar donde todos ignoran. El joven Frey no tenía dudas de la atracción de Soto hacia Sinaí desde que lo vio reaccionar en el juego de verdad o reto que compartieron. No debía molestarle algo como eso, pero por algún motivo ese hecho determinó en Axer si este chico le agradaba o no.

Tomó el teléfono, salió de la habitación sin cerrar la puerta, y atendió la llamada.

—Monte —saludó el chico al otro lado del teléfono.

—¿Por qué le dices Monte?

Un largo silencio se extendió al otro lado de la línea. Axer había remarcado su acento a consciencia para que al receptor no le quedara duda de quién había atendido la llamada.

—¿Está ella cerca? —preguntó el chico apellidado Soto sin contestar la pregunta de Axer.

—No, lo siento, ya se fue y olvidó su teléfono aquí en mi casa.

Otro silencio. Axer sonreía abiertamente por aquel acontecimiento tan conveniente.

—Si quieres que le deje algún mensaje puedes decirme tranquilamente —añadió Axer en tono cordial.

El chico al otro lado de la línea bufó y para el ruso no fue complicado imaginarse su cara bañada con una capa de humor infinito, una sonrisa de arrogancia tatuada en los labios e indiferente diversión exhumada de sus ojos. Detestaba cada parte de su rostro.

—No, gracias —atajó Soto sin demostrar ningún tipo de malestar o irritación—. No dejo mensajes, soy más de entrar por su ventana y decirle las cosas a la cara.

Axer no tenía duda de que el muchacho se estaría riendo de él, y eso le provocó ardor estomacal.

—De ser así, tal vez deberías dejar de llamar, ¿no? —espetó Axer—. No siempre es el caso, pero alguna vez podrías interrumpir algo.

—Vaya...

—¿Qué? ¿A qué viene esa entonación de lástima? —inquirió Axer, asombrado ante lo impredecible que podía llegar a ser el tal Soto.

—No es lástima, es sorpresa y decepción.

—¿Y a qué viene?

—A ti, a tu actitud. —Axer casi lo imaginaba encogiéndose de hombros—. Puede que sea culpa mía y no tuya. Te tenía idealizado. Tu inteligencia y perfección me daban la impresión de que serías un poco más seguro de ti mismo, pero eres ese tipo decepcionante de persona que quiere conseguir a una chica intimidando a todo el que, en su opinión, es competencia.

Axer tuvo el impulso de colgar la llamada, fue una necesidad imperiosa. Y fue ese deseo irracional lo que le esclareció la situación: había caído tan bajo que ni podía reconocerse en la voz de quien había pronunciado las palabras dichas durante la llamada. Y no porque él no fuera capaz de actuar de esa manera, sino porque su actitud reflejaba debilidad, falta de confianza y... celos. ¿Cómo podía sentir celos por alguien hacia quien no sentía un interés más allá del académico?

El simple hecho de que fuese él quien le hiciera concluir esa parte contradictoria de sí mismo hizo que le cayera el triple de mal. Entonces le pareció que la simple existencia del chico era insoportable.

Pero no colgó, porque eso habría sido como rendirse. Y Axer Viktórovich Frey podía renunciar a una estrategia y reformular sus jugadas, pero nunca, jamás, perdía.

—Te equivocas conmigo de tantas formas que no sabría por dónde empezar a corregirte. No quiero intimidarte, y si de alguna forma fuese cierto que he intentado hacerte desistir de tu persecución a tu amiga, eso no implica necesariamente que me interese ella.

—Pero... ¿qué? Espera, repítelo más lento que estoy reiniciando Windows.

—Qué pases linda tarde, Jesús.

Y entonces Axer terminó victorioso y sonriente la llamada.

36

La mentira en sus verdades

SINAÍ

Despertar en su cama fue como sumergirme en un segundo sueño. Parecía que había sido ayer cuando ese desaliñado fragmento de mi identidad se cruzó con él en el patio escolar el primer día de clases, observándolo a lo lejos como el resto de los seres que lo rodeaban, incapaces de acercarnos.

Empezaba a pensar que el tiempo se había detenido en aquella caída sobre la libreta de la hermana de Julio, en aquella humillación que lo quebró todo. Imaginaba que mi mente había creado esa versión de Axer para afrontar que nadie se acercó a defenderme, y que a partir de ahí había seguido creando ilusiones en las que nos encontrábamos y perseguíamos de manera enfermiza, solo como un medio de defensa ante la realidad de que nadie jamás se fijaría en mí.

Así que, siguiendo esa línea de razonamiento, yo seguía tirada en el pasillo sobre la libreta y el zumo, aguantando insultos mientras mi cerebro divagaba en un mundo ideado por mi inconsciente. Y pronto despertaría, condenada a volver a vivir lo que Julio y sus amigos me harían.

Pero no era así. Estaba mal de la cabeza, pero no tanto. Axer Frey existía, y la atracción que sentía por él era tan real que me dolía cada poro de mi piel con solo imaginarlo. Tenerlo cerca, a su versión tangible y no a la que reproducía mi cabeza cuando estaba sola, provocaba en mí un martirio de necesidad tan intenso que solo podía compararlo con lo que relataban las novelas de vampiros, solo que yo me sentía como el demonio hambriento y no como la humana. Igual que en esos libros, me abrasaba esa sed que quema y te atenaza la garganta, esa posición de victimario que ha reconocido su condición y se niega a renunciar a su caza, por muy mal vista que esté.

Vivía en completa certeza de que el peligro podía traducirse en la presencia de Axer, aunque no terminaba de discernir cuál de los dos era el que debía escapar.

Mientras me enderezaba en la cama y limpiaba mis lagrimales de todo rastro de legañas, el objeto de mi perversión mental entró en el cuarto con una bandeja en las manos.

Ni siquiera me fijé en lo que había en el plato, para mí el que estaba servido era él, con un jogger y una camisa blanca con apenas dos botones abrochados al azar. Jamás lo había visto vestir tan informal y despreocupado, con el cabello despeinado de manera tan sexy que... Casi parecía que acabábamos de salir de un polvo...

«¿Y si acabamos de coger y no me acuerdo? Si eso pasó me mato. Necesito poder acordarme de las longitudes y dimensiones...».

—¿Tú y yo ya...? —carraspeé, traté de fingir que lo hice por mi voz ronca de recién despertada y no por la vergüenza que me daba hacer la siguiente pregunta. Tuve que disfrazarla—. ¿Ya te cobraste lo que te debía?

Serio, él negó con la cabeza. Lo hizo mientras me miraba directo a los ojos sin tregua, vaciando mis pulmones en una sensación opresiva similar a la asfixia.

Se sentó en la cama y dejó la bandeja a un lado de su cuerpo.

—Vine a eso —explicó con su acento matizado por la voz ronca en desuso por el sueño.

Su declaración me hizo tragar en seco. ¿Cómo hacía para pedirle una pausa para lavarme los dientes antes de empezar con el sin respeto?

—¿Y esa comida? —pregunté en un ataque de nervios. Bastante que ladraba yo, pero tenerlo así de cerca con la idea de que estaba a punto de cobrarse lo que quisiera de mi cuerpo, me puso en una ansiosa desventaja.

—Te preparé algo rápido, el jugo es cortesía de mi cocinera. A veces me pasa que despierto después de una siesta con un hambre voraz y no consigo con qué saciarla de inmediato. Quise evitar que eso te pasara a ti.

—Espera... ¿Me preparaste un *sanduiche*?

—¿Un qué?

Casi me pego con la mano en la frente por la vergüenza. ¿Cómo se me ocurría hablar así delante de él?

—Un sándwich —corregí.

—Ah, eso. Hablan muy raro ustedes los venezolanos. Ya me había acostumbrado a decirle tostada y ahora descubro que también le dicen... *sanduiche*.

—No, no. No es correcto que lo digas así, solo... —«No lo vas a entender, tampoco te lo voy a explicar»—. Gracias, ya voy a comer.

Extendí la mano para alcanzar el pan, pero la mano de Axer se cerró sobre mi muñeca para detenerme. Me volvía loca que hiciera eso.

Axer se estiró para alcanzar la mesita de noche con la mano libre, tomó los lentes que descansaban sobre ella y me los entregó. Solo entonces me soltó la muñeca.

—Debes dejar esa mala costumbre de hacer los lentes a un lado cuando claramente los necesitas. Tienes muchísimo astigmatismo.

«Sí, papi».

—Se me olvidan —dije a pesar de mis pensamientos.

—¿Se te olvida que no ves?

«Es que no quería interrumpir el momento, coño».

—¿Ahora sí puedo comer? —pregunté, cambiando de tema.

—Todavía no. Quiero aprovechar las horas que llevas de ayuno para... lo que voy a hacer.

Fruncí el ceño. ¿Acaso quería que me desmayara en mitad del acto?

Cuando abrí la boca para preguntar, un sonido nos alertó. Una alerta proveniente del bolsillo de su jogger.

Lo vi meterse la mano para sacar el teléfono y esperé no ser demasiado obvia mientras trataba de distinguir el nombre del contacto que lo llamaba.

El estómago me cayó a los pies al ver que la llamada era de Verónika, con el emoji de un gato al lado.

Verónika.

Un gato. Schrödinger. El gato de Schrödinger.

Esperaba estar analizando demasiado, que mi caótica mente, que siempre esperaba lo peor, lo hubiera malinterpretado todo. Tal vez Verónika fuese el nombre de su madre y el gato era su signo en ruso, porque tal cual estaban las cosas empezaba a pensar que él estaba conmigo en medio de un juego que ya había empezado antes con Vero, y que quizá seguía en curso.

—¿Tu madre? —pregunté. Por desgracia, soné mucho más intrigada de lo que pretendía, no había ni una pizca de desinterés en mi intromisión, y él sin duda lo había notado.

Me miró con el entrecejo ligeramente fruncido, apagó la pantalla de su teléfono y lo introdujo de nuevo en su bolsillo.

—No.

—¿Es... tu novia?

Entonces reaccionó como si le hubiese escupido un ojo, casi pude visualizarlo limpiándose el lagrimal con un gesto de asco.

—No. No soy de novias.

—¿Eso qué significa?

—Lo que acabo de decir.

—O sea, ¿que no sueles tener muchas novias o... que nunca has tenido una?

—¿Por qué pareces tan sorprendida?

—No es sorpresa, es incredulidad.

Una sonrisa arrogante se extendió por sus labios. El magnetismo de ese simple gesto casi me hace olvidar que estaba a mitad de un ataque de celos porque Verónika tenía su número y yo no.

—¿No me crees? —preguntó divertido.

—Es que ni siquiera has respondido lo que pregunté.

—Nunca he tenido novia. No me interesa tener una y no pienso en ello jamás. Esa es la traducción de «no soy de novias». ¿Te satisface esa respuesta, Schrödinger?

—Sí, señor, he quedado satisfecha, pero me cuesta creerle.

—No me llames señor en momentos como este, Schrödinger.

—¿Por qué?

—Por tu propia seguridad.

Abrí la boca para contestar, pero él prosiguió sin hacerme caso.

—De todas las verdades cuestionables que te he dicho..., mi declaración sobre que no he tenido novias es la que te preocupa. —Me miró con la cabeza ladeada y una ligera sonrisa en las comisuras de su boca—. ¿Por qué te cuesta creerme? ¿Cuántos novios has tenido tú?

—Ninguno, pero yo no descarto la posibilidad.

—Es que tú no eres yo.

«No, pero puedo ser tuya».

—Evidentemente, pero...

Entonces el teléfono volvió a sonar y Axer lo silenció sin siquiera sacarlo de su bolsillo.

Cualquier rastro de buen humor que me quedaba desapareció.

—Tu «no novia» es insistente, ¿eh? Contesta, puede ser una emergencia.

—No voy a contestar, olvida ese tema.

—Bien.

Me levanté de la cama en un arrebato de malcriadez, bastante dispuesta a irme en una caminata dramática, pero solo entonces me di cuenta de que iba descalza.

—¿Dónde están mis zapatos?

—Siéntate, cuando te vayas mi chófer te llevará a comprar otros.

—Pero, ¿qué pasó con los míos?

—Larga historia. ¿Te quieres sentar?

—¡No! ¡Quiero mis putos zapatos!

No quería mis zapatos, lo que quería era llorar porque otra lo llamaba a su teléfono, porque esa otra era perfecta, porque tenía un gato en su nombre de contacto, porque yo no tenía su número, porque había muchas cosas que desconocía y no podía preguntar porque no éramos nada. Me sentí como una completa estúpida, pensando que toda posibilidad de tener algo con él se había esfumado de la misma forma en que había llegado.

Axer se levantó y se puso delante de mí. Apoyó las manos en mis hombros y los acarició de manera reconfortante, como quien da el pésame a otra persona. Luego deslizó sus manos frías por la piel de mis brazos, dejándome erizada al contacto, y se detuvo en mis manos para tomarlas y llevarlas cerca de su rostro.

Una vez tuvo mis pequeñas manos envueltas en las suyas frente a su boca, las besó con una ternura capaz de calmar hasta a la fiera indómita que eran mis celos.

—Nazareth, tus zapatos se han ido —dijo contra mis manos, y su iris verdoso brilló mientras me miraba directo a los ojos—. Es el ciclo de todo calzado. De verdad que lo siento.

Me reí, débil ante su táctica para apaciguarme. No tenía escudos contra el verde musgo de sus ojos, ni armadura que me protegiera del calor de sus manos o el roce de sus labios. Esa batalla estaba perdida antes de que empezara a librarse.

—¿Puedo saber la causa de la muerte?

—No contemos historias tristes, ¿de acuerdo? Ahora..., ¿podrías sentarte? Será incómodo cobrar lo que me debes mientras estás de pie.

—¿Me lo vas a hacer sentada?

—¿Sabes lo que voy a hacer? —inquirió con una ceja enarcada, mientras sus labios contenían la diversión que se traducía en su rostro.

Fui demasiado explícita.

Me senté para pasar la vergüenza con el culo pegado al colchón, y Axer tomó asiento a mi lado. Sacó del bolsillo algo que no era su teléfono.

Al principio me costó procesar lo que veía, pero conforme él rompía la bolsa me di cuenta de que definitivamente no era un condón lo que tenía entre las manos.

—¿Y la jeringa más o menos para qué es?

—Extiende el brazo, por favor —pidió en una actitud serena y profesional que me hizo recordar el trato de los médicos.

Solté una carcajada por lo insólito de la situación y pensé que su sentido del humor era extraño, pero efectivo. No me había reído así en mi vida.

Unos minutos más tarde, mientras me limpiaba las lágrimas y recuperaba la respiración, él seguía como antes de que yo empezara a reírme, en espera, imperturbable.

—¿Viste esa broma en una película rusa?

—Hemos jugado muchas veces, Schrödinger, pero en esta ocasión estoy siendo totalmente transparente con mis intenciones.

—Espera... ¿qué coño?

—Extiende el brazo, no va a dolerte. Solo te extraeré un poco de sangre y será todo, podrás irte.

—Me estás jodiendo.

Pero su rostro no sufrió ninguna variación. Su seriedad me inquietaba.

—¿Es en serio?

—Sí.

—¿Quieres mi sangre?

—Es solo una muestra.

—¡¿Para qué?!

—No tengo por qué responder a eso. Apostamos, perdiste y ahora tengo permitido cobrar lo que sea en relación con tu cuerpo, y es esto lo que quiero. Jamás especificaste que tenía que justificar mi elección.

—Me. Estás. Jodiendo. ¿Verdad?

—Ya te dije que no. ¿Le tienes miedo a las agujas?

—¡¿Para qué coño quieres sacarme sangre?! —exclamé, riéndome de pura histeria. Aquel era un chiste para el que no estaba preparada.

—No sigas preguntando. Por más que insistas no voy a ceder.

—Entonces yo menos. No me vas a meter esa aguja en el cuerpo si no sé para qué coño es.

—¿Es todo? Entonces ya puedes irte.

—Pero... —Abrí la boca y la cerré tantas veces que empezaba a sentirme como un pez—. No voy a poder dormir hoy si no me explicas esto, no seas injusto.

—¿Tienes miedo de algo en específico?

—Sí, me da miedo quedarme con la duda.

—Es posible que no sea eterna. Si todo sale bien, tendrás respuestas a preguntas que ni siquiera te has hecho.

—No... entiendo... un... carajo. ¿Si todo qué sale bien? ¿Y qué si no «sale bien»?

—Será como si nada hubiese pasado.

—Jódete.

Me levanté, pero su mano me atrapó el brazo antes de que pudiera ir muy lejos. Ninguno dio un paso más. Evidentemente, yo no comprendía nada de lo que pasaba por su cabeza, pero él tampoco entendía lo que estaba pensando yo. No entendía que, para mí, el «será como si nada hubiese pasado» resultaba terrorífico. Que acabara nuestro juego ahí, con el pinchazo de una aguja, y que ya no tuviera nada que deberle ni motivos para prolongar la partida... No, nada de eso.

—No quiero. Me niego a cumplir el reto si no me explicas para qué.

—Lo entiendo —asintió él—. Entiende tú también que mis condiciones son esas y no van a cambiar. Eres libre de irte si no te parece justo.

Pero no me soltaba, ni con su mano ni con sus ojos, y a ellos yo no podía decirles que no.

Así que me senté y rogué a todos los padrinos mágicos existentes que «saliera bien» lo que fuera que tuviera que salir bien.

—Esto sacado de contexto es muy raro, ¿sabes? —acoté mientras él limpiaba una zona de mi brazo con un algodón mojado en alcohol.

Se había puesto los lentes, lo cual hizo muy difícil que no me imaginara la escena como un extracto de una porno fetichista de doctor y paciente.

—Y si lo pones en contexto es todavía más raro, Schrödinger, pero en este punto de la ecuación tú no tienes que preocuparte por eso.

—Me prende que hables como un maldito profesor.

Axer detuvo su acción en seco. No me miró, no alzó la vista. Su rostro se mantuvo neutro en una expresión de póquer que me atenazaba las entrañas.

«Maldita sea, lo dije en voz alta».

La vergüenza me golpeó hasta tal punto que creo que se me sonrojó hasta la vagina.

Me dieron ganas de coserme la boca para no hablar nunca más.

Pero como perra se nace, y primero muerta que derrotada, me negué a demostrar las ganas que tenía de lanzarme por los ventanales del edificio y le di la vuelta a la situación, como si fuese él quien tuviese de qué avergonzarse.

—¿Qué? —inquirí.

—¿A qué viene tu pregunta? —atajó él con los ojos apenas entornados—. ¿Qué he hecho?

—Nada, y ese es el punto. Te detuviste. ¿Algún problema?

—No, solo estaba... procesando.

Entonces me miró a los ojos y aproveché para arquear una ceja y sonreír como si fuese yo quien dominara la situación.

—No eres de novias, eso lo dejaste bastante claro, pero por tu reacción... Imagino que tampoco habrás estado expuesto a suficientes situaciones antiestrés como para no horrorizarte con mis palabras.

—He tenido suficiente sexo en mi vida, si esa era tu duda.

—Lo dices como si hablaras de exámenes académicos.

—Los exámenes son más interesantes, en mi opinión. Aunque siempre depende del profesor.

—No logro discernir si estás jodiendo, Axer, deberías ser más claro.

Él frunció el entrecejo.

—Estoy hablando bastante en serio.

—Pero... Señor Frey, me decepciona, tenía una impresión por completo distinta de usted.

—Sé lo que percibías. Sé lo que sientes cuando me acerco a ti, y no te equivocas. Soy perfectamente capaz de hacerte sentir cosas que, comparado con ellas, lo que ocurrió en aquel juego parecería un chiste. Sé cómo funciona la atracción y conozco el cuerpo humano como todos los idiomas que hablo. Puedo hacer de tu piel, de tu respiración... mi marioneta.

Mientras decía esto, llevó la mano a mi cintura, levantando la tela de mi camisa, accediendo a mi vulnerabilidad para hacerla vibrar con el roce de sus dedos. Tuve que contener la respiración. Por insólito que parezca, mi garganta se había quedado seca con ese simple acto.

—Puedo —añadió—, y lo he hecho. Lo he disfrutado. Pero no necesito acostarme con nadie para eso. La diversión acaba cuando el deseo de la otra persona pasa a ser consumado porque... en la intimidad, nadie me ha dado rienda suelta, y fingir no es divertido cuando no gano nada con ello.

Solo cuando me soltó recuperé el aire que mis pulmones rogaban pero que fui incapaz de proporcionarles mientras estuve bajo el hechizo de Axer.

Acabábamos de poner tantas cartas sobre la mesa que me sentía abrumada e incapaz de decir una palabra.

Él era consciente de mi atracción hacia cada partícula de su ser, y de algún modo enrevesado acababa de arruinar mis ilusiones de que algún día pudiéramos acostarnos. Pero por otro lado había admitido que le saciaba el efecto que causaba en mí.

No tenía ni puta idea de cómo sentirme o qué iba a hacer a partir de entonces.

Axer terminó de sacarme la sangre con la jeringa y la depositó en un envase de muestra con mi nombre.

—No fue tan difícil, ¿o sí?

—No presiones —corté—. Todavía estoy procesando.

—Tómate tu tiempo.

—Bueno... —dije mientras ambos nos poníamos de pie—. Supongo que ya me voy. Muchas gracias por... todas las aclaraciones. Han sido bastante ilustrativas sobre la situación.

—Por curiosidad, ¿qué es lo que crees que te he aclarado?

—Yo...

—No sabes nada, y es probable que lo que crees que sabes lo estés malinterpretando.

—Ah, bueno, gracias por nada.

—Te compensaré con una verdad sin matices, ¿te parece?

—Por favor.

Axer me regaló una sonrisa radiante. Me daban ganas de morderlo.

Y si eso me había desestabilizado, no estaba preparada para lo siguiente que él iba a decir.

—Admito que tu mente me intriga y que me preocupa que pueda llegar a fascinarme.

En mi puta vida me habían hecho un cumplido tan sexy.

—¿Por qué me dices esto? —cuestioné con un hilo de voz—. ¿Qué es lo que ganas?

—Paz. Me hace daño llevar este pensamiento recurrente en la cabeza y no tener con quién compartirlo. Haz lo que quieras con esa información. Era todo.

—¿En serio?

Él asintió.

—Bien, supongo que es mi turno, ya que las negras mueven después. Pero me temo que mi confesión no será igual de... fascinante.

—De acuerdo. Dime.

Tomé aliento para conseguir el valor necesario para sacarlo todo sin filtro.

—Admito que cuando me dijiste que me quitara los lentes para no romperlos mientras estuviéramos acostados, eso que dijiste antes de dormirnos, pensé que lo decías porque ibas a cogerme.

Axer no se inmutó, no se atragantó con nada. Recibió mi honestidad con la misma tranquilidad con la que yo la había dejado salir.

—No, Nazareth...

Dio unos pasos hacia mí y llevó una mano a mi mejilla, acariciándola de una manera que despertó en mí tanto miedo como deseo de desafiarlo. Luego se posó en mi mandíbula y la tomó con fuerza para obligarme a mirarlo directo a los ojos. Esa mirada no decía menos que «huye, estás a tiempo».

—Si quisiera cogerte, no te pediría que te quitaras los lentes. Lo haría mientras los tuvieras puestos, y si los rompemos... ¿Qué más daría? Te compro otros nuevos.

Cuando me soltó, el calor entre mis piernas era tal que sentía que su resplandor iba a quemarme los muslos. Estaba tan húmeda que me preocupaba que pudiera notarse a través de mi pantalón.

Ese hombre me tenía mal, extremadamente mal.

—Come, por favor —pidió señalando la bandeja en la cama—. Cuando termines, la mujer que te recibió te guiará a la salida. Yo debo salir a hacer... cosas. Ah, y recuerda decirle al chófer que te lleve a comprar los zapatos nuevos.

»Nos vemos pronto, Schrödinger.

37

Amigos

MARÍA

María podía fingir que su autoestima sobrepasaba cualquier altura, pero seguía siendo una mentira que moría por empezar a creerse.

Era el motivo por el que siempre buscaba ser valorada por los hombres. Hablaba del sexo como si le resultara una maravilla, pero lo único que le creaba adicción eran los comentarios de los que le decían lo perfecta que era en la cama.

No tenía tiempo ni espacio en su cabeza para invertir en disfrutar, su concentración iba dirigida al placer de ellos, a volverlos locos, a ser mejor que las demás. Era el pago que demandaba a cambio de su cuerpo: la contribución a su frágil autoestima.

Pero no esa vez. Ese día, tirada en la cama del vecino al que le tenía ganas desde que empezó la secundaria, porque el chico se ponía a lavar el coche en el garaje sin camisa, estando apenas cubierta por la sábana y sin una gota de sudor encima, decidió que le valía tres hectáreas de verga flácida lo que ese mal polvo pensara de ella.

Y aunque jamás había tenido un orgasmo a manos de un hombre, no dejó que eso influyera en lo que estaba a punto de hacer.

Le quitó al vecino el brazo que tenía debajo de su cuello como si le molestara, se dio la vuelta en el colchón hasta quedar de frente a su acompañante, y se apoyó en su codo para levantarse sin estar sentada del todo.

—¿Qué tal acabaste? —le preguntó.

Pudo haber sido una conversación sensual, pero el tono inquisidor de María hizo que el chico empezara a tartamudear.

—Eeeeh... Bien, supongo.

—Al menos uno de los dos lo disfrutó.

—Pero...

Aquel hombre recibió el comentario de María como una patada en las bolas. Y no las afrontó con vergüenza, sino con la ira que dejó a su paso el dolor de su ego herido.

María siempre le había gustado, le parecía atractiva y sensual, pero para hombres como él toda mujer pierde su encanto cuando no lo necesitan para reconocer su valor, porque eso les hace más difícil tener algo que ofrecerles. Así que decidió devolverle el golpe.

—¿De qué estás hablando? —escupió el chico—. Si eres puro ruido. Tanto que ladras y no muerdes. Alardeas por todos lados de ser una zorra en la cama, y cuando estuviste arriba de vaina y te moviste. Un maniquí tiene más soltura en las caderas que tú.

María Betania tuvo tantas ganas de pegarle que prefirió levantarse y vestirse para no sucumbir a su impulso primitivo.

Maldijo al chico en su fuero interno mientras se abrochaba el pantalón; le parecía un desagradecido de manual. Era un ser insípido que había sido bendecido con la dicha de probarla, y después de haber desperdiciado su oportunidad prefería enmendar su orgullo que su error.

Hombres.

Dio un par de pasos hacia la puerta de la habitación, pero el chico la detuvo con un grito ahogado.

—No salgas todavía que mi madre debe estar en la sala, espera a que salga yo primero y te avise cuando esté el camino libre.

—Púdrete —dijo María por toda respuesta y le mostró el dedo medio—. Y, por cierto, no soy una zorra en la cama, soy una diosa, pero tú nunca lo entenderás porque tienes la pinga tan corta que cada vez que me movía se salía.

Con esa estocada final, María se marchó del cuarto cerrando de un portazo, para dejar solo y moribundo a su reciente víctima. Desfiló hacia la sala como una diva, haciendo sonar sus tacones sin miramientos, y al encontrarse a la madre del chico pasmada por la sorpresa en el sofá, dijo:

—Acabo de tener relaciones con su hijo, sí. Hágale el favor de hablarle de educación sexual, porque le juro que prefiero el celibato a repetir lo que acabamos de hacer.

Después de aquella decepción, María decidió volver al lugar donde siempre era feliz: con Soto.

Estaban jugando a *Mortal Kombat* en la PlayStation 3 de Soto, divagando sobre la inmortalidad del cangrejo, riendo mientras se bebían una Coca-Cola sin gas, cuando un pitido del teléfono de Soto interrumpió el momento.

María se fijó con disimulo en que el rostro de Soto se iluminó al leer el texto que le había llegado. El chico dejó el aparato de lado sin responder y regresó al juego, pero cada dos segundos volvía la vista al lado donde había dejado el teléfono, como si quisiera comprobar que seguía ahí.

María aguantó la risa para no ser maleducada, pero se le hacía bastante evidente lo que estaba sucediendo: su amigo intentaba con todas sus fuerzas no correr a responder el mensaje que tanto lo había emocionado.

A pesar de que lo había descubierto, María fingió no haberse dado cuenta de nada y ambos siguieron jugando. Un par de Fatalitis sangrientos más tarde, Soto cedió a la tentación y contestó el mensaje.

Solo entonces dio la impresión de haberse relajado y empezó a jugar con más naturalidad, sin mirar cada dos segundos el teléfono.

Ese patrón se repitió un par de veces mientras el chateo furtivo avanzaba. Llegaba un mensaje y Soto trataba de no correr a abrirlo, pero cuando al fin lo leía una sonrisa inmensa se le tatuaba en el rostro, sonrisa que, en opinión de María, le hacía parecer estúpido a niveles insanos. Luego esperaba un rato para responder mientras fingía concentrarse en el juego, y al final acababa contestando para repetir todo el ciclo de nuevo.

—A ver, ya.

María le dio pausa a la partida y encaró a Soto, cansada de perderse lo que pasaba.

—Lo pausas porque estás perdiendo —alegó Soto.

—Lo pauso porque el chisme está bueno y me lo estoy perdiendo.

—Sí, claro. Así le dicen ahora.

—Coño, ya, Jesús Alejandro. ¿Con quién te escribes que te saca esas sonrisitas pendejas?

Como Soto era Soto, no se iba a poner a negar nada, sino que reaccionó como solo él podía hacerlo: con su característico humor indeleble.

—¿Celosa, Potter?

María entornó los ojos hasta que pareció que iban a lanzar rayos láser.

—Verga, tú no eres más pendejo porque no eres más virgen —ironizó ella.

—Tú lo dirás jugando —bromeó Soto—, pero siento que a este paso me voy a virginizar si sigo en esta sequía sexual.

—Ay, sí, qué vida tan dura la tuya, ¿eh?

—Claro que...

En mitad de la frase, sonó el teléfono de Soto y este dejó la conversación a medias para revisar el mensaje.

—Oye... —Empezó a decir después de volver a guardarse el teléfono en el bolsillo—. ¿Te molesta si la próxima vez que nos reunamos a jugar invito a Sinaí?

—Conque ese es el monte donde quieres enterrar tu cruz...

—No, no es lo que crees, de pana. Solo pienso que si vamos a jugar entre amigos, y ella es nuestra amiga, podría invitarla. No es con ella con quien me estoy escri...

Soto no contaba con que su amiga le saltaría encima y lo tiraría de lleno al suelo. A pesar de los forcejeos de su pobre presa, María consiguió retener las manos de Soto con una mano y medio cuerpo, mientras con la otra intentaba hurgar en el bolsillo del pantalón, misión difícil porque las piernas de Soto se retorcían como anguilas electrificadas.

—¡María, no! —rogó Soto cagado de la risa por los manoseos de su amiga.

En cuanto el muchacho logró zafar una de sus manos, se la estampó en la cara a su amiga para hacerle el trabajo más difícil.

Visto desde fuera, parecía que estaban jugando a una especie de Twister bailable con picapica en la ropa interior.

—¡Suéltame! —balbuceó la chica a través de la mano de Soto—. ¡Coño, Soto, la mano te huele a culo!

—¡Y tú me has puesto el culo en la cara, María! ¿A qué coño crees que te huele? ¿A Dove?

La chica, consciente de que tendría que jugar sucio para que la soltara su amigo —que, por cierto, le tenía medio índice metido en un orificio nasal—, empezó a lamerle la palma de la mano para que a él le diera asco y aflojara la presa.

Funcionó, y cuando Soto apartó la mano de la cara de María, esta aprovechó esa brecha de debilidad para alcanzar el teléfono y encerrarse en el cuarto de baño para leer los mensajes recientes.

—¡María, perra, abre ya! —gritó Soto mientras aporreaba la puerta y se acomodaba la ropa a la vez.

—¡¿No que no te estabas escribiendo con Sinaí, coño de tu madre?!

—¡Deja el chisme, María, se te van a caer las tetas!

María abrió la puerta y le devolvió el teléfono a Soto.

—Chismosa —refunfuñó él.

—Puto —atacó ella sacándole la lengua—. No respetas ni a tus amigas.

—¡Es ella la que no me respeta a mí!

—Ay, sí, qué lástima te tengo —ironizó María, poniendo los ojos en blanco y sentándose en la cama.

En ese momento la madre de Soto abrió la puerta del cuarto.

—¿Van a comer ahorita o prefieren seguir comiendo vicio? —preguntó, haciendo referencia a la fiebre que tenían los dos chicos por la consola de videojuegos.

—No tenemos hambre ahorita —contestó su hijo.

—Habla por ti —interrumpió María, que hacía siglos había perdido la vergüenza de aceptar comida de la madre de su mejor amigo—. A mí llámeme cuando esté lista la comida y voy.

—Perfecto, Tania. ¿Les cierro la puerta?

—La encontraste cerrada, ¿no? —bromeó Soto, a lo que su madre le mostró el puño para que no se pasara de gracioso con ella, aunque de todos modos hizo lo que le había pedido y salió.

—Entonces... —prosiguió María—. ¿Me vas a contar qué está pasando o tengo que jugar a Enola Holmes con ustedes?

—Preferiría que no te metieras y ya.

—Ay, sí, como si esas cosas pasaran.

Soto suspiró resignado y se echó en la cama junto a María.

—¿Entonces...? —insistió ella, dándose la vuelta para ver de frente al dueño del cuarto.

—En serio, María, no es lo que crees. —Y no mentía—. Ella está con otro.

—Querrás decir que quiere estar con otro, ¿no? Porque si ya tienen algo y no me ha contado, la mato.

—No sé, el punto es ese, que estás viendo cosas donde no las hay.

—No me jodas, «cosas» sí que había en esos mensajes.

—Lo malinterpretas.

—Le estás coqueteando, eso está claro.

—Solo respondo a sus juegos —explicó Soto encogiéndose de hombros—. No quiero dar pie a que se tuerzan las cosas.

—Torcidas ya están, ¿eh? Se hablan como si les faltara solo fecha y lugar para comerse.

Soto rio a su pesar. Se estaba enrojeciendo tanto por esa sonrisa que no desaparecía que tuvo que taparse la cara para disimular.

—No jodas, Soto... —María le pegó en el brazo y le apartó las manos de la cara—. Actúas como el propio pendejo. ¿Qué agua te dio a beber Sinaí? ¡Y me lo has estado ocultando todo este tiempo!

—No te oculto nada.

—¿Por qué te pones rojo?

—No me pongo de ninguna for...

María le volvió a pegar.

—Estás peor de lo que pensé, amigo.

—No... O sea, sí... Pero no. Bueno, tal vez... ¡Que no!

—Estás frito del coco —concluyó María mientras consideraba la posibilidad de decirle a su amigo que iban por unas hamburguesas y llevarlo en cambio por ayuda psicológica.

Algún día se lo iba a agradecer, ¿no?

—Pero da igual, en serio —añadió Soto antes de que su amiga pudiera llegar a una conclusión—. Tomé una decisión firme y no voy a permitir que pase nada entre nosotros. Podemos tontear todo lo que sea, pero hasta ahí. Cualquier desliz podría joder nuestra amistad. La de los tres.

—En eso tienes razón, pero ya la cagaron. No se van a aguantar, no seas mentiroso.

—Lo verás tú misma.

—Claro que lo veré, porque en el baño le escribí y le dije que venga.

—¡¿Qué?!

—Ahí está. —María señaló el teléfono que se había iluminado con una llamada entrante de Monte—. Te está llamando.

—Puta.

—Gracias.

María se levantó, no sin antes darle un beso fugaz en la mejilla a su amigo, y se aproximó corriendo a la puerta antes de que él pudiera detenerla.

—Por mí no te preocupes, que yo como y me voy para que luego puedas comer tú.

Él no lo sabía, y la estaría odiando durante algunas horas, pero María acababa de hacerle el favor de su vida.

38

¿Quién dijo amigos?

SOTO

Media hora más tarde, Sinaí Nazareth Ferreira se bajaba del taxi con una minifalda negra que hasta el viento podría levantar, un suéter gris con corte por encima del ombligo y unos botines negros de correas gruesas.

Estaba lista para llamar al timbre de la casa de su amigo.

Cuando este le abrió la puerta, tenía el cabello más rizado que nunca, largo como si llevara semanas posponiendo el corte, y alborotado como si se acabara de levantar. Llevaba una camisa negra llena de pelusas, y sus únicos accesorios eran los tatuajes de sus brazos descubiertos.

Sinaí tuvo que repetirse varias veces eso de que los Sotos son amigos y no comida antes de convencerse de ello.

—Bueno, Monte, ¿vas a pasar o necesitas una invitación por escrito?

—Aaaah... eeeh... Claro, claro.

La chica entró y se dejó dirigir por Soto a una mesa donde estaban servidos dos platos de arroz con pollo, ensalada rallada con mayonesa y algunas piezas de tajada. Junto a estos platos había unos deliciosos vasos de Fructus, que podría describirse como un refresco hecho con un polvo químico que venden en cualquier bodega venezolana.

—Qué elegancia la de Francia, Soto Margarito —silbó Sinaí.

—Si quieres prendo una velita, pero mi madre me va a joder porque es la que están guardando para mi cumpleaños.

Sinaí rio y negó con la cabeza.

—Misión abortada, no quiero que tu madre te joda en mi primera visita.

—¿O sea, que piensas seguir viniendo? —interrogó el muchacho con picardía.

Sina prefirió callarse metiéndose en la boca una enorme cuchara de arroz. De ese modo, cesó la conversación y comenzó un almuerzo silencioso. Después de comer, Soto propuso que fueran a su cuarto para jugar a GTA.

—¿Y María? —preguntó Sinaí al fin.

—Se fue un segundo antes de que tú llegaras por un compromiso repentino, nada sospechoso y en definitiva imposible de posponer.

—Nos quiso dejar solos, ¿verdad?

—Pues claro. Pero no te preocupes, estás a salvo. Ya comí.

Riéndose, ella se sentó en el suelo frente al televisor, recostando la espalda en la cama, y dejó que su amigo se pusiera junto a ella.

—Ten —dijo él ofreciéndole un control—. Tú juegas con ese, la palanca se le está jodiendo y me estresa.

—Ah, claro, dale a la visita el control jodido.

—Agradece que te estoy dejando tocarlo.

Sinaí rodó los ojos y empezó ella a jugar.

En veinte minutos de juego, Sinaí había robado una bicicleta, asaltado a una anciana, masacrado a una docena de peatones, huido de la policía y entrado en un bar de prostitutas.

—Monte, no sé si lo sepas, pero la idea es que sigas el mapa y cumplas misiones.

—Las misiones son para los que cumplen las reglas, eso no sería muy *rockstar* de mi parte.

Soto, con una vena palpitando en la frente al ver que su amiga destrozaba su Bugatti chocando con todos los postes que se le atravesaban, casi como si tuviese un imán que la llevara directo hacia ellos, se levantó y fue a la cocina a por otro vaso de Fructus.

Cuando entró de nuevo en el cuarto, decidió que ya había pasado demasiado tiempo aguantándose y le soltó a Sinaí lo que había estado queriendo decirle desde que llegó.

—¿Sabes? Si no te digo esto, exploto. —Se sentó de nuevo en el suelo mientras ella ponía en pausa el juego—. Pudiste haberme dicho que no querías que llamara a tu teléfono principal porque existía la posibilidad de que Axer viera mi llamada.

Sinaí abrió los ojos con desmesura, anonadada y llena de preguntas. ¿Acaso su amigo sabía que Axer le había *hackeado* el teléfono? ¿Cómo era posible?

—Yo... ¿Cómo...?

—Tranquila, en serio, pero la próxima es mejor que me aclares esas cosas, imagina la vergüenza que pasé cuando me contestó. No sabía qué decirle porque no tenía ni idea de cuánto le has contado de... Eso.

—Espera... ¿Cuándo...? ¿Cuándo hablaste con él? ¿De qué hablaron? Yo... Espera, espera... Te refieres a él como si estuviéramos en una relación o algo así. No tengo que contarle nada, ni darle explicaciones de eso porque no pasa nada entre él y yo. ¿Está bien?

—Si tú lo dices... —Soto se encogió de hombros y tomó su propio control, configurando para empezar a jugar él—. En cualquier caso no tienes que darle explicaciones de eso, porque de todos modos tampoco pasa nada entre nosotros.

Sinaí, cansada de las evasivas de su amigo, puso una mano encima de la que el chico usaba para sostener el control y se lo arrancó, tras lo cual él la miró como si le acabara de pegar.

—¡Hey!

—No te soporto cuando eres odioso, Jesús Alejandro.

—Yo no te soporto nunca, así que me imagino que estamos a mano.

—Eso no me decías en mi cuarto.

—Tenía como seis meses viviendo de la paja, no puedes culparme por un momento de vulnerabilidad como ese.

Sina alzó una ceja, inquisitiva. No dijo nada, aceptó el desafío en silencio. Ya tenía práctica en otros retos, al parecer les estaba tomando gusto.

Soto siguió jugando mientras Sina observaba. En mitad de una misión, ella puso una mano un poco por encima de la rodilla de su amigo. Lo hizo sin mirarlo, con indiferencia, como si no se diera cuenta de que eso no era el suelo. A pesar de que el contacto era a través de la tela, Soto contuvo la respiración por unos segundos.

Jesús paró el juego por un momento mientras observaba a su invitada, aguardando cualquier reacción por su parte, pero ella seguía como ajena a todo, con la vista en la pantalla. Así las cosas, él decidió que no había nada de malo en copiar sus trucos.

Pasó un brazo por la cintura de Sinaí y la arrastró acercándola, hasta que el costado de ella estuvo pegado a su cuerpo; luego regresó ambas manos al control y su vista a la pantalla con la misma tranquilidad que ella había fingido.

—¿Yo puedo jugar? —preguntó Sina, cómoda en el abrazo sorpresa, con la cabeza recostada en el hombro de su amigo y sus dedos moviéndose sobre la tela del pantalón para hacer todavía más difícil que él ignorara ese contacto.

—No, no te vuelvo a dejar jugar a GTA, me estresa verte conducir por la acera.

—¡Es que por ahí hay más gente!

—Eres una psicópata, Sinaí, ¿estás consciente de ello?

Soto fue incapaz de escuchar la respuesta de Sina. Estaba demasiado distraído intentando recordar cómo respirar mientras los dedos curiosos de su amiga iban cada vez más arriba por su muslo.

—Para —susurró él, mucho más afectado de lo que pretendía.

—¿Por qué? —cuestionó Sinaí con la maldad vibrando en su voz—. ¿Es que temes sucumbir a la vulnerabilidad que te atacó cuando estábamos en mi cuarto?

—En serio, Sina, deja la mano quieta.

—Okay.

Pero como Soto no había especificado nada sobre las piernas, ella dejó de jugar en su muslo con los dedos para sentarse con lentitud en su regazo de espaldas al televisor.

Soto fue terriblemente consciente de lo corta que era la falda de Sinaí al ver sus piernas desnudas a ambos lados de su cuerpo. La piel se notaba tersa, pálida y suave, y tuvo que tragar saliva para vencer la batalla contra el deseo de poner sus manos sobre ellas.

Y todavía le quedaban muchas luchas pendientes, porque tenía el pecho de su amiga pegado al suyo, lo que hacía difícil que no se imaginara debajo de la tela del suéter los senos que ya había besado y lamido.

Los brazos de ella estaban alrededor de su cuello como una trampa, y esa cercanía impregnaba al chico de la fragancia de coco que emanaba el cabello azulado de su amiga.

Aunque lo peor no era eso, lo peor era la braga de ella presionando sobre la dureza oculta en su pantalón, que crecía con cada segundo de aquel peligroso contacto.

Y ella lo estaba sintiendo, sin duda, porque esa maldita sonrisa de victoria no podía significar otra cosa.

Hasta tragar le dolía a Soto teniéndola así.

—Sina, mi madre puede entrar.

—Yo solo quiero ver tus tatuajes de cerca, ¿eso está mal?

Ella puso su mejor intento de carita inocente, logrando que Soto se mordiera los labios y negara con la cabeza.

—Ni sueñes que me voy a quitar la camisa.

—¿Y quién te ha dicho que eso hace falta?

Soto ya se sentía descalificado del juego, inútil e indefenso. Se le acababan los pretextos y las ganas de conseguirlos; mientras, Sina deslizaba las manos por el interior de su camisa, leyéndole la piel con la punta de los dedos, delineando el borde de los tatuajes como si quisiera aprenderlos de memoria, acercándose a su cuello para no perderse la confidencia de su respiración agitada.

Se sentía torturado por la abstinencia, consciente como nunca del hambre que tenía. Con lentitud, acercó las manos a las piernas de Sina y las deslizó por los muslos mientras ella le rozaba la piel del cuello con los labios. Siguió subiendo lentamente, lo suficiente para lamentarse por su debilidad y deleitarse con el modo en que ella se quedaba sin aliento.

Mientras introducía las manos más allá de la línea de la falda, Sina movió las caderas, presionando con más fuerza la erección de él, jadeando al sentir lo duro que estaba contra su ropa interior.

Fue subiendo por la piel del cuello de él, dejando besos furtivos y jadeos robados por el movimiento de su cadera. Y entonces Soto supo que no podría más.

Debido a su desespero, cuando sus manos estuvieron bien aferradas a los muslos de Sina, se levantó con ella en brazos, y la arrojó sobre su cama como un saco de ropa sucia.

Seguía firme en su terquedad, decidido a no caer en la tentación.

—¡¿Qué coño acabas de hacer?!

—Lo siento, Monte. Somos amigos.

Sinaí comenzó a arreglarse el pelo alborotado mientras se sentaba. Cierto era que había imaginado acabar en la cama de Soto, pero no precisamente de esa forma.

—Tú no me ves como una amiga, Soto. No finjas.

—Tienes razón —admitió él metiéndose las manos en los bolsillos del pantalón—. No somos amigos, pero eres mi compañera de clase, y te llevas muy bien con María. Podría ser el camino a una muy linda amistad, y esta es justo la manera infalible de cagarla.

—Repito que eso no me decías en mi cuarto.

—Olvida eso, en serio.

—¡¿Cómo coño se olvida algo así?!

—De la manera en que yo lo hice, tal vez.

Por el silencio que se extendió en la habitación y la pesadez del mismo, casi podría creerse que el chico acababa de propinarle a su amiga una patada en un seno. Por la cara de ella, también podría interpretarse así.

—Amigos, ¿no? —preguntó ella con una falsa sonrisa.

—Sí.

—Solo me ves como una amiga.

—Coño, que sí.

—Y solo quieres que seamos amigos y nada más —corroboró ella.

—¿*Yes*?

—De acuerdo, entonces seamos los putos mejores amigos del puto mundo. Compartamos ropa, organicemos fiestas de pijamas, hagamos galletas juntos y nos podemos maquillar si quieres. ¿Te parece?

—¿Por qué siento que me estás mentando a la madre en alguna parte de esa frase?

—No, nada que ver, solo quiero tener las cosas claras. ¿Es ese el tipo de confianza que quieres que tengamos?

—Eeeeh... Sí, supongo.

—Bien, espérame aquí, amigo. Hay una opinión tuya que necesito.

Sinaí entró en el baño. Solo estuvo un momento dentro, pero durante ese breve tiempo Soto estuvo rascándose la cabeza sin saber a qué atenerse. Su amiga no andaba muy bien de la cabeza, así que se le podía haber ocurrido cualquier cosa.

Cuando la chica salió, tenía el teléfono encendido en la mano y de su torso había desaparecido el suéter que antes la cubría. Solo su sostén de encaje negro ocultaba sus pechos, y solo a medias, porque su circunferencia y volumen se adivinaba a la perfección.

—Ten —dijo ella entregándole el teléfono.

A Soto casi se le cae la mandíbula al suelo cuando vio la foto en la pantalla. Era un *nude* improvisado de ella en el baño. Estaba posando frente al espejo, sin el suéter y con la falda subida de un lado para que se le viera el tanga que tenía puesto debajo.

—¿Crees que puedas vender esa foto, amigo? —interrogó ella con inocencia actuada.

—No. No puedo. Tendré que tomarte otra mejor.

A la mierda todo. Si ella quería hacer las cosas así, Soto le daría el gusto. Pero el hecho de que estuviera dispuesto a participar no significaba que quisiera ponérselo fácil.

Se acercó a ella y la tomó por la cintura para arrojarla a la cama.

—¿Qué haces? —preguntó Sina riendo, pero a Soto se le había acabado la diversión.

Manipuló el cuerpo de ella hasta tenerla de espaldas; luego hurgó en la intimidad de su falda hasta rozar la tela de su braga y se aferró a ella.

Se la quitó, deslizándola hacia abajo por todo el largo de sus tentadoras piernas, y la obligó a flexionar las rodillas hasta levantarle el culo, dejando su pecho todavía pegado a la cama.

Le tomó los brazos, sintiendo que la risa complacida de su amiga era combustible a su enajenación, y los dobló en su espalda para amarrarle las muñecas con la ropa interior que acababa de quitarle.

—Soto...

—Calla.

—Como ordenes, amigo.

Él le levantó la falda hasta dejársela a la mitad de los glúteos. Solo iba a hacer eso, un paso necesario para preparar el encuadre de la fotografía que había ideado, pero cuando se encontró ante esa visión privilegiada, comprendió que había sobreestimado su autocontrol.

Pasó las manos por su piel expuesta, sintiendo la delicia de su suavidad, deslizándose por sus curvas, consciente de que ella había dejado de reír y que para ambos el chiste había terminado.

Se acercó más, porque más era lo que quería, y pasó la lengua desde la mitad de la pierna de la chica, pasando por toda la tierna piel de su culo, deteniéndose solo para morder y apretar a su antojo mientras Sina mordía la almohada para que sus gemidos no alertaran a la dueña de la casa.

Con la boca todavía ocupada, él llevó una mano más abajo, más entre las piernas, donde sabía que no había ningún obstáculo porque él mismo lo había quitado, atándolo a las muñecas de su amiga.

No tardó en alcanzar la zona que lo intrigaba, hirviendo contra la piel de sus dedos. Con solo ese roce, Sina tuvo que morder más fuerte la almohada. Las ganas de gritar le arañaban la garganta.

Cuando el chico alcanzó la entrada al cuerpo de Sinaí, sus dedos casi se hundieron a su interior sin que él tuviese que hacer nada, fue recibido sin trabas en una húmeda bienvenida, y en medio de ese acto prohibido, ambos emitieron sonidos de desconcertante placer.

—¿Cómo puedes llamarme amiga cuando sabes que te mueres por mojarme? —susurró ella, complacida por el movimiento de los dedos de él.

—No es precisamente «mojarte» por lo que me muero —musitó él—. Simplemente lo acepto halagado.

—Vaya, qué buen amigo eres, Soto.

—Cállate.

Un gemido escapó de Sinaí sin filtro, no hubo tiempo a que ninguna almohada lo silenciara, ya que ella no esperaba la sorpresa que los dedos de Soto tenían para ella.

—Sina, haz silencio. Cuando gimes así me sobrepasan las ganas de comerte.

—Dijiste que no tenía nada que temer, que ya habías comido.

—Sí, pero a ti no —confesó él, sacando los dedos del interior de ella.

No podía perder la sonrisa, no cuando ella estaba tan empapada por él. Necesitaba volver a su interior, pero no precisamente con los dedos.

Sinaí se dio la vuelta hasta quedar arrodillada en el colchón de frente a Soto, todavía con las manos atadas a la espalda.

—¿Se te ocurre algún otro juego que refuerce nuestra amistad?

—Se me ocurren muchas cosas, pero ninguna puedo pronunciar sin temor a ganarme un boleto directo al infierno.

—Dímelas, y llévame contigo.

Sinaí se liberó las muñecas con un par de forcejeos y gateó en el colchón para acercarse a su amigo, quien de pie junto a ella temía y deseaba a partes iguales lo que fuera que se le estuviese ocurriendo. Ella lo abrazó por la cintura y acercó la cara a la cremallera del pantalón, sintiendo cómo la dureza de dentro presionaba contra su mejilla.

Metió las manos en los bolsillos del pantalón de él y hurgó entre las llaves y su teléfono, hasta conseguir el paquete cuadrado que le interesaba.

—Amigos, ¿eh? Pero ibas preparado para cualquier posibilidad.

Por supuesto, a Soto no le volvería a pasar lo de aquella primera vez. Sin embargo, su respuesta fue:

—¿Qué te hace pensar que no esperaba a alguien más?

—Pues... —Sinaí restregó la cara por toda la erección de Soto mientras este, maltratado y complacido a partes iguales, la agarraba por el pelo y respiraba sin control—. Esto.

—El diablo te tendría miedo, Sinaí.

—Pero tú... —Ella levantó su cara, elevándose lo suficiente para rodear a su amigo con sus brazos y mirarlo directamente a los ojos. En medio del contacto visual, sus sonrisas maliciosas florecieron en sus bocas, a nada de rozarse—. Tú, no. Tú quieres quemarte conmigo.

—Con todo el placer del mundo, amiga mía.

La curva de los labios de Sinaí se expandió tanto que Soto pudo ver sin problema cada adorno de los bráquets sobre sus dientes. Esas sonrisas robadas eran de las adicciones más sanas que el chico había adquirido.

Ella se abalanzó a besarlo, pero los dedos de él hicieron de muro contra sus labios húmedos de brillo escarchado, deteniéndola contra todo pronóstico.

—Pero no así —explicó Soto con un gesto travieso que le atravesaba el rostro.

—¿Cómo que no así?

—Mañana. Hay una fiesta de disfraces de unos universitarios, pero irá todo el mundo. Lleva a tu príncipe ruso y...

Él se aferró a ella, una mano en su cintura y la otra en su culo, pegándola a su cuerpo, restregando la pelvis de ella, cubierta solo por la tela de la falda, de la erección urgida de él.

—Si me besas delante de él..., si te atreves a hacerlo... Seré tu esclavo, Sinaí. Pero, hasta entonces... Mi consola y mis vasos de Fructus es todo lo que puedo ofrecerte.

—¿Así quieres jugar?

—Tú empezaste, y he comenzado a agarrarle gusto a tu manera de hacer las cosas; pero en todo juego hay una oportunidad para que tu adversario haga un movimiento, ¿o no?

Ella se mordió los labios con su cabeza ladeada. Si algo había desarrollado en las últimas semanas era una compulsiva negativa al fracaso. Sinaí Ferreira solía ser menos que la última opción, esa que nadie siquiera consideraba, pero había pasado a convertirse en la única rival contra la que cualquiera estaría encantado de perder.

—Acepto. Entonces... nos vemos mañana.

Media hora más tarde, Sinaí repicaba a su segundo teléfono, aquel dinosaurio de teclas que había habilitado para mantenerse fuera del radar de

Axer; el mismo que el día anterior había dejado «por accidente» en el primer cajón de la mesita de noche del chico del que se suponía debía huir.

No necesitaba el número telefónico de Axer, él necesitaba pensar mejores evasivas para librarse de la mente de ella.

—¿Sí? —contestó el ruso medio adormilado y confundido.

—¿Señor Frey? Llamo para confirmar su reserva de mañana en la caja de Schrödinger.

—¿Mi qué en dónde?

—Lo he estado pensando y... Si te intriga mi mente, sospecho que hay otras facetas de mí que pueden llegar a fascinarte.

—¿Schrödinger? —intentó corroborar él, aún medio dormido.

—Tuya, como siempre.

Sinaí oyó su risa y sintió que el cielo llovía solo para ella.

—Te dije que yo te buscaría —susurró él.

—¿Y? ¿Qué más da si te busco antes yo a ti? Ah, ya... Comprendo. Déjalo así.

—¿Qué es lo que supones que comprendes?

—Tu miedo, por supuesto.

—Pero... ¿miedo a qué?

—A mí. A que me conozcas y pueda gustarte.

El silencio fue el único trofeo que Sinaí necesitó para declararse vencedora de esa y todas las partidas venideras. Porque sí, él haría cualquier jugada para intentar neutralizar su golpe, pero solo terminaría por darle a ella lo que buscaba desde un principio.

—Tú dime la hora y te paso a buscar mañana con mi chófer.

39

Su jaque

SINAÍ

A través de un pequeño agujero en la cortina de mi habitación, vi llegar el lujoso auto de Lingüini por la calle en dirección a mi casa. Gracias a la farola del otro lado de la calle —la única que funcionaba en cinco calles—, vislumbré la silueta de Axer en el asiento de atrás. Advertí que iba con el codo pegado a la puerta, la mano en la mejilla y el rostro fijo en la ventana.

Casi llegué a creer que podía verme a través de la cortina.

Oí que el auto estacionaba delante de casa y me preparé para lo que estaba a punto de acontecer.

La noche de mi vida, sin duda.

Según el espejo de mi alcoba, me veía sensual y peligrosa. En mis piernas contrastaba la palidez de la piel con el negro de la malla que escogí. Me había puesto unas botas altas de cuero y tacón fino que me aportaban altura y elegancia. Llevaba la misma falda corta que elegí para ir a visitar a Soto y que había pasado a ser mi favorita desde que sus manos la levantaron para acceder a mi desnudez.

Solo con recordar sus manos, cómo lentamente sucumbía a la tentación que yo le provocaba, o el roce pasional de su lengua en cada nueva lamida, o las sensaciones que había sido capaz de despertar con sus dedos en mi húmedo interior...

Tuve que cerrar los ojos y tomar una profunda respiración. Me había sonrojado hasta las orejas solo recordando, no quería imaginar qué sucedería cuando me volviera a tocar.

Arreglé mis mechones de cabello azulado dejándolos caer como una cortina detrás de mis hombros, una táctica para que no interrumpiera la vista de mi top, y me puse los lentes que adorné con pequeñas plumas negras para finalizar mi disfraz, junto a las orejas de gato.

Según yo, era la versión guarra de Gatubela.

Al abrir la puerta de la entrada de mi casa, me quedé tan embobada por la visión privilegiada de mis mundanos ojos, que no me habría sorprendido que me dijeran que estaba chorreando baba hasta los talones.

Axer Frey sabía lo malditamente bueno que estaba y se aprovechaba de la situación. Pudiendo ponerse cualquier disfraz, como el de un político bigotudo o el de un saco de papas, escogió vestir como la personificación de mis fantasías más perversas.

Llevaba una camisa aguamarina ceñida a su pecho que no dejaba nada de trabajo a mi infame imaginación, porque marcaba cada curva, cada músculo de su cuerpo.

Encima de la camisa llevaba una bata blanca abierta con un par de prendedores en cada bolsillo; uno lo identificaba como miembro de Frey's Empire, y el otro como Sr. Axer Frey. En las manos llevaba guantes de látex azul, y alrededor de los hombros un estetoscopio cromado. No usaba tapabocas, pero finalizaba su disfraz con los lentes de montura cuadrada que tanto me enloquecían.

Habría vendido el quince por ciento de virginidad que me quedaba por que ese hombre me examinara y me ahorcara con el estetoscopio.

Ese tipo no tenía pinta de tener dieciocho años ni en los zapatos.

—Schrödinger —saludó, desequilibrándome con su imagen de doctor porno.

No sabía cómo proceder, qué decir, cómo no decir las cochinadas que me estaban pasando por la cabeza, y entonces la puerta de la casa se abrió detrás de mí, salvándome.

—¡Hola!

«El recontra coñísimo de su malparida madre».

Era mi madre.

Axer se acercó a ella como un caballero bien educado, y yo solo quería gritar para decirle que se marchara.

—Señora Ferreira —saludó, tomando la mano de mi madre y besándola con la delicada elegancia que solo un cortesano europeo podría emular.

—¿Tú eres el que va a llevar a mi hija hoy? —Mi madre frunció el ceño, examinando a Axer como si buscara la cámara oculta—. ¿Cuánto te está pagando?

Axer rio, la típica risa breve y encantadora que es más un elogio al chiste que una verdadera necesidad.

Él era tan hábil siendo quien la otra persona necesitaba que fuera, que no sabía si tenerle miedo o admirarlo.

—Se la devolveré temprano —prometió él.

—Ay, no. Si las vas a llevar tú, por mí ni me la devuelvas.

—¡Mamá!

—Señora Ferreira, a mí no me diga ese tipo de cosas, porque tengo la mala costumbre de tomar literalmente lo que me conviene.

—Y hasta tiene un léxico rico. ¿Dónde lo encontraste, hija? ¿Y por qué no me habías hablado de él? Aaah... ¿No será él con quien...?

—¡Nos vamos!

Agarré a Axer por el brazo, pero él se soltó como si yo tuviese la mano llena de mierda.

Tuvo que ser algún tipo de impulso involuntario, porque al momento dio la impresión de que se maldecía a sí mismo por su brusquedad. Intentó enmendarlo agarrándome él a mí, no como si quisiera arrastrarme, sino pasando el brazo alrededor del mío como un caballero que escolta a su cita al baile de fin de año.

Vainas que nunca pasan en Venezuela.

Axer se sentó atrás conmigo, quiero pensar que para que estuviéramos cerca. Lingüini arrancó sin siquiera saludarme —como si me importara su cochino saludo—, y avanzamos en un incómodo silencio.

Axer parecía seguir martirizándose por su reacción de hacía un momento, y yo no superaba el hecho de haber sentido su brazo a través de la tela de su bata, presionado contra el mío, mientras me conducía al auto de su familia.

Era un sueño, solo esperaba que a las doce no pasara como en una parodia de la Cenicienta venezolana y cortaran la luz para matar el encanto.

Aunque, desde que *mister* Víktor Frey había tomado la presidencia de Corpoelec, los apagones nacionales habían disminuido en un setenta por ciento y el mantenimiento de las máquinas era el mejor que se había tenido en décadas.

Mi suegro no solo era atractivo, también me había salvado la nación.

—Si me hubieses dicho que ibas a venir de gato me habría disfrazado de la caja.

Repetí varias veces su voz en mi cabeza para procesarla. No me entraba completo lo que acababa de escuchar.

No solo mi crush me acababa de hablar sin que yo lo hiciera primero, sino que rompió toda tensión incómoda empezando la conversación con un chiste que solo podríamos entender él y yo. Nuestro chiste privado.

Para mí, acababa de pedirme matrimonio.

Intenté domar mis labios para que al contestar no evidenciaran que me estaba muriendo de emoción por dentro.

—O pudiste haberte disfrazado de Schrödinger —dije con una ligera insinuación—. El físico, digo. Y luego buscábamos en qué caja encerrarnos.

—En qué caja encerrarte a ti, querrás decir —corrigió él con la vista en el parabrisas—. El gato es el experimento, el físico solo es quien lo manipula.

—Da igual para mí. —Me encogí de hombros y moví la cabeza para apartar los mechones de cabello que se habían trasladado hacia mi escote—. Tengo una mente bastante abierta a las posibilidades.

Axer guardó silencio un instante. Cuando volvió a hablar lo hizo con una seriedad honesta, como si estuviese tratando de hacerme comprender entre líneas algo importante.

—Ojalá entendieras lo que estás diciendo.

—Ojalá entendieras tú lo poco que le temo al éxito.

Se dio la vuelta para mirarme a los ojos. Estaba siendo demasiado directa con él, lo había alentado a hacer lo mismo.

—¿Y a mí? ¿A mí me temes?

—Por ti siento de todo, Frey, menos miedo.

—Ya veremos.

La conversación murió ahí, al menos por el momento. Yo solo intentaba unir las piezas que él me había dado, y las que robé mientras no me prestaba atención, para comprender qué carajo era lo que le pasaba por la mente.

Porque sí, hay hombres difíciles, pero todos tienen un límite en el que o te mandan directo a la mierda haciéndote entender que en la puta vida tendrían algo contigo, o te cogen y ya está para quitarte de en medio.

Axer no hacía ni lo uno ni lo otro, y miren que yo habría agradecido que me embarazara y me abandonara, siempre y cuando aquello implicara un encuentro sexual de por medio.

Pero él seguía jugando conmigo sin explicarme las reglas del manual.

Seguía prolongando la partida a pesar de que estaba tan seguro de que yo no tenía posibilidades de ganarla.

¿Qué tipo de impulsos eran los de Frey, que se cohibía a darles rienda suelta cuando se acostaba con otras personas, hasta el punto de no sentir disfrute alguno? Y, en especial, ¿qué coño le hacía creer que yo no estaba preparada para tolerarlo?

—¿Sabes a qué me recuerda esto?

De nuevo fue él quien habló. Habíamos pasado la calle del colegio, íbamos camino al club donde se celebraría la fiesta.

«¿A algo que hiciste con Verónika?», pensé.

Tenía que dejar esos malditos celos por un momento o no podría vivir en paz.

—¿A una película? —dije en cambio.

—No. A nuestra primera interacción. No cuando te defendí de esas chicas en el colegio, sino luego. Nuestro primer intercambio de palabras.

—En el autobús.

—En el autobús —asintió. Me erizaba su voz profunda cargada de acento, como si me estuviese relatando un poema gótico en su lengua—. Al final sí le hablé a mi padre sobre tu «clavado» sobre mí ese día, ¿sabes?

«Clavado» era lo que quería que hiciera en mí con la longitud que medí con mi cabeza ese día. Pero sí, sabía a qué se refería.

—¿Y qué te dijo?

—Al principio reía pensando que era un chiste, pero le divirtió todavía más cuando le juré que sí había pasado.

—Me alegro de que mi desgracia los hiciera pasar un lindo momento entre padre e hijo.

—¿Desgracia? No esperaba que lo describieras así. No es como lo recuerdo.

—¿Y qué recuerdas?

Él calló un largo rato antes de responder, y cuando al fin lo hizo, me estaba mirando a los ojos.

—Fue la primera risa que compartimos. Y que estabas bastante perturbada por el tamaño de mi teléfono.

Perturbada, no. ¿Necesitada? Sin duda.

Desde que nos bajamos del auto hasta que entramos en el club donde se celebraba la fiesta, no hubo una sola mirada que pudiera despegarse de nosotros.

Hombres y mujeres morían por estar en mi situación a partes iguales, escoltada a la rumba del mes por los brazos de un médico ruso más sensual que los actores de Marvel.

Aunque eso de estar «en sus brazos» tal vez es una exageración, puesto que ni me tocaba. Pero nuestras sombras sí que se estaban rozando.

Apenas llegamos, Axer reservó una mesa y pidió un servicio de alcohol y copas sin siquiera consultarme. Me dieron ganas de pedirle unos Doritos ya que estábamos entrando en confianza.

Así que mientras los mortales tenían que pasar su fiesta de pie entre la pista de baile para sudar y los tumultos de personas para socializar, Axer y yo nos resguardábamos en la torre VIP de nuestro ilusorio idilio.

La zona exclusiva era para los privilegiados y sus respectivas parejas, uniformados con los disfraces más rebuscados o de plano los más predecibles, pero en mejor calidad. Podías encontrar desde una princesa egipcia hasta la Mujer Maravilla con el traje forrado de oro.

A aquella área se accedía a través de una escalera curva, separada por una especie de correa de terciopelo y custodiada por un guardia del tamaño de una pared que tenía más cicatrices en la cara que cabellos en la cabeza.

El lugar estaba organizado con los mejores centros de mesa, una zona para fotos con su respectivo fotógrafo, puertas de vidrio que daban acceso al balcón y una vista que habría envidiado Rapunzel. Además, las luces de neón estáticas le daban un cariz cálido y afrodisíaco al lugar, no como la mezcla de colores en movimiento que emitían los focos de la pista, aquellos estaban destinados a prolongar el éxtasis y a hacer quedar en ridículo a todo el que permaneciera quieto.

Axer y yo nos sentamos mientras el camarero iba por el pedido. Entonces comencé a pensar que él se desenvolvía muy bien en aquel ambiente. De hecho, actuaba como si él me hubiese invitado a mí a su lugar de preferencia. Me hizo concluir que ya había estado allí, lo que no era extraño, pero... me preguntaba... ¿habría ido acompañado?

—Ya estamos aquí —dijo, sirviéndose de la botella de vodka directo a su vaso—. ¿Cuál es tu plan?

—Divertirnos.

Axer enarcó un ceja, escéptico, mientras bebía su primer trago de la noche.

—Entiendo —dije—. Esta no es tu idea de diversión. ¿Y cuál es, entonces?

—¿Por qué, Schrödinger? ¿Por qué insistes en conocerme?

«Insisto en que me hagas tuya, pero no lo estás poniendo muy fácil, así que por algún lado tengo que empezar».

—No lo sé...

Me recliné hacia adelante con gesto pensativo, apoyando mis codos en la mesa y mi quijada sobre mis manos. No necesitaba un espejo para saber que las tetas se me debían de ver majestuosas desde donde él estaba.

—Creo... —continué—. Creo que tengo una corazonada con respecto a ti.

Le arranqué una sonrisa ladina, una de esas cargadas de secretos demasiado fuera de mi alcance.

—Deberías trabajar en tu relación con tu órgano cardiovascular, porque si te ha dado una corazonada conmigo, claramente tienen un problema de comunicación.

Mientras me reía de su chiste, oímos una voz desde la cinta que separaba la zona VIP del resto del club. Eran un par de chicas tirando de un chico del que parecían ser muy amigas. Mi amigo.

Soto.

Como todo en Venezuela, siempre había una manera de evadir el sistema. Si eras invitado de un invitado en la zona VIP, podías entrar sin problemas siempre que ellos pagaran todo lo que consumieras.

Y ahí estaba él, adentrándose en nuestra área para bailar con esas dos chicas, demasiado cerca de nosotros para ser prudente.

—¿Tenemos que estar estrictamente juntos para que cuente como haber cumplido contigo? —cuestionó Axer de sopetón.

Al parecer la nueva compañía no era de su preferencia.

—No, claro que no —contesté—. ¿Quieres ir a algún otro lado?

—No, puedo acompañarte toda la noche, siempre que no me hagas convivir con tus amigos.

Mientras decía aquello, estaba mirando en dirección a Soto como si quisiera diseccionarlo delante de todos.

—¿Pasa algo con mis amigos?

—No. Simplemente somos demasiado distintos, y si quieres que me divierta hoy, dudo que vaya a conseguirlo si estoy fuera de ambiente todo el tiempo.

—Espera... —Me recliné hacia él con una sonrisa pícara—. ¿O sea que te sientes «en ambiente» conmigo?

—No termino de definir lo que siento cuando estoy contigo, Schrödinger.

—Te agrado, admítelo —presioné con expresión satisfecha.

—Me intrigas.

Me incliné de nuevo hacia él.

—¿Y qué te impide descubrirme?

—Estoy aquí para eso, ¿no?

Mi boca se abrió, pero las palabras que escuchamos a continuación no fueron mías.

—¡Monte! Qué hermosa coincidencia verte por aquí.

Soto me saludó con un beso en la mejilla y tiró de mi mano para ponerme de pie y abrazarme. No le bastó con eso, y alardeó un poco dándome vueltas mientras estaba en sus brazos.

—Axer, ¿no? —saludó mi amigo a mi crush después de sobarse el hombro como por media hora.

Axer dejó de observar el vaso de vodka que tenía entre las manos, lo apoyó sobre la mesa y se fijó en Soto. Con la mano libre, se bajó los lentes casi al límite del puente de la nariz, y con las cejas arqueadas estudió a mi amigo de arriba abajo.

Ni a mí me había estudiado con tanto detalle.

—Esto es una fiesta de disfraces —señaló mi futuro marido con desdén, ignorando el saludo de Soto.

—Y tú un prodigio, ¿no? —contestó mi amigo—. Casi ni se te nota por estar señalando lo obvio.

Axer se mordió el labio inferior, rechazando el anzuelo de Soto para molestarlo, desconcertándolo con el mejor humor que había tenido en toda la noche.

Mi ganado junto parecía un par de cavernícolas compitiendo a ver quién meaba más lejos, pero que la Santa Virgen de la Virginidad Mitológica me librara de interrumpir su función gratuita.

—*Sukin syn** —pronunció Axer en su lengua natal con la más radiante de las sonrisas que le había visto.

—¿Ah?

---

* «Hijo de puta» en ruso *(N. de la A.)*.

—Te he dicho que prodigio sí soy, muchas gracias por el trabajo de investigación y el halago.

—Olvídalo. —Soto hizo un gesto despectivo con la mano—. No puedo hablar con alguien sin cultura.

—De acuerdo, me falta acostumbrarme a muchas variantes del español para entender del todo tu jerga, pero al menos tengo el suficiente sentido común para no venir a una fiesta de disfraces sin disfraz.

—Estoy disfrazado.

—Llevas la misma camisa negra de siempre y una chaqueta de cuero encima. ¿Dónde está el disfraz?

—¡Pero si claramente soy Hardin Scott! —exclamó Soto, indignado.

—No sé de quién me hablas.

—Ay, no, pana, contigo no se puede hablar.

—A mí no me llames pana —espetó Axer perdiendo la sonrisa.

—¿Y cómo coño quieres que te llame? ¿Papi?

No logré distinguir si el rostro de Axer se había puesto del color de mi labial porque estaba ardiendo en cólera, o sonrojado de vergüenza; lo único que tenía claro es que era momento de intervenir.

Agarré a Soto por la oreja y lo arrastré hasta el balcón.

—Soto, si me sigues echando la burra para el monte...

Me di cuenta de que ese refrán urbano incluía el apodo que él me puso, así que me terminé riendo a mitad del relato. Mi amigo me había dañado los montes para siempre al nombrarme así.

—Ya, ya, tranquila. No es mi culpa que míster doctor sexy sea más sensible que tu cuello cuando le paso la len...

—¡Soto, por el amor a Cristo!

Le lancé un golpe para callarlo, pero adivinó mis intenciones y, en lugar de esquivarme, me atrapó la manos y me acercó hacia él muerto de la risa.

—Tienes muy mala puntería, Monte.

—¿Te muestro cómo mi rodilla es mejor acertando?

—Humm... —Él fingió que lo consideraba—. No es precisamente lo que esperaba que me mostraras esta noche.

—Ya, deja la pendejada y bésame si me vas a besar.

—No —cortó él con el mismo humor—, tenemos un trato.

—¿En serio quieres que lo haga delante de él? —cuestioné, más intrigada que nunca—. ¿Por qué?

—Para más placer.

—Qué mediocre, Jesús. Para más placer nos encerramos en el baño y que pase lo que a nuestras imaginaciones se les ocurra.

—No lo descarto para después, pero sigo fiel al plan original.

—¿Por qué? —Él seguía sin soltarme los brazos, pero entonces dejé de forcejear, pegándome más hasta que mis senos quedaran en su campo de visión si bajaba la vista—. Sabes que él me gusta, ¿cuál es la necesidad de hacerlo así?

—¿Y? Él les gusta a todos. Además, tú accediste.

—No pensé que hablaras en serio.

—Es muy en serio, Sinaí. Me muero por besarte, pero quiero que sea así. ¿Puedes complacerme en eso?

Logré zafar una de mis manos y la pasé por su cuello, deteniéndome detrás de su oreja, empezando a enredar mis dedos en los rizos de su nuca.

—En algo tú tenías razón —admití con mi voz en un susurro—. Somos amigos. No importa cuántas veces nos besemos, así seguirá siendo. María me dijo que tú matarías por mí, y aunque no he tenido tiempo de probarme, sé que yo lo haría por ti también. Solo dime por qué lo quieres, Soto. Confía en mí.

—Va a sonar horrible.

—No puede sonar peor que mis pensamientos, créeme.

—No, no, ya me imagino que tienes la mente más sucia que las orejas, pero me refiero a... Sonará como si te estuviese utilizando.

—Úsame, no importa.

Soto me empujó fingiendo que se molestaba mientras yo me cagaba de la risa.

—Hablo en serio, Monte.

—¡Vaaamos! Dime, no te voy a juzgar.

—Júralo por los hijos que fantaseas con tener con Frey.

—¿Cómo...? Ay, para qué intento negarlo. Sí, lo juro por Víktor y Viktoria juniors. Y los otros cinco.

—Bien... —Soto tomó aliento—. No se me quita de la cabeza una conversación que tuvimos él y yo. Dijo que jamás probaría nada que me hubiera tocado los labios. Él no conoce el sabor de una derrota, lo sé, lo veo en la seguridad con la que se desenvuelve y respira; en cambio, yo he vivido tantas que he aprendido a convertirlas en chistes. Tú lo deseas, y él desea probar que puede tenerte. Yo solo quiero verlo luchar entre escoger una derrota u otra, y ser yo quien lo ponga en esa situación. Porque si te besa después de haberlo hecho yo, habrá perdido, pero si desiste, me habrá dejado ganar.

—Eres... un... maldito genio, Soto. —Me alejé de él mientras me carcajeaba—. Si hasta me das miedo.

—Cállate, miedo das tú jugando a GTA.

—Oye, por cierto... Te dije que no te iba a juzgar por utilizarme para tu venganza rusa, pero no dije nada sobre señalar que parece que fantaseas con él, eh. Es que le tienes estudiada hasta la manera de respirar.

—No es fantasía, pendeja. Él fue quien me escogió como su rival, yo antes de que se me acercara lo único en lo que había pensado si acaso era en chuparle la...

—Sí, sí, sí, recuerdo muy bien lo que querías hacerle. Ahora vete con María, yo tengo que volver con Frey antes de que otra le salte encima. Te escribo en un rato.

Cuando volví con Axer, me di cuenta de que tenía el teléfono pegado a la oreja. Me quedé un momento detrás intentando captar algo de la conversación, pero por lo ininteligible y agresivo de sus palabras, comprendí que estaba hablando en su lengua materna.

Si no me hacía mis siete hijos hablándome en ruso, mejor que ni me hiciera nada.

A pesar de que no entendía nada, sí captaba el calor en su voz. No era una conversación agradable. De hecho, tuve ganas de decirle «la tuya», solo por si acaso.

Comprendiendo que no iba a entender nada, me senté de nuevo en mi silla. Ya habían entregado otra parte del servicio de bebidas, puesto que en mi lugar había un vaso lleno de hielos con trozos de frutas y un líquido con una mezcla de colores que iban del azul al verde. En medio, había una botella y dos *shots*.

Al verme, Axer colgó sin siquiera despedirse. Tenía el rostro encendido hasta el cuello, y su mirada de cólera habría sido capaz de fulminar a cualquiera. Además, se bebió todo lo que quedaba en su vaso de un solo trago, y al terminar lo depositó sobre la mesa con un golpe.

Nunca había querido ser un vaso hasta que vi cómo los nudillos de Axer se blanqueaban mientras agarraba el suyo como si fuera una presa.

—Mi padre —respondió sin que le preguntase nada.

—¿Está...?

—No quiero hablar de eso. —Llenó otra vez su vaso con vodka—. Pero sí quiero hablar.

—¿Con... conmigo?

—¿Todo bien con tu amigo?

—Tiene un humor pesado, pero... —Suspiré—. Una vez lo conoces...

—No.

Bien, no iba a insistir por ese camino. Me bastaba con el paso que había dado para conocerme a mí.

—Pensé en lo que me dijiste, y está bien, no te voy a pedir que convivas con mis amigos, tú accediste a salir conmigo, no con nadie más, pero... Sabes que tengo que interactuar con ellos, ¿no? Te lo digo para que sepas que de vez en cuando estaré abajo con ellos, así puedes aprovechar tu tiempo y... no sé, leer a Agatha Christie o escuchar a...

—¿Cómo sabes que me gusta Agatha Christie?

«Porque te *stalkeé* hasta la partida de nacimiento».

—Espera... ¿te gusta? —Me hice la sorprendida—. Solo lo dije porque sería lo que yo haría. Además, se nota la influencia en tu escrito...

Una de las comisuras de los labios de Axer temblaba, y sobre sus pupilas bailaba una satisfacción deliciosa.

Él sospechaba que yo lo había leído, pero yo acababa de confirmarlo.

—¿Te gustó? —preguntó pegándose al espaldar de su silla, con su mano todavía en la mesa, jugueteando con los hielos de su bebida.

—¿Qué cosa?

—*A sangre fría.*

La respiración me estrangulaba la garganta, incapaz de seguir su trayecto, porque no estaba preparada para la manera en que Axer me desnudaba con la mirada.

A sangre fría era mi nuevo libro favorito, pero eso no podía decírselo a un oponente como Axer.

—Es buena.

Él enarcó una ceja. Mi indiferencia había captado su absoluta atención.

—¿Pero...?

—No hay peros, Frey, para ser un borrador está perfecta.

Borrador. Una bofetada le habría dolido menos, y me la habría agradecido.

Pero no me arrepentía de herirlo, no cuando esto lo llevó a desviar la mirada y sonreír, su rostro casi se fusionaba con el de aquella vez en nuestra partida de ajedrez. Él odiaba perder, pero era adicto a que yo intentara ganarle.

—Bebe —me ordenó.

En obediencia, tomé un sorbo cuidando de no despegar mis ojos ni una vez de él.

Se me demudó el rostro de placer cuando el sabor explotó sobre mis papilas gustativas.

—¿A qué te sabe? —me preguntó. Por el tono de su voz parecía que me estaba preguntando el color de mi ropa interior.

—Al mejor orgasmo que he tenido —admití sin vergüenza.

—Eso es porque todavía no has probado los que puedo darte yo —soltó con un guiño.

Me atraganté con la bebida.

A pesar de que sus labios estaban ocupados con el vidrio de su vaso a mitad de un trago, vislumbré un temblor en los límites de su boca que revelaba cuánto estaba disfrutando.

El calor me subió en segundos, y no precisamente por el alcohol.

—Te refieres a... —Tosí—. Al trago, ¿no?

—Claro, Nazareth, ¿a qué más?

Tragué grueso. Sin duda no me quedaba una porción del rostro sin enrojecer.

—Cuando quieras me regalas uno, ¿eh? —bromeé.

—Ese es el asunto, ¿no? Que yo quiera.

Y ahí estaba su jaque.

Doloroso. Letal.

Pero yo seguía teniendo a la reina lista para mover, en defensa y ataque a la vez.

—Juguemos —lo reté.

—¿A qué?

—No aquí, abajo.

—Ni ebrio.

—Entonces aquí, pero yo escojo con quiénes.

—No.

—Tienes que ceder en algo, Frey, ¿cómo piensas atacar al rey sin sacrificar tus peones?

Se estaba mordiendo los labios para someter la sonrisa que mi alegoría le suscitó. Pero era indeleble, aunque pudiera borrarla de su boca, en su rostro quedaría el rastro.

—Puedo ceder, pero tú debes hacer lo mismo. Jugaremos, pero nada de retos. Existen muchos juegos con bebida, piensen en otros. Y sí, podemos incluir a tus amigos, pero a nadie más. Los demás jugadores tienen que ser personas de aquí arriba.

—Usted manda, Frey.

Pero por supuesto que no era así, hacía tiempo que había dejado de mandar él.

40

Mate de la reina

SINAÍ

—Esto es fácil —explicó María.

Todos estábamos sentados en el suelo formando un círculo. Mi amiga estaba disfrazada del reflejo de su alma, vestida de rojo hasta los labios con un par de cuernos en un cintillo sobre su melena rubia. Si hubiese estado un poquito más provocativa, no la habrían dejado entrar en el club.

—Solo son preguntas —continuó mientras servía el alcohol en los vasos que Soto le iba pasando—. El que mienta, bebe. El que no conteste, bebe. No tiene ciencia. Eso sí, tienen que beberse el vaso completo. La idea es que la penitencia afecte, sino cualquiera querría perder.

Mientras mi amiga llenaba y pasaba tragos de mano en mano hasta completar el círculo, al fondo empezaba *Sal y perrea* de Sech, por lo que todas las chicas en el grupo nos pusimos a cantar en coro.

> *Ella no quiere la corona en la cabeza, ella la quiere en el vaso.*
> *El amor le dio batazos, y si la invitan a salir dice «paso».*
> *Ella te bloquea si no siente, y también si siente por si acaso.*
> *El amor le dio un cantazo, y fue la gota que derramó ese vaso.*

—¿Y yo puedo unirme?

Como si no estuviesen suficiente enredadas las cosas ya, tenía que unirse Verónika para complicarlas más, por supuesto.

—¿Alguien te invitó? —inquirió María con sorna.

—El club es mío, querida. ¿Quién te invitó a ti?

Tuve que cambiarme de sitio para estar cerca de mi amiga, algo me decía que si no la detenía, le clavaría el tacón en los ojos a Verónika.

Sí, en los dos.

Mientras la rubia se sentaba, miró a Axer como si recién reparara en su presencia.

—Hola, bebé —canturreó ella con una sonrisa fingida.

—*Suka** —murmuró él en ruso, y por el tono que usaba, sentí que estaba invocando al Satanás de su tierra.

Iba a necesitar subtítulos para situaciones como esas, nuestra relación no funcionaría si no entendía el treinta por ciento de lo que decía.

Al fin, Axer alzó la vista que tenía fijo en su vaso de vodka y miró a Verónika para decirle:

—¿A alguien le caes bien?

—¿Y tú? —contraatacó ella.

Casi salto a responder por él, pero las cosas ya estaban lo suficientemente incómodas como para tentar a que ella dijera algo que no estaba preparada para oír en ese momento.

—Muy ingeniosa tu evasiva —contestó Axer sin inmutarse—, pero no es una respuesta, así que bebe. Querías jugar, ¿no?

El cerebro de ese tipo me prendía más que la gasolina, pero el hecho de que estuviese desperdiciando su ingenio con ella, y la sola presencia de ella, eran suficientes para bajarme la calentura.

Vero se bebió el vaso hasta el fondo, y entonces le tocó a ella preguntar.

—¡Hola, Sinaí! —saludó.

Por algún motivo, tuve miedo de ella y de lo que pudiera preguntarme.

—¿Cómo te sientes? —dijo al fin—. Y recuerda que no puedes mentir.

—Eeeeh... ¿Esa es tu pregunta?

Entonces tomó mi vaso y lo llenó con alcohol hasta arriba.

—Esa no fue una respuesta válida —dijo entregándome el trago.

Era válido su movimiento.

---

* Perra en ruso *(N. de la A.)*.

Me lo bebí a duras penas, arrugando hasta el culo por el coñazo que significó tanto alcohol en un solo trago, pero no dejé ni una gota.

Decidí que dejaría pasar mi oportunidad por el momento para no ser tan obvia en mis intenciones, preguntando a María una estupidez solo para pasarle el turno a ella.

Luego de contestarme a mí, a María le dio por preguntar a Verónika:

—¿Por qué viniste sin disfraz?

Había sido un golpe tonto, pero de todos modos tuve que esforzarme para no reírme. Vero claramente había ido vestida de bruja, así que la pregunta era un insulto subliminal.

—Graciosa, muy graciosa. Vine vestida de Raquel Mendoza. Ni siquiera mereces que te lo explique, pero lo hago porque no quiero volver a beber de esa cosa.

Así pasaron un par de rondas más, flojas, sin mucha emoción. Hasta que le tocó jugar a Soto.

—Axer, ¿no? —preguntó mi amigo, girándose para ver de frente al doctor porno.

—Me vas a gastar el nombre de tanto que me lo preguntas —reaccionó Axer. A pesar de lo borde que sonaba, hizo su comentario sonriendo, como si fuese una broma entre colegas.

—Solo quería asegurarme. Ya sabes, no todos somos prodigios aquí.

Verónika casi se ahogó con una carcajada debido al comentario de Soto. Al segundo logró reponerse, taparse la boca y pedir disculpas.

—Bueno, aquí va mi pregunta —advirtió Soto—. De hecho, es bastante sencilla, los voy a aburrir. Solo es un rumor que me gustaría que confirmaras o desmintieras.

—Te estás tardando —advirtió Axer con fastidio.

—Les dije que sería una estupidez... ¿Es cierto que Monte te ganó en una partida de ajedrez improvisada en el patio de la escuela pública?

Jesús Alejandro Soto le acababa de patear el orgullo a Axer Frey delante de todo el círculo de jugadores, y yo no sabía si reír o llorar.

¿Lo peor? Axer prefirió beber que responder la pregunta. Se tomó hasta la última gota de su vaso como si fuese veneno.

Entonces fue su turno.

—¿Puedes admitir que te gustaría ser como yo? —le preguntó a Soto.

—Me gustaría ser tuyo.

Lo dijo cagado de la risa, contagiando al resto, y se apresuró a beber para dejar claro que había mentido y que no le importaba perder con tal de molestar a Axer.

A partir de ahí sentí que pasaba una eternidad hasta que volvía a llegar mi turno, pero cuando pude tener el poder de nuevo, no cometí el mismo error de desperdiciarlo.

—Verónika —anuncié.

—Dime, querida.

—¿De dónde se conocen tú y Axer?

Ahí estaba, paladeando el sabor del alivio que solo puede invocarse cuando recibes respuesta a una duda prolongada. Lo había conseguido, al fin tendría al menos una idea de lo que pasaba entre ella y mi crush... Pero la muy puta prefirió tomarse su vaso, que podía embriagarla después del primero, a responder la maldita pregunta.

—Bien... Parece que es mi turno —celebró ella.

Yo seguía limpiándome el maquillaje de payasa de la cara cuando ella señaló a Axer.

—¿Ahora qué? —inquirió este.

—¿Todavía quieres mantener la regla de cero retos? —interrogó Verónika con una sonrisa de satisfacción en el rostro—. Porque podría ser compasiva contigo y cambiar mi pregunta por un reto.

—¿Por qué querría cambiarla?

—No lo sé, Axer, ¿de verdad quieres poner en mis manos tu verdad? Piénsalo.

Axer apretó los labios y uno de sus puños. Me empezaban a preocupar las venas de su cara, parecían a punto de estallarle.

¿Qué sabía Verónika de él, y hasta qué punto podía ser grave lo que sabía, como para chantajearlo de esa forma delante de todos?

—Dime tu reto —cedió Axer.

—No, no, eso se lo dejo a él —explicó Vero señalando a Soto, quien se quedó tan sorprendido como todos los demás—. Por cómo lo he visto desenvolverse en el juego, parece que tiene ideas muy divertidas.

—El disfraz te queda perfecto, cariño —comentó Axer antes de volverse hacia Soto.

A pesar de que la había insultado de forma subliminal, que le dijera «cariño» me pegó en el hígado.

—Dime tu reto —exigió Axer.

Soto no respondió, estaba demasiado ocupado sacando algunas cosas de su bolsillo; de hecho, solo fueron dos: un cigarrillo y los fósforos con los que lo encendió.

Dejando salir el humo en cascadas, Soto se retiró el cigarro de la boca, sosteniéndolo entre los dedos índice y medio para luego extender la mano hacia Axer.

—¿Qué? —espetó este.

—Quiero ser pana contigo, yo mataría porque me retaran a algo así —dijo Soto con un encogimiento de hombros.

—¿Quieres que fume?

—Quiero que lo pruebes.

Axer guardó silencio con el rostro imperturbable.

Soto, lo incitaba con el reto en su rostro.

El contacto visual entre ambos era tenso y directo, ninguno de los dos parpadeaba.

Y yo... Yo sentía que me faltaban como diez páginas de la historia para entender lo que estaba sucediendo ahí.

—¿Por cuánto tiempo? —preguntó Axer.

—Solo pruébalo, Axer. Si no te gusta, me lo devuelves.

Axer le extendió la mano y Soto le acercó un poco más el cigarrillo. La cautela entre ambos era tal, que ninguno se creía del todo la movida del otro; así que, en medio de esa vacilación, noté que sus manos se mantuvieron en contacto por un tenso segundo más de la cuenta.

A ese paso, esos dos iban a matarse en cualquier momento.

El doctor ruso llevó la mano con el cigarrillo muy cerca de su cara, a escasos centímetros de sus labios entreabiertos.

Soto no le quitaba los ojos de encima, esperando el fracaso con una sonrisa más débil, como si empezara a dudar de sí mismo.

A Axer no lo había visto más determinado en toda la noche. Sin rabia, sin sonrisas. Su contacto visual con mi amigo era sereno, pero la tensión no decía otra cosa que «voy a destruirte».

Al fin, los labios de Axer encerraron el filtro del cigarrillo. Sus mejillas se llenaron del humo mientras sus pulmones inhalaban, pero sus ojos seguían en Soto, quien sonreía como si acabara de ganarse la lotería.

Pero esa sonrisa desapareció en un instante, como si una bofetada la hubiese borrado, cuando Axer hizo su siguiente movimiento.

Volteó hacia mí con la boca todavía llena de humo y me extendió el cigarro en una invitación.

Yo jamás había fumado, pero lo último que me pasó por la cabeza fue negarme.

Me incliné hacia adelante, hacia él, esperando que me acercara el cigarrillo a los labios, pero sus planes eran distintos. Su rostro se acercó al mío, y como todavía quedaban demasiados centímetros de distancia, me atrajo hacia él con la mano en mi nuca.

Nuestras caras quedaron tan cerca que sus pestañas me rozaron. Mi boca se entreabrió por instinto, y de la suya él dejó salir todo el rastro mentolado del cigarrillo, dirigiéndolo al interior de mis labios. Lo aspiré todo conforme él lo soplaba, llenando mi garganta con la sombra de su aliento hasta que ya no quedó evidencia del humo, solo nuestras respiraciones acariciándose.

Cuando nos separamos tuve la sensación de que acababa de experimentar el acto más intenso y cautivador de mi vida.

Solo Axer podía transformar el ajedrez en un juego erótico y el humo en intimidad.

Y a pesar de todo, el juego seguía sin terminar.

Todavía me faltaba mover la reina.

Y eso hice. Me deslicé por el tablero en dirección a mi jaque mate.

Le quité el cigarrillo de las manos a Axer con delicadeza y por primera vez en mi vida inhalé directamente de uno.

Cuando tuve la boca llena, a pesar de la picazón que sentía en la garganta, le devolví el cigarrillo a Frey. El humo me lo quedé, para este tenía otros planes.

Para cuando Soto empezaba a analizar lo que estaba pasando, ya mis brazos estaban alrededor de su cuello y mi boca agrediendo la suya.

41

Juego en tablas

SINAÍ

Después del juego, Axer me demostró una indiferencia absoluta, enseñándome que el hielo quema más que cualquier llama con la que yo hubiese intentado quemarlo.

No hubo reacción de su parte a mi beso con Soto, de hecho, el juego no terminó ahí, y él siguió jugando con un ánimo mejor para con los demás.

Y no, no me ignoraba. Hacía algo peor: era amable y educado conmigo.

Como si nada hubiese pasado.

Como si lo que sucedió en realidad fuese nada para él.

Habría preferido una reacción de su parte, sea cual fuese. Que me odiara. Que sus ojos destilaran veneno. Que hiciese una escena. Que me agarrara por el cabello y me besara él.

Entonces descubrí que realmente lo había cagado todo, acababa de probarme a mí misma una verdad que había querido posponer: yo le daba igual.

Pasé el resto de la noche bailando con Soto y María en la parte baja del club, cantando a todo pulmón los éxitos del momento, bebiendo el ron más barato que había.

María y yo nos quedamos solas durante un rato y ella aprovechó para susurrarme:

—Te veo, te analizo y procedo a arrodillarme ante ti.

—No me siento digna de reverencias justo ahora.

—¿Por qué? —Mi amiga movió las cejas de manera insinuante mientras me daba un codazo—. ¿No te gustó el beso?

—No debí haber besado a Soto así, hice que mis oportunidades con Axer se fueran al carajo. Ahora dará la impresión de que ando con otro.

—¿Y te pica el culo o qué? ¿Por qué lo hiciste?

—Es que... No podía seguir en desventaja. Él sabe que me atrae, y eso haría que se confiara. Aunque realmente sintiera algún interés en mí, lo iría demostrando en cuotas, controlándome mediante el deseo que me inspira. —Negué con la cabeza y con las manos—. Me niego. Creí que si... Creí que si me veía con otro, descubriría que la atracción es algo natural, que puede ocurrirle a cualquiera hacia cualquiera, que no puede controlarme por ahí y que si no reacciona ya, pierde la oportunidad y le deja el camino libre a otro.

—Me suena como una maravillosa jugada. ¿Y cuál es el problema ahora?

Suspiré con resignación.

—Su indiferencia. Yo hice una declaración con fuego, él está haciendo la suya con su frialdad de ahora.

Cuando Soto regresó, siguió tomándolo todo como solo él podía tomárselo: con humor. El resto de la noche me trató como si nuestra amistad nunca hubiese sido más sólida, haciéndome reír hasta las carcajadas, evitando las insinuaciones y las miradas indebidas por respeto a María, para no hacerle sentir que estaba de más.

Teníamos una conversación pendiente y él tenía una esclavitud que pagar, pero ya tendríamos tiempo luego para aquellos asuntos en privado.

Por lo demás, había sido una noche decente, hasta que...

—Nos vamos.

La voz de Axer me llegó desde mi espalda y su guante de látex se posó sobre mi hombro.

Me volví para encararlo.

—Me estás jodiendo, ¿no? No son ni las cuatro de la mañana.

—En otras circunstancias harías lo que quisieras y a mí me tendría indiferente, pero hoy no. Yo fui a buscarte a tu casa, hablé con tu madre. Estoy comprometido en esto, mi deber es devolverte sana y a una hora prudente.

Su mirada era neutra y tranquila, si acaso había un matiz de fastidio en su rostro, como si tratara con una hermana menor a la que tenía que llevar a casa para luego quedarse a hablar con sus amigos mayores.

Definitivamente había cagado las cosas con él.

Después de despedirme de mis amigos, subimos al auto de Lingüini rumbo a mi casa. Esa vez, Axer no me acompañó en la parte de atrás, se sentó delante junto al chófer.

No dijimos ni una puta palabra en todo el camino.

Pero algo noté, el primer atisbo de humanidad en él desde mi beso con Soto.

Tenía la vista clavada en la ventana, de modo que sus gestos quedaban ocultos a mi campo de visión. Pero su pierna sí la veía, y noté la forma en que la movía, casi como un tic. El movimiento era continúo, pero lo que me llamó la atención fue el aumento progresivo de la velocidad. Eso, sumado a la forma en que se apretaba la pierna con la mano, me sugería la irritación que su rostro tan bien había sabido disimular.

Hasta que habló. Su voz reveló la ira a pesar de mantener un tono decente, como si estuviese ahí, contenida, esperando el detonante para estallar.

—Para aquí —le dijo al chófer.

Estábamos pasando frente a una parada de autobuses cerca de mi vecindario.

Lingüini se detuvo frente a la parada.

—Baja —ordenó entonces Frey. Pero no estaba hablando conmigo.

—¿Disculpe, señor? —cuestionó Lingüini mucho más sorprendido que yo, que observaba la escena con el ceño fruncido.

—Que te bajes aquí. Yo vendré a buscarte luego.

—¿Y la chica?

—La llevaré yo.

—Yo soy el chófer...

—Eras. Baja aquí.

—Sí, señor.

No entendía un coño de lo que estaba sucediendo, y mucho menos me esperaba lo que venía. Nadie podría haber esperado algo así.

Axer se introdujo en ese vecindario que yo no conocía y estacionó el auto en el garaje de una casa abandonada.

«¿Por qué te detienes?», quise preguntar, pero toda la saliva había abandonado mi boca.

La tensión se había vuelto tan espesa que podía palparse. El silencio, absoluto y penetrante, había afectado hasta mi respiración.

Era una agonía, y ahora comprendo que él lo había decidido así, quería que yo viviera con dolorosa intensidad cada segundo, solo con la visión de su mano en el volante y la fracción de su rostro que me permitía visualizar el retrovisor.

Sus ojos, resguardados por el cristal de sus lentes, se clavaron en el retrovisor para fijarse en los míos, sobresaltándome. El verde había pasado a domar el amarillo, la intensidad de su mirada me estrangulaba, la creí capaz de derretir el vidrio y mi piel.

Esa mirada... Esa era la confesión más perversa que me había hecho desde que nos conocimos.

—Schrödinger.

Tragué en seco, su voz era un escalofrío en mi piel.

—Frey.

Vi cómo subía al máximo el frío del aire acondicionado y fruncí el ceño todavía más. Yo ya temblaba de frío.

—¿Por qué le subes al aire? No hace calor.

—Por ahora.

Eso definitivamente tuve que haberlo malinterpretado.

Pero entonces volvió a hablar.

—Si te dijera que voy a cogerte, ¿cómo te gustaría que lo hiciera?

No sonrió, ni parpadeó. No hubo guiños ni tartamudeos. Me estaba hablando malditamente en serio.

—Yo... ¿Qué?

—Si te digo que quiero cogerte. Justo ahora, en este lugar. ¿Cómo quisieras que lo hiciera?

Estaba jugando conmigo, por supuesto que estaba haciéndolo. Axer era astuto, supuse que esa solo era otra de sus sonatas de dominio sobre los acordes de mi mente. Y aun así... Tuve que apretar las piernas para callar la urgencia que empezó a nacer entre ellas.

—¿No lo has pensado? —insistió. Acto seguido, se metió un dedo en la boca, mordió la punta para tirar del látex del guante y por fin desnudó su mano.

Ese simple acto me resultó más sensual que ver a cualquier otro hombre quitarse la camisa.

—¿Dónde quedó tu voz, Schrödinger?

—Yo... Es que no estoy entendiendo nada.

—¿Me has imaginado cogiéndote?

Tragué en seco.

Claro que sí, demasiadas veces como para que fuera prudente admitirlo.

Mi silencio fue su respuesta.

—Alguna de esas veces, mientras me imaginabas... ¿te estuviste tocando?

Mi mano se cerró sobre mi muslo por reflejo, dejando huellas sobre la piel debajo de mis medias de mallas.

—Sé honesta, Schrödinger. La honestidad tiene sus recompensas.

Armándome de valor, asentí, pero lo hice con tal cautela y lentitud que tuve que reforzar la afirmación con palabras.

—Sí... —admití en un hilo de voz.

—Si esta fuera una de tus fantasías, ¿cómo preferirías tenerme? ¿Completamente desnudo, o vestido como estoy?

Él lo sabía. Sabía lo mucho que me perturbaba su disfraz de doctor.

—No me gustaría que te quitaras el disfraz —admití. Mi voz sonó débil y trémula por el efecto de sus palabras y la absoluta vergüenza. Estaba sonrojada hasta el cuello, el frío a mi alrededor se había evaporado.

—¿Y los lentes? —continuó—. ¿Quieres que me los quite?

Lo sabía todo.

Negué con la cabeza a su pregunta.

—Quítate las botas.

—Pero... —Tenía que estar soñando, no había otra explicación—. ¿Por qué?

—¿Quieres conocerme, Schrödinger? ¿Quieres comprender qué hay en mí que te atrae y te insta a escapar a la vez, quieres descender conmigo al abismo de esta demencia?

—Aah... —Tartamudeé—. Sí.

—Entonces obedéceme.

Y así hice.

Me doblé en el asiento para alcanzar mis pies. Las manos me temblaban por los nervios, mi piel era terriblemente consciente de que Axer tenía su mirada fija en mí, mis dedos erráticos intentaron desabrochar las correas.

Al fin me quité las botas, dejándolas en las alfombrillas del auto. Mis pies quedaron desnudos a excepción de la malla negra que me cubría a modo de medias hasta las caderas.

Alcé la vista para mirar a Axer. Esperaba su aprobación, un indicio de lo que sucedería a partir de entonces.

Él se quitó el otro guante y se dio la vuelta para mirarme de frente, sin ningún vidrio como intermediario. Estaba sentado de lado, en diagonal hacia mí, con una pierna asomada por el espacio entre los asientos delanteros que casi podía rozar mi rodilla.

Tenerlo así lo hacía todo real. Malditamente real.

—Las medias —indicó.

Me deshice también de ellas y las dejé a mi lado en el asiento.

—¿Tienes miedo, Schrödinger?

Negué con la cabeza, pero le estaba mintiendo de forma descarada. Por supuesto que tenía miedo, estaba aterrorizada. Sus ojos querían que les temiera.

Era como cualquiera antes de lanzarse en paracaídas; el vértigo asusta, pero también es la recompensa del que se atreve a desafiarlo.

—No tienes miedo... —Murmuró—. ¿Y qué sientes? ¿Quieres que te haga daño?

—Por favor —rogué en un susurro.

—¿Quieres que te coja, Nazareth?

—Lo necesito.

—Pruébamelo. Pruébame las ganas que tienes de que te tome y te lastime hasta que caigas al mismo abismo en el que vivo yo.

—¿Cómo? ¿Cómo hago eso?

—Pon tus manos sobre tus piernas. Quiero verlas ahí.

Hice lo que me pedía, lentamente. Hice que mis palmas fueran rozando mis muslos hasta dejarlas descansar encima. Entonces fui consciente de lo bien que quedaban mis uñas negras haciendo contraste sobre mis pálidas piernas. Mis manos, en cambio, estaban más bronceadas por la constante exposición al sol y temblaban, tal vez de frío, definitivamente de pavor.

—Recorre tus piernas hacia arriba. Hazlo lento, disfruta del tacto de tu propia piel.

Conforme me hablaba, yo iba obedeciendo, sintiendo mi respiración flaquear.

—No pares ahí. Sigue subiendo y arrastra tu falda, muévela para que yo pueda ver toda tu piel, pero cuida que no se note tu ropa interior.

Nunca me había excitado tanto recorrerme a mí misma. La voz de Axer, profunda, cargada de acento, pasional y autoritaria, era como combustible para mis nervios.

Me estaba llevando al éxtasis sin ponerme un dedo encima.

—Me encantan tus piernas, Nazareth.

Recibí su confesión como un latigazo al pecho, con eso bastó para arrancarme un jadeo.

—¿Llevas ropa interior?

—Sí... —Justo estaba rozando el encaje con los dedos.

—Quítatela.

Con la misma lentitud con la que procesaba todo, le obedecí.

—Ahora ponla en mi rodilla. Hazlo sin tocarme. Quiero que tus manos sean solo para ti por el momento.

Cuando me incliné para depositar mi ropa interior sobre su pierna, la mano me temblaba como si estuviese a punto de firmar un pacto por mi alma.

Eso tenía que ser un sueño. No podía creer que acababa de entregarle mis pantis a la personificación de mis deseos más lujuriosos.

—Ahora sí, Nazareth. Quiero que acerques la mano a la entrepierna y que la roces para mí.

Me llevé una mano al interior de los muslos, asustada, consciente de las veces que me fallaba la respiración, sintiendo el corazón latiendo en el cuello con una intensidad ensordecedora.

Moví un dedo más cerca a la tierna piel de mi centro, y solo ese roce, ese leve contacto, hizo que una corriente de placer me inundara desde la punta de mis pies.

—No —chillé.

—¿No?

—No puedo, me da... —No podía calmar mi respiración ni siquiera para hablarle—. Me da demasiada vergüenza.

—Sé mis manos, Schrödinger. Y no tengas vergüenza, que nada de lo que hagas puede ser peor que las cosas en las que pienso mientras te veo.

¿Cómo podía negarme a algo así? ¿Cómo podía resistirme a que él cumpliera la más perversa de mis fantasías?

Me volví a tocar, tal como él me lo había pedido.

—¿Cómo te notas?

—Estoy... hirviendo.

—Mete tus dedos, despacio...

Bajé más por mi entrepierna con los dedos. Cuando sentí el charco que había debajo de mí, me sobresalté. Jamás me había mojado de ese modo.

Lentamente, introduje los dedos. A pesar de que no lo había hecho nunca yo misma, estaba tan lubricada que entraron sin trabas. Mi cavidad interior estaba igual de mojada, caliente, estrecha, presionando mis dedos mientras se abrían paso.

—Muéstramelos —me pidió Axer—, muéstrame las ganas que tienes de que sea yo el que se abra paso a través de ti.

Cuando saqué los dedos para enseñárselos, estaban tan húmedos que casi chorreaban.

Axer se lamió los labios y tragó en seco, llevando una señal a mis nervios. Sentí que fue debajo de mí por donde había pasado su lengua.

—Sería una delicia tomarte con lo mojada que estás... Temblaría con solo rozarte la punta.

—Hazlo —rogué.

—No funcionan así mis juegos de placer, no quiero que sientas nada tan ordinario. Tú me dices si quieres que paremos.

—No...

—Entonces vuelve a meter esos dedos y muévelos a tu gusto, como lo harías si estuvieses sola en tu cuarto.

Mientras volvía a penetrarme con mis propios dedos, a mitad de un gemido, le confesé:

—Nunca... Nunca los había metido.

Su rostro se congeló en una expresión que no logré identificar. No sabía si estaba sorprendido, intrigado o si estaba considerando algo más que a mí no se me había ocurrido.

—Mejor, entonces —finalizó, con una sonrisa complacida en los labios que me descontroló todavía más—. Descúbrete delante de mí, averigua qué te gusta mientras mis ojos devoran tu cuerpo sabiendo que me estás poniendo duro debajo del pantalón.

La sola idea de que verme le estuviese excitando intensificó todas las sensaciones que experimentaba. Me empecé a tocar con más anhelo, explotando todo el placer que yacía en mi centro. Me penetraba con los dedos mientras presionaba el talón de mi mano contra el clítoris para estimular los dos puntos a la vez.

—Mírame, pero no dejes de tocarte —indicó.

Cuando me volví hacia él, estaba apartando la bata del disfraz para que yo pudiera ver mejor su pantalón. Había un bulto grande presionando contra la tela. Eso moría por salir a jugar.

—Imagina que es esto lo que tienes entre las piernas...

Gemí, sintiendo que mi sensibilidad se multiplicaba.

—Sé que lo deseas, sé que quieres que te tome, te saque la mano de ahí y me apodere de ti.

Subí la velocidad con la que me complacía. Mi corazón estaba tan desbocado que temí por él, pero no podía parar, no quería parar.

—¿Te gustaría que te tomara y te embistiera contra el asiento?

—Por favor —chillé, al borde del abismo del que tanto me había hablado.

—No acabes.

—Estoy mal...

—*Ya sdelayu tebe khuzhe** —juró en ruso, y no me importó no entender nada en ese momento, porque las acciones dicen más que mil palabras.

Axer se metió mi ropa interior en el bolsillo de la bata y luego empezó a desabrocharse la correa del pantalón. Lo bajó hasta los tobillos y quedó sentado en bóxer con el miembro todavía más evidente contra la tela.

—Deja de tocarte.

Perturbada, adolorida por la interrupción, necesitada de un final, intrigada por los planes de Axer, saqué mis dedos de mi interior y dejé mis manos a ambos lados de mis piernas.

—Sube más tu falda, Schrödinger, y abre esas piernas. Quiero ver cómo estás.

—Pídemelo en ruso y lo haré.

Cuando vi su diabólica sonrisa de satisfacción, sentí que no hacía falta más que otra de esas para llegar al orgasmo.

—*Razdvin' nogi.***

Complacida y mojada, abrí mis piernas y aparté mi falda para que nada se interpusiera en su vista.

—Tienes el clítoris hinchado..., ¿me necesita?

—Todo mi cuerpo te necesita, Frey.

Con una sonrisa de maldad, él asintió.

—Si aguantas lo que voy a hacer sin tocarte ni una sola vez, te premiaré.

Tragué en seco. Había fantaseado demasiadas veces con él, con todo lo

---

* Significa «te pondré peor» en ruso.
** Significa «abre tus piernas» en ruso *(N. de la A.).*

que podría hacerme; pero mientras estaba sucediendo, cuando estaba a punto de hacerse realidad, no tenía ni idea de qué esperar.

—¿Con qué me premiarás?

—Con placer. Siempre con placer.

—Empieza, Frey —lo desafié, aceptando su oferta—. Te espero.

Cuando vi que se bajaba el bóxer hasta los talones, fui terriblemente consciente de la abundante humedad que me corría por la entrepierna. Quedó desnudo de cintura hacia abajo, con el miembro libre y erecto como un mástil. No podía creer que al fin estuviese viendo esa parte del hombre que me volvía loca. Moría por tocarlo, lamerlo y saltarle encima.

—Esa erección se ve peligrosa, Frey, ¿no necesitas ayuda con eso?

Se mordió el labio en reacción a mi voz y su mano viajó hacia su centro, cerrándose dedo a dedo alrededor de su miembro erecto. Observé sin vergüenza la manera en que se apretaba, midiendo su dureza, y sentí la necesidad de meterme todo eso en la boca aunque me asfixiara a mitad de camino.

—¿Está duro? —pregunté con la voz lastimada por el deseo.

—Demasiado, y odio que me pongas así, Schrödinger. Lo odio más que nada en el mundo.

—¿Te he puesto así antes?

Vi que cerraba los ojos y contenía la respiración por un segundo antes de empezar a acariciarse el miembro de arriba abajo, lentamente, aumentando el hambre y el calor entre mis piernas.

—Más veces de las que me gustaría admitir —confesó.

Me sentí como la puta ama del mundo en ese momento. Yo no era la única que agonizaba de deseo por el otro. Puede que fuese yo la que lo buscara, pero él, que se suponía inalcanzable, había caído a mis pies.

—¿Te gusta lo que ves? —preguntó, mientras empezaba a masturbarse delante de mí.

—Lo necesito dentro.

—¿Por qué eres así? —gruñó, dándose con más intensidad aunque mantenía un ritmo pausado—. Tan... sucia. Me quieres a toda costa y no te importa enfermarme en el proceso.

Mi pecho ya estaba fuera de control, me aferraba al asiento como si temiera que el mundo pudiera abrirse a mis pies y tragarme. Mi vagina palpitaba, el clítoris rogaba contacto a medida que Frey se complacía delante de mí, con sus ojos fijos en mi entrepierna, mi cuello y la oscilación de mis senos.

No pensé que iba a ser tan difícil, no pensé que una imagen y una voz pudieran lastimar tanto.

—Tu voz me está matando, Axer —jadeé.

—¿Y no es eso lo que querías, que te hiciera daño?

Gemí y moví la mano por instinto, a punto de empezar a callar el llanto de mi entrepierna.

—Si te tocas, pierdes —murmuró con la voz entrecortada.

Su rostro reflejaba dolor cuanto más fuerte se daba, como si estuviese viviendo el placer más grande de su vida, pero se martirizara por la culpa que esto le producía.

Ese conflicto, y que fuese yo quien se lo causara, me hizo temblar las piernas. Solo el frío del aire acondicionado me rozaba, pero estaba tan excitada como si me hubiesen hecho miles de cosas en el cuerpo.

—Te duele —dije, sonriendo como una diosa victoriosa—. Odias desearme, pero no puedes contra eso, Frey. No puedes contra mí.

—Cállate.

—Tú no quieres que me calle. Tú quieres cogerme hasta que nos duela todo. No quieres que me calle, porque cuando hablo... te das con más fuerza, te muerdes la boca, no puedes ni respirar con tranquilidad.

—Ya has jugado suficiente con mi mente todo este tiempo, Nazareth, ahora cállate y juega con esto.

Hice ademán de moverme, pero él negó con la cabeza. Me sorprendía cómo mi cuerpo reaccionaba obedientemente a cualquier orden del suyo, aunque fuese mediante una seña.

—¿En serio no me vas a dejar tocarte?

—Estás acostumbrada a lo convencional. Yo te voy a dar placer más allá de lo ordinario, pero para que funcione tienes que rendirte a mis órdenes.

Tragué en seco. Mi entrepierna lo pedía a gritos.

—Acepto su jaque, señor Frey —susurré, enloqueciéndolo—, contra usted encantada pierdo las piezas que sea, pero nunca el juego.

Él tenía una media sonrisa mientras negaba con la cabeza, sus mechones dorados moviéndose hacia su frente perlada de sudor a pesar del frío; sus labios carnosos atrapados en un mordisco ligero, la montura de sus lentes al límite de su nariz. Su mano ocupada, sus piernas abiertas. Sus ojos en mí.

—Quedaremos en tablas por esta noche.

Que continuara mi metáfora, que participara en voz alta de aquella alegoría que siempre había tenido en mi mente cuando lo veía, me hizo sentir contracciones en mi entrepierna muy similares a las que se tienen luego de un orgasmo.

Él era la viva imagen de mis perversiones.

—No te tortures más —susurré, fijándome en cómo se maltrataba con la mano mirándome.

Se veía demasiado tentador, me dolía que me mostrara el platillo, que tentara mi hambre, pero no me dejara comer.

—Déjame lamerlo.

—Cállate.

—Cállame.

El jadeo de placer que acababa de arrancarle me hizo gemir en consecuencia. Estábamos muy mal, y él no quería aliviar nuestras frustraciones.

—Al menos dime en qué piensas —supliqué en un hilo de voz.

—No tengo que pensar en absolutamente nada cuando todo lo que deseo está frente a mí.

Abrí la boca, pero si tenía planeado decir algo, lo olvidé al instante. Había empezado el declive, Axer llegó al punto sin retorno. Murmurando mi segundo nombre, derramó todo su semen en largos chorros sobre su pierna.

Me relamí los labios, sedienta, sintiendo que toda la saliva me había abandonado, y lo vi echarse hacia atrás, apoyando las manos al cojín del asiento, sus ojos fijos en el desastre sobre su pierna.

—Ven aquí, bonita.

Nunca me había llamado así, pero cómo me enloqueció que lo hiciera. Me eché hacia adelante, sentándome al borde del asiento trasero.

—De rodillas.

Lentamente, hice como ordenó, y subí las manos a su rodilla desnuda. No podía creer que lo estuviera tocando.

Lo miré directamente a los ojos y sentí unas ganas irracionales de apartar la vista. No soportaba la intensidad de su mirar, con la honesta expresión de su rostro. Él sabía que yo era suya, y no iba a desperdiciar la oportunidad de aprovecharse de ello. ¿Lo peor? Yo estaría encantada de que así fuera.

—¿Ahora?

—Ahora... Lámelo.

Sabía que no se refería a su pene.

Ojalá pudiera describir con más fidelidad el latigazo de ardor que sentí entre las piernas con su orden, extasiada por el tabú de lo que quería que hiciera, honrada de que necesitara sentir mi lengua, complacida con que me degradara y que hiciera de mí cualquier perversidad que se le ocurriera.

Así que, sin ninguna excusa, aproximé la cabeza en medio de sus piernas, acercando la punta de la lengua a la cara interior de su muslo, donde uno de los chorros había caído.

Y lamí, chupé y besé su piel hasta que no quedó ni la huella de su semen, sintiendo su respiración galopar y sus jadeos perforar el silencio; tragando cada nuevo bocado de sus fluidos, llenándome de él, bañándolo de mi saliva.

Cuando iba a levantar el rostro, su mano se aferró a mi cabello con maldad. Y grité. Era el primer grito que me provocaba, porque me había complacido con su contacto, con su maltrato.

Tomando el control, me movió la cabeza y me hizo arrastrar la cara por su muslo hacia su entrepierna.

—Juega con ellas.

Lamí, besé y me metí sus bolas a la boca, mojándolas de mi saliva, gimiendo como si me estuviesen embistiendo desde atrás.

Cuando acerqué la lengua a la base de su pene, Axer tiró de mi cabello, castigándome.

—Ahí no, gatita.

No sabía lo mucho que necesitaba que alguien me llamara gatita hasta que Axer lo hizo.

—Pero ven aquí —dijo palmeando una de sus piernas—, te lo has ganado.

—¿Qué...?

—Solo siéntate aquí. Obedece.

Lentamente, entre cohibida y avergonzada, me senté abierta sobre su pierna, sintiendo que el contacto de su piel me quemaba, y que mi vagina me agradecía por el consuelo.

Axer siseó y cerró los ojos con fuerza al sentir el charco que tenía entre las piernas.

—Nadie me había deseado como tú, Nazareth —dijo, llevando sus manos a mi falda y levantando la tela para aferrarse a mis nalgas—. No lo entiendo. No eres muy racional, y a la vez eres tan malditamente inteligente...

—¿Y qué pasa si te deseo como lo hago? —gemí, sus manos en mi trasero eran el borde del éxtasis—. ¿Eso es malo?

—Es peligroso.

—Hazme daño, Axer, no me importa, pero hazme algo.

—Te voy a hacer algo mejor. Voy a premiarte.

Entonces, una de las manos en mi trasero viajó a la parte posterior de mi cuello, aferrándome con autoridad, y la otra se apoderó del ritmo de mi cadera. Me empezó a mover contra su pierna, haciendo que me frotara lubricada por mi propia humedad.

El golpe de placer me cegó, era demasiado. Me estaba estimulando justo donde antes casi lloraba de anhelo. Toda la espera, la anticipación, la tortura mientras lo deseaba sin poder tenerlo, me habían llevado al límite de la sensibilidad.

Jamás había experimentado algo así, nunca había explorado ese nivel de excitación en mi cuerpo, ni sabía que era posible alcanzarlo.

Gimiendo, rogando más, alcé la cara para mirar al responsable del placer más grande que había sentido.

Entonces la mano en el cuello se cerró sobre mi mandíbula con autoridad.

—No me mires a la cara.

Me obligó a bajar la vista y siguió moviéndome contra su pierna, acelerando el ritmo, apretando mi trasero en el proceso.

Empecé a gritar. Y no con ligereza, estaba haciendo un verdadero escándalo. Si no lo soltaba todo, los gritos me habrían estrangulado. Pronuncié su nombre, maldije, y volví a gritar como nunca esperé hacer.

Volví a alzar la vista, buscando en su cara una respuesta a lo que estuviese pensando de mí al verme en aquel extremo tan primitivo; y entonces su mano se estrelló contra mi mejilla, abofeteándome con fuerza, sin piedad.

—Te dije que no me miraras a la cara.

El golpe me arrancó un grito que maltrató mi garganta, y a pesar de que la cara me ardía, fue ese impacto el que lanzó a mi cuerpo la corriente que hizo falta para empujarme a la recta final.

Yo misma terminé el trabajo, restregando mi húmeda intimidad en la pierna de Axer con unas últimas embestidas animales.

Gritando su nombre, me desplomé sobre su pecho cubierto por la ropa de doctor, dejando que el orgasmo me recorriera de pies a cabeza.

Ya no me quedaba aliento, ni decencia, y mucho menos ganas de recuperar ninguna de las dos cosas.

Acababa de vivir una fantasía lujuriosa que mi ordinaria mente ni siquiera había llegado a imaginar.

Sé que desde fuera esto podría parecer preocupante, pero yo quería que me hiciera daño, disfruté del resultado. Fue un momento que nos gustó a los dos, y que se lo permitiera durante este acto íntimo no significa que pudiera ocurrir de igual forma en otro contexto, y mientras ambos estuviéramos de acuerdo y complacidos nadie debería interferir en nuestras preferencias en la intimidad.

Axer pudo haberme dicho muchas mentiras, pero cuando me prometió placer más allá del ordinario definitivamente estaba siendo honesto.

Sentí su mano apartar el cabello de mi cara y vi su rostro aproximarse al mío para susurrar:

—Bienvenida al abismo, Sinaí.

42

El dilema Frey

AXER

Su gato de Schrödinger ahora descansaba con su madre. Si parpadeaba, todavía podía ver la versión más agitada y suplicante de ella, podía repetir sus gritos y obscenidades en su cabeza, volvía a evocar su olor, la sensación de su boca húmeda y su lengua traviesa limpiando el desastre que dejó la lujuria que sentía por ella.

Y eso lo contrariaba, lo llenaba de una ira contra sí mismo que no era capaz de canalizar en nada positivo.

Porque una parte de él quería encerrarse con su gato en una caja a jugar durante meses, hasta mostrárselo todo, hasta hacerle de todo, hasta que uno de los dos se rindiera de placer ante el otro.

La otra, le decía: «Si sigues jugando con ella, vas a retroceder. Si retrocedes, lo pierdes todo. Si retrocedes, pierdes».

Y contra eso no podía luchar.

El problema de tener clara qué decisión debía tomar era que también sabía cuál quería escoger. Y era a ella.

Era el motivo por el que debía renunciar a su debilidad. Ella lo estaba enfermando, entraba en su mente como un parásito, dañándolo hasta perjudicar sus movimientos sobre el tablero. Manipulaba sus acciones hasta hacerlo sentir indefenso a sus pies.

Él solo podía analizar en qué punto había fallado, dónde dejó paso al peón para avanzar y transformarse en la dama del juego, cuando la mano terminaba ya. Cuando estaba lejos del efecto de ella.

Era una fiebre recurrente en su piel; ella no sabía nada de él y a pesar de eso sabía cómo dominar sus acciones, sabotear sus estrategias, debilitar sus defensas. Era malditamente lista, el único tipo de sensualidad al que Axer no podía resistirse.

Por ello, tenía que parar. Ser profesional, continuar con su proyecto sin involucrarse más con el gato en la caja.

Pero empezaría a la mañana siguiente, ya esa madrugada había metido la pata, mejor meterla completa.

Iba solo en el carro, al supuesto Lingüini lo había ido a recoger otro de los chóferes de la familia. Axer no quería compartir las confidencias del auto ni profanar los secretos que guardaban esos asientos.

Levantó el teléfono y llamó al contacto que guardaba como «Schrödinger».

Sonó tres veces antes de que ella atendiera.

—¿Hmmm? —preguntó adormilada.

En un momento de debilidad, Axer se imaginó a su lado, mirándola recién levantada con el cabello hecho un desastre. Revivió las sensaciones que lo arroparon en aquella siesta juntos, la debilidad que sentía al tenerla tan cerca, el poder que experimentó cuando, tomándola de la muñeca, impidió que lo tocara; y lo contrariado que estuvo al disfrutar de su propia vulnerabilidad mientras los dedos de ella en su cabeza domaban todos sus pretextos y negativas.

Estaba mal, malditamente mal.

—Dormías —señaló él de forma afirmativa—. ¿Debo disculparme por molestar?

—¡Axer!

La emoción en la voz de la chica al otro lado del teléfono le caló en el pecho como el frío de la noche en los huesos.

Él no lo notó, pero una leve sonrisa traicionaba sus labios.

—Te dejaré descansar, lo prometo, pero antes quiero pedirte algo.

—Pídeme lo que sea, soy toda tuya... Digo, que soy toda oídos.

—No estás preparada para eso.

—¿Para qué?

—Para pertenecerme.

—¿Eso te pareció esta noche?

—Ese es el punto, bonita. Esta noche no te he enseñado casi nada.

Hubo un delicioso segundo de pausa. Axer disfrutaba de este «casi» sintiendo el aumento de la presión en la sangre de ella, imaginando las venas palpitar en su cuello al ritmo insano de sus latidos, el aire luchando por abrirse paso por su garganta, la saliva abandonando su boca, su lengua mojando sus labios...

—El abismo es muy profundo, Frey —contestó ella al fin, con voz herida, trémula y muy baja; una combinación que ponía a Axer a tragar en seco—. Lo justo es que me dejes caer lentamente, para ir conociéndolo hasta tocar fondo.

—No quiero dejarte caer, Schrödinger, quiero arrastrarte conmigo. Y ese es el problema.

—Ese es tu problema, el mío es que quiero que lo hagas.

Entonces fue Axer el que calló, apretando con fuerza el volante, conteniendo el aire en su pecho tanto como fue posible. Estacionó frente al club en el que antes había llegado con su gato de Schrödinger, y apagó el motor. Pero no bajó.

—¿Qué ibas a pedirme, Frey? ¿Quieres que maúlle para ti?

Él se mordió los labios mientras sonreía. Ella lo enfermaba con todo el placer del mundo.

—No es eso. Quiero que me cumplas una pequeña fantasía. ¿Harías eso por mí?

—Haría cualquier cosa que me pidiera, señor Frey.

La mano de Axer sobre el teléfono se cerró con mucha más fuerza alrededor del mismo, afectado por ella, odiándose por ser tan fácil.

—Solo quiero que me respondas una cosita. Lo que experimentaste hoy conmigo... ¿cómo estuvo para ti?

—¿No te dio una idea el charco que te dejé en la pierna?

Él rio por lo bajo. Esa chica tenía una manera de soltar sus más impuros pensamientos sin filtro que lo sorprendía y, en cierta forma, gustaba.

—Quiero escucharlo de ti.

De hecho, solo quería escucharla, hablar con ella con la libertad y confianza que podía manifestar en esa llamada. Necesitaba eso, porque a pesar de que tenía problemas para domar su carne cuando ella estaba cerca, era absolutamente devoto y adicto a la mente de su rival, y necesitaba una última inyección de su heroína.

—Qué insólito... ¿El perfecto Axer Frey necesita de esta simple mortal para alimentar su ego?

—Tú no eres una simple mortal, Schrödinger, eres ese gato que encerré en la caja y, entre morir y vivir, eligió jugar conmigo. A estas alturas yo soy tu experimento.

Ella guardó silencio.

—¿Sucede algo? —preguntó él.

—No, nada. No quisieras estar en mi mente justo ahora.

—Es en tu mente justo donde necesito estar ahora. Dime, ¿qué pensaste?

—Que cuando dices cosas así quiero secuestrarte y prepararme una boda con tu cerebro.

—¿El secuestro es estrictamente necesario para esos preparativos?

—Es solo por precaución.

Axer volvió a reír, mordiéndose los labios. Tenía que terminar de inmediato esa llamada.

—Sigues sin responder lo que te pregunté.

—Muy inteligente, demasiado observador, alardeas de conocer el cuerpo humano como tu alfabeto, ¿pero no puedes deducir que acabas de darme la mejor experiencia erótica de toda mi insípida vida?

—Te lo dije.

—¿Qué cosa?

—Que todavía no habías probado lo que yo puedo darte.

—Lo sabía.

—¿Qué cosa?

—Que ya no estábamos hablando de las bebidas.

Negando con la cabeza sin poder dejar de sonreír, Axer finalizó la llamada diciendo:

—Eso era todo. Espero que duermas bien después de haberte complacido, gatita.

Sin darle tiempo a contestar, cortó la llamada.

Tenía el teléfono de ella, el arcaico de teclas que ella había dejado en el cajón de su mesita de noche. Sabía que sería el medio que ella utilizaría para llamarlo, así que se deshizo de él en la papelera de la entrada del club.

Su noche todavía no acababa.

Buscó en la zona VIP, preguntó en la pista de baile, en la barra y en el balcón.

Nadie la había visto.

Entonces se le ocurrió una idea, una respuesta. Antes no la había considerado porque le parecía el colmo de lo irracional, pero recordó que ella estaba muy encendida por el alcohol cuando la dejó. Un trago más, y adiós ideas racionales.

Se encaminó al fondo del club, a las puertas de vidrio que daban a la piscina. Se suponía que durante la noche no había paso a esa zona, pero resultó que las puertas estaban entreabiertas.

Y, tal como esperaba, ella estaba ahí. Pero no sola.

Las dos rubias estaban tiradas sobre los azulejos del suelo al borde de la piscina. Sus cabellos chorreaban agua, sus disfraces de bruja y diabla estaban igual de empapados; a su alrededor había un par de vasos y algunas botellas vacías, y se besaban como si quisieran matarse la una a la otra.

Axer no quería arriesgarse a volverse a cruzar con la amiga de su gato de Schrödinger, así que tuvo que enviar un mensajero a que llamara a Verónika. La otra opción era esperar cerca de la puerta todo el rato que a ellas se les antojara besarse, pero sospechaba que le saldrían raíces antes de que ellas se saciaran.

Después de que el mensajero avisara a Verónika, la otra rubia salió del área de la piscina, como si ella la hubiese despedido. Fue la señal que Axer necesitó para entrar.

Encontró a Verónika recogiendo el desastre junto a la piscina.

—¿Ahora irás tras ella? —inquirió él, metiéndose las manos en los bolsillos del pantalón.

—Ni me recuerdes eso —contestó ella sin voltearse ni apartar la cara de lo que estaba haciendo—. Estoy ebria, mañana me voy a arrepentir de esto.

—¿Y cómo harás para librarte de ella ahora? Ya cayó en tus mitológicos encantos, ¿cómo escapará de ellos?

—Ella está peor que yo. Ni se acordará mañana. Y deja de joder, que mis encantos no son mitológicos.

—Cierto. Los mitos necesitan quien los cuente, y de tus encantos nunca ha hablado nadie.

—*Sukin syn.*

Verónika le mostró el dedo medio, todavía sin darse la vuelta. A Axer le sorprendía cómo ella podía domar ese acento a su antojo, como Wanda de Marvel, que en algunas películas lo demostraba y en otras no. Era desconcertante en ciertas ocasiones, aunque tenía sentido: Vikky era la mejor actriz que Axer conocería jamás.

—¿Por qué me interrumpiste? —inquirió Verónika, dándole la cara a Axer. Este notó que ella tenía el rímel y el delineador corrido en largas lágrimas negras que le llegaban casi hasta la barbilla.

—Vine a buscarte.

—Hoy no. Vete tú solo.

—No me voy a ir. Tú misma lo has dicho, estás ebria.

—Exacto. A eso vine aquí, a alcoholizarme.

—Entonces, entiendo que ya no sé interpretar tus intenciones, porque por algún motivo pensé que habías venido a cometer una imprudencia tras otra que me pusiera trabas en el camino.

Ella puso los ojos en blanco, obstinada.

—Pero cuánta importancia te das a ti y a ese gato tuyo. Ni siquiera sabía que ustedes vendrían hoy. Esta es una fiesta universitaria, no para estudiantes de secundaria.

—Vuelve a llamarme así y...

—A ver, ya. —Verónika se cruzó de brazos—. ¿A qué viene todo ese mal humor tuyo?

—No tengo ningún...

—Eso díselo a alguien que no te conozca, tal vez ese alguien te crea. Como la *prostitubela* con la que viniste.

—Te sorprendería, pero ella sabe más de mí de lo que es prudente.

La rubia volvió a poner los ojos en blanco.

—Ay, sí, qué orgullo, el gato creyendo que puede estudiar al físico estando en la caja. Ese no es el punto. Dime por qué estás así.

—No estoy de ningún mal humor, me estresa cómo te pones tú y te hablo como reacción a ello, es todo.

—No me digas que es porque la viste besando a otro... ¡Sería el colmo! ¿Celos? ¿En serio?

—Al contrario. Lo mejor que pudo haber hecho fue eso. Que se fije en alguien más, que me supere.

—No estás haciendo muy buen trabajo buscando que te olvide si la traes a una fiesta como pareja.

Entonces fue Axer quien se cruzó de brazos. Con una ceja enarcada, contestó:

—Ella me invitó a mí. Se supone que tengo que socializar, ¿no? Eso estoy haciendo. Ella es mi compañera de clase.

—Díselo al jefe, está bastante molesto porque sacaste al gato a pasear.

—De hecho, ya se lo dije. Recibí su llamada después de que me delataras.

—Pensé que ya lo sabía. —Ella se encogió de hombros—. Esto no es propio de ti, estás inventando excusas tan pobres que ni tú las crees. ¿Puedes decirme qué pasa, Axer, o me vas a hacer investigar?

—Métete en tus propios asuntos y déjame a mí manejar mis problemas como...

—La buscaste. Es eso, ¿no? La viste besando a otro y no solo te entraron celos, cosa que no debería sucederte, sino que te dejaste llevar por ellos y la buscaste... Dime que estoy viendo cosas donde no las hay.

Axer no dijo nada.

—Caíste más bajo de lo que pensé que serías capaz.

—No. Lo tengo todo bajo control.

—¿En serio? Porque parece que en este momento te odias, y el único motivo para que Axer Frey llegara a odiarse es si cometiera una cagada tan grande como obvia.

—Estoy ebrio.

—Esa es mi excusa, *sukin syn*, busca otra para ti.

«Ella es mi excusa», pensó Axer, pero no lo dijo.

—Entiendo cómo te sientes —prosiguió ella—, aunque no lo parezca. Estás bajo mucho estrés, demasiada presión, demasiadas expectativas. Además, el tiempo apremia y si esto por lo que estás apostando no funciona, tendrás que volver a empezar. Y te entiendo porque yo...

—Ya lo sé. Yo te hice retroceder a ti. ¿Podrás dejar de echármelo en cara algún día?

Verónika contuvo la respiración, pero intentó no demostrar sus emociones. Entre ambos se extendió un pesado silencio que no duró mucho, pero los hirió a los dos. Al final, ella prescindió de la pregunta y dijo en cambio:

—Siempre puedes no arrepentirte de lo que acabas de hacer. Siempre puedes ir tras de ella y formar una relación como lo haría cualquiera a su edad y olvidarte de todo lo demás.

—El alcohol saca tus mejores chistes, Vikky.

—Y explota tus puntos más débiles, al parecer. Te dejas manipular por una adolescente que ni se ha graduado. Hasta parece que estás a su nivel.

—Tu lengua está tirando a matar hoy, ¿no? —Axer intentó demostrar demasiado lo mucho que le afectaban esas palabras. Después de todo, él sabía que eran ciertas—. Pero esta vez lo tomaré como un cumplido, si parezco de su edad es porque estoy haciendo las cosas bien.

—Nunca las habías hecho peor, imbécil. Solo sueltas una cagada detrás de otra. Y si eso no lo has cagado es porque nadie ha observado lo suficiente. ¿En serio? ¿Te pusiste a limpiar un tablero de ajedrez pieza por pieza en el colegio?

—Eso lo habría hecho aunque tuviera cinco años. ¿Tú les has visto las uñas a los estudiantes? Se la pasan tumbando mangos de cualquier árbol y nunca se lavan las manos.

—Así lo ves tú, los que lo ven desde fuera pensarán que tienes cincuenta o que necesitas ayuda psicológica. —Verónika resopló y puso los ojos en blanco una última vez—. En fin. Tú vete detrás de ella, renuncia a todo o intenta manejarlo con ella en la ecuación, cágala más profundo todo lo que quieras. De todas formas, siempre te sales con la tuya. Así fue conmigo, ¿no?

—¿Estás celosa, Vikky?

—No estoy celosa. ¿Estoy furiosa contigo? Todo el tiempo. A veces siento que nunca te podré perdonar... No quiero hablar más, me voy.

Ella avanzó con paso firme hacia el club, como si se dispusiera a entrar de nuevo, pero él captó el brillo de la humedad en sus ojos y la detuvo.

—Hey. ¿Estás llorando?

—No. No sé. Estoy ebria. Mañana lo negaré.

—No pensé que te importara tanto. Es decir... Pensé que ella solo era un reto para ti.

—Algunos retos pueden dolerte bastante cuando involucras sentimientos en ellos.

—No me vas a decir que tenías sentimientos por ella...

—No, idiota. Hablo de los que tengo por ti. De los sentimientos que se supone deberíamos tener los dos como familia. Solo es que... Las traiciones duelen.

—Nunca me había puesto a pensar en que podrías sentir dolor, pensé que solo estabas... irritada, encaprichada, con ganas de sabotearme porque lo que es recíproco no es trampa, no por... esto.

—En eso no te equivocas. Quiero joderte, quiero verte fracasar.

—No es cierto.

—¿Además de un genio eres adivino?

—Soy tu hermano, te conozco. Tú no quieres que yo fracase, simplemente quieres ganar tú.

—Jamás voy a admitir eso.

—No hace falta, yo lo sé, y eso es lo que importa. Ahora quiero que sepas que lo lamento, en serio. No me arrepiento de lo que he hecho, es posible que de tener la posibilidad de repetirlo todo, no hiciera nada distinto, pero nunca quise perjudicarte. No quiero que pienses que hay algo superior al lazo que tenemos.

—¿Te estás disculpando? —Verónika contenía una sonrisa con los ojos achicados por el nivel de alcohol que había consumido.

—No. No sé. Estoy ebrio, mañana lo voy a negar.

A pesar de lo que acababa de decir, Axer tiró del brazo de su hermana, que tambaleante chocó contra su pecho, y la estrechó en un abrazo fuerte y fugaz.

—Te quiero.

—Asco. No repitas eso, estoy al borde del vómito ya.

—Puedes decirme que tú también, mañana nos volveremos a odiar como es debido.

—¿Quieres que te diga que te quiero?

—Soy el menor, a veces necesito escuchar esas cosas, ¿no?

—Te quiero... matar. A veces.

Axer alzó una ceja con una sonrisa divertida en el rostro.

—Eso viniendo de ti sí me asusta.

—¿Qué? ¿El prodigioso Axer Frey no puede resucitarse a sí mismo?

—No cuando estoy abierto por la mitad.

—Te quiero, *sukin syn*.

Verónika le dio un puñetazo en el brazo a su hermano, aunque con sus sentidos entorpecidos apenas le rozó y casi cayó de bruces al suelo por el impulso. Él tuvo que ayudarla.

—No quiero irme a casa hoy, ¿sí? Me quedaré en club. Dile a Armando que no me dé más alcohol si quieres, y le dices a mi padre que te aseguraste de que estuviese bien.

—De acuerdo. Pero aléjate de la piscina. Le diré a alguien de seguridad que esté pendiente de ti... No pongas esa cara, es solo por precaución, no vayas a ahogarte o caer por las escaleras.

—Como si no pudieras auxiliarme con una llamada. —Hizo girar los ojos—. Pero de acuerdo. ¿Tú ya te vas?

—Todavía no. Me queda una última cosa qué hacer aquí.

Axer sabía exactamente dónde estaba su último asunto de esa noche. Al salir del área de la piscina, subió las escaleras de la zona VIP y lo encontró todavía ahí, medio dormido en uno de los sillones de pelaje blanco que había en el área.

Soto.

43

Los panas

AXER

—Soto, ¿no? —preguntó Axer sentándose frente a él.

El muchacho reaccionó casi cayéndose por la abrupta interrupción a su sueño. Al reponerse, analizar las palabras recién dichas y asumir la presencia de Axer, contestó:

—Sí, para los panas.

—En ese caso, ¿cómo debo llamarte yo? —cuestionó Axer con su mejor derroche de amabilidad, sentándose en un sillón frente al Hardin Scott somnoliento.

—Me puedes llamar Soto —continuó el muchacho—. Tú y yo ya somos panas, solo que todavía no nos han avisado.

—Te llamaré Jesús, en ese caso. Si lo piensas... Tú, Jesús; tu amiga, María; solo les falta José para completar la trinidad santísima.

—Vaya... —replicó Soto con un silbido—, si hasta resulta que tienes sentido del humor.

—Lo tengo, claro que sí —concedió Axer con una sonrisa de suficiencia y un encogimiento de hombros—. No es de mis mejores atributos solo porque el resto lo opaca.

—Si no tienes el pene tan grande como tu ego, vas a dejar a muchas chicas decepcionadas.

—Yo nunca decepciono —respondió Axer con un guiño de ojos.

Soto cruzó las piernas y se reclinó en el asiento, mirando fijamente al ruso con un gesto inquisitivo y una ligera elevación en la comisura de los labios. Dudaba de su oponente, pero le intrigaba el movimiento que podía estar a punto de hacer.

Sin embargo, en lugar de preguntarle por sus intenciones, prefirió exponer las suyas.

—Te gustó el cigarrillo, ¿no?

Axer enarcó una ceja.

—¿Te dio esa impresión?

—Te dije que si no te gustaba me lo devolvieras, y no lo hiciste.

Una curva ladina se dibujó en los labios de Axer mientras la malicia se reflejaba en su rostro. Si quería que le devolviera el cigarrillo, le devolvería diez.

—Marco —llamó Axer a uno de los empleados del club.

—¿Sí, señor Frey? —acudió este.

—Dale una cajetilla de tabaco a mi pana aquí presente. Ponla a mi cuenta.

—Como ordene, señor.

Cuando el hombre se fue, Axer volvió la vista a Soto, quien tenía el ceño fruncido al tiempo que lo taladraba con sus ojos negros.

—¿Es suficiente devolución para ti? —insistió Axer.

—No hacía falta. Este mes como que ya no necesito ni un cigarrillo más. Me basta con la inyección de humo que tuve de los labios de mi buena amiga.

Axer contuvo la respiración, sus manos enguantadas se abrieron y cerraron en un ejercicio de relajación, pero intentó mantener su rostro imperturbable.

—¿Qué tengo que hacer para que dejes de intentar torturarme con ella?

Soto se relajó sobre el espaldar del cómodo asiento, pasó un codo sobre el reposabrazos y apoyó la cara sobre la mano, fingiendo estar pensativo.

—Te daría una tarifa —dijo al fin—, pero dudo que te sirva de mucho si al final del día es ella quien me busca a mí.

En lugar de morder el anzuelo, Axer sonrió con mayor malicia y libertad, encantado de la oportunidad que abría su oponente para desplazarse por el tablero en una jugada que se había estado guardando.

—Se acerca a ti, claro. Para desquitarse. Para distraerse. Para molestarme. Pero yo siempre estoy ahí, involucrado en sus intenciones.

Aquello debió de afectar a Soto, podría haber herido a cualquiera, pero el muchacho no sintió ningún tipo de malestar ante el despliegue por sorpresa de la torre hacia el rey en un enroque perfecto. Y, aunque hubiese sentido algún tipo de irritación, la supo disimular con maestría mientras su sonrisa se ampliaba, contagiando a sus ojos.

—Sí, parece que tú estás en todo —concedió—. Pero no puedo molestarme, yo soy feliz con la manera en que fingimos ella y yo. ¿Quién puede quejarse de una mentira cuando besa tan bien?

Entonces los dedos de Axer se cerraron formando un puño, y en su pecho aumentó la presión recurrente cada vez que veía a ese tipo frente a él.

—Ya no creo que lo hagas por ella —explotó.

—¿De qué me hablas? —inquirió Soto, tan desconcertado que no tuvo tiempo para calcular lo que quería que Axer fuese capaz de leer en su rostro.

—Molestarme. Lo haces por deporte, por placer. Si la quisieras, no necesitaras presumir de ella ante mí, como si fuera un trofeo que posees y que supones que yo deseo.

—No la quiero —rio Soto, como si Axer no hubiese entendido nada—, no de esa forma, ni ella a mí. Eso lo tenemos claro. Nunca ha sido por ella.

—¿Por qué lo haces, entonces?

—Porque puedo. Tú me retaste, lo que no esperabas era que yo también supiera jugar.

—¿Entonces qué *chert vozmi** quieres de mí?

—Ganarte. —El chico sonrió—. O tal vez solo disfruto de cómo nos destruimos mientras ella juega con los dos. No sé. —Se encogió de hombros—. No quiero estar muy lejos de la diversión, supongo.

—¿Destruirnos? —Axer bufó—. Yo ni siquiera he empezado a pensar en destruirte.

—¿Y qué es eso que arde en ti cuando me miras, Frey? ¿Y esta maldita tensión entre nosotros? No es más que la más nociva de las iras. ¿Qué hace un rey hablando con un peón? Explícame eso, y luego creeré que no mueres por destruirme.

—¿Rey? —Axer rio, una honesta y cruel carcajada—. El rey tiene muy poco alcance, siempre va un paso detrás de todos, siempre necesita protección. Yo soy el tablero, Soto, nunca olvides eso. Yo te puse en este juego y puedo sacarte de la partida de igual forma.

---

* Significa «maldita sea, demonios, infierno» *(N. de la A.)*.

—Ella me escogió para jugar con las negras, tú solo me diste un motivo para querer ver caer las blancas.

Axer calló. Estaba tan acalorado por el intercambio de intenciones que no se había parado a analizar lo que estaban haciendo. Ambos participaban de la alegoría que él había empezado con su gato de Schrödinger en aquella partida de ajedrez escolar.

Había subestimado al muchacho: detrás de todas las bromas, más allá de todas las sonrisas fingidas y chistes pesados, había una mente dispuesta a aprender en silencio las jugadas de sus contrincantes.

—A todas estas —prosiguió Soto—, pensé que ella no te interesaba. Eso me dijiste cuando contestaste mi llamada, ¿no?

—También te dije que jamás tocaría nada que hubiese estado en tus labios, y ya ves.

—No te creo.

—¿Qué no crees?

—Que ella te importe.

Entonces Axer le hizo un regalo sincero: una sonrisa inundada de pena.

—Es porque la subestimas a ella y la infravaloraras tanto que no concibes la idea de que pueda conseguir a un chico como yo.

El golpe dejó a Soto sin aire, como si le hubiesen asestado una patada en la boca del estómago. Quería ser lo bastante diestro para mantener una cara de póquer, lo bastante hábil para no dejar flaquear su sonrisa; pero la derrota había sido absoluta y, tal vez por el alcohol, no tenía ni idea de cómo disimularlo.

En medio de aquella recuperación, llegó el trabajador del club al que Axer había llamado Marco antes. Volvió con la caja de cigarros y un vaso lleno de licor que Soto se bebió sin preguntar.

—Yo no pedí eso —espetó Axer con una ceja arqueada.

—No, señor, es una invitación para el joven de parte de una admiradora —explicó Marco.

Cuando el hombre se marchó, Soto alzó la vista con los ojos húmedos por el reciente golpe de alcohol.

—Está bien —accedió—. Si entre ustedes empieza algo serio, juro que no me interpondré. Si de verdad te importa, me apartaré. Ella es mi amiga, no perjudicaría nada que sea importante para ella. Pero si, en cambio, ella me busca a mí, no voy a apartarla porque será su decisión.

—No voy a tener una relación con ella, no te adelantes. Simplemente... me enerva la imagen mental de ustedes besándose. No puedo verla y estar en paz si pienso que luego regresará a tus labios.

—Solo haces que tenga menos ganas de parar...

En ese momento, Soto cayó de rodillas al piso.

Axer se removió en el asiento, sorprendido. Hubo un lapso de inacción provocado por la sorpresa, fue ahí donde notó la inusual dilatación en los ojos del muchacho.

Soto empezó a toser y, a medida que lo hacía, se pegaba con fuerza en el pecho con el puño cerrado, como si tuviese algo atorado en las vías respiratorias que quisiera sacar con urgencia.

Axer se levantó y se acercó a él, pero para entonces no era el único. Un tumulto de personas se reunió allí, alarmados por la tos, la desesperación y los golpes de Soto.

—No puedo respirar —jadeó él.

—Cálmate, yo...

Axer intentó socorrerlo, pero un par de chicas lo empujaron y se le montaron encima a Soto, histéricas, casi llorando, intentando ayudar sin saber qué hacer.

Soto luchaba tanto por respirar que su rostro había adquirido un tono de un rojo insólito, y de sus labios desapareció todo color, dejando apenas una vaga pigmentación violácea. Sus ojos, dilatados como dos planetas negros fuera de órbita, mostraban el más absoluto de los terrores.

Sus manos acabaron por romper la tela de su camisa, como si esta fuera la que aprisionara su pecho y le impidiera el paso del oxígeno a sus pulmones.

Axer corrió hacia el vaso del que Soto había estado bebiendo. Cuando se asomó al fondo, el alma le cayó a los pies como una pared de plomo.

Cinco pastillas se disolvían en el último charco de licor que quedaba en el vaso.

Axer empezó a empujar a todos a su alrededor como si fuesen sacos de boxeo, sin miramientos ni consideraciones por sexo o tamaño, hasta abrirse paso hasta el chico que deliraba en el suelo con los labios temblando y los ojos desenfocados.

—¡¿Qué haces?! —preguntó una de las chicas mientras Axer intentaba aferrar a Soto para levantarlo en sus brazos.

—Se muere —espetó él a otra de las chicas que trataban de apartarlo.

—¡Necesita un doctor!

—¡Yo soy doctor, imbécil!

Al final, Axer logró abrirse paso con Soto inerte en sus brazos. Bajó las escaleras como un atleta en una carrera eliminatoria contra un traicionero reloj, sintiendo su corazón aumentar sus revoluciones a medida que las pulsaciones del hombre que llevaba en brazos disminuían.

Caminó a la salida y le dijo en ruso a uno de los hombres de la barra que necesitaba asistencia urgente.

El trabajador lo siguió corriendo hasta el auto para abrirle la puerta; ahí, en el asiento trasero, Axer dejó caer a Soto desmayado.

Frey le tomó el pulso a Soto y confirmó que su corazón aún latía, aunque débilmente. Se acercó a sus labios para comprobar su respiración y en ese instante el chico despertó de nuevo, jadeando, desorientado y presa del horror.

No reconocía nada, no era consciente de su entorno ni su situación, solo luchaba por respirar.

—¿Qué hago? —preguntó el empleado del club.

—Busca la mascarilla y el nebulizador del maletero. ¡Deprisa!

Mientras el hombre corría, Soto empezó a llorar. No recordaba ni su propio nombre, solo quería que el oxígeno lo atravesara de una vez o la ausencia de este acabara con su agonía. No quería seguir en ese limbo. No quería un segundo más de la absoluta certeza de la muerte y la cruel tortura de su tardanza.

Axer lo mantenía sujeto por sus frecuentes espasmos y como precaución ante las convulsiones que podía sufrir Soto debido al brutal descenso de azúcar en sangre, mas tuvo que soltarlo un segundo mientras abría la guantera con una mano y sacaba el catéter, la delgada sonda y la bolsa de solución salina para preparar la vía.

En eso, el otro hombre volvió con el nebulizador.

—Conéctalo y ponle la mascarilla —urgió Axer.

El joven ruso le tomó el brazo a Soto, le alzó la manga de la chaqueta para acceder a la piel y creó un torniquete con la mano para que la vena apareciera. Mientras tanto, su acompañante le puso la mascarilla con oxígeno.

—Alcohol —exigió Axer luego.

Cuando el acompañante le pasó el alcohol, Axer no perdió tiempo en esparcirlo con un algodón y le vació casi medio envase en el brazo, dejándose llevar por la urgencia. Inmovilizó la vena, sujetándola con el dedo pulgar y tensando la piel, para luego insertar el catéter por el que viajaría el suero intravenoso.

—Conduce —ordenó a su acompañante. A partir de ahí, empezó a hablar en su lengua nativa. El cerebro no le daba para procesar los verbos en español en un momento como ese—. Necesitamos llegar rápido al laboratorio.

—¿A quién llamas? —preguntó el empleado, tomando el volante. Había notado que Axer se llevaba el teléfono a la oreja.

—A Armando. Necesito que interrogue a Marco para que diga quién le pagó la copa. Hay que saber qué le pusieron.

Frustrado, furioso e impotente al no recibir respuesta, Axer estrelló el teléfono contra el tablero del auto, maldiciendo en ruso.

—¡Ve más rápido! Hay que hacerle un lavado gástrico y no puedo hacerlo aquí, él está demasiado inquieto, podría perforarle las paredes del estómago o hacerle un daño grave en la vía...

Mientras decía esto, Axer notó una anomalía en el chico que reposaba sobre el asiento trasero: tranquilidad.

Le tomó el pulso y no lo detectó. Le quitó la mascarilla y se acercó a su cara, pero no había signos de que estuviese respirando.

—Hoy voy a matar a alguien —juró. Su voz, la tensa vibración de esta, helaba con solo escucharla.

Se arrodilló frente al cuerpo y, como había hecho tantas veces a lo largo de su vida, empezó con las reanimaciones.

—¡Tú sigue llamando a Armando! —ordenó Axer al conductor—. ¡Y ve más rápido, maldita sea!

Estaba tan acostumbrado a eso... Era un procedimiento de rutina. Nunca erraba, nunca había sido lento ni descuidado. Siempre sereno, eficaz, directo al problema. La vida humana es impredecible, sí; pero la ciencia, no. Axer había aprendido a dominar la una con la otra.

Pero siempre en su laboratorio.

Siempre frío.

Siempre con respaldo.

Esa tardía madrugada, al borde del amanecer, en un auto a doscientos kilómetros con la vida de un conocido titubeando bajo sus manos, conoció un nuevo factor en las ecuaciones que acostumbraba a resolver con los ojos cerrados: miedo.

Miedo a fracasar.

Miedo a no tener el control.

Miedo a no poder arrebatarle a la muerte el respiro que reanimaría la vida bajo sus manos.

Cuando empezó con la respiración boca a boca, ni siquiera le cruzó por la cabeza ninguno de los retos, de los enfrentamientos, de las iras volátiles y las discusiones intensas; solo pensaba en que, si no lo salvaba, no sabría cómo podría avanzar a partir de entonces.

«Vuelve», rogó en su fuero interno.

Pero, por fuera, no decía nada. Sus brazos, todo su peso y raciocinio, estaban consagrados a ejecutar con eficacia las compresiones torácicas para mantener la sangre oxigenada circulando y así restablecer la respiración y las palpitaciones cardíacas.

—Vuelve, mierda —jadeó en voz alta, usando su lengua natal, mientras aplicaba más fuerza en las repeticiones.

Prefería que saliera de aquello con las costillas lesionadas a que no volviera a la vida.

—¿Queda epinefrina? —preguntó Axer con la voz acelerada por el esfuerzo.

—¿Paro?

—¡CLARO QUE PARAS, IMBÉCIL! —El auto frenó de golpe, derrapando con un chirrido fuerte por la velocidad a la que iban—. Si no lo salvo valdrá mierda que lo llevemos al hospital.

Mientras el otro hombre buscaba la epinefrina, Frey reanudó la respiración boca a boca. Una última vez, porque en esa oportunidad, la mano reanimada de Soto se aferró a la muñeca de él con una fuerza dolorosa, y de sus labios escapó su primer aliento de vida en dos minutos.

El chico empezó a respirar con alivio inhumano. Sus ojos llenos de lágrimas de agradecimiento infinito permanecían fijos en los de su salvador, y su mano, la prueba irrefutable de su reciente despertar, seguía aferrada con fuerza al brazo de Axer. En ese momento, el ruso acostumbrado a burlarse de la muerte sintió que de su pecho arrancaban una estaca encendida y que por primera vez en su vida comprendía el valor de respirar, mientras el aire entraba y salía de sus pulmones en intensas bocanadas.

Axer jadeaba, todo a su alrededor daba vueltas. La compostura y determinación que había podido conjurar mientras trabajaba le habían abandonado. Ahora estaba solo, condenado a comprender y sentir la brutalidad de todo lo que había ocurrido en ciento veinte segundos; la carrera contra la naturaleza, el duelo de sus manos enfrentadas a la muerte; la certeza de que todo pudo haberse desmoronado de la misma manera que un hueso se puede quebrar sin aviso.

La abrumadora realidad de que pudo no haber sido suficiente.

Pero, por encima de aquel huracán nocivo, había una sensación distinta a las que solía experimentar después de revivir a sus pacientes: alivio.

La lujuria le pareció un sentimiento superficial, liviano e insulso, comparado con el alivio.

Axer no sentía que acababa de revivir a Soto, lo que experimentaba indicaba que acababa de reanimarse a sí mismo.

Cuando la mano del muchacho se fue relajando y empezó a caer lentamente de la muñeca de Axer, este la atrapó. Se quitó el guante para sentirla, real, viva, contra su piel. La sostuvo lentamente en un contacto cálido y reconfortante, infundiendo fuerza a quien ahora era su paciente, intentando reafirmar su propia tranquilidad confirmando que él estaba vivo.

Con su otra mano, cerró los párpados de Soto. Habló en ruso para pedirle al conductor que le preparara una inyección de epinefrina por si hacía falta, hasta que llegaran al hospital.

Se sentó, subiendo al chico a sus piernas y acostándolo de lado por si estando dormido quería vomitar. Era una precaución para que no se ahogara con su vómito.

En todo el camino restante al laboratorio de Frey's Empire, Axer no soltó la muñeca de Soto. No se atrevía. Tenía que estar pendiente de su pulso, alerta ante cualquier nueva falla del inmenso sistema que era su cuerpo.

Cuando Soto recupero la consciencia, estaba tendido en una camilla, con una vía en el brazo, un monitor controlando su ritmo cardíaco y el cuerpo recuperándose del lavado de estómago.

Pero no era todo.

Había otro paciente junto a él, en bata, aparentemente también atravesado por una vía. Solo le faltaba la cara de drogadicto moribundo.

Axer.

Porque él sabía el shock que podía generar despertar en ese lugar solo, así que decidió no abandonarlo. Que despertara con una cara conocida cerca. Porque era más fácil decir que no recordaba mucho y dejarle la explicación técnica a los médicos, que relatar la verdad.

—¿Qué hacemos aquí? —preguntó Soto, quien sentía que un camión le había pasado por encima hacia adelante y de retro.

—Nos drogaron.

—¿Quién? ¿Cuándo?

—No lo conozco. Tal vez tú sí. Le dijo a uno de los empleados del club que te diera un trago a nombre de una «admiradora». Se llama Alessandro.

Soto calló, lo que fue suficiente confirmación para Axer. Se conocían, había sido un ataque personal.

También había sido mentira que Axer no conociera al responsable. Una mentira a medias.

Antes de ese día, Axer ni lo había oído mencionar. Para entonces ya conocía hasta la partida de nacimiento de sus padres, los cuales eran pastores en una zona cercana al barrio donde vivía Soto.

—Voy a matar a ese maldito.

—Deberías. Él casi te... Casi nos mata.

Pese a las palabras de Axer, él sabía que para cuando Soto fuera a buscarlo, el jefe —el mismísimo Víktor Frey—, ya se habría encargado de la detención del responsable. No le había evitado la muerte al muchacho para mandarlo a la cárcel por una venganza.

—Si el trago era para mí, ¿qué haces tú aquí? —interrogó Soto.

—Tú me ofreciste, ¿no lo recuerdas?

—¡¿Y aceptaste?!

—Ya qué más daba, ¿no? Después de lo del cigarro...

—Vaya mierda... Aff —se quejó Soto, haciendo una mueca de dolor—. ¿Qué pastillas eran esas, mano? ¿Fosforitos? Me duele hasta el coxis.

—Te duele por los métodos prehospitalarios a los que tuvieron que recurrir los paramédicos con nosotros. Es normal. Ah, y por el lavado gástrico.

—¿Avisaron a nuestros padres? —quiso saber Soto.

—No sé si lograron contactar con tu representante.

Mentira. Sí lo sabía. Él mismo pidió que no lo hicieran.

—Ojalá que no, no quiero preocuparla. ¿Cuándo podremos irnos?

—Después de un par de chequeos. Es necesario que cumplas con el tratamiento que te manden, así te sepa a culo lo que te receten.

—El culo sabe rico.

Axer casi escupe por la risa que le dio.

—¿Tienes los chistes anotados en los tatuajes o cómo? Es que a todo le tienes una respuesta cómica.

—Se le llama ser espontáneo. —Soto suspiró—. Espontánea va a ser la coñiza que me va a meter mi madre cuando llegue a la casa.

—¿Quieres que le pida a mi padre que la llame y le diga que estás en una entrevista de trabajo para la empresa o algo así?

Soto lo miró de pronto con el ceño fruncido.

—¿Por qué harías eso? Estás siendo sospechosamente amable.

—Pana, acabamos de vencer a la muerte juntos. Aunque no lo recordemos, hemos sufrido una experiencia traumática y dolorosa, y nos quedan unas cuantas horas más de chequeos y supervisiones. ¿No te parece que esto se merece una tregua momentánea?

—¿Tablas?

Axer sonrió, sintiendo la familiaridad de la referencia.

—Tablas —coincidió.

44

La hipocresía de su honestidad

SINAÍ

Cuando desperté, era casi de noche, así que salí a escondidas a robar algo de cenar para luego volver a encerrarme en mi cuarto. Por suerte era sábado, el día después sería domingo, una fecha excelente para la vagancia.

Haber llegado a mi casa a las cuatro de la madrugada ya habría sido excusa suficiente para despertar tan tarde, pero todavía tenía un segundo pretexto de más peso: luego de la llamada de Axer, de que la finalizara llamándome gatita, no pude dormir. Estuve hasta las nueve de la mañana rememorando todo lo ocurrido en su auto mientras mis manos intentaban emular lo que experimenté con él.

Pero era imposible. Jamás podría recrear yo sola ni una mera aproximación de las sensaciones que provocó él en mí casi sin tocarme. Axer Frey era el dios al que rezaba mi cuerpo; ante su voz, mi piel se doblegaba.

Un vistazo a su abismo era más ardiente que el fuego de cualquier infierno al que me hubiese acercado hasta entonces.

Prefería morir a vivir con la certeza de que esa noche sería todo lo que tendría de él.

Y, a pesar de la incertidumbre, de las múltiples incógnitas sin resolver, del «¿qué pasará ahora?, ¿qué debo hacer?», nada podía borrarme la sonrisa.

Porque yo había ganado.

En ese auto lo vi sufrir por su deseo. Fui testigo de cuánto lo hería lo hondo que yo había calado en su cabeza; lo que le dolía admitir que había estado jugando con su mente, y que era adicto a que lo hiciera.

Axer Frey no solo me hizo partícipe de su derrota, sino de la manera en que se complacía con esta, muy a su pesar.

Mi dilema.

Mi objetivo más alto.

Mi victoria.

«No eres una simple mortal, Schrödinger, eres ese gato que encerré en la caja y, entre morir y vivir, eligió jugar conmigo. A estas alturas yo soy tu experimento».

Esas palabras. Esas insólitas palabras, me derribaron por completo. Esperé que él experimentara cierta atracción por mí en algún momento, pero jamás que pudiera sentir algo tan desgarrador y profundo como lo que sugerían esas palabras.

Tal vez era nada, tal vez dijo lo que yo necesitaba escuchar, pero, para mí, aquellos fueron sus votos matrimoniales.

Aunque todavía quedaban torres que derribar, y hasta que no cayera la última pieza jamás podría tener al rey como lo quería: rendido ante la dama negra.

En el auto, gané; pero en lo que me quedaba de vida no iba a parar hasta que él se rindiera.

Al día siguiente desperté después del mediodía, todavía sin poder creer lo que había pasado la madrugada anterior. Mientras almorzaba y desayunaba a la vez, recordé que mi doctor porno había admitido que esa vez no era la única que se había maltratado pensando en mí.

Me lamí los labios, y no precisamente por la salsa de tomate de la pasta que me estaba comiendo.

Ni siquiera me pude beber el vaso de leche sin pensar en él, en lo que me había hecho hacer, en lo que yo misma había aceptado, agradecida y sin objeciones.

Todo me parecían señales de nuestro encuentro.

Como la marca que dejó su mano en mi cara. Cada vez era menos perceptible, pero allí permanecía, en un ligero enrojecimiento y una hinchazón apenas perceptible. Necesitaba diez más como esa para declararme satisfecha.

Nunca imaginé que un golpe pudiera prenderme tanto.

Si lo que hicimos fue pecado, jamás sentiría la necesidad de arrepentirme.

Necesitaba enfocar mis pensamientos en otra cosa o pasaría el resto de mi vida con las manos ocupadas y la cabeza enferma por el recuerdo de lo que había experimentado junto a Axer, así que, en un intento de ocuparme en algo más decente, decidí escribirle a María.

Sinaí:
Me queda como un 9 % de virginidad.

Debería haberle mandado por lo menos unas buenas tardes por cortesía, pero había llegado a un acuerdo conmigo misma de que estaba en un momento crítico en el que la educación no era una opción.

Su respuesta casi hace que me atragante de la risa.

Tania<3:
Bueno, marica, ¿la estás entregando en cuotas o cómo es la vaina?

Sinaí:
JAJAJAJAJA XD Pareciera, pero no. Son estos hombres de hoy en día, que le temen al éxito.

Tania<3:
Yo no sé qué le está pasando a Soto, está pasado de pendejo.

No debería haberme sorprendido que mi amiga pensara que había estado con Soto, sobre todo después del beso a mitad de juego. Debería haber empezado aclarando que lo que iba a contarle no tenía nada que ver con él.

De hecho, Soto era un tema delicado para mí en esos momentos. Parte de mis divagaciones y pensamientos excesivos de ese día lo habían incluido a él.

Sinaí:
Estem... ¿Quién te ha dicho que fue con Soto?

Tania<3:
Ya va... ¿no fue con él?
Yo pensé que ese te iba a estar esperando en tu casa después del besazo que le lanzaste en el juego.

Sinaí:
Nop. No me vine con él.

Tania<3:
Sí, yo sé con quién te fuiste pero...
Espera...
Ya va.
NO ME JODAS SINAÍ NAZARETH FERREIRA, SI ESTÁS
JUGANDO CONMIGO TE VOY A MATAAR

Sinaí:
Jamás jugaría con algo así.
Lo juro por el sticker de «hoy follo».

Tania<3:
AAAAAAAHHHHHHH.
Cuéntamelo todoooooo. Exijo detalles sucios y explícitos,
además de calibre, longitud, inclinación y circunferencia.
CORRE.

Mientras me preparaba para enviar mi poderoso audio explicativo de veinte minutos a mi amiga, mi madre entró a la sala y desistí.

Llevaba una bolsa de Ruffles a medio comer en la mano, y en la otra una botella de malta vacía. Por sus ojeras y el nido que se veía en su cabeza, supuse que había tenido una noche emocionante, tal vez con una maratón de *The good doctor*.

—Déjame adivinar, tampoco me vas a dar Ruffles, ¿no?

Mi mamá volteó a mirarme como si acabara de reparar en la existencia de la adolescente que estaba a su cargo y que había traído al mundo mediante una dolorosa cesárea.

—Ah, ¿querías?

—¡Pues claro que quiero!

—Pues compra. Para algo trabajas, ¿no? Y ya que estamos, me podrías regalar una bolsa a mí, eh, que yo te di la vida.

Esa mujer me iba a cobrar la vida hasta que me muriera.

Poniendo los ojos en blanco, decidí volver a lo que me quedaba de pasta.

—¿Qué tal la fiesta? —preguntó mi madre desde la cocina. Estaba revisando los envases de yogur de la nevera, por si quedaba uno apto para lavar con el dedo.

—Bueno... —divagué, pensativa.

¿Cuánto era prudente contarle a mi madre sobre mi noche después del respectivo y genérico «bien»?

—Ese chico que vino a buscarte esa noche... —prosiguió ella—. Se me hizo muy familiar, como si lo hubiese visto en otro lado. Sacando cuentas lógicas por el carro y el acento, llegué a pensar que podría ser uno de los hijos del ministro de Corpoelec... Pero no es posible, ¿o sí?

—Él va a mi colegio —dije por toda respuesta.

—¿Es en serio? —Mi madre se volteó de golpe hacia mí, mirándome a través de la mesa de la cocina con los codos en el tablero—. ¿Cómo hiciste para que el segundo tipo más codiciado del país te llevara a un baile de disfraces como pareja?

«Ay, mamá, yo todavía me pregunto eso mismo».

—No es gran cosa, fuimos como compañeros de clase. Simplemente me hizo el favor de pasar a buscarme.

—O me das la receta del amarre o te cambio el apellido, ¿eh?

Me reí, escupiendo saliva y salsa por todos lados de la mesa.

Mientras limpiaba el desastre de mi boca, mi madre prosiguió con lo último que yo esperaba oír salir de su boca:

—Si no me dices que hiciste valer mi regalo con él esa noche, me voy a sentir muy decepcionada de ti.

—¿Tu rega...?

Las pastillas. Tuve que morderme el interior de la mejilla, esperando que el dolor mitigara un poco mi sonrisa de alivio y vergüenza a la vez.

—¿Y? —insistió ella.

—Casi que ni lo llego a necesitar porque a alguien se le ocurrió preguntarle a mi invitado, muy prudentemente, si no era el chico que había estado en mi cuarto.

—¿Y qué coño me iba a imaginar yo que estás comiendo de dos platos al mismo tiempo, si hasta hace unos meses te morías de hambre en el nombre de Jesús?

«Y ahora es un Jesús quien casi me quiere clavar su cruz».

—Es de sentido común, mamá, esas cosas deberías haberlas preguntado en privado.

—No me cambies de tema. —Se sentó a la mesa junto a mí—. ¿Tuviste una noche productiva o qué?

A mi madre ni loca le daba los detalles sobre el porcentaje de mi virginidad, así que en un intento de honestidad le contesté:

—Fue una noche sorprendentemente productiva, sí. Y sí, me estoy cuidando.

—¿O sea que puedo llamar a mi yerno para insultarlo cada vez que se vaya la luz o...?

—Hey, hey, no fue para tanto. Ni siquiera sé si me volverá a llamar algún día, menos te voy a dejar llamarlo para que te quejes de los problemas con la luz eléctrica del país.

—¿Y el otro muchacho quién es?

—¿Quién?

—El mosquito, Sinaí, ¿quién más? Luego de que me trajeras a casa este bombón, si me dices que quien entró por tu ventana aquella noche fue un malandro con moto y chaqueta de cuero que vende drogas... te juro que te pego con el cable del teléfono.

—¡Mamá, no! Es un buen chico, aunque parece criado por monos, pero ni fuma ni vende. —Luego recordé que Soto fumaba cigarros y vendía fotos sexis, así que añadí—: Drogas.

—¿Por eso me preguntaste qué hacer si te llegaban a gustar dos personas a la vez?

—Qué intuitiva mi madre.

—¿Estás saliendo con los dos?

«Me estoy medio comiendo a ambos, que no es lo mismo».

—No, mamá. —Levanté los ojos al cielo, como si fuese la hija más decente del mundo y mi madre una mal pensada—. Cuando tuve ese algo con mi amigo, ni siquiera se me pasaba por la mente que el ruso pudiera fijarse en mí.

—¿Es que encima el malandro es amigo tuyo?

—¡Que no es malandro, mamá!

—¿Y por qué no me lo has presentado?

—Porque no tengo nada serio con él.

—Tampoco con el ruso, y aun así vino a buscarte como gente decente, no entró por la ventana.

—Ya, mamá, mi amigo no volverá a entrar así. Como te dije, fue cosa del momento y lo dejamos ahí.

—Cosa del momento, claro. Ya imagino lo imprevisto que fue todo: él casualmente andaba visitando a sus amigos de ventana en ventana, y justo tú tenías la tuya abierta. ¿No?

Esa explicación era un asco, pero ni loca me ponía a explicarle lo de las fotos.

—Íbamos a estudiar.

—Anatomía, ¿no?

Mi mamá era de las que, si no la gana, la empata.

En medio de aquella desastrosa conversación, a ella le llegó un mensaje. Sacó el teléfono de su bolsillo y lo leyó con el ceño fruncido. Procedió a levantarse como si el asiento en el que estaba de pronto se hubiese transformado en una hornilla hirviendo.

—¡Corre! Ve al supermercado de la esquina a hacer la cola. ¡Están vendiendo harina Pan! ¡Apúrate, coño, que se acaban y no comemos arepa ésta noche!

—¡¿Por qué yo?!

—Porque tú podrás tener treinta años, pero yo te parí, así que yo mando. ¡Muévete!

—¿Ni siquiera me vas a dejar cambiarme?

—¿A quién más quieres seducir, Sinaí Nazareth, al chino de la bodega?

Comprendí que no había caso en seguir discutiendo con la mujer que me dio mi promiscua vida, así que solo me puse mis zapatillas y salí corriendo al supermercado.

Iba vestida con un short de algodón azul con rayos amarillos a lo Harry Potter por todos lados. La camiseta ni siquiera era del mismo pijama, era de un rosa pálido con un estampado de Tecna, de Winx Club, y por supuesto que no llevaba sostén. Además, tenía el cabello recogido en una coleta apurada y ni una gota de maquillaje.

A pesar de ello, aquella fracción de segundo que pasé frente al espejo antes de salir de mi casa, no sentí repulsión hacia mi reflejo.

Me aceptaba. Así entendí que no había cambiado mi imagen, sino la manera en que me veía a mí misma.

Una vez en la cola del supermercado para adquirir la harina Pan, soportando la ira del sol, el olor a culo del que estaba delante de mí, los empujones del que estaba detrás, y los gritos de las viejas que decían que todo el mundo se le estaba adelantando, saqué el teléfono para intentar volver al chat con María.

Y entonces lo vi a él.

Estaba sentado en la acera de enfrente, como todos los que guardaban cola pero a la vez no lo hacían, probablemente porque había alguien cuidando su puesto. El gorro de lana gris claro que llevaba puesto apenas dejaba ver una porción de su desastroso cabello oscuro y sus tatuajes parecían más intensos que nunca en sus brazos desnudos por la camisa manga corta de color plomo que llevaba.

Estaba demasiado guapo para mi gusto, deseaba que fuese más fácil no pensar en su atractivo natural y sin pretensiones.

Por algún motivo, tuve miedo de que me viera y me volví, esperando que no me reconociera.

Pero como había agotado toda mi suerte en el carro con Axer, él me gritó desde la acera:

—¿Qué ven mis ojos? El monte donde el diablo tiene miedo de ir a rezar.

Hay que ver el lado bueno. Pudo haber sido peor, pudo haber dicho «El monte donde quiero clavar mi cruz».

—Soto —lo llamé con una sonrisa asesina.

Cuando establecimos contacto visual de una acera a la otra, le saqué mi poderoso dedo medio.

Él, como una persona racional que aparenta ser decente, se levantó, se limpió del culo la tierra y la gravilla que le quedó del suelo, y se acercó a mí.

—Hoy te ves especialmente divina, amiga mía. ¿Ese *look* es de Prada o eres más de Gucci?

—Pendejo. —Le di un leve empujón, aguantando las ganas de reír por su sarcasmo—. Ni a remate de perolero llega.

—No te preocupes, que el *flow* con el que luces tu *outfit* no se compra ni en Rusia.

Rusia era el último país del que me apetecía hablar delante de Soto, sobre todo luego de lo que había estado pensando durante todo el día. Porque sí, había pensado mucho. Tal vez más de lo prudente.

Así que ignoré su comentario y me volví hacia la fila de personas que estaban delante de mí, pero centré mi atención en el teléfono para que no pareciera que lo ignoraba de manera deliberada. Tampoco quería que notara mi incomodidad.

—Esto es una coincidencia tan afortunada —dijo— que me imagino

353

una historia en Wattbook a raíz de este momento. *El sexy badboy que se me adelantó en la cola.* Fijo se hace bestseller.

Lo que más rabia me daba era que, por más que me contuviera, sus chistes me hacían gracia. Él me contagiaba un humor envidiable, me habría gustado llevarlo a todos lados, como una máquina de felicidad infinita.

Pero en ese momento en serio no estaba para bromas.

Después de un rato respondiendo a sus chistes con risas forzadas y monosílabos, se le hizo demasiado claro mi cambio brusco en el trato hacia él.

Esperaba poder aplazar ese tema de conversación, al menos hasta un momento en el que el sol y el mal olor humano no me estuviesen asfixiando. Pero no, tenía que ser así, como a la *sukin syn* de mi suerte le daba la gana.

Sí, estuve estudiando algunos insultos en ruso, solo por si a Axer se le ocurría usar uno delante de mí. Así, al menos me libraba de tener que decir «la tuya por si acaso» cada vez que abría la boca.

—Hey, ¿qué pasa? —exigió saber Soto con una mano en mi hombro. Cuando lo miré, tenía sus pobladas cejas fruncidas hasta casi rozarse.

—No pasa nada —mentí, encogiéndome de hombros.

De verdad quería posponer esa conversación. No tenía ni la más mínima idea de cómo abordarla.

—Claro que pasa algo, no puedes ni mirarme a los ojos.

—Bien —espeté, girando el cuerpo para encararlo—. ¿Quieres que te diga qué pasa?

—Por algo te he preguntado, ¿no?

Quise golpearlo, pero me contuve y preferí soltar sin filtros lo que estaba pensando.

—Pasa que he estado pensando, tal vez más de la cuenta, y no sé si me siento del todo cómoda con la situación entre nosotros.

—Espérate, dale más lento. —Soto negaba con las manos y la cabeza, del todo anonadado y fuera de lugar—. ¿De qué carajos me hablas? Hace dos noches estábamos bien. Mejor que bien, diría yo, por cómo me besaste.

—Exacto. Yo te besé a ti.

—En eso quedamos, ¿no?

—¿Es que no lo ves?

—Claramente no, puedes prestarme tus lentes si quieres.

—Jódete, Soto. —Me volví de nuevo hacia el frente de la cola—. No estoy para bromas ahorita.

Alargó el brazo para que me volviera de nuevo hacia él y noté que su rostro me estudiaba entre intrigado y confundido.

—La vaina es en serio... —Él me miraba con una ceja arqueada y el ceño ligeramente fruncido—. ¿Estás molesta conmigo porque me besaste?

—No estoy molesta, estoy incómoda.

—¿Hice algo mal?

—Sí —admití, para mi propia sorpresa—. Al principio no lo vi, porque cuando me contaste tu plan y me dijiste que sonaría como si quisieras usarme, pensé: «¿Quién coño soy yo para juzgarlo? Yo lo intenté usar primero». Pero luego, lo reconsideré y me di cuenta de que la clave está en esa maldita palabra. «Intenté». Porque tú no lo permitiste.

—Yo... Creo que no acabo de entenderte.

Exhalé, obstinada.

—Cuando yo quise besarte delante de Axer aquella primera vez, te ofendiste. Me hiciste sentir mal porque tú estabas herido. Para mí, era como tú habías dicho: amigos y ya está. Pensé que no te molestaría mi jugada, pero descubrí que sí, y me hiciste arrepentirme de ello.

»Ah, pero cuando eres tú el que quiere conseguir algo, entonces no te molesta la idea de utilizarme. ¿Y sabes qué es lo peor? Que yo sí tenía algo qué perder con tu juego.

»Te la pasas repitiéndome que solo somos amigos, una y otra vez; quieres poner límites, no me besas en público, ni delante de María, y yo lo acepto. Nos tenemos ganas y ya, eso no influye en nuestros sentimientos, no es preciso que tengamos un compromiso para con el otro; pero cuando te conviene, quieres que yo me arriesgue por ti. Quieres que me juegue a una persona con la que quiero todo, por un capricho tuyo.

»Pude haber perdido a Axer para siempre, ¿y me importó? No. Porque ya te había herido una vez y me negaba a volver a fallarte. El problema es que me dejé llevar por mis sentimientos y no me detuve a pensar que, esa vez que te herí, fue haciendo lo mismo que tú me estabas pidiendo que hiciera.

Estaba hablando tan rápido y acalorada que mis palabras se atropellaban y apenas se entendían. Mi rostro estaba rojo por falta de una respiración decente.

—«No me molesta que me uses», me dijiste tú aquella vez. Yo hoy te digo lo mismo. No me molesta que me uses, me molesta tu hipocresía.

—¿Te parezco un hipócrita? —inquirió él, visiblemente afectado.

—Absolutamente. «Ven, Monte, arriesga al chico que te gusta por mí, pero no te emociones porque yo no voy a arriesgar ni un pelo por ti. Eso sí, cuando quieras nos besamos, eh. No me molesto».

Él se tapó la cara mientras reía. No había nada de gracia en su risa. Estaba rojo hasta el cuello, le temblaban las manos. Nunca lo había visto así.

—¿Quieres que me arriesgue por ti? ¿Es eso? —espetó, agarrándome por el cuello con una rabia que jamás había presenciado en él—. Bien. Entonces me besó, delante de todos los presentes.

45

Secretos de Frey

AXER FREY

Cuando se miró en el espejo, descubrió en su sonrisa pícara y en la profundidad del brillo de sus ojos claros una perversa capacidad de atracción; la fórmula necesaria para tentar, para fingir humanidad en la cercanía de sus presas.

Mientras sus hábiles manos ataban el nudo de la corbata plateada alrededor del cuello, pensó en lo bien que se notaba su definida musculatura a través de la tela blanca de la camisa. Luego, al insertar el prendedor con la F de su apellido, reconoció la elegancia que un minúsculo adorno cromado podía conferir.

Se pasó la mano por el cabello, despeinándolo más, de forma que el sol bailara a través de sus mechones creando una luminosidad platino. Se puso los lentes de montura cuadrada a mitad del puente de su nariz y guiñó un ojo, calculando la manera en que su rostro y sus cejas cooperaban para crear inestabilidad en quien observara el gesto.

Axer Frey era consciente de su atractivo físico, pero para él no era más que una especie de bisturí: un instrumento para llevar a cabo una operación.

No le importaba que se le considerara como un hombre atractivo. Ni buena persona, sino como lo que era: un excelente médico, un prodigioso científico.

—¿Puedes dejar de idolatrarte cinco malditos minutos? —preguntó su hermana en ruso.

La chica estaba parada en el marco de la puerta de la habitación, ataviada con un vestido rojo ceñido al cuerpo y unos zapatos dorados de tacón con una plataforma inmensa. Observaba a su hermano mientras este se ponía la bata del laboratorio con una lentitud de ritual, y cómo se enfundaba uno a uno los guantes de látex negros.

Negro. Un color que Axer odió durante mucho tiempo, pero al verse enfrentado a un juego prolongado con una rival que usaba ese color como bandera, había aprendido a tolerarlo.

—¿Tienes que ir vestida así? —inquirió Axer con el ceño fruncido mientras vislumbraba el reflejo de Verónika.

—Tengo mis propios rituales, Vik.

—De acuerdo —accedió Axer, acomodándose las mangas de la bata en el espejo—. Hoy, los deseos de su majestad son órdenes.

—Tal vez deberíamos llevar a Aleksis. Ya es hora de que se acostumbre a estas cosas.

Axer miró a su hermana a través del cristal con el ceño fruncido, como si tratara de identificar si le estaba gastando una broma o si sus palabras eran honestas en su totalidad.

Al ver que la rubia rusa no parpadeaba ni variaba su expresión una vez sometida al contacto visual, el más joven contestó:

—La idea es asustar al hombre, Vikky, no enamorarlo. Si llevamos a Aleksis con nosotros, ese muchacho nos va a rogar que lo torturemos.

—Sigo pensando que exageras. Lo sabes, ¿no? —Axer sabía que ya no estaban hablando de Aleksis—. No creo que sea para tanto lo que hizo ese chico.

—No quieras joderme la paciencia hoy, ¿de acuerdo? La dosis que le dio al muchacho de la fiesta era para matar. ¿Quiere jugar con la muerte? Que se enfrente a los dioses de ella.

—¿Podrás hacerlo? —inquirió Vero, observando cómo su hermano se acomodaba el cuello de la camisa.

—No. —Axer se aproximó a su hermana, dándole un beso en la frente—. Para eso te tengo a ti.

Dicho esto, corrió a la sala, tomando las llaves del lujoso auto negro que en general estaba destinado solo a ocasiones especiales.

—¿Nos vamos ya?

Al llegar al laboratorio de Frey's Empire, Anne llamó a Axer para que se acercara al área de bioanálisis. Lo condujo entre centrifugadoras y armarios de muestras etiquetadas, a una mesa impoluta con un microscopio color perla y unos cuantos tubos de ensayo cerca.

—He estado practicando mi español —comentó Anne en inglés mientras se sentaba.

—Dudo que exista algo que, una vez te lo propongas, no puedas hacer bien —le contestó Axer también en inglés con un fugaz guiño.

A pesar de los notorios encantos de Frey, Anne jamás había sucumbido ante ellos y había mantenido siempre una relación profesional entre ambos, agradeciendo educadamente sus constantes cumplidos con amabilidad.

—¿Novedades sobre la muestra? —preguntó Axer después de ver que Anne buscaba en una carpeta su bitácora de análisis.

—Yo apostaría cualquier cosa al nuevo espécimen. No creo que haya complicaciones. Ha reaccionado bien a todas mis pruebas, no veo incompatibilidades con nuestros medicamentos o niveles preocupantes que puedan sugerir alguna enfermedad o anomalía que nos frene. Está limpio.

—Quieres decir que...

Anne sonrió de oreja a oreja, sus mejillas se sonrosaron de emoción y sus ojos chispearon de entusiasmo.

—Es una candidata óptima —anunció al fin, orgullosa de su trabajo.

—Mierda.

—¿Y ese vocabulario, Axer? —inquirió la bioanalista americana—. Pensé que estarías contento.

Axer no podía explicarle —no, aunque quisiera—, que había esperado no tener que encerrar el gato en la caja. Al menos, no en esa caja.

—Esperaba que existiera una razón para cambiar de rumbo —explicó sin dar muchos detalles de sus motivos.

—¿Por qué? —Anne se quitó sus anteojos de lectura y escrutó al chico Frey. Se la veía contrariada—. Luchaste por ese espécimen, pero esperabas que la ciencia te impidiera usarlo. ¿Por qué?

—No lo sé. No sé si quiero hacer esto con ella.

—Es porque la quieres para algo más, ¿no?

Axer recibió aquella especulación como un golpe a la boca del estómago. Esperaba que su familia estuviera al tanto de algunas cosas, pero no esperaba que los chismorreos hubiesen volado hasta su espacio laboral.

—¿Qué?

—Hay rumores en el laboratorio...

—Pues ignóralos.

—Tú mandas. —Anne agachó la cabeza y se giró hacia la carpeta de anotaciones—. Entonces... ¿por qué no estás feliz con esto? Estás un paso más cerca de tu objetivo, tal vez incluso de la gloria y el poder definitivo, si haces las cosas bien.

—No voy a hacer las cosas bien, las haré excelentemente. Pero no... No lo sé. Creo que esperaba que algo me hiciera desistir de esta decisión, verme en la obligación de tomar otro rumbo.

—Has cambiado de rumbo ya dos veces. Además, todavía no te adelantes. Ella tiene que aceptar.

Axer rio por lo bajo. Inspiró profundamente antes de anunciar con la seguridad que lo caracterizaba:

—Ella va a aceptar.

—¿Cómo piensas convencerla?

Axer se sentó sobre la mesa, con una de sus mejores sonrisas, esas con el poder de ralentizar y acelerar el flujo sanguíneo a su antojo, y le dijo a la bioanalista:

—¿Me has visto sin camisa, Anne?

La mujer recibió la pregunta en un estado de shock que no le permitió acomodar sus ideas. Cuando se atrevió a contestar, todavía tartamudeaba.

—Yo... ¿Por qué preguntas eso?

—Ya entenderás. —La sonrisa en su rostro se ensanchó, más diabólica que nunca—. Ni siquiera le voy a hablar, solo tiene que estar ahí. Tú me ayudarás con eso.

—Eres un pequeño diablillo.

—El diablo tiene control sobre la corrupción de un alma, pero no maneja el hilo de una vida a su antojo. El diablo me envidiaría, Anne.

—¿Sabes qué es lo que odia todo el mundo de ti? Que no tiene razones para odiarte, porque eres un narcisista de manual, pero jamás exageras sobre ti mismo. Tu ego está a la altura de tus habilidades.

—Lo sé, por eso me importa tan poco la opinión ajena.

—¿Y tu hermana? ¿Cómo se está tomando todo esto? ¿Qué hará cuando sepa que... ya puedes avanzar?

—Me odiará un poco más, pero míralo de este modo: hoy su odio hacia mí ha disminuido, ya que le estoy dando una ventaja con lo que vamos a hacer. Cuando sepa esto y su odio se incremente, técnicamente me seguirá odiando igual que ayer.

—Tú...

A mitad de la frase de Anne, Verónika Frey irrumpió en el área de bioanálisis sacudiendo su corta cabellera rubia como si quisiera enamorar a las centrifugadoras.

—Ráknov Vólcov ha llegado, bebé. ¿Tienes bien puesto el cinturón? Porque lo vas a necesitar.

Un minuto más tarde, Axer estaba con Verónika en el despacho de Ráknov, su jefe de departamento. El hombre estaba sentado en su silla de aspecto presidencial, con bata, guantes y tapabocas negro. Una cicatriz profunda atravesaba una de sus gruesas cejas de arco puntiagudo y pronunciado, y llevaba el cabello, largo hasta rozarle los omóplatos, recogido en una coleta.

Sus facciones ya le conferían rudeza a su rostro, pero en esa especial ocasión su gesto era duro e impenetrable. Ni siquiera hacía falta que frunciera el ceño, su aura emanaba la seriedad y tensión suficiente para temer, para dirigirse a él con cautela y respeto.

Pero a Axer Frey le faltaba el cromosoma que activa el sentido de supervivencia en un ser humano promedio.

—No —espetó Vólcov por toda respuesta, sin siquiera haber oído los argumentos del segundo Frey de la habitación.

—Hoy no pareces muy abierto al diálogo. ¿Tuviste alguna operación complicada o directamente fallida?

—Eso es lo que tú quisieras. —Ráknov le mostró su grueso dedo medio sin tapujos—. No permitiré que hagan esto bajo mi supervisión. He hablado con tu padre...

—No esperaba menos de ti, Vólcov, dime algo que no haya intuido.

—Jamás mencionó nada de esto —prosiguió su jefe como si la interrupción no se hubiese producido—. Sus órdenes son apresar al chico y eso es lo máximo que pienso consentir.

—No lo quiero preso, no me hagas tener que describir lo que quiero para su destino, porque te juro que puedo hacerte una gráfica dibujada si así lo deseas.

—He dicho que no. La cárcel es la opción más sensata y legal.

Axer bufó, negando con la cabeza.

—Frey's Empire tiene de sensata lo que tú de amistoso, y nuestra legalidad se basa en un convenio por encima de las leyes. Creo que tus argumentos no aplican aquí.

—Dame una razón para no enviarlo a la cárcel, una que vaya más allá de tu capricho.

—Irá preso, pero por algún convenio comunitario y debido a su corta edad, saldrá más temprano que tarde. Sus padres son pastores, así que usarán su crimen como testimonio de que Dios cambia y hace milagros y todas esas cosas, mientras el muchacho solo pensará en vengarse y terminar lo que empezó en la fiesta de hace unos días. —Axer negó repetidas veces con la cabeza, sintiendo el calor escalando por su cuello—. No. Ni siquiera lo voy a considerar. No quiero a esa escoria respirando el mismo aire que yo y que el chico al que intentó asesinar.

—Si hacemos lo que quieres, la Iglesia nos perseguirá. No voy a comprometer la integridad de la empresa por los lloriqueos de un mocoso sin licencia.

Axer estaba tan acostumbrado a los constantes insultos de su jefe, a que lo infravalorara y pusiera en duda sus habilidades, que siempre recibía cada nueva estocada suya con la más carismática de sus sonrisas.

—¿Qué es una iglesia, Vólcov, contra el imperio de los Frey?

—La Iglesia es la última de las mafias con las que te conviene meterte.

—Haremos las cosas bien, tú no te preocupes por eso.

—No harán nada porque el señor Frey no ha autorizado nada.

—Por ahora. —Axer se encogió de hombros con fingida inocencia—. Es cuestión de tiempo hasta que le revele que este chico también pudo haberme afectado a mí.

—Eso es mentira. —Vólcov dio un puñetazo a su escritorio—. Tú trajiste al otro muchacho al que drogaron, tú lo auxiliaste. Estabas en perfecto estado.

—Sí, pero eso no lo sabe mi padre. Puedo decirle que omití ese detalle para evitarle una molestia, una carga más.

—¿Crees que conspiraré contigo contra mi jefe, poniendo en peligro la integridad de la empresa y su futuro?

—Sí.

Esta vez, fue el turno de hablar de Verónika, quien —en un paso pausado y seductor, como el de una imperiosa modelo— avanzó hasta el escritorio de Ráknov; posó sus manos sobre este, clavando sus ojos en los del hombre en el asiento.

—Mencionaste el futuro, Vólcov, hablemos de este ahora. Tú rindes cuentas a Frey's Empire, a quien sea que lo lidere. Y sé que crees que tienes al jefe agarrado por los testículos, pero es que te has olvidado de un pequeño detalle, cariño... Frey es una familia, y mientras tú adulas a uno de sus pilares, los demás piensan en cómo deshacerse de ti... Y algún día, Vólcov, tendrás que rendir cuentas ante uno de esos pilares, y lo sabes. Sabes que ese día se acerca. ¿Qué esperas para empezar a hacer las paces con el futuro jefe de Frey's Empire?

El silencio del jefe de departamento fue la respuesta que ambos esperaban. No iban a obtener ni un gesto más, pero con eso bastaba.

—Vamos —indicó Verónika, conduciendo a su hermano hacia la salida.

Una vez estuvieron solos, lejos de los agudos oídos de Ráknov Vólcov, ella le dijo:

—Cuando a esos pastores les llegue la compensación, va a arder esto. ¿Lo sabes, no?

—Controlamos la vida y la muerte, ¿crees que le temo al calor de sus llamas?

—Bien. Solo quiero estar segura de que entiendes en lo que nos estás metiendo. Ellos jamás van a aceptar que su hijo haya cometido una herejía tan basta como el suicidio.

—Imagino que tampoco creerían si les digo que es un potencial asesino, ¿o sí? Lo entiendo perfectamente, Vikky, no me harás desistir de eso.

—Manos a la obra, entonces. Por cierto, la firma de Alessandro la va a falsificar Aleksis.

Axer agarró a su hermana, quien pretendía continuar su marcha como si no acabara de confesar una traición con la tranquilidad de quien anuncia el desayuno.

—Te dije que no, ¿por qué tienes que hacer esto?

—¿Ya olvidaste cómo eras tú a su edad? —espetó ella, soltándose con fuerza—. Siempre queriendo participar en todo, impotente porque los adultos siempre jodían de más, al no dejar que te involucraras en cosas que tarde o temprano tendrías que aprender. Lo mismo pasa con él.

—No quiero que le salpique esto.

—Él necesita que le salpique la mierda de vez en cuando. Si no, ¿cómo va a aprender a limpiarse? No te preocupes, que los dioses de la vida y la muerte no delegan cargas imposibles. Siempre que él esté a punto de ahogarse, estaremos ahí para enseñarlo a nadar.

Media hora más tarde, Axer y Verónika estaban encerrados en una cámara de cirugía aislada dentro del laboratorio, a prueba de sonido y equipada con todo lo que necesitarían para la operación.

Detrás de la camilla, había un hombre, joven, con la cicatriz de una cruz tallada en la frente; sentado en una silla similar a la de los dentistas, atado con correas en las muñecas y los tobillos; pero su boca estaba libre y tenía el rostro descubierto, condenado a observar en primera fila lo que se avecinaba.

—¿Sabes quiénes somos? —interrogó Verónika.

Su pose era de escultura griega, con una pierna exhibida fuera de la abertura de su falda roja, la cadera ladeada, agregando prominencia a su figura; uno de sus brazos, el del tatuaje de *Vendida*, cruzado sobre su torso, el otro se apoyaba en este con el codo mientras los dedos artísticos de la mujer jugueteaban con su mentón perfilado, con las uñas peligrosamente cerca del labial con el tono de la más siniestra de las sangres.

—¿Ángeles? —sugirió el muchacho atado.

La mujer rio de puro placer con aquella comparación tan banal.

—Los ángeles son montones, soldados a merced de un poder mayor. Nosotros no conocemos la sumisión ni rendimos cuentas ante ninguna ley. Además, definitivamente no somos ordinarios.

—Los Frey —añadió Axer, quien había permanecido recostado en la pared con un pie pegado a esta y las manos en los bolsillos—. Somos los reyes de nuestro propio imperio, el tablero sobre el que siempre intentan ganar otros. Somos dioses humanos, capaces de manipular los hilos de la vida y la muerte como un artista domina las luces y las sombras.

—Cinco hermosos dioses —añadió Verónika con una floritura de la mano.

—Siete, tienes que contar a los fundadores de este tablero.

—El número de la perfección —concedió Vero, asintiendo.

—Dios trabajó seis días y descansó al séptimo. Ese día de inactividad, el cerebro de Dmitri Frey empezó a formarse.

—No entiendo nada —interrumpió la presa—. ¿Ustedes son los hijos del ministro? ¿Qué quieren de mí?

—Tu agonía y absoluto arrepentimiento.

—¡Solo ante Dios me arrepentiré de cualquier cosa! —gritó el prisionero.

—Entonces que él te salve.

—¡¿Qué he hecho?!

Axer rio, y Verónika dio un paso atrás, percibiendo el aura de su enojo, casi visualizando el resplandor de su ira. Sabía cuándo era tiempo de dejarlo actuar a él, sabía en qué parte del libreto debía confiarse a las sombras a aguardar su escena.

—Si no me dices tú mismo lo que has hecho, tu muerte será lenta y agónica —prometió Axer.

—¿Qué? ¿Me piensan matar?

—Eso es indiscutible —admitió el cerebro de la operación—. Hoy morirás.

—¡¿ESTÁN LOCOS O QUÉ?! —El muchacho se retorcía en la silla—. ¡Esto no es gracioso!

—¿Has visto a alguien riendo? —Axer enarcó una ceja para acompañar su pregunta.

—¡¿Por qué me quieres matar?!

—Ah, no, no, no. —El ruso negó con la cabeza—. Ahí te equivocas.

Axer agarró una silla y la volteó para sentarse con el espaldar entre las piernas, de frente a su presa.

—Yo no voy a matarte —dijo Axer al fin.

—Pero acabas de decir que...

Axer le propinó una bofetada con el guante de látex puesto que le hizo tornar el cuello al muchacho. Lo dejó con el rostro ladeado y la boca abierta de estupefacción. Apenas empezaba a creer que en definitiva no estaba atrapado a mitad de una broma pesada.

Iba a morir.

—No interrumpas cuando hablo.

—Pero yo...

Axer le volvió a pegar, haciendo sonreír a Verónika con un dedo jugueteando sobre sus labios, encima de su gesto de maldad.

—Cuando contestes, ahórrate los pretextos. Limítate a seguir el hilo que trazo para ti. ¿De acuerdo?

La víctima solo asintió. Se le veía tan cargado de ira como de pavor, con el rostro en carne viva y el labio hinchado por los golpes.

—¿Te cuento algo interesante? —El ruso no esperó respuesta—. Muchos han llegado a asumir de mí que tengo una especie de... compulsión, dirigida a la limpieza. Como si tuviera fobia a los gérmenes. ¿Crees que estén en lo correcto?

—Yo... —El muchacho vaciló, pensando en qué debía contestar.

—Se equivocan —le auxilió Axer, con una sonrisa—. Mi obsesión no es con la limpieza, es por el control. Soy esclavo de este, y si lo pierdo, me pierdo a mí. Sí, detesto la impotencia del contacto con ciertas cosas que no sé dónde estuvieron, quién las ha tocado, o qué tocó esa persona antes. Pero todo recae en lo mismo: el control.

»No soy un asesino, soy incapaz de serlo. Al menos no uno convencional. Soy total y enteramente incapaz de arrebatar una vida que no me crea capaz de devolver. Yo doblego la muerte, manipulo la vida. No mato.

—Entonces... ¿qué fue eso que dijiste antes?

—Ah, espera, que no te he contado la mejor parte. —Su sonrisa se expandió hasta casi abarcar todo su rostro, llenando sus ojos de un brillo perverso y asfixiante—. Yo no mato, pero ella...

Axer extendió el brazo. Aguardó mientras Verónika se aproximaba, haciendo resonar sus tacones en el suelo como el tic tac de un reloj biológico. Cuando estuvo junto a su hermano, este le rodeó la cintura mientras ella enredaba su mano en el cabello de él, sin dejar de mirar al prisionero.

—Podrás gritar, y vas a hacerlo, llorarás con mocos y lágrimas que podrían llenar una bañera, implorarás como jamás hiciste a tu Dios, y demostrarás en tu rostro el más atroz de los dolores, pero ella... Ella no va a sentir nada.

—¡No les creo!

—Lo sé. Sé que nunca has creído en nada en tu vida. Pero hoy empezarás a hacerlo.

—¿Lista, Vikky?

—Déjanos solos, por favor. Cuando me toca operar necesito la máxima concentración.

46

Team Soto

SINAÍ

Después de la cola para la harina Pan, Soto cargó, como todo un caballero, mis bolsas de mercado de camino hasta mi casa. Una vez llegamos, me esperó sentado en la acera de mi calle para evitar todo lo posible un encuentro con mi madre, hasta que me bañé, cepillé y cambié de ropa.

Una vez estuve lista, tomamos un taxi hasta su casa. Estábamos de acuerdo en que teníamos muchas cosas que hablar, pero era mejor transformar aquellas incómodas palabras en tiempo de ocio juntos.

Los planes eran ver una película los dos, pero cuando llegamos a su casa, María lo estaba esperando sentada a la mesa, comiéndose un plato de arroz con pollo.

Tuvimos que cambiar nuestro itinerario para no hacer sentir incómoda a nuestra amiga, y así fue como terminamos los tres encerrados en el cuarto de Soto jugando a Stop.

—Stop —cortó María, quien había anotado todas las respuestas a una velocidad insólita, como si su mano trabajara tan rápido como su cerebro pensaba.

—¿Tienes un cohete en el culo, María? Me quedé en «nombre» —se quejó Soto.

María puso los ojos en blanco.

—Deja la payasada, Soto. Desde aquí te veo el cuaderno, tienes varias escritas —alegó ella—. Voy a hacer las preguntas. Okay... ¿Nombre?

—Fabiola —contesté, y adelantándome a los hechos anoté cien puntos en el recuadro donde estaba escrito el nombre.

—Borra ese cien y pon cincuenta —cortó Soto, metiendo sus tramposos dedos en la hoja donde había estado apuntando las respuestas, tachando con su lápiz el cien que había escrito.

—¿Cómo que cincuenta? —espeté, lanzando una mirada acusadora en su dirección.

—Porque tenemos la misma respuesta, eso implica que en lugar de cien tenemos que poner cincuenta y cincuenta.

—Eso lo entiendo, pendejo, pero ¿cómo carajo tenemos la misma respuesta? ¿No hay otro maldito nombre por la letra F? ¡Soto, te estás copiando de mí!

—¡Claro que no! Tú te copias de mí, mi prima se llama Fabiola.

—No tienes ninguna prima que se llame Fabiola —desmintió María cruzándose de brazos.

—¡Claro que sí! Es una prima lejana.

—¿Lejana o inexistente? —inquirí.

—Ay, ya, sé buena perdedora y anota cincuenta —insistió Soto, agrandando con su lápiz la mancha de grafito que había hecho sobre mi cien.

—Okay. Yo puse Fran, así que tengo cien —continuó María, indiferente a nuestra disputa legal—. ¿Apellido?

—Fernández —respondí yo, apuñalando a Soto con los ojos, atenta por si decía el mismo que yo.

Casi me atraganto de la risa con su respuesta.

—Fideicomisos.

—¿Qué coño? —exclamó María—. ¡Soto, sé serio!

—¡¿Qué estoy haciendo?!

—¿Fideicomisos? ¿En serio? Fideicomisos no es un apellido.

—¡Los nombres no tienen errores ortográficos!

—¡No quieras joder, Soto, esa mierda no existe!

—Prácticamente eres homofóbica.

—¡¿QUÉ?! —exclamamos María y yo a la vez.

—¡Claro! —prosiguió Soto, como si sus palabras tuvieran toda la lógica del mundo—. Porque estás diciendo que Fideicomisos no existe. ¿Y si el tipo con ese apellido es gay? Al decir que no existe estás siendo homofóbica. ¿No te da pena?

—Chamo usted jode y lo demás es cuento —renunció María.

—Yo lo que quiero saber —interrumpí— es por qué coño tenías que poner Fideicomisos. O sea, en el tiempo que se escribe esa malvada palabra hubieses terminado de rellenar las respuestas del Stop.

—Prosigo —finalizó María, sin molestarse siquiera en decirnos cuál había sido su respuesta—. Ciudad, país o estado.

—Francia —respondí.

—Ulala, señor francés —se burló Soto—. Yo puse Falcón.

—Al fin. —María torció los ojos y prosiguió—. Pensé que ibas a poner una vaina como *Findonecia*. Yo también puse Falcón.

—Plagio.

—Soto, púdrete.

—Plagiadora.

—Sigamos —dijo María, ignorando a su amigo—. ¿Color?

—Fucsia.

—Frambuesa —dijo Soto.

—Eso es una fruta —debatió María, empezando a perder la paciencia.

—Y el tamarindo también.

—Te dejaré pasar esta —accedió mi amiga, anotando las puntuaciones en su hoja—. ¿Fruta?

—Fabulosa ensalada de kiwis.

—Dime que me estás jodiendo —suplicó María con los dedos masajeando su entrecejo.

—Jamás jodería con el sagrado juego de Stop.

—¡¿Pusiste la fruta en color y esa mierda en fruta?! Renuncio. —María partió su hoja a la mitad—. Me retiro porque tengo cosas más importantes que hacer que soportar las trampas de Jesús.

—Vaya con Dios —se despidió Soto, ganándose una patada en la barriga que lo hizo lanzarse al suelo y retorcerse sin aliento.

Yo me despedí de María con un beso y le dije al oído que no se preocupara, que le daría los detalles que le había prometido pronto.

Pasado un rato, Soto dejó de clamar por aire y de retorcerse de dolor, y se quedó tumbado en el suelo, con la mirada fija en el techo y los brazos a ambos lados del cuerpo.

Me sentí tentada a acercarme, y esa vez me lancé a la codicia sin luchar contra ella.

Mi cuerpo quedó junto al de mi amigo, mi espalda pegada al piso de su habitación, nuestras manos tan próximas que nuestros meñiques se rozaban. Mis ojos simulaban concentración en el techo mientras divagaban, volviendo al beso de temprano.

Me había encantado. Me gustaba de manera insana que mi amigo me tomara por el cuello y deslizara su lengua a través de mi boca. Me gustaba tanto, que en momentos como esos todo lo que añoraba era un espacio para quitarnos la ropa y seguir besándonos sin ningún tipo de tela que se interpusiera.

—Siempre quiero besarte.

Cuando dijo eso, sentí que sus palabras se alojaban en mi corazón. Sentí cosquillas desde la punta de los dedos de los pies hasta las mejillas, que sonrojadas se elevaron en una sonrisa delatora.

—Deberías hacerlo más seguido, entonces.

Soto se dio la vuelta, disminuyendo la distancia que nos separaba, pegando su cuerpo a mi costado, dejando su cara a centímetros de la mía.

Me lamí los labios al tenerlo así, tan cerca que podría haber contado cada uno de los vellos gruesos de sus cejas oscuras. Tan cerca que sus ojos, con esa intensa mirada de deseo y devoción, me robaban el oxígeno.

—¿Era así como esperabas que me arriesgara por ti? —preguntó.

—No esperaba nada, pero no te voy a mentir diciendo que no me gustó lo que hiciste.

La mano de Soto subió a mi brazo, acariciando la piel con lentitud, recorriéndolo de arriba abajo con la yema de los dedos. Ese simple contacto me hizo desear, más que nunca, que me tocara, que su tacto dejara de ser un roce y que me atrapara para siempre en un beso intenso que me consumiera.

Su rostro se acercó al mío, sus labios me acariciaron la mejilla. Depositó un beso sobre ella, leve, inocente, pero que se extendió hasta mi pecho en un calor placentero.

—No puedo besarte delante de María —dijo.

—Lo sé. —Sonreí—. Todos somos amigos, no hay que ponerla incómoda ni que sienta que está sobrando o algo así.

—Exacto. Todos somos amigos. No puedo besarte delante de ella. Pero quiero hacerlo.

—Yo también quiero besarte todo el tiempo, si eso te alivia —respondí, mordiéndome el labio.

Me sentía demasiado nerviosa tan cerca de él, demasiado torturada porque estábamos solos, tan juntos, pero él seguía sin besarme.

—¿Qué pasa si quiero poder besarte delante de quien sea?

—Yo... no lo sé —susurré—. ¿Quieres?

La mano que había estado en mi brazo subió a mi mejilla en un tacto suave, acariciándola con el pulgar.

—¿Que si quiero? —Rio—. ¿Qué harías si se me ocurriera decirte que quiero más que solo besarte? Que quiero todo. Que lo quiero contigo, y que todo el mundo lo sepa.

Me senté de golpe, como si me hubiesen dado una patada en la espalda. Hasta mi sonrisa se borró.

—¿Qué crees que estás haciendo? —espeté.

—Hablando contigo —respondió, y se encogió de hombros para restar importancia al asunto.

—No. Estás haciendo una pregunta ambigua toda rara que se condiciona dependiendo de mi respuesta. Si vas a decir una vaina así, habla claro, que luego quedo en pena tratando de adivinar qué...

—¿Quieres ser mi novia?

Si me hubiesen lanzado un balde con cubos de hielo desde el techo y luego un chorro de agua helada directo sobre mi cabeza, habría quedado menos fría. Tal vez lo hubiese procesado más rápido, tal vez el balde no me habría dejado intentando codificar cada letra de aquella pregunta para hallarle un sentido.

—Tú no quieres que yo sea tu novia —fue lo que dije al final, aunque no estoy segura si se lo decía a él o a mí.

—Claro que quiero. Quiero que llegues a mi casa y que en lugar de venir a mi cuarto a jugar a Stop, te sientes en la sala a comer algo que haya preparado mi madre especial para ti. Que ella te conozca como lo que significas para mí, y no como a una compañera más. Quiero que cuando vengas a jugar a GTA conmigo, también te quedes a dormir. Y, definitivamente, quiero poder ir a buscarte a tu casa sin necesidad de entrar por la ventana o tener que esperarte sentado en la acera de enfrente.

Un par de lágrimas me quemaban la piel de las mejillas, deslizándose hacia mi mandíbula, como una herida que se va a abriendo con lentitud bajo la hoja de un cuchillo afilado. Las limpié con el dorso de la mano, odiándolas a ambas.

—No hagas eso.

—¿Por qué? —inquirió, más seguro que nunca—. Eras tú la que quería que me arriesgara.

—Exacto. Lo haces para castigarme por lo que te dije en la cola. Quieres cargarme tus sentimientos y que me sienta miserable por no poder corresponderlos.

—No, crees eso porque estás acostumbrada a verlo todo como una...

estrategia. Hago esto porque tenías razón. He estado siendo un hipócrita, pero jamás lo fui contigo como lo he sido conmigo. Todo lo que he hecho o dicho ha sido porque no quiero afrontar que me gustas y que sé que esa es una batalla que nunca tuve oportunidad de librar.

Tuve que darme la vuelta en un intento patético de disimular los hilos que corrían por debajo de mis ojos. Tenía el rostro caliente por el esfuerzo que hacía para contener las lágrimas, pero ellas seguían desbordándose.

Nadie me había lastimado como Soto con esa confesión. Porque yo podía soportar cualquier cosa, menos saber que, de forma inminente, sin importar la decisión que escogiera, acabaría haciéndole daño.

Que cualquier cosa que le dijera sería un cliché, lo típico que te dice una persona antes de partirte el corazón de manera despiadada.

Y con eso no podía. Jamás sabría llevar esa carga. Porque él me importaba, me importaba como nunca iba a hacerlo otro chico.

—Te quiero, Soto. Y mataría por ti.

Y ahí venía, el maldito e inminente pero.

—Dilo, Sina. Yo decidí arriesgarme incluso sabiendo lo que venía, prefiero vivir con tu verdad que con el «¿qué habría pasado si...?».

—No tenías que haberlo hecho.

—Habría sido más fácil para ti, tal vez. Pero necesitaba hacerlo por mí.

—Ni siquiera quieres ser mi novio realmente, solo estás ahí sentado esperando el no. Eso no es justo.

—¡Que sí quiero! —exclamó alzando las manos, rojo hasta el cuello. Entendí que estaba demasiado frustrado por no lograr que yo lo entendiera.

—¿Incluso sabiendo que siento atracción por otro? ¿Que por mucho que te quiera y te desee, jamás voy a dejar de pensar en él?

—Tú lo harías por él.

—¿Qué?

—Soportarías eso siempre que implicara la oportunidad de estar en su cabeza, aunque fuera un minuto. Preferirías eso a la alternativa de no poder tenerlo nunca.

—¡Pero es que tú no tenías necesidad! Ya somos todo así tal cual, como amigos. Me tienes, sabes que es así. Sabes que me encantas, que me muero por tus besos, que no me saco de la cabeza las cosas que hemos hecho juntos. ¿Por qué has de arruinarlo?

—No sé, tal vez pensé que en algún momento preferirías conformarte conmigo a seguir corriendo tras lo imposible.

Nunca había querido pegarle a alguien como quise en ese momento hacer con él. Jamás sentí el impulso de dañar, como quise, realmente, lastimarlo en ese momento.

Lo odié tanto, que ni siquiera consideré regañarlo porque hablaba de sí mismo como la opción con la cual conformarse. Lo odié, sobre todo, porque luego de soltar aquellas palabras, incluso sabiendo cuánto podrían dolerme, no lució arrepentido.

Él de verdad creía lo que acababa de decir.

—¿Imposible?

—¿Cuánto llevas detrás de él, Sinaí? ¿Cuándo vas a entender que si te sigue el juego es por orgullo, por demostrar algo y no por interés? Por lo posible no se lucha tanto.

—Me acosté con él.

El silencio nunca me había dejado tan satisfecha. Estaba muy complacida de saber que eso le había dolido.

Al cabo de un rato sin un gesto, sin una palabra, sin contacto visual, se giró de nuevo hacia mí, y ese acto lo sentí como una agresión solo por la expresión en su rostro.

—Ya —espetó, mirándome a los ojos como a una niña ingenua a la que se intenta regañar con la crudeza de la realidad—. ¿Y piensas que te llamará mañana para ofrecerte formar una relación y que al final tendrán una bonita familia?

Me levanté, dispuesta a irme de inmediato.

—¿Sabes qué es lo peor? —solté con los puños apretados y la mandíbula tensa por la ira—. Que tú también me gustas, pero eres un asco manejando tus sentimientos, minimizas tu dolor causándomelo a mí, y no quiero estar cerca de ese Soto, prefiero seguir siendo amiga del que te disfrazas cuando estás en público.

En cuanto mi mano rozó la manilla de la puerta, el cuerpo de mi amigo me embistió contra la pared, agarrándome de la cintura, respirando con agitación demasiado cerca de mi rostro.

—Quédate, maldita sea. Y sé mi novia. No puedo perderte, no cuando lo que acabas de decir es tan cierto. Que solo puedo quitarme la máscara cuando estoy contigo. Y no lo digo por el Soto que acabas de ver, el celoso, el dolido, el frustrado, sino del que he sido siempre delante de ti.

—¿No escuchaste nada de lo que te acabo de decir?

—¿Qué más da, Sinaí? Fállame, pero al menos danos la oportunidad que nos merecemos. No te preocupes por lo demás, que yo no puedo ser tan hipócrita de juzgarte a ti por no sacarlo de tu cabeza cuando yo tampoco puedo.

—¿Qué...?

Antes de que pudiera procesar lo que había dicho, sus labios callaron todas mis dudas y objeciones, presionando con más fuerza su cuerpo al mío, devorándome como si su hambre por mí hubiese sido una cárcel todo ese tiempo.

No lo supe en ese momento, pero Soto era mejor con las mentiras de lo que yo podría haber previsto. Ese día me lo demostró. Y no puedo juzgarlo, porque en un beso le dije tantas verdades como promesas le hice. Promesas que sabía que era incapaz de cumplir.

Ese día, a mis dieciocho años, Jesús Alejandro Soto se convirtió en mi primer novio.

Epílogo

Verónika era letal, inflamable y adictiva.

Una Frey volátil.

Le faltaba la frialdad de sus hermanos menores, la serenidad con la que podían sentarse a planificar cada desplazamiento de una pieza a través del tablero incluso sintiéndose acorralados por el bando enemigo.

Ella no era de las que meditaba cómo voltear el juego a su favor, era de las que quemaba el tablero.

Toda su documentación de meses quedó destruida en un arranque de cólera. Alas de papel disminuidas a añicos desperdigados por el suelo, contando en fragmentos la historia de una persecución ilícita tras las sombras.

Los restos de las fotos y la documentación eran de toda clase de cosas, cada una más insólita que la anterior.

Su presa en la maternidad, vestida con un conjunto rosa tejido, con el pez cristiano bordado en el pecho y un versículo bíblico al pie de la foto.

De niña, cuando le pusieron sus frenillos por primera vez, con un helado en la mano y los ojos llenos de lágrimas porque no podía comer nada sólido.

En el consultorio, a sus doce años.

Una foto captada por un oficial a las afueras de su casa, luego de que acudieran a su llamado de emergencia por la crisis con su padre.

Ella con sus lentes ovalados que no le favorecían, su cabello castaño sin brillo en una coleta que le recordaba a la cola de una ardilla rabiosa, vestida sin preocupación, ocultando sus mejores atributos. Había sido captada a través de la ventana de la dirección del nuevo colegio, el día que fue con su madre a inscribirse a su último año de liceo.

En su cuarto releyendo *Harry Potter* o comiendo Doritos, cuando dejaba la cortina abierta, como si quisiera darle una oportunidad a Verónika. Como si ella la necesitara, como si no tuviera otros medios de acceder a su intimidad.

En la parada de autobús, una foto de su rostro captada por la pantalla de su celular monitoreado mientras leía la novela del hermano de Vero.

Y como esas, habían cientos.

Diplomas.

Registros médicos.

Recibos de compra.

Envoltorios robados de la papelera de su habitación.

Ropa íntima.

Cabellos.

Accesorios supuestamente perdidos.

Vasos y platos desechables, rescatados de mesas de restaurantes baratos.

Cepillos, de dientes y de cabello.

Historiales de navegación impresos.

Lista de pornos favoritos.

Gráficas de colores en su guardarropa.

Árbol genealógico.

Captures impresos de su biblioteca virtual, tanto en PDF como en Wattbook.

Ranking de sus libros favoritos y más odiados, copias de sus reseñas de aquellos en su top de odiados y amados.

Celulares viejos.

Copias de su tarjeta SD.

Análisis e investigación exhaustiva sobre todos sus amores platónicos y mejores amigos, organizados en carpetas de expedientes y archivados en orden alfabético.

Todo desperdiciado, revuelto en el piso junto a una bolsa de basura que algún día rellenaría con los restos de su proyecto.

El fósforo en su mano; el combustible en su cartera. Ese día Verónika terminaría con cada retazo de su obsesión enfermiza.

—Me han mencionado que escogiste nueva víctima.

Su padre tenía un timbre grueso y áspero en su voz, el ruso en definitiva era el idioma de su alma. Hablaba con la profundidad de un abismo, a pesar de que sus palabras siempre eran tan pacientes y serenas, las usuales en un jefe comprensivo.

Verónika se giró, sorprendida de conseguirlo en casa, a la puerta de su habitación. Habría jurado que estaba sola con el personal del servicio. Aleksis estaba en un curso intensivo a esas horas, y su otro hermano estaría haciendo preparativos de la caja para su gato.

El señor Víktor Dmítrievich Frey tenía el par de ojos grises más claros de toda la familia. Su mentón anguloso y sus pómulos cincelados por las diestras manos de un artista eran la explicación perfecta al atractivo de su descendencia. Sus cejas castañas tenían el arco ideal para imponer respeto en un solo gesto, y su barba, cuidada hasta el último vello rubio, estaba definida por la hojilla de algún experto.

Como era predecible en un hombre como él, siempre iba de trajes lujosos, con sus corbatas perforadas por la F de su apellido; o con las prendas de un cirujano y la bata del laboratorio. Menos en casa, donde andaba con despreocupación en pantuflas, en la mano un vaso de Vodka que había estado compartiendo con su esposa, un pantalón blanco holgado y una franela manga corta negra, exhibiendo la musculatura de sus brazos.

—¿Te lo dijo Vik? —respondió Vero al fin.

—¿Me mintió?

—Ni siquiera recuerdo cómo caí en eso. Había bebido demasiado alcohol. La descartada no volverá a saber de mí.

—¿Y tú de ella? —inquirió el padre con una ceja arqueada.

—Te equivocas si crees que la voy a perseguir.

—Solo quiero entender, Vikky, quiero entender qué se supone que estás haciendo.

Al final de sus palabras, señaló todo el desastre de papeles desperdigado con odio por toda la habitación. Verónika reaccionó acuclillándose para empezar a levantar la basura e introducirla en la bolsa.

—Cierro ciclos —explicó Verónika con indiferencia.

—Te rindes.

Su padre jamás la había castigado, nunca le pegó, ni le prohibió cosas para enseñarle lecciones de buena conducta. Habría preferido todo eso a aquellas palabras.

—No me rindo, mi proyecto sigue en curso.

—Con un espécimen que te regaló tu hermano menor. Dime, honestamente, si de verdad has llegado a creer que con algo así podrías llegar a impresionarme.

—Yo...

—Me hice demasiadas expectativas contigo —cortó su padre.

Verónika siguió revolviendo el papel en el suelo, intentando ignorar el latigazo que acababa de recibir.

Su padre solo admitía su orgullo por ella cuando quería hacer énfasis en cómo lo había estropeado.

—Sé cuándo desechar lo inservible —dijo ella—. No tenía oportunidad ahí, no valía la pena seguir intentando.

—Sigues dándome la razón. Habría preferido que perdieras como una Frey a que te rindieras como una Ross.

La mano de Verónika vaciló entre el suelo y la bolsa de basura, con un puñado de papel hecho añicos entre sus dedos. En su pecho, una hoja de fuego empezó a atravesarla, se abría paso entre sus costillas, desde su espalda. Su padre acababa de apuñarla a traición.

Siempre había sido su favorita, ahora era su decepción.

—Estarás orgulloso de Vik entonces, ¿no?

El señor Víktor Frey cruzó sus fuertes brazos y frunció su ceño, taladrando a su hija con una mirada dura e impenetrable.

—¿Orgullo? ¿Después de todos sus deslices? Lo estaría, si me demostrara que sus impulsos van aunados a la ambición, y no a sus caprichos. Sin embargo, ahora eso ya no importa. No puedo condecorar a nadie cuyos logros se deban a la falta de competencia. Él no está consiguiendo nada, tú lo estás dejando ganar.

—¿Qué quieres que haga, padre? Ya tengo en qué centrar mis esfuerzos. Sería inmaduro de mi parte seguir con mis saboteos infantiles, hasta ahora no han dado más resultados que el odio del espécimen porque malinterpreta mis motivos para alejarla de Vik.

—Infantiles, Vikky. Tú lo has dicho. Te estás comportando como una niña. Si quieres mi aprobación, demuéstrame que puedes resolver estas situaciones como una Frey: en el tablero.

»Conoces hasta la más insólita de las jugadas, aperturas y movimientos del ajedrez, pero te falta paciencia para ver caer las piezas. Quieres destruir el tablero a la mitad, y siento que es mi culpa. No te he dejado lo suficientemente claro que nada, ni el fuego, ni los escombros, sabe tan bien como un jaque mate.

Verónika tragó saliva.

—No plantes ideas en mi cabeza que luego no podrás contener, padre.

—Pásame tu tablero.

Verónika se sentó en la cama, sacando de su mesita de noche un tablero portátil de cristal verdoso con piezas de vidrio pequeñas y pesadas; las transparentes simulando ser las blancas, y las de vidrio violáceo simulando las negras.

Las acomodó todas en sus posiciones, dejando el tablero a su lado para que quedara en medio de ella y su padre cuando este acabara de sentarse en el colchón, con sus pantuflas pisando los recuerdos de su delito.

El señor Frey acomodó todas las piezas a mitad de una jugada con las negras acorraladas, a tres pasos de un mate, y habiendo perdido varias piezas vitales a excepción de la dama.

—¿Qué ves ahí? —preguntó el padre a su hija.

—Veo que se va a prender todo en un movimiento.

—¿A favor de quién?

—De las blancas, claro.

—¿Y el rey?

—Protegido —respondió ella sin vacilar—, imposible de alcanzar. Si una estrategia le falla, al menos tiene dos más de respaldo. Ganará, sin duda.

—¿Quién es el rey aquí, Vikky?

—Mi hermano.

—¿Qué hermano?

—Axer, por supuesto. Iván y Dominik están totalmente fuera de esto, y a Aleksis le falta mucho para estar a nuestro nivel.

—Esa es tu percepción. De acuerdo, continuemos. ¿Qué ves en el rey en este tablero?

—Que va a ganar.

—¿Ninguna jugada podría cambiar eso?

—Tendría que ser muy estúpido el rey, o muy poco consciente de su inminente victoria. Vik no es así.

—Sigues pensando en el juego como blancas y negras, hija mía, y te expresas muy mal. La victoria de las blancas es inminente, pero la del rey se puede evitar.

—Me estás diciendo que...

—El rey está protegido, pero no es el único en el tablero. Los peones, los caballos y las torres también pueden jugar. ¿Y qué pasaría si...?

El señor Frey intercambió las posiciones del rey y la torre, ya que no había piezas de por medio que interrumpieran el enroque.

—La torre y el rey intercambian de lugar. Obligas al rey a cambiar de estrategia, y te posicionas a ti como la cabeza del juego. En un movimiento, pondrías al rey negro en jaque, y la única posibilidad de defenderlo...

—Sería sacrificando a la dama negra.

—Tú puedes dominar este juego. Solo tienes que recordar la lección que acabo de darte. Nadie tiene una victoria segura, no cuando esta se basa en la protección y cooperación de otros. Deja de cooperar y vuélvete la cabeza del juego.

El señor Frey movió las piezas, poniendo al rey en jaque, obligando a la dama negra a defenderlo, permitiendo así que la torre la eliminara y el juego casi perdido para el equipo rival.

—Juega como una Frey, Vikky, o ni se te ocurra jugar a nada.

Una de las cejas de Verónika se arqueó, enmarcando una mirada que ocultaba llamas tras de ella. De sus labios, una de las comisuras se curvó hacia arriba, aprobando el desafío.

—¿Serás capaz? —presionó su padre.

—Tú lo sabes, por eso me instas a salir del margen al que yo misma me recluí. —Ella tomó la liga de cabello en su muñeca y comenzó a recoger su corta cortina rubia en una cola rápida—. Me convertiré en la fobia de las blancas y el declive de las negras. Gambito de dama.

FIN DEL LIBRO UNO

Agradecimientos

Llegué a Wattpad en 2015, cuando todavía sufría bullying por el crimen de ser diferente. Empecé a escribir de manera tan íntima que ni siquiera pensé que existía otra manera de hacerlo, que lo que yo hacía como una necesidad para vivir podía traerme ciertos logros o convertirse en un tema monetario. En 2017, luego de haber pasado dos novelas completas a borrador y terminado una tercera, decidí que quería ser escritora.

Jamás aspiré a nada más grande que eso, a pasar mi vida escribiendo, y mucho menos las esperé de la plataforma donde desnudaba mi alma. Aunque ya empezaba a oír de otros que lograban grandes cosas dentro de Wattpad, todos tenían un factor común del que yo carecía: números. Pero yo quería ser escritora, era fanática de mis propios libros, así que por primera vez en mi vida creí en mí más que nadie en el mundo.

Escribí muchísimo, y a diario, me instruí y leí muchísimo más, porque necesitaba un criterio y ciertas nociones si quería hacer las cosas bien.

En 2019 escribí la primera historia que me hizo sentir «sí, si esto se publica, me sentiré orgullosa». Y le dije a todos mis conocidos que iba a publicar.

Y se rieron, vaya que sí. Porque si antes era rara, entonces pasé a ser rara y con los pies muy lejos de la tierra. Alguien poco preparado para el mundo real que pronto viviría bajo un puente.

No fue hasta 2021 que pude cerrarles la boca anunciando no una, sino dos publicaciones en papel la misma semana.

Ya está, lo había logrado. Cumplí mis sueños, y otros que no me había atrevido a soñar. No pediría nada más en mi vida.

Cuando mis libros publicados tenían un par de meses en librerías, empezaron a llegarme muchas ofertas por *Nerd*, un libro inconcluso publicado en Wattpad al que mis lectores eran adictos.

Tan abrumada estaba por todo que me tomé mi tiempo para pensar bien qué haría con esa historia que empecé a escribir solo porque era algo que yo quería leer, y que actualizaba constantemente porque de lo contrario mis lectores me matarían.

Solía bromear con otras autoras cuando se me notaban extrañadas de que no fuera parte de los Stars: yo siempre les decía «Oh, eso no va a pasar. Le he dedicado, literalmente, mi vida a Wattpad, y ni un Wattys he ganado». Lo tenía muy asumido, y estaba bien, estaba mejor que bien, ya había cumplido doblemente mi sueño.

Cuando supe que iba a publicar con Penguin Random House en el sello de Wattpad, empecé a mandarle a diario a mi mamá fotos de mis autores favoritos que habían publicado con Penguin, y le decía «Esa es mi editorial, mami». Le enviaba fotos de libros de Montena con el sello de Wattpad y le decía «Así será *Nerd*».

Este libro, al igual que todos, es de ella. Porque si un día mi madre se hubiese levantado y me hubiera dicho «Basta de soñar, persigue algo real», capaz todo lo anterior hubiese sido distinto. No sé si alguna vez la cuestionaron por su decisión de dejarme volar, pero sé que hoy está más orgullosa que nadie, que reparte mis libros en su trabajo, que me presume, que hace tiktoks con sus nietos de papel. Y también sé que, cada vez que asume que ella me enseñó a leer y ahora está leyendo libros escritos por mí, llora.

Siempre me emociono escribiendo agradecimientos, no sé escribir agradecimientos normales. Supongo que por eso soy escritora, estoy llena de cosas por decir, y ahora puedo hacerlo sin que me manden a callar.

Tengo mucho que agradecer a mis lectores, los que comentaron cada párrafo en Wattpad, los que me mandaban audios de diez minutos fangirleando, los que hicieron edits y videos, los que recomendaron la historia, los que me mandaban sus dramáticos testamentos sobre por qué sus vidas se derrumbarían si no subía nuevo capítulo de esta historia. Por ellos escribo, siempre se los digo.

Gracias a Soto y María, donde quiera que estén a estas alturas de nuestras vidas.

A Alfredo, por pelear las batallas que hizo falta para que yo pudiera seguir soñando.

A Mariah y Axel. Los amo, hermanos.

A Cecy y Lin, que no solo me honraron leyendo *Nerd* en Wattpad, sino que alimentaron la imaginación de mis lectores un fanart tras otro.

A Kate Guzmán, por su colaboración con los inicios de capítulo.

A todo el equipo de Penguin, que ha compartido mi emoción desde el primer contacto, ha tratado a *Nerd* como una joya, me ha guiado con amabilidad y hecho sentir como en casa.

A Iria, que cuando vi su nombre en ese primer correo casi me desmayo de la emoción, pero me ha tratado como si yo fuese la estrella y no al contrario.

Y a Wattpad, el lugar donde sembré mis sueños y hoy los cosecho. Y a las personas que hay detrás. Gracias por creer en *Nerd*. Gracias por creer en mí.